단국대학교 일본연구소 학술총서 01

일본문학 속
에도·도쿄 표상연구

정형·나가시마 히로아키·한경자·김필동·이권희·장웬쉰·손지연

제이앤씨
Publishing Corporation

일본문학 속 에도·도쿄 표상연구

목 차

제2부
메이지시대의 도쿄표상과 심상지리

제6장 전환기 메이지 문학의 도쿄표상과 일본인의 심상지리

정형(鄭灐)·이권희(李権熙)·한경자(韓京子)·손지연(孫知延)

제3부
다이쇼·쇼와시대의 도쿄표상과 심상지리

제9장 표상과 심상의 공간으로서의 쇼와 도쿄

손지연(孫知延)

일본문학 속 에도·도쿄 표상연구 ▮▮

일본문학 속
에도·도쿄
표상연구

오늘날의 인문학연구, 그 가운데에서도 문학연구의 커다란 흐름의 특징을 들자면, 그것은 순수문학연구의 퇴조와 더불어 문화연구(culture studies)의 일환으로서의 문학연구의 대두를 들 수 있을 것이다. 국내의 일본문학 연구 또한 이러한 흐름에 역행할 수 없는 상황임은 모두가 공감할진데, 이와 같은 탈영역·탈경계적 연구방법은 학제성과 지역성을 중시함으로서 기존의 순수문학연구 상황에서 오는 고립적 폐색감에 다소나마 숨통을 틔어주는 계기를 제공해 줄 것이다. 이에 문화사가 한 나라의 문화, 문학, 종교, 예술 등을 포괄하는 총체적 의미의 역사라고 한다면, 일본인이 지금까지 어떠한 내용의 문화, 문학, 종교, 예술을 만들어 내고, 계승·발전시켜 왔는가를 규명하는 일은 일본이라는 나라와 일본인을 이해하는 매우 중요한 요소가 될 것이다. 또한 이러한 문화구조를 파악하는 방식 가운데 역사 자료를 통해서는 밝혀 내기 어려운 사료 이면에 숨 쉬고 있는 일본인의 심상 분석이 필수적이며, 이를 규명하기 위해서는 일본의 문학 텍스트는 무엇보다도 좋은 자료가 될 수 있을 것이다.

이 책은 이상과 같은 문제의식을 바탕으로 근세 이래 오늘날까지 일본을 대표하는 최대 도시인 '에도·도쿄'의 표상을 문화사적 시좌로 파악하고, 도시 속 일본인의 심상변화라는 구체적인 내용을 문학 텍스트를 통해 실증적으로 분석하고자 2006년도 학술진흥재단의 기초학문 육성사업(KRF-2006-321-A00121)의 지원을 받아 1년간 진행된 결과물과, 국제학술심포지엄을 통해 발표된 일본과 타이완의 연구자의 연구물을 더해 엮은 것이다. 연구에는 모두 5명의 연구자가 참여했는데, 연구의 이론적 토대구축을 위한 일본문화학 전공자를 중심으로 일본의 근세문학과 근대문학 전공자가 방법적 실제로서 텍스트분석에 주력했다. 연구진은 각기 전공하는 시대와 테마는 다르지만 대도시 '에도·도쿄'의 도시형성과 발전, 그리고 문화변용의 과정을 조망하고, 문화·문예 공간으로서의 '에도·도쿄'의 특성을 문학 텍스트 안에서 분석함으로서 문학 텍스트 혹은 문학자는 '에도·도쿄'를 어떠한 방식으로 표상하고 상상해 왔는지를 구체적으로 검토한다는 공통된 주제와 키워드를 공유함으로서 최종적으로 일본인의 심상(心象)의 형성과정과 그 추이를 통시적으로 조망할 수가 있었다.

이 책에서 차용하고 있는 '심상(心象)'이라는 개념은 선행연구의 지리·지역학적 관점과 변별되는 인간의 '내면'과 관련된 경험이나 기억, 사상, 사고(思考)의 메커니즘을 의미한다. 다시 말하면, 인간의 심상은 시각적일 수도 있고 촉각이나 청각, 미각, 후각적인 것일 수도 있으나, 본 연구에서는 이러한 감각적이고 의식적인 경험 없이도 발생하는 심상의 개념에서 한발 나아가, 이미 경험되어 기억 속에 저장된 감각이나 사고를 재구성해 가는 하나의 '공간=장(場)'의 개념으로 파악해 가고자 했다. 문학지리학이라는 다소 낯선 학문영역을 제창했던 영국의 지리학자 아치볼드 기키(Archibald Geikie)는 '문학'과 '장소(공간)'의 개념을 일체화시킨 연구방법을 제시했다. 이와 같은 방법은 지리학의 측면에서 보자면, 주관적인 경험을 서술한 문학을 통해 특정 장소와 시대, 사회에 대한 이해도를 높이는데 기여해 왔다고 할 수 있을 것이다. 또한 문학 분야에서도 이를 거꾸로 차용해 '지리'나 '공간' 개념을 통해 문학에 대한 이해를 높이려는 시도가 부분적으로는 있어 왔으나 그 성과는 아직 미흡한 상태라 해도 과언은 아닐 것이다. 이 분야의 일본 측 연구 동향 또한 일본근세문학의 경우, 에도의 지명과 에도 서민의 생활을 정리한 연구가 있기는 하지만, 에도 사회라는 지리공간에 문화와 문학을 접목시킨 체계적인 연구는 충분히 이루어지고 있지 않다. 근세의 '지리''공간'에 대한 기존의 연구는 문학작품의 연구를 통해서라기보다는 오히려 에도의 사회, 공간 구조에 초점을 맞춘 문화사 방면의 연구가 주류를 이루고 있다. 그러나 이것도 그 대상이 광범위하고 접근 방법이 다양해 하나의 통합된 시좌로서의 연구와 그 결과물이 아쉬운 상황이다. 그리고 일본 근·현대문학의 경우는, 도쿄를 무대로 하는 소설들을 대상으로 지리나 공간 개념에 주목한 텍스트론이 있기는 하지만 이들 대부분은 단순히 작가별 혹은 시기별로 정리하는데 그치고 있다. 그 대상이 되는 시기 또한 메이지기로 한정되어 있으며, 대도시 도쿄 혹은 그곳을 무대로 하는 텍스트가 내포하고 있는 일본인의 내면이나 심상 부분은 읽어내고 있지 못하거나 놓치고 있다. 그 이유는 도쿄를 자국(=일본)의 수도 혹은 문화 중심지라는 단일한 측면에만 초점을 맞추어 그 표피만을 해독하고 있기 때문일 것이다. 일본 근·현대사상사 연구 분야 역시 일본인의 의식이나 사상의 영역을 주로 이데올로기나 근대화와의 관계 혹은 생산력의 발전과의 관계에서 파악하는 경향이 지배적이었으며, 본 연구와 같은 시각의 연구업적은 전무하다고 할 수 있다. 따라서 본 연구서는 '한국인의 일본연구'라는 시각에서 이러한 일본사상사 연구가 갖고 있는 문제점을 제기한다는 측면에서도 중요한 의미를 지닐 것이다.

한편, 한국 내의 연구 동향을 보자면, 일본 문학 텍스트를 통해 문화코드를 분석한다는, 이른바 문화연구(cultural studies) 자체가 드물다고 할 수 있다. 이러한 경향은 앞서 언급한 일본 쪽의 연구 동향과 무관하다고 할 수 없을 것이다. 이는 다시 말하면 일본문학이 고수해온 오랜 문헌학적 전통의 영향을 그대로 이어 받아 전공영역별로 세분화된 텍스트 위주의 작품론이나 작가론에서 아직 벗어나지 못했음을 의미한다. 일본사상사연구 분야 역시 그 기반이 취약하여 연구의 폭이 넓다고는 할 수 없으며, 일본과 마찬가지로 연구영역은 대부분은 이데올로기의 연구에 집중되어 있어서 이와 같은 주제와 방법에 의한 연구는 한국에서의 일본사상사연구 분야에도 큰 자극이 되리라 기대된다.

이상과 같은 국내·외의 연구의 흐름으로 볼 때, 일본의 근세와 근·현대를 아우르는 통시적 문화사 의 관점을 바탕으로 한 문학 텍스트 연구는 본 연구가 최초라는 점에서 의의가 있다고 할 수 있겠다. 이에 본 연구에서는 근세-근대-현대로 이어지는 시대의 연속적 흐름을 일관된 시좌로 파악함으로써 선행 연구의 단절된 시대적 공백을 메우고, 앞서 언급한 '공간'이나 '지리'의 개념과 함께 '심상'의 개념을 도입함으로써 일본문화와 문학에 대한 다각적인 분석을 시도했다. 또한 근세-근대-현대라는 제 시대를 통시적으로 조망하고, 문화와 문학의 영역을 아우르기 위해 문학 전공자뿐만 아니라 일본사상사와 비교문화사 영역의 전공자와 학제연구의 틀을 유지하며 일관된 시좌를 견지해 갔으며, 최종적으로는 '에도·도쿄' 표상을 통해 근세 이후의 일본인의 심상(心象)지리적 문화론의 기층을 실증적으로 분석하고, 더 나아가서는 이러한 연구 성과를 바탕으로 '한양-한성-경성-서울'로 이어져 왔던 한국 서울의 심상지리학 연구의 필요성을 제기하고 한·일비교문화론의 새로운 패러다임을 구축해 가고자 했다.

이와 같은 문제의식을 공유하며 독창적이며 일관된 연구방법론에 입각하여 수행된 본 연구의 내용을 대략적으로 개관해 보면 다음과 같다.

제1부 '에도의 표상과 일본인의 심상지리'에서는 에도의 공간과 문예발달의 메커니즘을 분석·파악하기 위하여 종래의 교토(京都)와 오사카(大坂)를 중심으로 하는 가미가타(上方)의 문예공간이 에도(江戶)로 이행되어가는 배경에 대한 고찰이 주로 이루어졌다. 구체적으로는 교토(京都)를 중심으로 일본 문화사에 있어서의 교토의 상징성과 표상성에 대해 '미야비(雅)'의 도시라는 관점에서 살펴보고, '아(雅)'와 '속(俗)'이 공존하는 도시로서의 오사카(大坂)에 대해 '즉속위아(卽俗爲雅)'의 시대정신의 배경이라는 관점에 주목하고 있다.

〈에도(江戶)'의 표상을 통해 본 일본인의리 심상(心象)지적 문화기층 연구〉는 근세 이래 오늘날까지 일본을 대표하는 최대 도시인 에도·도쿄'의 표상을 문화사적 시좌로 파악함과 동시에 그 구체적인 내용을 문학 텍스트를 통해 실증하고, 이를 바탕으로 일본인의 심상(心象)의 형성과정과 그 추이를 규명하고자 했다. 에도·도쿄의 공간·문예발달의 메커니즘을 분석·파악하기 위해 종래의 교토(京都)와 오사카(大坂)에 있던 문예 중심이 에도(江戸)로 이행되어가는 배경을 분석하였고, 보다 구체적으로는 문학작품에 반영된 에도의 모습을 추출해 내고 이를 바라보는 에도인의 심상을 '유(遊)'와 '집(集)'과 '흥(興)'이라는 키워드를 통해 분석한 제 1부의 총론적 성격이 강하다.

〈근세문학에 나타난 '에도(江戸)'상─가미가타(上方)에서 본 '에도'·에도에서 본 '에도'〉에서는 에도시대의 삼도(三都) 혹은 산가쓰(三箇津)라고 불리던 교토와 오사카, 에도의 독자적인 성격을 개관하고 있다. 교토(京都)는 오랫동안 도읍이 놓였던 곳이어서 전통적인 문화와 학예의 중심지이며, 그리고, 오사카는 '천하의 부엌(天下の台所)'으로서 각 지방에서 쌀이 집결되어 매매되는 경제의 중심지이며, 또한 에도는 도쿠가와장군(德川將軍)이 군림하는 정치의 중심지로 파악하며, 또한 '에도는 무가(武家), 교토는 승려, 오사카는 조닌(町人)'이라고 하나, 참근교대(參勤交代)로 인해 다이묘(大名)들의 무가저택이 있는 에도는 무사의 도시, 큰 사원이 많은 교토는 스님의 도시, 상업이 번성한 오사카는 상인(조닌)의 도시로서 정의 내리며, 에도에 사는 사람이 '에도'를 그리는 것과, 에도 이외의 땅에 사는 사람, 예를 들면 가미가타의 작가가 그린 '에도'의 영상의 차이에 주목해 그것을 전기의 사이카쿠(西鶴)의 소설과, 중기 즉, '문운동점'시기의 우에다 아키나리(上田秋成)의 소설을 통해 살펴보고, 또한 에도 사람 스스로는 에도를 어떻게 표상하고 있었는지를 동시대인인 히라가 겐나이(平賀源内)와 산토 교덴(山東京伝)의 소설을 통해 밝히고 있다.

〈일본 근세 희곡에 그려진 에도(江戶)〉에서는 에도의 조루리(淨瑠璃)
와 가부키(歌舞伎) 등 일본 근세 희곡에 그려진 에도(江戶) 상을 살펴보
았다. 도시의 성격은 도시의 지리적 풍토적인 환경과 구성원의 출신,
직업 등 여러 조건하에서 형성되는 것이며, 그 도시의 개성이 도시구
성원의 기질에 반영되어 독자적인 미의식을 양성하게 된다. 이 에도사
람들의 성격, 기질, 미의식은 당연히 대중문화인 조루리, 가부키에 반
영되게 되는데 에도가부키의 특색은 에도사람들의 특색이자, 동시에
에도라는 도시의 특색과 겹친다고 감히 말할 수 있을 것이다. 이에 이
러한 점에 주목하며 에도 조루리와 가부키에 표상된 에도에 대해 시기
별로 어떠한 차이를 보이는지를 밝히고 있다.

제2부 '메이지시대의 도쿄표상과 심상지리'에서는 메이지시대를 전
기와 후기로 나누어 문학 텍스트 혹은 문학자가 '도쿄'를 어떻게 표상
하고 상상해 왔는지를 분석하고, 이를 바탕으로 '도쿄'라는 지리공간이
근대 일본인의 자아 형성과 심상에 어떠한 방식으로 기능했는지를 밝
히고 있다.

〈근·현대 문학텍스트를 통해 본 일본인의 심상지리〉에서는 '도쿄'
라는 지리공간이 근대 일본인의 자아 형성에 어떠한 방식으로 기능했
는지를 밝히고 있다. 분석 대상 시기는 에도(江戶)의 종언과 함께 시작
된 메이지(明治) 초기의 도쿄 표상으로부터 근대적 자아가 형성되어 가
는 1910년대의 도쿄, 그리고 관동대지진(関東大震災)으로 인한 정신적 공
황과 제1차 세계대전으로 인한 경제적 쇼크가 겹쳤던 1920년대의 도

쿄, 15년 동안 전쟁이 끊이지 않았던 1930-40년대 전까지의 도쿄, 오랜 전쟁과 패전으로 인해 지치고 황폐화된 심상을 나타내고 있는 1930-40 년대의 도쿄, 패전과 미군점령으로 인한 상처와 콤플렉스를 지닌 굴절 된 심상을 표출하고 있는 1950-60년대의 도쿄, 그리고 고도의 경제성 장과 근대화가 끝난 후, 현대 일본인들에게 남겨진 파편화되고 병리적 인 심상을 드러내는 1980년대 이후 현재에 이르기까지의 도쿄 표상을 통시적으로 조망한 제2부의 총론적 성격의 의의를 갖는다.

〈근대일본의 도쿄표상 연구〉에서는 문명개화기의 사상적 흐름과 이것을 선도하는 메이지국가의 근대화정책이 대변혁기의 서민들의 심 정적 세계에 미친 영향과 그 결과를 '심상지리'라는 서민의식의 연속성 의 관점에 입각하여 문명개화의 시대상을 규명하고, 그 연장선상에서 근대일본의 문명개화를 상징한 도시 '도쿄'를 중심으로 문명개화의 발 전양상과 그 속에서 생활자로서 새로운 삶을 영위하는 서민의 심정적 세계, 그리고 그에 반영되어 나타나는 도쿄 '표상' 사적의미 등을 밝히 고 있으며, 이를 에도·도쿄에 대한 역사적인 지위변화와 '입신출세' 에 대한 인식의 변화 등의 구체적 키워드를 통해 규명하고 있다는 점 에 중요한 의의가 있다고 하겠다.

〈전환기 메이지 문학의 도쿄표상과 일본인의 심상지리〉에서는 도 쿄가 실질적인 수도로 정착해 가게 되면서 이전 시기에 비해 근대도시 로서의 다양한 기능을 수행하게 되었으며, 이에 따라 도쿄를 둘러싼 일본인들의 심상이나 아이덴티티도 '일본/ 서구', '에도/ 도쿄', '문명/ 전통' 등과 같은 이항대립의 개념이 교차하고 길항하는 가운데에 구축 되고 형성되어 갔음을 살펴보았다. 이를 토대로 메이지 정부가 야심차게 추진해 왔던 근대국가 혹은 국민국가 프로젝트에 적극적으로 동참하는 '국민'과, '산책자'로 그 주변에 위치하는 또 다른 '국민'의 모습을 통해, 소세키를 비롯한 동시대인이 공유했던 제국주의에 대한 비판적 시선의 부재 내지는 결여의 부분을 지적한 점은 주목할만하다.

　제 3부 '다이쇼·쇼와시대의 도쿄표상과 심상지리'에서는 다이쇼시대이래 쇼와시대의 일본 근·현대 문학 작품에 나타난 도쿄 표상의 유형을 수집, 분석, 정리하여 유형화하고 이를 바탕으로 다이쇼시대의 대도시 도쿄의 표상 변화와 이를 바라보는 심상의 변화, 관동대지진이라는 엄청난 재앙과 2차 세계대전 패전 후의 일본인의 심상의 형성과정과 그 추이를 살펴보았다.

　〈대중도시(大衆都市) 도쿄와 일본인의 심상지리〉에서는 다이쇼시대, 그 중에서도 도쿄대지진에 의해 커다란 변혁을 겪게 되는 다이쇼 12년(1923) 이전의 다이쇼시대의 도쿄를 대상으로 전 시대의 '국가도시'와 차별되는 '대중도시'로서의 도쿄의 모습과 기능에 대해 살펴보고, 다이쇼의 도쿄를 터전으로 살아가는 이들의 도쿄를 바라보는 여러 심상(心象)을 문학텍스트를 통해 밝히고 있다. 다이쇼의 문화는 근대문화의 정착을 목표로 한 문화로 '대중문화'이자 '데모크라시와 민중'과 관계된 문화이며, 오락성이 강한 구조를 갖고 있는 문화이다. 자본주의의 발전 위에 도시 소시민(小市民)을 중심으로 하는 '시민문화'라 정의 내릴 수도 있을 것이다. 이러한 다이쇼의 문화는 도쿄를 배경으로 만들어졌으며 향유(享有)되었다. 메이지 말엽과 다이쇼 초기에 걸쳐 수도 도쿄는 크게 변화하였고 특히 서부(西部)의 발전이 두드러져 근교와 교외의 근대화가 이루어졌다. 그 결과 도쿄는 인구 130만 도시에서 200만 도시로 급속히 팽창했으며 에도시대 이래의 주변녹지는 개발이라는 미명(美名) 하에 급속히 파괴되어 갔다. 이러한 도쿄의 표상(表象)변화와 일본인의 다양한 심상을 텍스트 분석을 통해 실증적으로 분석하고 있다.

〈전전기 타이완인 작가의 도쿄 체험과 이미지〉에서는 1930년대 장문환으로 대표되는 일본어세대 타이완인 작가의 도쿄체험과 이들의 작품 속에 표상되고 있는 도쿄와 타이완인들의 심상을 구체적으로 분석하고 있다. 타이완 작가의 대부분은 일본에서 문학활동을 시작해 당시의 국어였던 일본어를 창작의 수단으로 삼았다. 이처럼 식민종주국 언어를 사용한 창작 활동은 일본어세대 작가들에게 전 세대 혹은 유학 경험이 없는 작가와는 다른 문예관을 갖게 하는 결과를 낳았으며 타이완 신문화에 큰 영향을 미쳤다. 그런 그들이 식민종주국에 품었던 감정은 복잡했다. 이에 도쿄 체험을 갖는 타이완인 작가의 '도쿄 이야기'를 분석함은 전전 타이완 지식인이 직면한 '민족'과 '근대'의 갈등을 밝히며 당시의 타이완 지식인들에게 '도쿄 및 일본 내지의 의미가 무엇이었는지를 간파할 수 있는 중요한 단서가 될 수 있다는 점에서 중요한 의미를 지닌다고 하겠다.

〈표상과 심상의 공간으로서의 쇼와 도쿄〉에서는 쇼와 초기의 도쿄 표상과 이를 둘러싼 일본인의 심상지리를 규명하고 있다. 구체적인 시기로는 관동대지진을 기점으로 한 1923년부터 전전기(戰前期)에 해당하는 1930년 초까지이며, 도쿄를 표상하고 있는 동시대의 문학텍스트와 잡지 기사를 대상으로 하여 분석을 시도하고 있다. 나가이 가후를 비롯한 문인이나 인텔리 계층의 고급 도시생활자, 류탄지 유 등의 모더니즘 작가들이 그리는 샐러리맨 등의 도시생활자, 하야시 후미코의 자전적 소설에 등장하는 소시민적 도시생활자, 다양한 르포르타주에 표현된 도시 저변의 노동자와 하층민에 이르기까지, 근대 도시 도쿄와 그것을 체험한 문인, 그리고 그들의 문학적 표현 사이에 존재하는 긴밀한 관련성을 분석하고 관동대지진 이후 '부흥 제도'를 표방한 쇼와 초기의 도쿄의 변화와 특징을 살펴보았다. 또한 쇼와 초기를 대표하는 최첨단 도시 마루노우치, 긴자, 신주쿠를 중심으로 탄생한 새로운 도쿄 풍속과 그곳을 무대로 한 도시생활자들의 생활양식을 분석하고, 이 시기의 모더니티가 다이쇼 시대를 훨씬 초월하는, 보다 대중적이고 다층적인 양상으로 표출되기 시작했음을 동시대인의 심상지리와 관련하여 규명했다. 이를 통해 다양한 스타일의 가교(架橋)와 고층 빌딩, 지하철의 개통과 전철노선의 증편, 교외를 포괄하는 도쿄 범위의 확대, 대도시를 기반으로 한 새로운 형태의 소비패턴, 그리고 다이쇼 시대로부터 이어져 온 도시문화 · 모더니티의 확대와 대중화 현상을 지적했으며 이를 통해 근대적 '일상'과 '병리'라는 두 가지 측면에 주목하여, 동시대의 도쿄를 살아가는 도시생활자들의 다양한 삶의 모습을 조명하고 있다.

이상의 연구를 둘러싼 담론을 통해 우리는 일본의 근세, 근대, 현대라고 하는 단순한 시대적 구분에 따르는 공간적 심상의 변화뿐만 아니라, 도시형성이라고 하는 지리 문화적 기능과 에도에서 도쿄로의 지명의 탈바꿈과 더불어 일본인의 심상에 많은 변화를 초래했음을 확인할 수 있었다. 즉, 기존 질서가 해체 혹은 변형된 후 가치의 대혼란을 겪는 이른바 근세와 근대의 전환기 시대나 전후의 일본인들의 공간에 대한 심상 변화를 문화적 현상으로 접근 할 수 있었다는 것이다. 이에 '에도 도쿄 심상지리학'의 공간적 심상의 통시적 연구는 곧 현대일본인의 정신세계와 사회 현상에 대한 고찰로 이어질 수 있을 것이라 확신하며 또 그렇게 되길 기대한다.

지금 생각해 보면, 처음 제기했던 문제의식이 충분히 논의되지 못하고 방법에 있어 다소 미흡한 부분이 있었다는 아쉬움이 남는다. 연구진 모두 에도시대는 물론이거니와 근·현대의 방대한 문학텍스트를 섭렵하기에 1년이라는 시간은 그리 충분하지 않았음에 좌절했으며, 여러 가지 현실적 여건 등으로 당초에 계획했던 의도에 미치지 못하는 결과로 끝날 수밖에 없었던 점, 방법적으로 보다 효율적인 접근이 이루어질 수는 없었던 점 등에 대한 많은 반성의 시간을 보냈다. 그렇긴 하나 일본의 근세와 근·현대를 아우르는 통시적 문화사의 관점을 바탕으로 한 문학 텍스트 연구는 국내에서는 본 연구가 처음이라는 점에 자부심을 갖고 연구에 진력할 수 있었으며 나아가서는 현대일본인의 정신세계와 사회 현상에 대한 연구의 단초가 되리라는 확신과 기대를 가질 수 있게 되리라는 사명감을 가지고 연구에 매진할 수 있었다. 이에 본 연구가 단순한 에도에서 도쿄로의 공간 형성과정을 통한 심상적 이미지 창출뿐만이 아닌 한국인이 가지고 있는 도쿄의 심상적 이미지와의 비교·검토를 통해 더욱 가속화될 국제화 시대에 이문화를 이해하고 타자를 통해 자기상을 구축해 나가는 앞으로의 연구의 토대가 될 수 있기를 기대해 본다.

2009년 10월 9일

연구책임자 김 형

제1부
에도의 표상과 일본인의 심상지리

일본문학 속
에도·도쿄
표상연구

'에도(江戸)'의 표상을 통해 본 일본인의 심상(心象)지리적 문화기층 연구

정 형

머리말

최근의 인문과학, 그 중에서도 특히 문학연구 동향의 특색이라 하면 순수 문학연구의 퇴조와 문화연구(culture studies)의 대두를 들 수 있다. 국내의 일본문학 연구 또한 이러한 흐름에 다가가고 있는 상황임은 모두가 공감할 것이다. 이러한 학제적 연구는 기존의 연구 상황에서 오는 매너리즘으로부터 벗어날 수 있는 계기를 제공해 줄 것이다.

이에 본고 '에도(江戸)'의 표상을 통해 본 일본인의 심상(心象)지리적 문화기층 연구'는 일본문학연구와 일본사상사연구라는 학제적 시각에 입각해, 문학텍스트에 나타난 '에도' 표상을 통해 근세시대의 일본인의 심상(心象)지리적 문화 기층을 실증적으로 분석하는 데에 주안점을 두었다. 즉, 근세 이래 오늘날까지 일본을 대표하는 최대 도시인 에도·도쿄'의 표상을 문화사적 시좌로 파악함과 동시에 그 구체적인 내용을 문학 텍스트를 통해 실증하고, 이를 바탕으로 일본인의 심상(心象)의 형성과정과 그 추이를 규명하고자 하는 것이다. 이를 위해 먼저 '에도 (江戸)'의 표상을 통해 본 일본인의 심상(心象)지리적 문화기층에 대해 생각해 보고자 한다.

여기서 차용하고 있는 '심상(心象)'이라는 개념은 선행연구의 지리 · 지역학적 관점과 변별되는 인간의 '내면'과 관련된 경험이나 기억, 사상, 사고(思考)의 메커니즘을 의미한다. 다시 말해서, 인간의 심상은 시각적일 수 있고, 촉각이나 청각, 미각, 후각적인 것일 수도 있으나, 본 연구에서는 이러한 감각적이고, 의식적인 경험 없이도 발생하는 심상의 개념에서 더 나아가, 이미 경험되어 기억 속에 저장된 감각이나 사고를 재구성해 가는 하나의 '공간=장(場)'의 개념으로 파악하고자 했다. 이처럼 '지리'나 '공간' 개념을 통해 문학에 대한 이해를 높이려는 시도는 지금까지 부분적으로 있어 왔으나 그 성과는 아직 미흡한 상태이다.

종래 이 분야에서의 일본 측 연구 동향으로는, 일본근세문학의 경우, 에도의 지명과 에도 서민의 생활을 정리한 연구가 있기는 하지만, 에도 사회라는 지리공간에 문화와 문학을 접목시킨 체계적인 연구는 되어 있지 않다. 근세의 '지리'나 '공간'에 대한 기존의 연구는 문학 쪽보다는 오히려 에도의 사회, 공간 구조에 초점을 맞춘 문화사 방면의 연구가 주류라고 볼 수 있다.[1] 그러나 이것도 그 대상이 광범위하고 접근 방법이 다양해 하나의 통합된 시좌로서의 연구가 필요하다.

---

1) 문화사 방면의 연구로는 竹内誠,『江戸の盛り場考―浅草・両国の聖と俗』 (教育出版, 2000), 竹内誠,『近世都市江戸の構造』(三省堂, 1997), 鈴木章 生,『江戸の名所と都市文化』(吉川弘文館, 2001)가 있으며, 에도시대문학 을 공간으로 접근한 것으로는 浜田義一郎編,『江戸文学地名辞典』(東京堂 出版, 1995) 등이 있다.

이러한 연구 성과를 바탕으로 '한양-한성-경성-서울'로 이어져 왔던 한국 서울의 심상지리 연구와도 연계하면서 한·일비교문화론의 새로운 패러다임을 구축해 갈 것을 앞으로의 과제로 삼고자 한다.[2]

1 심상지리학적 관점에서 본 에도(江戸)의 도시형성 과정과 의미

에도·도쿄의 공간·문예발달의 메커니즘을 분석·파악하기 위해서는 종래의 교토(京都)와 오사카(大坂)에 있던 문예 중심이 에도(江戸)로 이행되어가는 배경에 대한 고찰이 우선되어야 할 것이다. 이를 위해 먼저 근세시대의 에도의 문화사적, 문학사적 의미를 보다 명확하게 인식하기 위한 방법으로 근세시대의 삼도(三都)라 불리는 교토(京都), 오사카(大坂), 에도(江戸)의 도시적 기능과 각각의 문화의 특색을 살펴보고, 이어서 문화의 중심지가 교토·오사카에서 에도로 옮겨지는 역사·정치·경제·문화적 배경에 대해 살펴보기로 한다.

1) '미야비(雅)'의 도시 교토(京都) - 교토인의 에도(江戸)인식 -

'雅(미야비)'라 하면 궁정과 도시의 생활을 중심으로 하는 우아하면서

---

2) 『문학지리·한국인의 심상공간』은 문학과 지리를 결합한 개념을 통해, 지리학자들의 문화지리적 축적과 지리적 체험을 바탕으로 한 글과 문학산책 형식의 글이 국내편과 국외편으로 나누어 기술하고 있지만, 한·일비교문화론의 시좌는 결여되어 있다. 김태준 외, 『문학지리·한국인의 심상공간』(국내편1, 국내편2, 국외편), 논형, 2005년 등.

도 세련된 도시풍의 풍아(風雅)의 멋에서부터 세련된 감각을 갖고 연애의 정취나 인정 등에 정통한 풍류(風流)의 멋을 말한다. 일본문학에 있어 미야비의 지향은 일찍이 나라(奈良)시대의 와카집(和歌集)『만요슈(萬葉集)』에서부터 찾아볼 수 있으며 헤이안(平安) 시대에 이르러서는 헤이안 문학을 대표하는 미의식의 하나로서『겐지모노가타리(源氏物語)』이하 여러 작품에서 이를 의식하며 지향하는 언설이 보인다. 근세에 들어 '미야비의 문학'이라 하면 이미 '도(道)'로서의 가치를 인정받고 있던 문학으로 전통적인 와카(和歌)나 한시문(漢詩文), 혹은 모노가타리(物語) 등의 장르가 이에 속한다고 할 수 있다. 이에 비해 '俗의 문학'이란 근세시대에 들어 새로이 등장한 문예장르에 속하는 모든 문학작품의 총칭이라 할 수 있을 것이다. 즉, 극문학에서는 조루리(淨瑠璃)와 가부키(歌舞伎), 시가(詩歌)에서는 하이카이(俳諧)와 교카(狂歌), 소설로는 가나조시(假名草子)로부터 게사쿠(戱作)라 불리는 에도 후기의 소설류가 이에 속한다. 그러나 '俗'이라는 문학사적 용어는 '미야비'와는 달리 당시의 문인들이나 일반인들에게는 전혀 인식된 적이 없는 근대에 들어서 정립된 용어이다. 나카노 미쓰토시(中野三敏)는 '미야비(雅)'는 구게(公家)나 부케(武家)의 전통적이면서도 고상한 세계이며, '조쿠(俗)'는 당세풍(當世風)의 통속적인 세계라 정의한다.3) 시대가 변하였어도 교토를 중심으로 하는 공경(公卿)과 민중의 지도자 격인 무사(武士)들은 이른바 '미야비의 문예'를 즐겼으며 '미야비'와 '俗'이라는 것 자체가 가치평가를 표현하는 결정적 기준이 되었다. 전통적인 것이야말로 높은 가

---

3) 「十八世紀江戶の文化」『日本の近世 12 文学と美術の成熟』(中央公論社 1993)

치를 지니고 있으며 새로이 등장하는 문예는 천한 것이라는 관념이 근세시대 전체를 지배하는 문예의 상극(相剋)으로 자리 잡고 있었다는 사실은 주목할 만하다. '미야비' 문예의 대표적 장르인 와카(和歌)를 예로 와카 속에서의 문예공간으로서의 에도에 대한 교토인들의 인식에 대해 살펴보자.

사토무라 쇼타쿠(里村昌琢) 편 『루이지메이쇼와카슈(類字名所和歌集)』(1618)에는 무사시노쿠니(武蔵國)의 우타마쿠라(歌枕)로서 호리카네이(堀兼井), 다마가와(玉川), 다치노(立野), 무사시노(武蔵野), 무카이노오카(向丘), 미요시노(三吉野) 등이 실려 있다.4) 우타마쿠라(歌枕)는 와카의 오랜 전통 속에 노래의 대상으로 고정된 명소를 가리키는 문예용어이며 가인(歌人)의 공통이해를 전제로 성립된 특정 이미지가 시대를 거듭하면서 계승되고 있다. 따라서 우타마쿠라는 여러 와카의 작가(作歌) 기법 중에서도 전통적 색채가 특히 강하다 할 수 있다. 그런데 『루이지메이쇼와카슈』속에서 에도를 표상하는 지역으로 등장하는 곳은 가스미가세키(霞関), 호리카네이(堀兼井) 정도 밖에는 소개 되고 있지 않다. 『우타마쿠라나요세(歌枕名寄)』(1659)의 우타마쿠라를 통해서 찾아볼 수 있는 에도의 정보 또한 『루이지메이쇼와카슈』와 별반 다르지 않다.5)

---

4) 「武蔵野のほり兼の井もある物を嬉く水の近づきにける」(俊成・821)、「玉川にさらす調布さらさらに昔の人の恋しきやなそ」(読人不知・3161)、「秋霧の立野の駒を引時は心にのりて君そこひしき」(藤原忠房朝臣・3162)、「武蔵野を霧の絶まにみ渡せは行末遠き心ちこそすれ」(平兼盛・4130)、「むさしのゝむかひの岡の草なれはねをたつねても哀とそ思」(小町・4139)、「三吉のゝ頼むの鴈もひたふるに君か方にそよると鳴なる」(読人不知・7521).〈類字名所和歌集〉

5) 「あさからすおもへはこそはほのめかせほりかねのゐのつゝましき身を」(俊頼・3078)、「玉川にさらすてくりのさらさらになにそこのこのこゝたかなし

와카가 성행했던 교토의 궁정사회에서 보면 에도에 새로운 우타마쿠라를 부가할 만한 의미를 찾기 어려웠기 때문이었을 것이다.

이러한 사정은 근세 후기에 들어서도 마찬가지로 에도를 대상으로 에도의 지명을 노래 속에 넣어 와카를 짓는 행위는 있었지만 그것이 우타마쿠라로서 가인들에게 공통된 이미지를 부여하는 이미지 형성에 까지는 이르지는 못했다. 1864년에 간행된 하치야 미쓰요(蜂屋光世)편『에도메이쇼와카슈(江戸名所和歌集)』의 서문에는 에도라는 도시가 발전해 이전에는 무명이었던 토지도 명소가 되었지만 아취(雅趣)가 없는 이름이라는 이유로 변함없이 스미다가와(墨田川)나 다케시바노우라(竹芝の浦) 이외에는 우타마쿠라로서 인정받지 못하는 성황을 언급하고 있다. 이는 교토의 당상가(堂上家) 사이에서는『우타마쿠라나요세』의 세계 이외에는 우타마쿠라로서 인정하려 하지 않았음을 의미하는 것이며, 도시로서의 급성장을 이루었던 에도도 그들에게 있어서는 여전히 동국(東國)의 변방이었으며 아취(雅趣)를 느낄 수 없는 신흥도시로 인식되었던 당시의 분위기를 엿볼 수 있다.6) 이는 일본문화의 중심지로서의 교토와 교토인들의 에도에 대한 정신적 우월감을 보여주는 좋은 예일 것이다.

き」(読人不知・3115)、「秋霧のたち野の駒をひくときはこゝろにのりて君そ恋しき」(忠房・3108)、「むさし野を霧のたえまにみわたせは行するときき心地こそすれ」(読人不知・3061)、「むさし野ゝむかひの岡の草なれはねをたつねてそあはれとはおもふ」(小町・3072)、「みよし野ゝたのむのかりもひたふるに君かかたにそよるとなくなる」(読人不知・3138).〈歌枕名寄〉.주5)에서 다루었던 우타마쿠라(歌枕) 중、호리카네이(堀兼井)와 다마가와(玉川)를 제외한 나머지는 같은 와카(和歌)가 그대로 실려 있음.
6)「ときつ風吹にけらしな真帆あげてとしまの江戸に船ぞよりくる」〈江戸名所和歌集・40〉

헤이안 시대(794~1192) 이래 무신 정권이 들어서면서부터 각지에 막부를 열어 정치의 중심지가 다른 곳으로 옮겨간 경우는 있었어도 적어도 에도시대 이전까지의 일본의 문예사적 중심지는 줄곧 교토였다. 교토의 궁정을 중심으로 발달한 귀족문화는 헤이안 시대에 절정에 달하였으며 그 이후에는 헤이안 시대만큼의 융성함은 보이지는 않았을지언정 고전적 전통으로서의 자부심과 자긍심의 문화로서 시대와 계층을 불문하고 최고의 가치로 인식되어 왔다. 가마쿠라(鎌倉)에 막부(幕府)가 설치되어 정치의 중심지가 간토(關東)의 변방으로 옮겨간 중세(中世)시대에도 여전히 교토는 문화의 발신지였으며 중심지였고 막부의 중심 세력인 무사들은 교토 문화의 애호가였다. 마찬가지로 무로마치(室町)·아즈치(安土)·모모야마(桃山)에 막부가 설치되었을 때도 문화의 발신지는 언제나 교토였으며 에도시대에 들어서도 이러한 사정에 변화는 없었다. 훗날 에도를 중심으로 하는 새로운 조닌(町人)문학이 시대의 대세가 되었을 때도 교토를 중심으로 하는 '미야비의 문학'은 전통적 자부심으로서 에도의 '俗의 문학'과는 상극적으로 독자적인 발전을 거듭해 갔다.

2) '雅'와 '俗'이 공존하는 도시 오사카(大坂)
─ '즉속위아(卽俗爲雅)'와 조닌(町人) ─

근세시대는 에도시대라 하여 당시의 정치·경제·사회·문화의 모든 영위가 에도를 중심으로 이루어지고 있는 듯 인식되기 쉬우나 에도시대 초기의 경제의 중심지는 오사카(大坂)였고 조닌(町人)문화가 꽃피기 시작한 것도 오사카를 발상지로 하고 있었다는 점은 간과할 수 없다.

　근세문화의 상징성과 표상성을 교토 구게(公家)의 '미야비(雅)'와 에도 조닌의 '조쿠(俗)'라는 대립적 도식으로 파악할 때 오사카의 문화의 특색은 이 '미야비'와 '조쿠'의 융합의 문화라 할 수 있으며 이 '아속(雅俗)'의 융합을 가장 빨리 주체적으로 표상화 시킨 것이 문인집단이었다. 18세기 중엽 이후에 이러한 현상이 두드러지는데, 이들은 소라이 고문사파(祖来古文辞派)[7]의 문인주의의 이론적 근거를 갖고 '즉속위아(即俗爲雅)의 경지를 발견해 아속융합(雅俗融合)의 기초를 마련했다. '雅'와 '俗'은 이제 고립된 문예가치가 아니다. 고립에서 융화로 나아갈 때 비로소 에도 문예의 진정한 특징이 나타난다고 할 수 있다. 18세기의 문화, 그 중에서도 중엽 이후 天明期(1788년)까지의 시기가 바로 아속융합(雅俗融合)문화의 완성기라 할 수 있을 것이다. 이에 아속융합(雅俗融合)의 배경에 대해 잠시 살펴보자.

　18세기 중엽 경까지 에도가 이렇다 할만한 문학을 생산해 내지 못했던 것은 에도 및 에도의 조닌이 문학을 생산할 만큼 충분히 성숙해 있지 못했다는 점에 있을 것이다. 이에야스(家康)가 에도에 막부(幕府)를 연 후 성장을 거듭해 오던 에도는 18세기 초에는 이미 도시로서의 완성을 끝냈고 지역·인구 등이 거의 고정되는데, 그 때까지 에도로 유입됐던 각지의 조닌 가운데 가미가타 출신의 조닌들이 에도의 경제

---

7) 伊藤仁斎나 徂来學派에 의해 世俗의 人情이 중시되고 高踏的인 漢詩 속에도 연애나 유흥가를 소재로 하는 작품이 보이는 것은 「雅」속에 「俗」이 반영된 「雅俗融合」의 전형이라 할 수 있을 것이다. 또한 与謝蕪村의 俳諧에 李白이나 杜甫의 漢詩의 세계가 읊어진다는 것은 반대로 「俗」안의 「雅」가 반영된 雅俗融合의 한 예일 것이다.

권을 장악하고 있었다. 출판업계 또한 가미가타 자본이 지배를 하고 있었으며 에도 출신의 조닌에 의한 출판 자본의 성숙은 아직 이루어지지 않았다. 18세기 중엽 이후 대두하기 시작한 조닌 계층의 형성과 발전에 크게 기여한 것이 출판·인쇄의 발달과 보급이다. 출판·인쇄의 발달에 따라 조닌들의 독서의 내용은 크게 변화했다. 일반인들의 삶의 규범으로서 한적(漢籍)·고전(古典)·시문(詩文)·역사서 등을 손쉽게 접할 수 있게 되었고 이를 통해 조닌들은 학문과 교양, 나아가서는 인격형성을 위한 다양한 독서 스타일을 모색할 수 있었다. 실용서와 오락서, 잡서(雜書) 등의 출판물의 출현은 새로운 독자층을 형성하게 되었고 나아가서는 종래의 삼도(三都)를 중심으로 이루어졌던 출판물의 수요가 지방으로까지 확대되는 계기를 마련했다. 그 중에서도 에도의 명소안내를 지향하는 출판물이 많이 만들어졌다. 가나조시(仮名草子)인 『지쿠사이(竹齊)』(1615-1624년)는 주인공 지쿠사이가 여러 지방을 두루 기행하면서 최종적으로는 에도에 도착해 니혼바시(日本橋), 에도성(江戸城), 센소지(浅草寺) 등의 견문을 적고 있다. 역사나 유서 깊은 곳뿐만이 아니라 오히려 무가(武家)정치의 중심지, 신흥도시 에도를 조망한다는 의미가 컸다. 도미야마 도야(富山道冶)는 이세(伊勢) 출신으로 교토를 기반으로 하는 지식인이라 할 수 있다. 초기의 『지쿠사이』의 독자층 또한 교토의 구게(公家)계급을 중심으로 하는 문화인들이었다. 교토의 전통적 문화권에 속한 『지쿠사이』의 작자에게도 이미 에도는 무시할 수 없는 문예공간으로서 인식되기 시작했음을 의미한다. 『시키온론(色音論)』(1634년)은 에도를 소개하는 것을 주목적으로 한 가나조시이다. 여기에서는 조죠지(增上寺), 신묘지(神明寺), 아사쿠사(浅草) 등 에도의 중심부에 대한 기술뿐만이 아니라 일반 서민들의 일상생활을 통해 그들의 심상을 표출하고 있다.

가나조시에서 발전해 각종의 에도 명소안내서가 세상에 나오기 시작했으며 점차로 지역도 확대되어 서쪽의 나이토신주쿠(内藤新宿), 나카노(中野) 등에까지 확대되었다. 지역의 확대는 명소의 증가를 의미한다. 『에도메이쇼즈에(江戸名所図会)』(1834-1836년 간행)에서는 에도의 범위를 서쪽으로는 다마(多摩)지역, 북쪽으로는 오미야(大宮), 동쪽으로는 이치카와(市川)와 후나바시(船橋), 남쪽으로는 가나자와분코(金沢文庫) 근처로까지 범위를 확대하고 있다. 교토·가미가타를 중심으로 하는 근세 초·중기의 출판·인쇄문화의 발전과 대중화는 결과적으로 신흥도시 에도를 중심으로 하는 조닌이 근세 문화의 중심으로 대두될 수 있었던 계기를 제공했으며 이러한 다양한 인쇄물을 통해 우리는 에도인의 다양한 심상을 엿볼 수 있을 것이다.

3) '俗'의 도시 에도(江戸) - 문화의 동점(東漸)과 대중화-

흔히 에도의 문화를 '俗'의 문화라 한다. 교토의 구게(公家)나 고급 무사들의 문예에 비해 조닌들의 문예는 일견 저속의 분위기를 자아내고 있음은 부인할 수 없을 것이다. 그러나 동시에 융합(融合)된 아속(雅俗)이 급격하게 '雅'의 세계로 경도(傾倒)되어 갔다는 것에 주목할 필요가 있다. '俗'을 받아들인 한시(漢詩)가 이미 주류를 이루었으며 바쇼(芭蕉)와 부손(蕪村)의 고상한 하이카이(俳諧)가 '雅'의 세계로 승화(昇華)했음은 주지의 사실이다. 그러자 거기에서 교시(狂詩)·교카(狂歌)와 같은

보다 '俗'을 지향하는 장르가 태어났고 센류(川柳)가 유행하여 잡파이
(雜俳)라 불리면서 지방에까지 하이카이가 보급되기에 이르렀다. 단순
한 '융합(融合)'이 아니라 그것이 새로운 '俗'을 재생산해 가는 것이다.
구라치 가쓰나오(倉地克直)는 '雅'와 '俗'이 여러 형태로 융화하면서 길
항(拮抗)하고 병존하는 상태(常態)를 에도 문화의 커다란 특징으로 보고
있으며[8] 이는 적확한 지적이라 할 수 있을 것이다.

근세시대의 정치·경제·문화의 중심지가 17·8세기에 이르러 교
토·가미가타에서 에도로 옮겨지는 배경에는 정치적·경제적 환경의
변화가 결정적인 요인으로 작용하고 있다는 점에 주목해야 한다. 16세
기 중반 이후 일본 전국은 영주들의 이합집산에 의한 전쟁의 소용돌이
로 빠져들게 되며 최종 승자가 된 것은 도쿠가와 이에야스(德川家康)였
다. 이에야스는 자신의 본거지인 에도에 막부(幕府)를 열었다. 무로마
치막부(室町幕府) 이후 권력자들은 모두 교토를 목표로 삼고 교토에 본
거지를 두었다. 기나이(畿內)지역을 장악하는 자가 천하를 장악한다고
믿었기 때문이다. 그러나 이에야스는 이제껏 모든 면에서 변방으로 여
겨지던 도코쿠(東國)의 에도에 애착을 보였다. 이는 역사상 무사정권의
출발점이기도 했던 가마쿠라막부(鎌倉幕府)가 교토의 조정(朝廷)에 대항
에 가마쿠라에 막부를 설치했던 무가정권 본래의 전통으로 돌아가려
고 하는 이에야스의 강한 의지가 엿보이는 부분이다.

이에야스는 에도를 수도로 정하고는 에도성의 개보수와 함께 대규
모적인 조카마치(城下町)의 경영에 착수했다. 근세초기의 에도의 도시

---

8) 倉地克直 『江戸をよむ』(吉川弘文館 2006)

적 발전은 중앙정권으로서의 막부 정치의 확립과 에도성 건설의 진행과 밀접한 관계 하에 있었다. 18세기 중엽에 이미 인구 백만 도시로 성장한 에도는 한 나라의 수도로서의 기능을 발휘하며 명실 공히 정치·경제·문화의 중심지로 자리 잡는다. 18세기 후반 경을 중심으로 하여 문학작품 속에는 종종 '오에도(大江戸)'라는 에도의 미칭(美稱)이 보이기 시작한다. 다케베 아야타리(建部綾足)의『혼초스이코덴(本朝水滸伝)』(1771)은 '오에도(大江戸)'라는 말이 세상에서 쓰이기 시작했던 사실을 확인할 수 있는 가장 이른 시기의 문학작품이라 할 수 있을 것이다. '오에도'는 18세기 중엽의 이른바 '문운동점(文運東漸)'의 시기라 불리는 시기 이후에 나타나는 호칭이라 여겨진다. 이는 소위 근세 시대의 삼도(三都)라 불리는 교토·오사카·에도 가운데에서도 에도가 도시의 규모나 인구 면뿐만이 아니라 문화적으로도 교토·오사카를 능가하는 시기가 도래했음을 의미한다.

　교토·오사카·에도 가운데에서 강하게 도시를 의식하며 적극적으로 문학작품 속에서 묘사하고 있는 것은 에도 뿐이라고 할 수 있다. 이는 일본의 역사와 문화의 오랜 흐름 속에서 유례를 찾아볼 수 없는 현상이며 대도시 에도와 그곳에 긍지를 갖고 활약하고 있는 에도인의 가장 큰 특징이기도 하다. '오에도(大江戸)'라는 말은 있어도 '오교토(大京都)' '오나니와(大浪速)'라는 말과 의식은 찾아보기 힘들다. 도시의 묘사에서 오사카의 도시 경관을 자기들의 도시라는 의식을 갖고 묘사하고 있는 경우는 사이카쿠(西鶴)의『닛폰에이타이쿠라(日本永代蔵)』의 도지마(堂島)의 묘사 이외에는 거의 찾아보기 힘들다. 에도라 하면 니혼바시(日本橋)나 료고쿠바시(両国橋), 아사쿠사(淺草)라는 공통분모를 떠올리지만 오사카의 경우는 그러한 대표적 표상성(表象性)을 획득한 공통분모를 찾기 어렵다.

이처럼 에도가 오사카에 비해 도시의 상징적 표상성(表象性)을 획득한 이유는 앞에서도 지적한 바와 같이 에도가 갖고 있는 '俗' 문화적 특성에 연유한다고 할 수 있을 것이다. 전통적 '미야비'를 추구하는 와카(和歌)는 주로 교토와 오사카의 귀족이나 무사의 전유물이었고 정치・경제・문화의 주도권을 에도로 빼앗긴 후에도 양보할 수 없었던 교토・오사카인들의 문화적 자존심이었다. 이에 비해 가미가타를 중심으로 발전하기 시작한 하이카이(俳諧)는 에도의 문학으로 환골탈퇴한다. 하이카이는 신흥도시 에도를 적극적으로 받아들이려는 태도가 보인다. 와카가 가어(歌語)를 중시하는 것에 비해 하이카이에서는 속어(俗語)가 중요한 역할을 하고 있다. 습속(俗習)과 제례(祭禮) 또한 비교적 자유롭게 노래의 주제가 되곤 했다. 하이카이에는 종종 에도의 지명이 노래 속에 등장하는 예도 적지 않다. 바쇼(芭蕉)는 달을 주제로 노래하면서도 '도리쵸(通り町)'의 특색을 노래하고 있고,[9] 기카쿠(其角)는 에도의 한 지명에서 더 나아가 '에치고야(越後屋)'라는 특정 점포의 이름을 노래 속에 넣어 부르고 있다.[10] 실제로 토지나 명소를 노래한 『에도킨자이메이쇼슈(江戸近在名所集)』(1775년), 『에도메이쇼와카슈(江戸名所和歌集)』(1844년) 등 많은 하이카이집에는 에도의 명소를 대상으로 하는 구(句)가 다수 수록되어 있다. 이처럼 에도의 하이카이를 통해 에도인 생

---

9) 「實にや月間口千金の通り町」〈芭蕉全集・発句編・秋〉
10) 「越後屋に衣さく音や衣更」〈浮世の北〉, 「越後屋の算盤過て小夜衢」〈蕉門名家句集一 其角〉

활 속의 '俗의 문학'의 공간으로서 에도의 표상과 에도인의 심상을 엿
볼 수 있다.

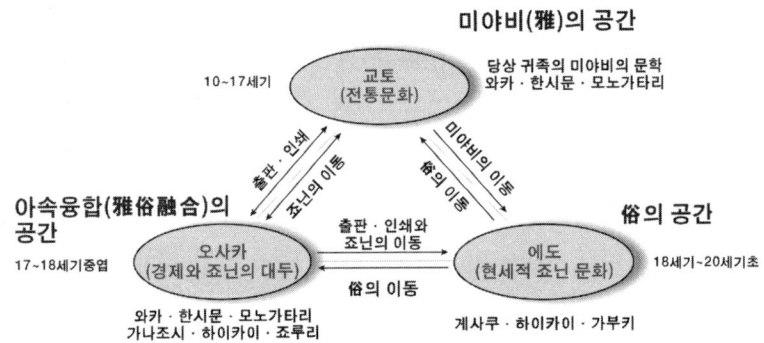

圖 1 근세시대 삼도(三都)의 상관도

미야비(雅)의 공간

당상 귀족의 미야비의 문학
와카·한시문·모노가타리

교토
(전통문화)

10~17세기

출판·인쇄 / 조닌의 이동

미야비의 이동 / 俗의 이동

아속융합(雅俗融合)의 공간

17~18세기중엽

오사카
(경제와 조닌의 대두)

출판·인쇄와 조닌의 이동

俗의 이동

俗의 공간

에도
(현세적 조닌 문화)

18세기~20세기초

와카·한시문·모노가타리
가나조시·하이카이·죠루리

게사쿠·하이카이·가부키

2 근세 문학텍스트를 통해 본 일본인의 심상지리

1) '集'의 공간형성과 에도인의 심상

에도는 막부 개부(開府)이래 다양한 사람들이 모여들었다. 『江戸は
諸国の掃き溜め』라는 말이 생겨날 정도로 전국 각지로부터 다양한
계층의 사람들이 에도로 유입하였고, 그들에 의해 에도의 독특한 문화
가 형성이 되어갔다. 이러한 에도의 모습은 문학작품에도 반영되어갔
다. 앞서 언급하였지만 에도시대초기의 문학의 중심은 가미가타에 있

었고, 문운동점이후 에도를 중심으로 한 문학이 형성되어간다. 즉, 에도시대 초기의 문학에는 대부분이 가미가타 등, 외부에서 본 에도에 대한 표현이 주를 이룰 수밖에 없으며, 중기 이후에 이르러서야 에도 사람이 보는 에도라는 시각에서의 표현이 이루어진다는 것이다. 이에는 새로운 장르의 발생과 더불어 에도인에 의해 에도를 그린다는 차이가 나타나게 된다.

가나조시에 나오는 에도는 은둔자가 일시적으로 머무는 장소로 그려지고 있다. 예를 들어, 앞에서 예로 들은 『지쿠사이(竹斎)』에서는 돌팔이 의사 '지쿠사이'가 교토의 생활에 절망한 나머지 에도로 은둔하는 이야기가 그려져 있고, 아사이 료이(浅井了意)의 『도카이도메이쇼키(東海道名所記)』(1661년)나 『우키요모노가타리(浮世物語)』(1665년)에서도 역시 에도는 주인공들이 임시적으로 머무는 은둔지로 설정되고 있다. 여기서 에도는 현실 상황과 격리되고 싶은 에도인의 심상을 잘 나타내고 있다고 할 수 있을 것이다. 이 때의 은둔지로서의 에도는 염세적이거나 어두운 공간이라기보다는 자연을 즐기며 여행할 수 있는 에도인의 휴식의 공간으로 인식되고 있으며, 이 점은 가나조시의 명소기물(名所記物)이라든가 편력물(遍歷物)의 특징이기도 하다. 이렇게 은둔자의 여행지로 설정되고 있는 에도라는 공간은 가장 근세적인 색조가 강한 주인공들의 심상을 투영하고 있으며, 바꾸어 말하면 이들을 통해 에도의 근세적인 측면이 부각되어 나타난다고 할 수 있다.

이상과 같은 은둔자의 여행지로서의 에도는 점차 그 성격이 바뀌어 참근교대(參勤交代)로 와 있던 무사들이나, 대도시 생성과 더불어 상인들이 모여드는 공간으로 변화해 간다. 예를 들어 사이카구(西鶴)의 우키요조시(浮世草子)에서는 에도가 전국 각지로부터 돈이 모이고 소비되는 대도시로 설정되고 있으며, 이 작품 안에는 어떻게 해서든지 돈을 벌려고 하는 에도인의 돈에 대해 집착이 자세히 묘사되고 있다.[11] 『세켄무네산요(世間胸算用)』(1692년)에서도 돈의 씀씀이에 구애받지 않음을 의미하는 '다이묘기(大名気)'라는 에도인의 기질이 오사카나 교토 사람들의 시선으로 묘사되고 있다.[12]

한편, 무사나 상인 외에 하이카이 작가들도 에도로 많이 모여들었는데, 이들 가운데 바쇼(芭蕉)는 하이카이 활동을 위해 이가(伊賀)에서 에도로 건너 왔다. 그의 하이카이집 『하이카이도세오토코(俳諧当世男)』

---

11) 『西鶴諸国ばなし』巻五「難波人ひさしく、江戸に棚出して、一代世をわたる程儲けて、二たび大坂にかへり、楽々と暮らされける。(中略)私もここ元のしんだいおもはしからず。一たび江戸への心ざしなり。(中略)それより次第に富貴となつて通り町に屋敷を求め棟にむね門松を立て広き御江戸の正月をかさねける」(『新編日本古典文学全集　井原西鶴集2』小学館 p.145)

『日本永代蔵』「所は御江戸なれば、何をしたればとて商の相手はあり。珎敷見立もがな」と、日本橋の南詰に曙より一日立つくしけるに、流石諸國の人の集り、山も、更にうごくがごとく、京の祇園会・大坂の天満祭にかはらず。毎日の繁昌此御時、君が代の道廣く、通り町十二間の大道所せきなく、此橋の上に馬乗一人・出家壱人・鑓壱筋、朝から晩迄絶る事なく」(『新編日本古典文学全集　井原西鶴集3』小学館 p.87)

『万の文反古』巻一「日本国の金銀集まり瓦石のごとく見えし江戸」(『新編日本古典文学全集　井原西鶴集3』小学館 p.229)

12) 『世間胸算用』「一とせ、江戸中の棚に、せきだが一足、たびが片足ない事有。幾万人はけばとて、かゝる事は、日本第一人のあつまり所なれば、也。宵のほどは一足七八分のせきだ、夜半過には壱匁二三分となり、夜明がたには一そく弐匁五分になれ共、買人ばかりにしてうるものなし。一とせ、掛小鯛二枚十八匁宛せし事も有。代々ひとつ金子弐歩づゝせしに、高ふて、買ぬといふ事なし。京大坂にては、相場ちがひのものは、たとへ祝儀のものもにしてから、中々調ふべき人心にはあらず。爰を以て大名氣とはいへり。」(『新編日本古典文学全集　井原西鶴集3』小学館 p.471)

(1676년)의 구「天秤や京江戸かけて千代の春」에는 교토와 에도를 균등하게 바라보고 이 두 도시의 번영을 예찬하는 시인의 시각이 담겨 있지만, 점차 교토 보다는 에도를 번화한 중심 도시로 지칭하는 경우가 많아지게 된다.[13] 예를 들어「実や月間口千金の通り町」(『俳諧江戸通り町』),「雨の日や世間の秋を堺町」(『俳諧江戸広小路』)는 에도에서 가장 번화한 거리인 도리쵸와 시바이마치인 사카이초라는 구체적 지명을 넣으며 에도의 번화함을 예찬하고 있다.

『하이카이에도토리쵸(俳諧江戸通り町)』(1678년)에서는 네덜란드의 무역상이 해마다 물건을 헌상하는 모습을 통해 에도의 천하태평과 번영을 이루게 한 도쿠가와 장군을 예찬하는 구「甲比丹もつくばゝせけり君が春」가 포함되어 있는데, 여기에서는 에도가 일본의 중심지일 뿐만 아니라 세계의 중심도시라는 확대된 의식이 나타나고 있다.

바쇼는 훗날 에도의 중심인 니혼바시(日本橋)에서 한적한 교외에 해당하는 후카가와(深川)로 이주해 가게 되는데, 이를 계기로 생활면에서뿐만 아니라 정신적인 면에서도 큰 변화를 가져오게 되며 이전의 도회지로서의 에도를 찬미하는 태도와 상반되는 구들을 읊게 된다.[14] 잘 알려져 있는 바쇼 문학의 은일(隱逸)적 색채는 이러한 대도시 에도와 관련된 심상의 변화 안에서 탐구되어야 할 것이다.

한편, 바쇼 이외에도 에도로 이주한 하이카이 작가로는 시코(支考, 1665-1731년)와 부송(蕪村, 1716-1783년), 잇사(一茶, 1763-1827년) 등을 들 수

---

13) 『新編日本古典文学全集 松尾芭蕉集1』小学館 p.61
14) 加藤定彦「江戸の俳諧」『国文学解釈と感賞 特集 江戸の魅力』至文堂, 2003. 12, p.63

있다. 그 가운데 시나노(信濃) 출신인 잇사는 '에도의 잇사'라 불릴 만큼 에도와 관련된 주제를 작품 속에 많이 등장시키고 있다.[15] 에도의 상징인 스미다강이나 에도생활을 그리워하며 읊은 구들이 그것이다. 다른 에도 하이카이 작가들의 경우 에도의 도시성을 강조하고 이와 대비되는 다른 지방의 지방색을 해학의 대상으로 삼았으나 잇사의 경우는 대도시 에도에 대한 찬미와 대도시 에도의 마이너스적인 측면도 함께 담아내고 있다.

이와 같이 근세의 문학가들은 여러 곳을 유랑하며 느꼈던 경험을 바탕으로 에도와 타 지역과의 차이를 하이카이나 기행문, 일기 속에서 자주 표출하고 있으며, 이 때 에도라는 공간은 이들의 심상뿐만 아니라 작품 세계에도 많은 영향을 끼치는 매우 특별한 공간으로 기능하고 있다.

2) 에도코의식의 형성과 에도예찬의 표출

18세기 중반이후부터 에도에서 태어나고 자란 사람들이 에도에 대해 자부심을 갖는 '에도코 의식'이 에도인들의 심상 속에 자리 잡게 된다. 이 공통의식을 바탕으로 에도에서는 게사쿠(戲作)라는 새로운 장르가 생겨났고, 또한 같은 뜻을 가진 사람끼린 모인 렌(連)을 중심으로 하는 문학과 문화 활동이 이루어진다. 이러한 에도코의 공통의식을 바탕으로 한 에도인의 심상이 문학 속에 베어 나오게 되는 것이다.

---

15) 小林計一郎「一茶」『国文学解釈と鑑賞』「特集＝古典文学と風土」至文堂 1983.3, pp.133-134

니시야마 마쓰노스케(西山松之助)의 『에도코(江戶ッ子)』에 의하면 에도는 '오(御)'라는 경어가 붙여진 유일한 도시이다.[16] 이는 전국에서 온 다이묘(大名)나 가신들이 장군에 관한 모든 것에 '御'라는 경어를 붙여서 불렀던 당시의 관습에서 유래한 것으로 보인다. 즉, 에도가 장군이 있는 도시였기 때문에 '오에도(御江戶)'라고 불리게 된 것이다. 이 말은 바꾸어 말하면 에도는 즉 일본전국을 대표하는 중앙도시라는 의미이다.

18세기 후반이 되자 에도의 성장(지역적 확대, 인구증가)과 에도 상인들의 경제력 강화에 따라, 오에도(大江戶)라고 불리게 되었으며 '오에도의 번영' '오에도의 번성' 등의 표제에서 보이는 것처럼 경제적인 측면에서도 에도를 자부하게 된다. 이들은 에도를 '번영의 도시 에도(花の江戶)'라고 부르면서 에도의 번영과 발전 가능성을 기대하게 되었다.

지식계급인 무사들이 적극적으로 서민계급인 조닌 세계에 융화되어 가는 한편 조닌도 '에도코'라고 하는 공통의식과 그들의 축적된 재력을 기반으로 지적 레벨의 향상과 문화인으로서의 의식을 고양시키며 신분적 차이로부터 벗어나고자 했다. 이러한 에도코 의식의 다른 한편으로는 농촌으로부터 다수의 빈농이 에도로 유입되어 사회 질서를 동요시키고 있다는 에도인의 위기감으로 표출되기도 한다.

이러한 공통된 주민의식인 '에도코' 의식은 에도 후기 문학인 게사쿠(戱作)나 교카(狂歌)에도 두드러지게 나타난다. 에도코기질, 에도자랑의 의식, 에도어를 기반으로 해서 발전한 게사쿠는 도시형문학의 전형이었고 교카 역시 그런 점에서 게사쿠적이었다.[17] 특히 덴메이(天明:

---

16) 吉川弘文館, 1980, p.107
17) 宇田敏彦「近世の狂歌」『時代別日本文学史事典 近世編』東京堂出版, 1997,

1781-1789년) 연간에는 교카 붐이 일어났는데. 이것이 소위 덴메이 교카이며 에도자랑을 그 특징으로 하고 있다. 특히 렌(連)을 중심으로 하는 동호문학이나 문화활동을 통해서도 에도인의 사고나 심상을 표출하고 있다. 이 가운데 교카는 참근교대로 와 있던 무사들 사이에서는 물론이고 조닌층까지도 널리 퍼져 유행하게 된 일종의 동호인 문학을 대표하는 장르라 할 수 있는데, 이후 교카는 '連'이라고 하는 결사에 의한 활동을 기반으로 발전해 나갔다. 우시고메(牛込)주변의 남포(南畝)를 중심으로 모인 요모렌(四方連), 간코(管江)를 중심으로 한 아케라렌(朱楽連), 요쓰야(四谷)의 깃슈(橘州)에 의해 이끌어진 요쓰야렌(四谷連), 시바(芝)의 모토노모쿠아미(元の木阿弥)의 오치구리렌(落栗連) 등, 각각 지역적인 중소 파를 결성하여 그것들이 남포를 중심으로 활동한 것이 덴메이교카단이었다. 특이한 것은 지식계급인 무사들이 적극적으로 서민계급인 조닌들과 어울려 활동을 하고 있었다는 점이다. 조닌은 에도코라고 하는 공통의식을 기반으로 하여 재력에 의해 스스로의 지적 레벨과 문화인으로서의 의식을 높이며 신분적 차이를 넘어 활동하고 있었다.[18]

　덴메이교카에 있어서 에도찬미는 그것만으로도 가재(歌材)가 되었는데, 무조건적인 에도찬미와 특히 태평한 에도를 상징하는 유곽 요시와라(吉原)와 그 외의 명소를 읊는 태평구가(泰平謳歌)의 구들이 많다.[19]

---

　　p.196
18) 宇田敏彦, 앞의 책. p.198
19) 「かくばかりめでたくぞ見ゆる世の中をうらやましくやのぞく月影」四方赤良『万載狂歌集』(『新編日本古典文学全集 黄表紙·川柳·狂歌』小学館 p.486)「吉原の夜見せをはるの夕暮れは入相の鐘に花やさくらん」p.482

관념적 유희성의 경향이 강했던 종래의 교카에 비해 도회적 풍속시로
서의 측면을 많이 지니며, 당시 에도인의 의식 감각을 솔직히 반영하
고 있는 점이 덴메이교카의 특징이다.[20] 또한 남포가 지은 "칠관(七觀)"
이라는 한문작품이 있는데 그 내용은, 여관주인이 병약하다는 핑계로
에도구경을 사양하는 가미가타에서 온 여행자에게 에도의 일곱 가지
풍경을 소개하며 에도를 칭송했더니 처음에는 에도의 화려함과 향락
적인 것에 관심을 보이지 않았던 여행객이 장려(壯麗)한 무가의 위용에
대해 듣고서는 감탄하여 에도의 위대함을 인정하며 이를 칭찬하게 된
다는 이야기이다. 에도를 향락적인 면과 강건한 면, 두 가지 측면을 가
진 도시로서 조형하고 있으며, 한편으로 에도와 가미가타의 사람에게
문답하게 한 뒤 그 결론으로 장군의 슬하, 막부소재지로서 무위를 자
랑하는 에도를 칭송한다. 이렇듯 남포에게는 에도라는 대도시가 교카
나 한문 등 여러 장르에 걸쳐 큰 주제[21]였음을 알 수 있다.

　앞서 말한 바와 같이, 에도코 의식이나, 에도코 기질, 에도어라는 공
통언어의 탄생은 게사쿠(戲作)에서도 볼 수 있다. 샤레본(洒落本)인 산
토 교덴(山東京傳)의『쓰겐소마가키(通言総籬)』(1787년)에서는 장군이 있
는 에도에서 태어나고 자란 것에 대한 에도인들의 자부심이 강하게 표
출되어 있다.[22]

---

20) 에도가부키의 상징인 이치카와 단주로(市川団十郎)를 읊은 「我ら代々団十
　　郎びいきにて生国は花の江戸のまん中(쓰무리노히카루頭光)」와 같은 교카
　　가 특징적으로 읊어졌다.
21) 小林ふみ子『文學』「大田南畝"七觀"をめぐって－詩文と戲作」2002年5月
　　p.143-155
22) 『通言総籬』一「金の魚虎をにらんで、水道の水を産湯に浴びて、御膝下に
　　生まれ出でては拝搗の米を喰て、乳母日傘にてひととなり、金銀の細螺は

또한 시키테이 산바(式亭三馬)의 곳케이본(滑稽本)인 『우키요부로(浮
世風呂)』와 『우키요도코(浮世床)』에서는 에도를 예찬하는 표현이 빈번
히 등장한다.[23] 특히 가미가타와의 비교를 통해 웃음을 유발함으로써
에도를 예찬하고 있다. 산바는 에도를 다른 도시보다 늘 우위로 여기
고 있었던 작가이며, 그의 작품에는 에도에 사는 사람들의 일상생활을
골계적으로 그리면서 곳곳에서 에도를 자랑하고 있는 묘사를 쉽게 찾
아볼 수 있다.

3) '興'의 공간으로서의 정착과 에도인의 심상

에도에 참근교대로 와 있던 무사들의 일기 등의 기록에는 에도에서
의 생활을 유람하며 즐겼다는 기술을 볼 수 있다. 고향을 떠나 에도에
묶여 있다는 부정적인 이미지는 없고 오히려 번잡한 에도의 도시공간
을 즐기고 있다는 의식이 나타난다. 예를 들어, 야마토코오리야마 번
주(大和郡山藩主)인 야나기사와 노부토키(柳沢信鴻)처럼 은거하면서 고
향으로 돌아가지 않고 에도 내의 저택 리쿠기엔(六義園)에 남아 가부키

じきに、陸奥山も卑きとし、吉原本田の髭筆の間に、安房上総も近しと
す。隅川の白魚も中落を喰ず。本町の角屋敷をなげて大門を打つは人の
心の花にぞありける。江戸っ子の根生骨万事に渡る日本ばしの真中から
云々」(『日本古典文学大系 黄表紙洒落本集』p.357

23) 『浮世風呂』二「<u>江戸っ子のありがたさには、生まれ落ちから死ぬまで、生
まれた土地を一寸も離れねえよ</u>、あい。おめへがたのやうに京で生まれて
大坂に住まったり、さまざまにまごつき廻っても、あげくのはては<u>ありが
たいお江戸だから、けふまで暮らしてゐるぢゃねえかな</u>。それだから、お
めへがたのことを上方ぜえろくといふわな」(『新日本古典文学大系 浮世風
呂戯場粋言幕の外 大千世界楽屋探』p.357)

를 감상하러 다니며 유유자적하게 에도를 즐겼다는 기술[24]이 보인다.
『에도자랑(江戸自慢)』(1854-1860년)에는 에도에서의 절약생활상 뿐만 아
니라 각종 오락시설과 다양한 볼거리, 먹을거리가 가득한 '興'의 도시
공간 에도에 대한 매력을 생생하게 기술[25]하고 있다.

또한, 기슈번(紀州藩)의 무사 사카이 반시로(酒井伴四郎)의 일기에서
는 동료들과 아사쿠사(浅草), 요시와라(吉原), 료고쿠(両国) 등의 에도의
번화가에 대한 기술과 에도의 특징이라고 할 수 있는 미세모노(見世物)
와 음식에 대한 이야기가 반복적으로 묘사[26]되고 있다. 특히 료고쿠
에서 자주 열리는 미세모노의 가설극장은 불상을 비롯하여 진기한 물
건, 동물, 곡예 등을 다양한 볼거리를 제공하는 '興'의 공간으로, 그곳
에서는 다양한 에도 서민들의 모습이 그려져 있다. 료고쿠는 18세기
후반에 있어서 서민들의 유흥지였고 료고쿠바시(両国橋)와 료고쿠히로
코지(両国広小路)는 에도에서 가장 번화한 장소였다. 히라가 겐나이(平
賀源内)의 『네나시구사(根南志具佐)』(1763)에서도 이 료고쿠바시와 히로
코지를 각종 상점과 행상인, 미세모노, 조닌, 가부키 배우 등을 계속해
서 나열하는 방법으로 번잡한 거리의 모습과 그곳을 형성하고 있는 에
도인의 심상을 생생히 그려내고 있다.[27]

---

24) 『江戸の盛り場考』竹内誠、教育出版、2000年、p.123-130
   『宴遊日記』『松鶴日記』『日本庶民文化史料集成』12卷、13卷、三一書
   房、1975年
25) 『未刊随筆百種』8卷 中央公論社、1977、p.48-60
26) 竹内誠、앞의 책、p.41-42
27) 長島弘明〈隅田川〉風来山人『根南志具佐』,『国文学 江戸を讀む』學燈社
   1990, pp.78-80, 長島弘明「江戸文学に描かれた両国」『江戸の広場』東京大
   学出版会, 2005, pp.89-102

이러한 '興'의 공간으로서의 료고쿠는 가와비라키(川開)라 하여 여름의 피서지나 불꽃놀이의 장소로, 나아가서는 에도를 상징하는 장소로 정착되어 간다. 하지만 간세이(寬政;1789-1801년)의 개혁으로 사치가 금지되자 '興'의 공간 료고쿠는 점차 활기를 잃어 가게 된다. 히라도(平戸)번주 마쓰우라 세이잔(松浦静山)의 수필 『갑자야화(甲子夜話)』(1821-1841년)[28]에는 이러한 에도 도시의 변화를 묘사하고 있다. 여기에는 조용해진 료고쿠를 보면서 번화했던 옛 료고쿠를 그리워하는 구절이 나오는데, 이는 료고쿠가 이미 에도 혹은 에도인의 '興'을 상징하는 공간으로 에도인의 심상에 뿌리 깊게 정착했음을 의미한다.

에도에 인구가 집중되기 시작하자 에도라는 도시를 안내하는 메이쇼키(名所記) 등의 지지(地誌)들이 발간된다. 메이쇼키도 우타마쿠라(歌枕)만을 모아 실었던 기존의 내용에서 신사나 사원, 꽃의 명소 등의 삽화가 있는 에도 안내서의 성격을 지닌 책자로서 간행되게 되었다. 본격적인 지지와 지도 등 실용적인 안내서 외에 명소를 그린 우키요에(浮世絵) 판화 등도 나오게 되면서 에도의 모습을 전하는 지방으로의 선물이 되기도 하였다. 이러한 에도명소기의 발행은 에도라는 도시의 발전과 깊숙이 관련되어 있다. 특히, 이러한 메이쇼키와 일기 등의 기록에 나타난 에도의 명소는 벚꽃과 단풍, 그 외 수목의 명소, 그리고 신사와 사원 등지가 대부분이었으며, 이곳들을 중심으로 에도는 관광도시화 되어갔다. 또한, 다이묘들의 정원, 신사 사원들의 정원들은 에도 도시 전체를 정원도시로 만들었다. 이와 관련하여 에도시대 말기에

---

28) 東洋文庫『甲子夜話』, 平凡社 1997-1983年

서양인들이 에도의 인상을 '정원'도시라고 표현하고 있는데 이는 관광도시화 해가는 에도의 도시성격[29]을 잘 나타내 주고 있는 것이라 할 수 있다.

일본의 도시 공간 중 신사와 사원 등의 종교공간은 에도, 가미가타할 것 없이 문화형성의 중심지 역할을 해왔다. 19세기 전반의 에도에는 약 1000개의 사원이 존재하였으며, '메이쇼키(名所記)'라 불리는 지지(地誌)는 대부분 신사 사원에 대해 기술하고 있다. 신앙과 오락의 장이었던 신사와 사원은 간에이(寬永;1624-1644년) 년간에 잇달아 지어졌으며 명소가 되어갔다.[30] 『에도스나고(江戸砂子)』 『에도메이쇼즈에(江戸名所図会)』는 에도의 번영은 대사원, 신사의 존재에 있다고 하면서, 그곳에서 이루어지는 제례나 행사, 자연과의 교류, 연중행사, 교통, 경제의 번화함, 다채로운 장사와 직인 기술 등을 기술하고 있는데, 에도 조닌의 눈, 시선에서 본 에도의 번영을 제시하고 있다.[31]

이러한 종교공간은 도시인들의 오락의 장소를 제공하며, 다양한 도시문화를 생성케 했다. 종교공간 안에서 특히 종교적 특징을 지니는 것에는 참배와 엔니치(緣日), 비불(秘佛)의 일반공개인 가이쵸(開帳) 등이 있다. 사이토 겟신(斎藤月岑)의 일기[32]에는 매달 많게는 열군데 이

29) 한경자는 「정원도시 에도의 형성과 성장과정」『일본문화연구』27동아시아일본학회, 2008년의 논문에서 참근교대로 인한 다이묘들의 저택배분, 화재로인한 연소방지 정책, 그리고 여러 장군들에 의한 식수 등의 정책적인 면과그에 따른 조원(造園)붐과 원예 붐 등 내면적인 배경을 실증적으로 분석하고있다.

30) 芳賀徹「江戸像の系譜」『都市とは』岩波書店, 1989, p.250

31) 鈴木章生『江戸の名所と都市文化』2001, p.263

32) 『斎藤月岑日記』1-6, 東京大學史料編纂所編纂, 岩波書店, 1997과 安藤優一郎『觀光都市江戸の誕生』新潮新書, 2005

상의 신사와 사원을 참배했다는 기록이 나오는데, 이러한 행동들은 에도시대가 되어 연중행사화 되었으며, 한편에서는 무분별한 가이쵸의 폐단등도 나오게 될 정도로 종교와 관련되는 행동문화에는 특이한 면들이 나타나고 있다. 그 외에도 꽃구경인 하나미(花見)를 하는 행락지의 역할도 했는데, 그 모습은 지지(地誌) 등의 삽화에서 시각적으로 확인할 수 있다. 이러한 종교공간은 신앙과 오락의 장소의 제공이라는 역할과 도시인에게 해당 지역 주민으로서의 소속감을 부여, 확인해 주는 장(場)이기도 했다. 특히 '메이쇼즈에(名所圖繪)' 등이 신사와 사원의 유래를 기재하면서 '유행불(流行佛)'을 만들어내며, 각 신사 사원의 참배가 연중행사화 하는 등, 도시인만의 독특한 새로운 문화와 신앙을 형성해갔다.

이러한 에도인의 문화형성에 중요한 역할을 하고 있었던 신사와 사원이라는 공간은 에도 도시문화형성에서의 종교공간의 역할과 변용이라는 점에서 또한 에도조루리, 에도가부키의 무대배경으로서 중요한 의미를 지닌다 할 것이다. 이에 관해서는 좀 더 세분된 영역에서 고찰을 심화시켜 나가야 할 것이다.

3 '遊'와 '藝'의 공간 ─ 가부키를 통해 본 에도인의 심상 ─

주지하고 있는 바와 같이 가미가타가부키에서는 와고토(和事), 에도가부키에서는 아라고토(荒事)라는 연기, 연출 형식이 발생, 발전했고, 동시에 에도와 가미가타라는 지역에 따른 특색이 확연히 나타난다.

초기의 에도 가부키는 가미가타 가부키작품의 지명을 단순히 에도의 지명으로 바꾼 것에 지나지 않았으나 19세기에 이르면서 점차 그 내용도 에도적인 것을 가미해 가는 가부키로 바뀌어 갔다.

에도가부키는 당시 최고의 극작가인 나미키 고헤(並木五瓶)가 1794년에 가미가타에서 에도로 옮겨오면서 에도의 가부키가 우위를 차지하게 되었다. 에도 가부키의 낭만성에 가미가타의 합리적 작풍이 도입되는 계기이기도 했다. 에도로 이적한 고헤이의 작품『고다이리키코이노후우지메(五大力恋織)』(1794)는 원래 오사카의 소네자키(曽根崎)에서 일어난 사건을 극화한 것이었으나 에도에서 상연하기 위해 무대를 스사키(洲崎), 후카가와(深川) 등으로 바꾸었다. 그 외『도미가오카코이노야마비라키(富岡恋山開)』(1798) 역시 가미가타에서 후카가와로 무대를 옮겨 다시 쓴 작품인데 후카가와나 조키부네(猪牙舟), 시바신메이(芝神明)의 풍경과 에도서민의 생활모습을 담아내며 관객의 호평을 받았다. 에도에서 인기가 있었던 것은 세태풍자물이 많았고 스케일이 큰 구상과 복잡한 스토리가 치밀하게 전개되는 가미가타의 시대물은 에도의 가부키와 맞지 않는다는 점이 있었다. 이후 에도에서 성장한 작가 남보쿠가 등장하면서 자연스럽게 에도를 무대로 한 작품이 등장하게 된다. 예를 들어 남보쿠의『도카이도요쓰야괴담(東海道四谷怪談)』(1825)은 '요쓰야'나 '요타카(夜鷹)'라는 매춘부가 등장하는 아사쿠사(浅草)의 주변 정경 등을 그리고 있는데, 이 안에는 주변 공간들이 갖는 분위기가 생생하게 전달됨과 동시에 인물묘사에도 리얼리티가 담겨져 있으며,[33]

---

33) 前田愛「濹東の隠れ家」『都市空間の中の文学』筑摩書房, 1982. pp.84-87

배경이 된 공간들은 정상적인 도시공간으로부터 소외된 자들의 어두운 욕망이 분출하는 곳이라는 점에서 주목할만 하다. 이 작품이 쓰여진 분카분세이(文化文政:1804-1829)년간은 막번체제의 동요기에 해당하는데, 표면적으로는 평온한 상태가 이어졌지만 계속되는 개혁의 엄격한 통제 속에서 퇴폐와 무기력의 경향이 강했고 이러한 시대적 분위기는 가부키 작품 속의 인물 조형 등에 반영되고 있다. 이러한 병적(病的) 이미지의 에도를 무대로 에도 하층민의 생활을 그려낸 남보쿠의 작품들을 범죄(악의 주인공의 조형)와 지리라는 관점에서 분석을 심화시킬 필요가 있다.

이어 에도막부 말기에서 메이지(明治)시대에 걸쳐 활약한 작가 모쿠아미(黙阿弥)는 작품속에 에도(근세)에서 에도를, 도쿄(근대)에서 에도를 그렸다. 모쿠아미는 메이지시대에는 우에노에서 개최되는 박람회를 보러 상경하는 사람들을 겨냥해서 에도의 생활을 세밀히 재현한 작품을 쓰게 되는데 이는 자기를 부정하는 "메이지"에 대한 복수라는 의미도 지닌다고 한다34) 그 외 쇼콘샤(招魂社) 등, 무대배경으로 선택된 공간에 대한 작가 모쿠아미의 의미부여를 살펴봄으로서 에도와 도쿄에 대한 에도인들의 심상지리를 좀 더 구체화시키는 것이 과제이다.

이러한 가부키의 표현 방법은 이전까지의 조루리적인 통일세계상을 근본부터 파괴한 의의가 있고, 배경으로서 에도가 그려지게 됨으로서 등장인물도 에도어를 쓰는 에도인으로 바뀌고, 사회극적인 면을 띠게 됨으로써 가부키가 명실 공히 에도인의 '遊'와 '藝'에 관한 도시적 심상

---

34) 渡辺保『黙阿弥の明治維新』新潮社, 1997. p.275

을 대변하는 극예술로 자리 잡게 되었다고 볼 수 있다.

맺음말

근세시대의 문학을 포함한 문화 전반을 흔히 '서민문화(庶民文化)' 또는 '조닌문화(町人文化)'라 하는 것이 일반적인 문화사적 평가이다. 이러한 평가는 각 시대별로 문화를 담당하는 주요 계층을 키워드로 특징지은 전통적 문화사관에 근거를 둔 것이라 할 수 있다. 고대의 '귀족문화(貴族文化)', 중세의 '무가문화(武家文化)' 근대의 '시민문화(市民文化)'에 대응하는 근세의 문화는 서민 내지는 조닌의 문화라 할 수 있다. 그러나 여기서 우리는 일반적인 오류에 빠지기 쉽다. 즉, 서민 혹은 조닌의 문화는 '속(俗)'의 문화라고 하는 도식적인 인식이 바로 그것이다. 이 점을 문학사의 측면에서만 보면 다음과 같은 점을 지적할 수 있을 것이다. 전 시대의 와카(和歌)나 궁정풍의 모노가타리(物語), 한시문 등이 어느 정도의 교양과 학식을 갖춘 작자들에 의해 제한된 독자층을 대상으로 창출·향수되어진 문학이라는 것에 이론은 없다. 그렇지만 그러한 특정 계층에 의해 창출·향수되어지는 문학이 바로 '미야비(雅)'의 문학이라 규정짓는 다면 종래의 전통적 문학사관을 무비판적으로 수용하는 도식적 파악이라는 오류에 빠지기 쉽다는 것이다. '雅'와 '俗'을 규정짓는 기준은 여전히 포괄적이고 시대에 따라 달라질 수 밖에 없다. 이 점에 관해서는 각 개별 시대와 장르, 작품 별로 더욱 많은 추가적 논의와 분석이 필요한 것임은 말할 것도 없다.

　흔히 에도의 문화를 '俗'의 문화라 한다. 교토의 구게(公家)나 고급 무사들의 문예에 비해 조닌들의 문예는 일견 '저속'의 분위기를 자아내고 있다. 그러나 앞에서도 언급했듯이 융합(融合)된 아속(雅俗)이 급격하게 '雅'의 세계로 경도(傾倒)되어 갔다는 것에 주목할 필요가 있다. 에도문화의 이원적 특성이 바로 이것이다. '俗'을 받아들인 한시(漢詩)가 주류를 이루었으며 바쇼(芭蕉)와 부손(蕪村)의 고상한 하이카이(俳諧)가 '雅'의 세계로 승화(昇華)했다. 그러자 거기에서 교시(狂詩)·교카(狂歌)와 같은 보다 '俗'을 지향하는 장르가 태어났고 센류(川柳)가 유행하여 잡파이(雜俳)라 불리며 지방에까지 하이카이가 보급되기에 이르렀다. 단순한 '융합(融合)'이 아니라 그것이 새로운 '俗'을 재생산해 간다는 것이다. '雅'와 '俗'의 이원적 구조가 상승적(相昇的) 효과를 나타내고 있는 것이 바로 에도문화의 커다란 특징이라 할 수 있을 것이다.

　본고는 일본문학연구와 일본사상사연구라는 학제적 시각에 입각해, 문학텍스트에 나타난 '에도' 표상을 통해 근세 시대의 일본인의 심상(心象)지리적 문화 기층을 총체적이고 실증적으로 분석하는 데에 주안점을 두었다. 근세 이래 오늘날까지 일본을 대표하는 최대 도시인 에도·도쿄'의 표상을 문화사적 시좌로 파악함과 동시에 그 구체적인 내용을 문학 텍스트를 통해 실증하고, 이를 바탕으로 일본인의 심상(心象)의 형성과정과 그 추이를 규명하고자 했던 것이다. 이를 위해 제 2장에서는 에도·도쿄의 공간·문예발달의 메커니즘을 분석·파악하기 위해 종래의 교토(京都)와 오사카(大坂)에 있던 문예 중심이 에도(江戶)로 이행되어가는 배경을 분석하였고, 제3장과 4장에서는 보다 구체적으로 문학작품에 반영된 에도의 모습을 추출해 내고 이를 바라보는 에도인의 심상을 '유(遊)'와 '집(集)'과 '흥(興)'이라는 키워드를 통해 분석하였다. 그리고 여러 장르의 텍스트를 통해 에도의 다양한 도시표상과 이를 바라보는 에도인의 심상을 파악하고 이를 통해 문학텍스트를 대상으로 문학연구의 시좌와 사상사적 관점을 도입한 이른바 문화연구(culture studies)를 시도했다는 점에 의의를 두고자 한다. 그리고 이 연구의 본격적인 완성을 위해 본론에서도 기술하고 있는 바와 같이 본고의 총설적 부분의 문제의식을 기반으로 각 세부영역에서 추가적인 각론을 수행해 갈 것이다.

참고문헌

『類字名所和歌集』『纂輯類聚歌合とその研究』堀部正二, 1945

『歌枕名寄』『校本詞合名寄 本文篇澁谷虎雄, 1977

『竹齊』『日本古典文学大系 仮名草子集』(岩波書店)

『江戸名所和歌集』『江戸名所和歌集 研究ノート(一)』日本女子大学大学院紀要』八

『西鶴諸国ばなし』『新編日本古典文学全集 井原西鶴集2』小学館, 1996

『日本永代蔵』『新編日本古典文学全集 井原西鶴集3』小学館, 1996

『万の文反古』『新編日本古典文学全集 井原西鶴集3』小学館, 1996

『世間胸算用』『新編日本古典文学全集 井原西鶴集3』小学館, 1996

『俳諧江戸通り町』『新編日本古典文学全集 松尾芭蕉集1』小学館, 1995

『万載狂歌集』(『新編日本古典文学全集 黄表紙・川柳・狂歌』小学館, 1999

『浮世風呂』『新日本古典文学大系 浮世風呂戯場粋言幕の外 大千世界楽屋探』岩波
　　　書店, 1989

倉地克直, 『江戸をよむ』吉川弘文館, 2006

小木新造編, 「現代のエスプリ別冊江戸とは何か』『江戸東京学』至文堂, 1986

小木新造編, 『江戸東京学への招待』1, 日本放送出版会, 1995

鈴木勝忠, 『川柳雑俳江戸庶民の世界』三樹書房, 1996

鈴木章生, 『江戸の名所と都市文化』吉川弘文館, 2001

鈴木博之 外編, 『近世都市の成立』東京大学出版会, 2005

諏訪春雄, 『江戸―その芸能と文学』毎日新聞社, 1975

竹内誠, 『江戸の盛り場考―浅草・両国の聖と俗』教育出版, 2000

棚橋正博, 『江戸の道楽』講談社, 1999

中野三敏, 「十八世紀江戸の文化」『日本の近世12　文学と美術の成熟』中央公論社,
　　　1993

長沢利明, 『江戸東京の庶民信仰』三弥井書店, 1996

＿＿＿＿, 江戸東京の年中行事』弥井書店, 1999

長島弘明, 吉田伸之編『江戸の広場』東京大学出版会, 2005

比留間尚, 『江戸の開帳』吉川弘文館, 1980

広末保, 『悪場所の発想』三省堂, 1970

＿＿＿, 辺界の悪所』平凡社, 1973

渡辺保, 『黙阿弥の明治維新』新潮社, 1997

前田愛, 「濹東の隠れ家」『都市空間の中の文学』筑摩書房, 1982

芳賀徹, 「江戸像の系譜」『都市とは』岩波書店, 1989

宮田登, 『江戸歳時記』吉川弘文館, 1981

横山泰子, 『江戸東京の怪談文化の成立と変遷：一九世紀を中心に』風間書房, 1997

前田 愛, 『都市空間のなかの文学』筑摩書房, 1982

＿＿＿＿, 『近代日本の文学空間 －歴史・ことば・状況－』新曜社, 1983

＿＿＿＿, 『幻景の街－文学の都市を歩くー』小学館, 1986

＿＿＿＿, 『文学の街』小学館ライブラリー, 1991

＿＿＿＿, 『都市と文学』Ⅱ, みすず書房, 2005

杉浦芳夫, 『文学の中の地理空間』古今書院, 1992

田口律男, 『都市テクスト論序説』松籟社, 2006

奥野健男, 『増補文学における原風景』集英社, 1989

『国文学 江戸を讀む』學燈社, 1990

西山松之介『江戸学事典』弘文堂, 1984

服部幸雄 外編『歌舞伎事典』平凡社, 1983

『時代別日本文学史事典 近世編』東京堂出版, 1997

浜田義一郎編『江戸文学地名辞典』東京堂出版, 1995

제2장

근세문학에 나타난 '에도(江戸)'상
— 가미가타(上方)에서 본 '에도'·에도에서 본 '에도'—

나가시마 히로아키(長島弘明)

머리말

가미가타의 교(京)와 오사카(大坂)에다 에도를 가한 세 도시를, 삼도(三都) 혹은 산가쓰(三箇津)라고 한다. 이 세 도시는 각기 독자적인 성격을 지니고 있었다. 교토(京都)는 오랫동안 도읍이 놓였던 곳이어서 전통적인 문화와 학예의 중심지이며, 그리고, 오사카는 '천하의 부엌(天下の台所)'으로서 각 지방에서 쌀이 집결되어 매매되는 경제의 중심지이며, 또한 에도는 도쿠가와장군(德川將軍)이 군림하는 정치의 중심지였다. 흔히, '에도는 무가(武家), 교토는 승려, 오사카는 조닌(町人)'이라고 하나, 참근교대(參勤交代)로 인해 다이묘(大名)들의 무가저택이 있는 에도는 무사의 도시, 큰 사원이 많은 교토는 스님의 도시, 상업이 번성한 오사카는 상인(조닌)의 도시였다. 물론, 조정이 있으며 대대로 도읍이었던 교토와, 그 인근에 위치한 오사카에 비해, 원래 저습지인 스미다(隅田)·히라카와(平川) 델타, 반대로 물이 부족한 무사시노구릉(武藏野

丘陵)을 안고 있는 에도는, 도쿠가와 정권 탄생이후에 겨우 기반정비가 이루어진 신흥 도시였다. 문화적으로도 가미가타에 비해 뒤져 있었으며, 근세 초기의 에도는 전통적인 '동국(東國)'이미지—즉, 거칠고 세련되지 않는 '아즈마에비스(あずまえびす)'가 사는 곳이라는 이미지로 물들어 있다. 문화적으로 우위에 있었던 것은 에도시대 전기까지는 가미가타이며, 예를 들어, 근세문학의 황금시대의 하나였던 겐로쿠문학(元祿文學)에 대해 말하자면, 바쇼(芭蕉)가 살고 있기는 했으나, 중심은 역시 이하라 사이카쿠(井原西鶴)와 지카마쓰 몬자에몬(近松門左衛門)이 있는 가미가타에 있었다.

그 에도가 서서히 커지며, 정치의 중심뿐만이 아니라 경제와 문화의 중심이 되고, 유일한 거대도시가 되는 것은 17세기 후반이후이다. 특히, 문학을 비롯한 문화면에서, 에도는 가미가타를 따라잡지 못하고 있었으나, 18세기 중반이후에는 가미가타를 능가하기에 이른다. 예를 들어, 1750년대까지의 소설(우키요조시〔浮世草子〕)은, 대부분이 가미가타에서 출판되었는데, 그것이 18세기말에는, 완전히 역전되어, 그것도 단기본(談義本)·기뵤시(黃表紙)·샤레본(洒落本) 등이라고 하는 새로운 형식의 소설이, 에도를 중심으로 출판되게 되었다. 이것을 '문운동점(文運東漸)'이라 하는데, 이 '문운동점'의 시기가, 마침 에도 사람들이 '에도코(江戶っ子)'라고 하는 말로 자신들의 아이덴티티를 확립한 시기에 해당한다. 이를테면 에도가, 우리가 이미지하는 '에도'가 된 것이 이 시기이다.

근세 초기부터 18세기말까지의 에도를 손쉽고 빠르게, 그리고 동시에 상세히 알려면, 일본인의 저작보다는 오히려, 이 도시를 방문한 네

덜란드인을 비롯한 유럽 사람과 조선통신사 등의 기행·일기를 보는
것이 좋을 것이다. 그들 호기심 넘치는 이국인의 눈에 비친 에도의 영
상은, 일본인 자신이 자명한 일로 간과하기 쉬운 풍속과 습관, 일본인
에게는 별 다룬 것도 없어 흥미를 가지지 못하는 경관을, 세밀하게 묘
사하고 있다. 예를 들어, 다음 문장은, 1691년에 에도를 방문한 켐펠의
『에도참부여행일기(江戶參府旅行日記)』의 니혼바시(日本橋)에 대한 기술
이다.

> 다리 하나는 길이가 42칸으로, 일본에서 유명하다. 고정된 중심점으
> 로서 주요한 가도와 여러 지방까지의 거리는 이 다리부터 측정하기 때문
> 이다. 그래서 이 다리는 특히 니혼바시라고 불린다. 다리 밑을 흐르는 강
> 은, 바깥 수로에서 오는 것이며, 그 수로란 600보정도 떨어져 있는 것처
> 럼 보였다. 이 주요한 중앙거리는 꼭 50보의 폭이 있어서, 우리는 믿기
> 어려울 정도의 사람 무리와, 다이묘와 배우의 수행자, 훌륭히 차려입은
> 부인들과 만났다. 걷는 사람도 있으며, 가마로 가는 사람도 있었다. 특
> 히, 유럽 군대식 대형을 한 약 100명의, 소방대의 도보 행진과도 우연히
> 만났다. 그들의 제복은 갈색 가죽으로 된 상의이며, 그것 때문에 화재에
> 적합하게 잘 만들어져 있었다. 몇 사람은 긴 소방용 쇠갈고리를 짊어지
> 며, 그들의 대장은 가운데 쯤에서 말을 타고 가고 있었다. 상인·포목
> 점·불구점·칠보세공점·약방·노점상 등이 집 앞에 상품을 나열하고
> 있었는데, 노상에 노점을 낸 것도 조금은 있었다. 그들 가게는 위에서 반
> 쯤 늘어뜨려진 검은 천(노렌)으로 덮여 있었는데, 상품에는 긴 특별한 종
> 이를 붙여져 있었고, 가격이 쓰여 있었다.[1]

그리고 다음 문장은, 1719년에 조선통신사의 제술관(製述官)으로 에

---

1) 『江戶參府旅行日記』, 齋藤信譯, 東洋文庫, 1977, p.173

도의 땅을 밟은 신유한(申維翰)의『해유록(海游錄)』에 있는, 에도의 쓰시마(對馬) 번주의 저택에서 가부키(歌舞伎)를 보았을 때의 기술이다.

대마도 태수는 사신에게, 편복을 입고 별관으로 나와, 잡기를 볼 것을 청한다. 결국 바깥채에 걸어가자 모든 수행원도 이에 따랐다. 바깥채의 6,7보 앞 쯤에 작은 행랑이 화려하게 있고, 악공이 5,6명이 비파, 피리, 북 등을 각각 몇 개씩 들고 일행의 앞에 줄지어 나란히 앉았다. 노래하는 자가 몇 명 있었다.

비파의 모양은 우리의 해금 같으면서도 그 복부에는 현이 있어서 채로 탄다. 북은 통 모양으로 작았고, 왼손으로 그 허리부분을 들고 어깨 위에 짊어지고 오른손으로 그 일면을 친다. 북을 치는 사람은 반드시 미친듯이 소리를 지르고, 이것은 흥이 나면 허벅지를 쳐서 새를 부르는 것과 비슷하며, 게다가 목소리는 개가 짖고 학이 우는 것 같아서, 무심코 웃음이 나왔다. 피리는 그 길이가 짧으며 구멍이 있어서 이것을 분다. 그 소리는 가을 풀숲에서 귀뚜라미가 우는 것 같았다.

노래하는 자는 앞에 책을 두고, 그것을 펴 보면서 노래 부르는 것이 마치 글을 읽는 모습과 같았고, 그 소리는 스님들의 범패소리 같았다.

춤은 나이 16,17정도의 미소년 10명이 눈썹을 그리고 붉은 분을 발랐고, 묶은 머리는 검고 윤기가 흐르며, 오색의 비단 옷을 입었다. 이를 보니 기생, 미녀와 같았다. 밖에서 옷을 갖추고 들어와서 주변을 돌면서 어지럽게 걷는 모습, 그것은 음악소리에 맞추지 않고 위 아래로 뛰었다 내려왔다 하는 것 같았다. 이것은 우리나라의 오방신무와 같은 것이다.

잠시 후에 나와 옷을 갈아입고 들어왔는데, 의상 색은 한층 더 고왔고, 머리에는 누런 수건을 썼는데 높이는 한척 가량이었는데, 둥글고 곧아 잘 휘지 않았다. 손에는 검은 나무 막대기를 드는데 길이 약 5,6척이며, 막대기를 들고 하늘을 가리키고, 발꿈치를 들고 서서 팔을 들고 창을 들고 찌르는 모양을 취한다. 갑자기 누런 수건이 떨어지는 것을 본다. 즉, 채색꽃이 머리에 가득하고, 꽃은 양산 모양 같았는데, 펴면 화관이 되어 너울너울 아름다운 모양을 만들다. 갑자기 화관이 장대 끝에 옮겨 붙어,

다시 양산과 같아진다. 이것을 들고 일어나 그리고 춤을 춘다. 있다가 다시 나온다.

　그리고 나서, 그 10명이 나뉘어져서 5명은 창녀의 의상을 입었는데, 요염한 유녀의 모습이다. 다른 5명은 즉, 유협(遊俠) 소년의 복장으로, 또한 신비한 매력을 지닌 방탕아이다. 그들은 무리를 나누어 들어왔다. 아름다운 의상은 햇빛에 아롱지고, 동서로 나뉘어 마주서서 춤을 춘다. 춤은 소매를 벌리지 않고 몸을 돌리며 걸음을 옮겨, 느리게 걷다가 갑자기 달려서, 마치 눈이 펄펄 날리고 꽃이 떨어지는 광경이었다. 그리고, 춤이 바뀌어 남녀가 정을 머금고 추파를 보내는 모습을 보이기도 하였다.[2]

　소방관(火消し)의 대열과 가게 앞의 정경이, 혹은 가부키 상연 장면이, 객관적이고도 정확히 묘사되어 있다. 이러한 너무나도 일상적인 풍경과, 연극을 본 사람에게는 별나지도 않은 정경은, 이국인으로서의 순수한 시점이 있어서 비로소 상세한 묘사가 가능하게 된 것이라 할 수 있다. 물론, 그 한편에 풍습과 습관의 문화적 배경을 몰라서, 사실과는 동떨어진 해석을 보이는 경우가 많이 있기는 하나, 온 신경을 눈으로 집중시켜, 철저하게 보려고 하는 자세는, 그들의 기행문을 정확한 르포르타주로 만들고 있다.

　이국인의 기행문과 대극(對極)에 있는 것이, 소설을 비롯한 근세문학 속의 '에도'상이다. 그들 '에도'상은 실제로 본 것에 대한 정확한 기록이 아니라, 오히려 동시대인의 공통적 이해로서 있는 '에도'다움이 각별히 강조된, 이미지로서의 '에도'라고 하는 것이 적절할 것이다. 말하자면, 실제의 에도보다 에도답다고 느껴지는, 전형적인 '에도'의 영상

---

2) 『海游錄』, 姜在彦譯, 東洋文庫, 1974, pp.211-212

이 묘사되고 있는 것이다. '에도'와 관련되는 다양한 역사의 기억이 집적되고, 또한 에도에 대한 애착과, 반대로 에도에 대한 대항의식과 혐오감의 영향을 강하게 받은, 주관적인 '에도'상이 거기에는 있다. 따라서, 그것들은 동시대인의 붓으로 쓰여지고 있으나, 에도의 실상이 아니다, 그러나, 실상이상으로 '에도'다움을 비춰내고 있다는 의미에서, 근세문학의 이미지로서의 '에도'상은 중요한 의미를 가지고 있다.

물론, 이미지로서의 '에도'상이라 해도, 그것들은 다 같은 것은 아니다. 에도에 사는 사람이 '에도'를 그리는 것과, 에도 이외의 땅에 사는 사람─예를 들어, 가미가타의 작가가 에도를 그리는 것과는, 자연히 '에도'의 영상이 달라진다. 또한, 시대에 따라서도 '에도'상의 변천이 있을 것이다. 그러한 관심에서, 이하, 가미가타 사람은 에도를 어떻게 이미지하고 있었는지, 그것을 전기의 사이카쿠(西鶴)의 소설과, 중기 즉, '문운동점'시기의 우에다 아키나리(上田秋成)의 소설부터 살펴나가고, 그리고 에도 사람 스스로는 에도를 어떻게 이미지하고 있었는지, 그것을 거의 동시대인인 히라가 겐나이(平賀源內)와, 조금 젊은 산토 교덴(山東京伝)의 소설에서 살펴보고자 한다.

1 사이카쿠(西鶴)의 '에도' 상

17세기말, 이미 에도는 인구밀집지역이었고, 일대소비지였다. 1688년에 간행된 사이카쿠의 『닛폰에이타이구라(日本永代藏)』卷3의 1'煎じやう常とはかはる問藥'의 첫머리 부분 가까이에는, 번창하는 니혼바시(日本橋)의 묘사가 있다.

　　"장소가 오에도라면, 뭘 하더라도 장사의 상대는 있다. 신기한 것이라
도 있을까?"하고 니혼바시의 남단에 하루종일 서 있었더니, 과연 모든 지
방에서 사람들이 모여들어, 산이 움직이는 것과 같았고, 교토의 기온마
쓰리, 오사카의 덴마마쓰리와 다르지 않았다. 날마다의 번창도, 이런 때
이기 때문이며, 장군이 치세하는 정도처럼 넓은 도리초 12칸의 큰 거리
도 빈틈없으며, 이 다리 위에 말 탄 무사 한사람, 스님 한사람, 창을 든
무사 수행자 한사람, 아침부터 밤까지 끊임없다. 그래도 사람이 소중히
여기는 것은 아무도 떨어뜨리지 않고, 돈 1문이라도 있을까 눈을 부릅뜨
고 보아도 줍기 어렵다. 이것을 생각하니 헛되이 쓸 것이 아니다.[3]

　　켐펠의 『江戶參府旅行日記』에도 있었으나, 니혼바시는 전국의 이
정(里程)을 측정하는 기점이며, 그리고 다릿목은 고찰(高札)을 세운 고
찰장(高札場), 그리고 사라시(さらし)라고 하는 동반자살 미수자와 간통
한 자들을 묶어놓고 사람들에게 보여 창피를 주는 형벌을 집행하는 장
소이기도 하여, 당시의 에도에서도 가장 혼잡한 땅이다. 이 다리를 중
심으로 한 남북 도리초(通町)에는, 큰 상점들이 늘어서 있었다. 그런데,
그 니혼바시 위에는 늘 '馬乘 한사람·出家 한사람·鑓 한자루'이 있
다고 한다. '馬乘'란 말 타는 것을 허락받은 무사, '出家'는 승려, '鑓'는
무사가 수행자에게 들게 한 창을 뜻한다. 스님도 그렇지만, '馬乘'와
'鑓'는 둘 다, 아마 100석(石)이상의 녹미(祿米)를 받는 신분이 높은 무
사를 가리키며, 그렇게 흔하지 않았을 것이다. 그러나, 니혼바시 위에
는 아침부터 밤까지 끊임없이 그런 사람들이 통행하고 있다는 것이다.

---

　3) 『井原西鶴集』3, 新編日本古典文學全集, 小學館, 1996, p.87

니혼바시의 번잡한 모습, 그리고 에도의 번성하는 모습을 알 수가 있다. 이 사이카쿠의 말처럼, 흔히 있지 않는 것이더라도, 에도에서는 그것을 늘 볼 수가 있다는 표현으로, 에도의 번잡함을 기술한 구가 있다. 바쇼(芭蕉)의 문인으로 에도에 거주하던 기카쿠(其角)가, 1698년에 읊은 구이다.

　　　종 하나가 팔리지 않는 날이 없도다. 에도의 봄[4]

　사원의 종 같은 것은 흔히 팔리지 않는 것인데, 에도에서는 매일 팔린다. 그 정도로 에도는 번화하다고 하는 의미이다.
　다리 위에 '馬乘 한사람·出家 한사람·鑓 한자루'라는 표현은, 일종의 정형적 표현이 되어 있었던(혹은 되어가던) 것 같다. 1702년 간행인 미야코노 니시키(都の錦)의『겐로쿠소가모노가타리(元祿曾我物語)』[5]에도,

　　　그 명성높은 니혼바시(중략)다리 위에는 남녀노소, 올라가는 자, 내려가는 자, 말 세 마리·창 다섯 자루씩 늘 끊임없이.

라고 있으며, 또한 18세기 말에서 19세기 초에 만들어진 속담집인『다토에즈쿠시(譬喩盡)』에는, 니혼바시가 아니라, 이 당시 에도에서 가장 번화하던 료고쿠바시(兩國橋)로 바뀌고 있으나,

　　　에도 료고쿠바시 다리 위의 왕래 중, 창 세 자루는 끊임이 없다

---

4) 宝晋齋引付

라고 되어 있다. 그러한 정형적 표현이 사용되고 있는 것에서 알 수 있듯이, 혹은 또한, '산이 움직이는 것 같다, 교토의 기온마쓰리(祇園會) · 오사카의 덴마마쓰리(天滿祭)와 다르지 않다'고 하는 것과 같은 비유적인 표현을 쓰고 있는 데에서 알 수 있듯이, 사이카쿠의 문장은 매우 생생한 명문이기는 하나, 실은 사실적(寫實的)인 표현이 아니다. 사실적이라고 한다면, 앞서 언급한 켐펠의 문장이 보다 더 실제에 가까운 묘사이다. 사이카쿠의 문장은 사실을 넘어 니혼바시=에도의 번창함을 강조하는, 과장된 개념적 표현이라고 하는 쪽이 적절할 것이다.

그런데, 사이카쿠의 이야기는 다음처럼 이어진다. 이 니혼바시의 남단에 하루 종일 서있었던 남자는, 아무튼 장사에 힘을 기울여 보려고 생각한다, 그러나 남자는 밑천이 없었다. 우연히 일을 마치고 돌아가는 목수들이 흘려 간 나무조각을 주워 모아, 그것을 팔아 돈을 번 것이 계기가 되어, 날마다 목수들이 귀가하는 것에 맞추어서 나가 나무조각을 줍고, 그것을 깎아서 젓가락을 만들어서 벌고, 그리고 그것을 밑천으로 해서 나중에는 재목상(材木商)이 되어 막대한 재산을 이루게 되었다.

확실하게 쓰여있지는 않으나, 이 남자, 하시야 진베에(箸屋甚兵衛)도 원래는 다른 지방에서 온 사람이었을 것이다. 오사카와 교토는, 이미 스미토모(住友)와 고노이케(鴻池) 등을 비롯한 노포(老舖)의 대상인들이 있어서, 거대한 상업 자본에 빈손으로 임한다는 것은 이미 불가능해졌으며, 일확천금을 꿈꾸는 많은 사람들이, 신흥도시 에도에 모여들었다. 소비는 왕성했으나, 가미가타에 비해 물품의 생산이 주변지역에서 아직 확립되지 않았고, 아직 유통 경로도, 물품에 대한 취향도, 가미가

타만큼은 고정화되어 있지 않았기 때문이다. 하시야 진베에가 그랬던 것처럼 지혜·기지로 알몸에서 부자가 될 수가 있다는 희망을 품게 하는 것이, 이 에도였다. 근세 초기의 '에도'의 이미지는, 희망에 찬 신천지라는 것이다. 살길이 막힌 가미가타의 소상인(小商人)이, 아니면 부모에게 의절당한 방탕한 자식이, 또는 꿈많은 젊은이가, 계속 에도로 향하고 있다. 예를 들면, 『日本永代藏』卷2의 3 '才覺を笠に着る大黑'의, 방탕함과 낭비 때문에 의절당한 다이코쿠야(大黑屋)의 아들 신로쿠(新六)는, 교토에서 에도로 오나, 시나가와(品川)의 도카이지(東海寺)에서 노숙했을 때 거지들의 이야기를 듣고, 에도에서 수건을 잘라 팔아서 큰 부자가 될 수 있었다.

다만, 사이카쿠가 소설을 쓴 1700년대 전후는, '돈이 돈을 버는'(『요로즈노후미호구(万の文反古)』卷1의3)시대 - 즉, 자본을 가진 자만이 이익을 얻을 수가 있는 시대가 되어가고 있었으며, 箸屋甚兵衛와 大黑屋新六처럼, 밑천없이 성공하는 예는, 오히려 드물다. 『万の文反古』1의 3의, 오사카에서 출세를 꿈꾸고 에도로 온 겐에몬(源右衛門)이라고 하는 남자는, 계속 장사를 바꾸어도 돈을 벌지 못하고, 지금은 아침은 꽃장사, 낮은 냉수장사, 저녁은 모깃불을 피울 톱밥 장사, 밤은 봉투 풀칠하기의 부업을 해도 생계를 꾸릴 수가 없어서 아내와 아이하고 헤어져 오사카로 돌아가고 싶어 하고 있다. 하지만, 여비가 없어서, 단돈 은 10돈의 여비를 얻기 위해, 멀리 떨어져진 고향 오사카의 형제에게, 챙피함을 무릅쓰고 편지를 보냈던 것이다. '일본 온 국내의 금은이 모여 하찮은 것으로 보이는 에도에서, 단돈 은 10돈이 없어서 어려워(日本國の金銀あつまり, 瓦石のごとく見えし江戸より, わづか十匁あまりに手づまり)'하는

사람이 있는 곳이 당시 에도의 현실이었다.

그 에도에 사는 사람을, 가미가타 사람은 어떻게 보고 있었던 것일까? 혹은 어떻게 이미지하고 있었을까? 1692년 간행 『세켄무네산요(世間胸算用)』卷5의 4'長久の江戸棚'에는, 연말의 에도의 정월을 맞아하는 물건들을 장사하는 번화한 관경을 명문으로 묘사하고 있다.

> 돈은 물처럼 흘러, 백은은 눈과 같다. 후지산 산그늘도 풍요하며, 니혼바시를 왕래하는 사람들의 발소리도, 백천만의 수레가 울려퍼지는 것처럼 들린다. 후나초의 어시장, 아침마다의 매상장부, 사방이 바다로 둘러싸여 있지만 바다마다 다른 종류의 생선도 있는 거구나 하고 소문할 정도로 방대하다. 간다 스다초의 야채 시장에서는 날마다 무를 말에 싣고 끊임없이 나르는데, 수만 마리나 이어져 있는 것은 아무튼 밭이 움직이는 것 같다. 바닥이 얕은 통에 나열한 고추는 가을 깊은 다쓰타산을 무사시노에서 보는 것과 같았다. 세토모노초·고지마치의 기러기와 오리는 마치 검은 구름을 지상에 나열한 것 같았다. 혼마치의 포목점, 오색의 교토 염색·무가저택용의 흩뜨린 무늬에 사계절의 경치를 염색하여, 미인의 색향을 담는다. 덴마초의 솜은 눈 온 새벽의 미요시노의 산과 같았고, 저녁에는 집집마다의 등롱이 이어져 거리 전체가 밝으며, 그믐날의 밤에는 하루 밤에 천금의 거래가 있을 정도의 번창함을 보이고 있다. 집집마다의 큰 거래, 특히 다비와 셋타는 모든 쇼쿠닌이 마지막에 살 물건으로 새벽녘에 사러 온다.[5]

이 문장 앞에는, 에도에서 금은을 장식한 하고이타(羽子板)와, 금 이냥(二兩)이나 하는 파마궁(破魔弓)이라는 활을 사는 사람이 있는 것은, 신분이 높고 돈이 많은 다이묘(大名)의 아들뿐이 아니라, 에도의 조닌

---

5) 『井原西鶴集』3, 新編日本古典文學全集, 小學館, 1996, p.471

(町人)까지도 '모든 일에 통이 크기 때문이다(万に大氣なるゆゑぞかし)'라는 말이 있어서, 그리고, 이 문장 뒤에는, 그러한 에도 사람들의 기질－통이 크고, 화려한 성질을 가리켜, '다이묘기(大名氣)'라고 부르고 있다. 또한, 『日本永代藏』卷6의 2 '見立てて養子が利發'에서도, 도미 한 마리가 1냥 2분이라는 터무니없는 고가였을 때도, 에비스고(夷講)에서 뎃치(丁稚)에게까지 도미를 대접하는 에도 상인의 기질을, 역시 '다이묘풍(大名風)'이라고 하고 있다. 가미가타 사람이 봐서, 장군과 다이묘가 있고, 여기저기서 막대한 돈이 모이며, 광대한 에도라는 도시에 사는 인간의 이미지는, 세세한 계산은 하지않고, 돈을 마음껏 쓰는 '도량이 넓은'인간이었다는 것이다.

2 아키나리(秋成)의 '에도' 상

사이카쿠로부터 약 100년후에 태어난, 역시 가미가타의 작가인 우에다 아키나리(上田秋成)의 작품을 살펴보기로 한다. 1808년에 쓰여진 수필 『단다이쇼신로쿠(胆大小心錄)』112에는 옛날 불려졌다고 하는,

　　재산이 없으면 에도로 오라고 하는데, 에도는 재산을 모으게 될 지 어떨 지, 운명을 정하는 땅인가?[6]

라고 하는 가요가 소개되어 있다. 에도는 일확천금이 가능한 신흥도시

─────────────

6)『上田秋成集』, 日本古典文學大系, 岩波書店, 1959, p.318

라고 하는, 사이카쿠의 소설과 같은 에도의 이미지이다. 그러나, 그것은 옛날일이라고 하고 있는 점에 주의하고 싶다.

같은 가요가 인용되고 있는 것이, 1767년에 간행된 아키나리의 『세켄테카케카타기(世間妾形氣)』卷3의 2 '米市は日本一の大湊(おおみなと)に買積みの思ひ入れ'인데, 거기에서는,

"에도는 부자가 될 지 운명짓는 땅인가?"라고 노래에도 읊어지는 혼초. 스루가초조차, 옛날과 달리, 천냥 드는 깊은 우물을 파는 일도 근래에는 볼 수 없다.7)

라고, 더 확실히 쓰여있다. 이미 이 시점에서는, 신흥 대상인의 대명사인 에치고야 포목점(越後屋吳服店)이 있는 스루가초(駿河町)에서조차도, 옛날과 달리 불경기로, 파는 데에 천냥이나 되는 막대한 돈이 드는 깊은 우물을 팔 수 있는 상인도 없어졌다고 하는 것이다. 또한, 같은 이야기 안에,

지금의 에도에서 좀처럼 크게 버는 일은 소자본으로는 찾아볼 수가 없다. 도리초의 대상인은 대부분은 교토·이세·오미에서 나온 지점이며, 에도에서 가게를 시작한 것은 드물다. 천냥 벌기 쉽고, 천냥 쓰기 쉽다.8)

라고 하는 말도 있다. 소자본으로는 크게 돈벌지 못한다. 니혼바시의

---

7) 『上田秋成全集』第7卷, 中央公論社, 1990, p.182
8) 『上田秋成全集』第7卷, 中央公論社, 1990, p.187

남쪽 길에 가게를 차린 큰 상점도, 교(京)·이세(伊勢)·오미(近江)의 지점이며, 에도에서 시작해서 성공한 상인은 드물다. 비록 큰 이익이 있다고 해도, 바로 또 돈은 나가버린다는 의미이다.

사이카쿠의 소설에서도 1700년 전후의 에도는 이미, 자본을 가지고 있지 않은 사람이 성공하기는 어려운 땅이 되고 있다는 인식이 보였다. 그로부터 70년, 80년 후의 에도에서는 그 어려움은 한층 더 커져 있다고, 가미가타의 작가들은 생각하고 있었던 것이다.

그러면, 그 당시의 에도 사람은, 어떻게 보여지고 있는 것일까? 같은 아키나리의 1766년에 간행된 『쇼도키키미미세켄자루(諸道聽耳世間狙)』卷3의 1'器量は見るに煩惱の雨舍(あまやど)り'에는, 에도 사람들에 대해, 다음과 같이 말한다.

> 무엇이든 넓은 것을 무사시노와 같다고 흔히 말했던 것은 옛날이며, 수많은 마을에도 집 지을 땅도 없다. 여러 다이묘들의 저택과 사원이 화려한 것은 말할 것도 없고, 장소에 따라서는 다타미 한 장 넓이에 금 1냥 해도 셋집이라는 종이도 붙여놓지 않는다. 대항구, 대연극, 대성황, 대방물, 대메밀국수라고, 아무 것에나 다 대자를 붙여, 지금은 통이 큰 것을 무사시노와 같다고 말한다.9)

건물이 밀집하고, 다타미(疊) 1장만큼의 넓이가 금화(小判) 한 닢에 해당하는, 매우 비싼 땅값인 에도이더라도, 사람들은 빈 집에 '셋집'이라는 종이도 붙이지 않고 내버려둘 정도로 작은 돈의 계산에는 무관심하다고 하며, 그리고 모든지 '대(大)'란 글자를 붙일 정도로 큰 일을 좋

---

9) 『上田秋成全集』第7卷, 中央公論社, 1990, p.60

아한다고, 농담을 섞으면서 에도 사람들이 통이 크다는 것을 강조하고
있다.

또한, 1787년에 간행된 『가키조메키겐카이(書初機嫌海)』中卷에는, '모
든 간토(關東)사람은 의협심이라고 하는 야만스런 마음씨여서'라고 하
는 말도 보인다. 이것은, 가미가타 출신자가 에도의 현상을 비판하는
말 중에 나오는 것으로, 약간 놀리는 경향이 있는데, 간토(여기서는 에도
를 가리킴)의 인간은 의협심이 강하나, 그 의협심도 거칠고 천한 시골
사람의 마음씨에 지나지 않는다고 하고 있는 것이다. 또한, 같은 이야
기에, 옛날 에도의 인간은 의지할 만해서, 부탁을 받으면 싫다고 못하
는 의협심이 있었으나, 근래에는 그런 인간은 없고, 또한 모든 일에 집
착하지 않고, 재산을 모우는 것이 서툰 것은 확실하나, 욕심이 많은 점
에서는 가미가타 사람 이상이라고 하는 비판도 있다. 그 한편에, 담뱃
대를 물면서, 점심은 아직 안됐냐며, 자기 남편에 대해서 함부로 말하
는 에도 여자 중에도, 근래에는 예절과 예능을 배우며, 교토 여자에게
뒤지지 않는 세련된 여자도 있다고 기술하고 있다. 거칠고 세련되지
않지만, 통이 크고 의협심이 강한 에도의 남자, 말씨는 거칠고 버릇없
지만 심이 강한 에도의 여자, 라고 하는 이미지가 서서히 무너져 와서,
가미가타 사람과 다르지 않게 되었다고 하는 것이라고 할 수 있다.

아키나리의 시대는 사이카쿠의 시대와 달라서, 에도가 단순히 정치
의 중심이 아니라, 가미가타가 본고장이라고 자부하고 있었던 문화와
경제에서도, 에도가 우위에 서게 된 시대이다. 아키나리의 문장도 포
함해서, 에도에 대해 언급하는 가미가타 사람의 문장에, 어떤 굴절된
감정을 엿볼 수 있다. 아키나리가 『胆大小心錄』36에서,

에도가 시골이라는 것은, 이걸 말하는 것이다.[10]

라고 특히 나쁘게 말하는 것도, 이제 에도는 위대한 시골이 아니라는 인식이 배경으로 있다. 『書初機嫌海』의, 에도의 인간도 가미가타 사람과 다르지 않다고 하는 말투는, 확실히 세 도시의 특성이 서서히 사라져, 대도시가 균일화되어 온 것을 나타내고는 있으나, 그 한편에서, 에도는 가미가타와 다르다고 딱 잘라 말할 수 없게 된 가미가타의 망설임도 보아야 할 것이다. 자기가 사는 도시가 다른 곳과 다르다는 점을 내세우기 위해서는, 좋든 나쁘든 자기네 도시가 다른 데보다 우위에 있다는 심리적 여유가 필요하다. 사이카쿠에 비해서, 에도와 가미가타의 동질성을 새삼스레 언급하는 아키나리의 문장에, 그러한 가미가타 사람의 갈등을 보는 것도 가능하다.

3 '에도코(江戸っ子)'의 탄생과 교덴(京伝)의 '에도' 상

그러면, 에도 사람 스스로는, 에도를 어떻게 보고 있었는가? 주의해야 할 것은, 현재의 도쿄(東京)고 마찬가지이지만, 속담에 '에도는 여러 지방에서 드나듦(江戸は諸國の立ち入り)'이라고 하는 것처럼, 에도는 여러 지방에서 사람들이 모여드는 도시이고, 몇 대도 전부터 에도에 살아온 사람은 그다지 많지 않다는 것이다. 같은 땅에 오래 살고 전통을 쌓아온 교토와 오사카하고 달리, 에도는 끊임없이 사람이 유입함으로써 새

---

10)『上田秋成集』, 日本古典文學大系, 岩波書店, 1959, p.277

로운 문화가 탄생하는 도시였다. 그것이 에도의 긍지임과 동시에, 오랜 전통을 가지는 가미가타에 대한 일종의 콤플렉스가 되고 있었다. 에도의 인간이 그 콤플렉스로부터 해방되고, 문화적으로도 자신감을 깊게 가지게 되는 것이 18세기 중반에서 후반에 걸쳐서이며, 마침 '에도코(江戶っ子)'라고 하는 말이 탄생한 시기이다. 가미가타 측에서, 에도도 가미가타와 다를 게 없어졌다고 하게 된 시기에, 우리는 가미가타와 다르다고, 분명하게 선언한 것이 '에도코'라고 하는 말이다.

'에도코'의 용례가 처음 나오는 것은, 1771년의 센류 만쿠아와세(川柳評万句合)의 '에도코가 짚신을 신는 소란스로움(江戶ツ子のわらんじをはくらんがしさ)'이라고 한다. 유사한 말인 '에도모노(江戶者)'에는 조금 더 빠른 예가 있으나, 역시 이 시기부터 용례가 눈에 띄기 시작한다. '에도코'라고 하는 말은, 에도의 인간이 자기들을 가리켜 부를 때 사용되는 경우가 많고, 또한 에도 자랑의 뉘앙스가 담겨 있는 경우가 많다.

예를 들어, '에도코'라고 하는 말이 나오는 1787년에 간행된 산토 교덴(山東京伝)의 샤레본(酒落本) 『소마가키(總籬)』에는,

> 장군이 계신 곳에서 금의 샤치호코를 노려보며 태어나, 수돗물로 목욕을 하고, 흰 쌀을 먹고, 유모가 씌어주는 양산 그늘에서 자라고, 금은으로 장식된 장난감으로 놀고. 미치노쿠산도 낮다고 하며, 요시와라 의 혼다라는 머리형의 틀어올린 머리 사이로 아와·가즈사도 가깝게 보인다고 한다. 스미다강의 뱅어도 뼈에 붙은 부분은 먹지 않고, 혼초의 대저택을 버리고 유곽을 찾는 것은 아름답고 멋있는 정신이다. 에도코의 성질,[11]

11) 『黃表紙酒落本集』, 日本古典文學大系, 岩波書店, 1958, p.357

라고, 자랑스럽게 기술되어 있다. 에도 사람이 기술하는 '에도코'의 조
건에는 에도 이외에는 없는 것이 우월감과 함께 열거되어 있는 것이
다. '금의 샤치호코(魚虎)'(에도성을 가리킴)도 '수도'도, 에도 이외에는 있
을 수가 없다. 다시 '에도코'의 특성 내지 '에도코'일 조건을 정리하면,
장군이 계신 에도에서 태어나, '이키(いき)'와 '하리(はり)'를 신조로 하고,
작은 일에는 구애받지 않으며, 돈에 집착하지 않는다는 것이었다. 특
히, 돈에 집착하지 않는다는 것은, '에도코'이기 위한 가장 중요한 요건
이며, 미덕이기도 했다. 상급품인 기모노(着物)를 전당포에 맡겨서 반
냥(半兩)이나 하는 첫물인 가다랑어를 먹고, 천냥의 저택을 팔아치워
유녀(遊女)를 유곽에서 빼내는 것이 에도코이다(京伝『富士之人穴見物』).
돈에 집착하는 인간은,

　　　에도코 중 못난 놈이 돈을 가진다.[12]

　　　에도모노 중 못난 놈이 돈을 모은다.[13]

라고 센류(川柳)에 있는 것처럼, 에도에 태어나도 다 '에도코'가 아니다.
'하루 지난 돈은 사용하지 않는다(宵越しの錢は使はぬ)'라고 하는 것이 '에
도코'였다.

　그러나, 사람들 앞에서 '이키'와 '하리'를 내세워, 돈이 없어도 돈을
잘 쓰며 집착하지 않는 것처럼 행세하는 것은, 허세를 부리는 것이며,
꽤 괴로운 점이 있었다. 괴로움을 견디어, 끝까지 허세를 부리는 것도

12) 1773년 川柳評万句合
13) 1776년 『柳多留』11篇

또한, '에도코'의 특성이다.

4 겐나이(源內)의 '에도' 상

교덴은 에도태생이나, 일관되게 에도찬미를 모티프로 해서 에도말을 많이 사용한 소설과 조루리(淨瑠璃) 등을 쓴 히라가 겐나이(平賀源內=風來山人〔후라이 산진〕)는, 사누키(讚岐=香川縣〔가가와현〕)에서 에도로 온 사람이다. 겐나이의 작품에는, 곳곳에 에도 자랑이 보인다.

메리야스 가요를 연주하는 배가 유유히, 사와기 가요를 연주하는 배의 박자에 맞춰, 뱃사공도 싹싹 노를 빨리 저으며, 기온마쓰리 반주의 정, 북, 징, 바라의 소란그러움. 배설물을 운반하는 가사이배까지 뒤섞인 배들·뗏목, 정말로 이러한 번영은 에도 외에는 또 있을 리가 없다.[14]

교토의 시마바라, 오사카의 신마치, 나가사키의 마루야마를 비롯하여, 여러 지방에 있는 유곽의 수는 헤아릴 수가 없으며, 각 토지의 풍류가 있어서, 어느 것이나 다 재미없는 것은 없다. 그 중에서도 오에도의 요시와라, 더 이상의 것은 없다고 하는 것은 사람들이 다 아는 바이기 때문에 지금 새삼스럽게 말하는 것이 장황하고 번거롭다.[15]

혹은 가라쿠리(からくり), 어린이 연극·몸짓·성대묘사·쓰지단기(辻

---

14) 1763년 간행 『根南志具佐』卷4, 日本古典文學大系『風來山人集』, 岩波書店, 1961, p.80
15) 1774년 간행 『里のをだまき評』, 日本古典文學大系『風來山人集』, 岩波書店, 1961, p.290

談儀), 지금 시작된 것이 아닌 오에도의 번영.16)

언급되어 있는 것은, 료고쿠(兩國)의 납량(納涼)의 모습이며, 요시와라(吉原)이며, 미세모노(見世物)이다. 모두 에도에서 가장 혼잡한 장소이며, 거기에 에도의 번영을 엿볼 수 있다고 한다.

또한, 에도태생이 아닌 겐나이는, 오히려 에도말에 민감해서인지, 특히 욕설과 같은 여자의 에도말을 자주 그리고 있다. 다음 장면은 에도의 여자 게이샤(芸者)가, 술자리에서 에도와 가미가타의 싸움 차이를 연기해 보이고 있는 부분이다.

'에도의 싸움은 수건을 이렇게 걸고, 이렇게 어깨에 힘주며 "뭐야 이 나쁜 자식, 사람을 바보로 만들었어. 너 같은 병신같은 놈은 콧구멍에 끈을 매어 무조건 19문짜리 싸구려 게타로 팔아 치워 주겠어. 분해. 그만둬." 하하하, 이런 거야 라고 웃자,17)

또한, 다음은 바지락이 견문한 에도 시내의 모습을 용왕에게 보고하고 있는 부분이다.

우선, 처음 간 곳에서 뭔지도 모르고 나를 짊어진 남자가 '한 되에 15문'이라 하자, 나이가 서른 정도인 여자가 나와, '5문으로 깎아줘'라고 한다. 짊어진 남자가 화를 내며 '당치도 않아. 훔친 물건도 아니고, 반이 껍데기라도 그렇게는 안팔아'라고 욕하며 나가자, 뒤에 여자가 상당히 이

---

16) 1774년 간행『放屁論』, 日本古典文學大系『風來山人集』, 岩波書店, 1961, p.229
17) 1770년 간행『神靈矢口渡』, 『風來山人集』, 日本古典文學大系, 岩波書店, 1961, p.311

쁜 얼굴로, '얌전히 있으니까 우습게 보고, 진짜 짜증나게 투덜거리는 놈
이네. 그런 욕은 니 마누라한테나 해'라고, 욕하는 목소리는 조금 들려도,
짊어진 남자는 못들은 얼굴로, '바지락이요, 바지락'하고 팔며 지나가자,
한 격자 구조인 건물에서 찢어지는 목소리로, 코흘리개 여자아이가 샤미
센을 연주하고 있다.[18]

　남자는 툭하면 싸우려 하고, 여자도 거침없는 말투로 욕설을 퍼붓는
다. 이것을 긍정적으로 보면, 에도의 '하리'(자신의 의지를 끝까지 관철하려
하는 기개)가 될 것이며, 부정적으로 본다면, 아즈마에비스(東夷)의 거칠
고 천한 행동이 된다.

　과장과 야유를 섞은 문장이나, 물론 겐나이는 스스로도 '에도코'로
서, 이것을 긍정하는 측에 서있다. 다만 겐나이 자신은 '아기 때 수돗
물로 목욕'한 '에도코'가 아니다. 그렇다면, '에도코'의식이란, 에도에서
태어난 인간만이 지니는 좁은 의미의 향토의식이 아니라, 지방에서 에
도로 유입해서 공생하는 잡다한 동류의 사람들이, 이 도시를 최상의
도시라고 느끼는, 어떤 연대감이라고 할 수가 있을 것이다. 에도는 대
대로 에도태생이 아닌 인간이 '에도코'라 말하는 것을 허용하는, 속이
넓은 도시였다고 할 수가 있다. 물론 에도태생이 아니면 '에도코'가 아
니다라고 하는 에도 내셔널리스트도 많았음에 틀림없으나, 작은 일에
구애받지 않는 '에도코'의 특성은, 지방 출신자가 '에도코'를 칭하는 것
을 배제하지 않는 너그러움과 필연적으로 이어져 있다는 것이다. 삼대
가 이어지면 훌륭한 '에도코', 에도에서 태어나면 무조건 '에도코'라고

---

18) 1763년 간행『根南志具佐』卷3,『風來山人集』, 日本古典文學大系, 岩波書
　　店, 1961, p.66

하는 자세는, 교토와 오사카에서는 볼 수 없다. 적어도 에도에 사는 인간은, '에도 물이 배어'(式亭三馬『浮世風呂』3) 있기만 하면, '에도코'를 자칭할 수 있었다. 그것이 에도라고 하는 도시의 아름다운 성질인 것이다.

(한국어역 : 한경자)

참고문헌

『江戶參府旅行日記』, 齋藤信譯, 東洋文庫, 1977

『海游錄』, 姜在彦譯, 東洋文庫, 1974

『井原西鶴集』3, 新編日本古典文學全集, 小學館, 1996

『上田秋成集』, 日本古典文學大系, 岩波書店, 1959

『上田秋成全集』第7卷, 中央公論社, 1990

『黃表紙洒落本集』, 日本古典文學大系, 岩波書店, 1958, 357頁

『風來山人集』, 日本古典文學大系, 岩波書店, 1961

제3장

일본 근세 희곡에 그려진 에도(江戶)

한경자

머리말

　일본 에도시대(1603-1868)의 대표적 세 도시 교토(京都), 오사카(大坂), 에도(江戶)는 각각 전통적인 '학예의 도시', '상업의 도시', '정치의 도시'와 같이 서로 다른 성격을 지니고 있었다. 이러한 도시의 성격으로 인해, 당시의 대표적 대중문화인 조루리(浄瑠璃)와 가부키(歌舞伎)에는 '와고토(和事)'1)와 '아라고토(荒事)'2)라는 도시민의 선호도에 따른 연출양식이 발생하게 된다.

　가부키 작가 2대 나미키 쇼조(並木正三)의 저작으로 알려져 있는 가부키의 작극법에 대해 논한 『희재록(戲財錄)』(1801)안에는 '세 도시의 가부키 차이점(三都狂言替ある事)'에서 다음과 같이 각 도시 사람들의 취향에 대해 서술하고 있다.

---

1) 연애장면을 중심으로 전개되는 연약한 남성의 행동을 표현하는 연출양식. 오사카, 교토를 중심으로 하는 가미가타지역에서 주로 발전함.
2) 무사 등의 호쾌하고 거칠며, 용맹한 남성의 행동을 표현하는 연출양식. 에도를 중심으로 주로 발전함.

一. 교토는 사람의 기질이 부드러워, 그 인정에 맞추어 예부터 가부키는 대부분 연애에 얽힌 줄거리가 6할이 되며, 전체의 구상은 너무 부드러워서 힘이 약하다. 미녀의 심정이라 할 수 있으며, 사람으로 말하면 피부와 같다.

一. 에도는 사람들의 기질이 거칠어, 그 인정에 맞추어 가부키는 시대물이며, 칼로 찌르고 던지고 하는 태평한 싸움장면이 7할 정도로 구상이 딱딱하여 여자의 취향에 맞지 않는다. 무사의 심정이라 할 수 있으며, 사람으로 말하면 뼈와 같다.

一. 오사카는 사람들의 기질이 이치를 따지는 합리적 성격이며, 그 인정에 맞추어 가부키는 의리가 줄거리의 8할을 차지하며, 구상에는 싸움이 많아 지루할 경우도 있다. 오토코다테(男伊達)의 심정이라 할 수 있으며, 사람으로 말하면 살과 같다.[3]

이러한 세 도시의 성격의 차이에 대해서는 이미 에도시대의 『가부키사시(歌舞伎事始)』와 같은 가부키해설서와 배우평판기(役者評判記) 등에도 종종 기술되어 있었다. 위 내용은 1800년대 초의 서술인데, 아라고토와 와고토라고 하는 연출양식이 확립된 초기 에도가부키의 성격에서 18세기중엽 '문운동점(文運東漸)'으로 문화 중심이 가미가타(上方)에서 에도로 이동된 이후의 에도에 있어서도 크게 달라지지 않았다는 것을 알 수 있다.

문화의 중심이 에도로 이동할 때 에도에서는 에도를 표현할 새로운 문학 장르가 생겨났다. 단기본(談義本), 기보시(黃表紙), 샤레본(洒落本),

---

3) 郡司正勝 外編『近世芸道論』日本思想大系61, 岩波書店, 1972, p.511

센류(川柳), 교카(狂歌) 등이 에도에서 발생하고, 가미가타에서는 조루리가 쇠퇴하고 점차 에도가부키가 번영하기 시작한다. 이러한 중기에 도문학 이후에 나타나는 1800년대를 시작으로 하는 후기문학은 직업작가가 중심이 되어 작품 활동을 했으며 독자층, 문화향유층이 확대되면서 문학 대중화의 시기로 돌입하게 되었고, 보다 알기 쉽고 오락적인 내용으로 변화하게 된다. 특히 이 시대의 가부키에서는 기제와(生世話)⁴⁾라고 하는 방법으로 에도라는 도시와 그곳에 사는 에도 사람들을 생생하게 그려냈다.

도시의 성격은 도시의 지리적 풍토적인 환경과 구성원의 출신, 직업등 여러 조건하에서 형성되는 것이며, 그 도시의 개성이 도시구성원의 기질에 반영되어 독자적인 미의식을 양성하게 된다. 이 에도사람들의 성격, 기질, 미의식은 대중문화인 조루리, 가부키에 반영되지 않을 수 없었다. 즉, 에도가부키의 특색은 에도사람들의 특색이자, 동시에 에도라는 도시의 특색과 겹치게 되는 것이다.⁵⁾

에도코(江戸っ子)⁶⁾의식의 형성과 관련하여 도시의 성격과 문학텍스트에 나타난 에도의 표상과 심상에 대해서는 이미 논의가 되어 있으나,⁷⁾ 본고에서는 이러한 점에 주목하며 에도 조루리와 가부키에 표상

---

4) 生世話란 퇴폐적인 분위기의 시대상과 인간상을 극도의 사실적 묘사에 치중해서 그려낸 세태물의 일종.
5) 服部幸雄「江戸歌舞伎の特色」(『江戸とは何か5 江戸東京学』至文堂, 1986) p.226
6) 에도에서 태어나 자란 것을 긍지로 하는 사람들, 정치적인 중심도시이자 선진도시인 에도에서 태어나 자랐다는 자부심이 강함.
7) 정형,「'에도(江戸)'의 표상을 통해 본 일본인의 심상(心象)지리적 문화기층 연구」『일본학연구』25,단국대 일본연구소, 2008, 9

된 에도에 대해 시기별로 어떠한 차이를 보이는지 살펴보도록 하겠다.

1 에도시대 중후기문학에 묘사된 에도인의 미의식

18세기에는 에도라는 도시공간과 도시특성에 밀접한 에도코의식이 형성이 된다. 장군이 머무는 곳인 에도에서 태어나서 자라고 돈에 집착하지 않으며 정의감이 넘치고 '이키(いき)' '하리(張り)'라는 미의식을 지닌 사람들이었다.

문운동점이후 에도를 중심으로 일어난 에도시대 중후기의 소설군인 게사쿠(戱作)와 가부키에 묘사된 에도인의 심상을 그들만이 가지고 있는 독특한 미의식, 즉 도시인의 미의식을 통해 유추할 수가 있다. 예를 들어, 이들 텍스트 안에 등장하는 남자들에게는 '쓰(通)', '이키'라는 미의식이 요구되었으며, 유녀에게는 '하리'가 요구되었다. 이러한 미의식이 등장하는 것은 대부분이 남녀 관계에 있어서이며, 주로 유곽을 무대로 한 샤레본을 중심으로 하는 에도 후기 유곽문학(遊里文學)에 잘 나타나 있다.

'이키', '쓰', '하리'와 그 외 '이나세(いなせ)' 등의 용어는 에도인만이 가지고 있는 독특한 것으로 여겨지고 있었다.

'이키'는 당세풍으로 세련되고 무엇을 하더라도 지나치지 않고 적당하며 남의 비위에 거슬리지 않게 행동하는 깔끔한 매력을 말하며, 정신적인 면만이 아니라 외면적인 모습까지도 의미한다.8) 이 '이키'라는 미의식을 바탕으로 한 행동이념을 '쓰' 라고 한다.9) 에도시대 초기 가

미가타에서 추구되었던 '스이(粹)'가 에도시대 중기이후에 에도에서
'쓰'로 바뀌어 사용된 것이다. '스이'는 가미가타에서 널리 쓰이던 용어
로 세태나 인정을 잘 파악하고, 특히 유곽의 사정에 정통하며 언행이
세련된 것을 말한다. 샤레본은 유곽을 소재로 유녀나 유객의 모습을
사실적으로 묘사하고 있으며, 이를 통해 에도(인)의 미의식인 '쓰'가 무
엇인가 라는 것을 표출하고 있다. 그리고 여기서 창출된 에도(인)의 미
의식은 샤레본의 전개와 함께 변화해갔다.

또한, 닌조본(人情本)은 샤레본에서의 남자와 유녀의 관계를 일반 남
녀의 관계로까지 확대시킨 소설이라고 할 수 있는데, 이것도 서민들의
'이키'와 여기에 요염함을 더한 '아다(婀娜)'라는 미의식을 나타내는 독
특한 분위기를 지니고 있다.

다양한 미의식 중에서 특히 에도에서는 자기의 의사나 의견을 관철
하려는 강한 정신인 '하리(張り)'를 중요시했다. 여기서 '하리'라고 하는
표현은 유녀의 심상을 나타내기도 하고 유녀의 행동의 특성을 나타내
기도 한다.[10] 뿐만 아니라 '하리'는 '오토코다테(男伊達)'라 불리던 협객
의 행동양식, 마음가짐을 나타내기도 한다. '하리'라는 개념이 에도로
부터 발생된 데에는 에도가 비교적 전통으로부터 자유로운 신흥 도시
였고, 기성의 권위나 관념에 구애받지 않고 자기주장을 펼치는 것을

---

8) 「古典文学のキーワード」『国文学』学燈社, 1985, p.108
9) 『江戸東京学事典』三省堂, 2003, pp.428-429
10) 나가사키의 이불에서 교토의 유녀에게 에도의 하리를 갖게 하여, 오사카의
　구겐초에서 놀고싶다.(長崎の寝道具にて、京の女臈に、江戸のはりをもた
　せ、大坂の九軒町にて遊びたし)라고 『나니와카가미(難波鑑)』(1675)에 있
　듯, 에도라는 도시의 성격을 에도에 사는 사람의 성격으로 나타내었다. 도시
　의 주민은 도시의 성격을 표상하고 있는 것이다.

중요하게 여겼기 때문일 것이다. 다이묘(大名)와 다이묘의 대립, 상급자와 하급자의 갈등과 같은 대립현상은 이러한 에도인의 정열적 심상을 나타내는 한 단면이라고 할 수 있다. 대립은 무사와 조닌(町人) 등 서민과의 사이에도 일어나게 되는데 무사들의 폭력에 대항하는 정의의 화신(化身)으로 '오토코다테' '마치야코(町奴)'가 이 시기에 등장하게 된다. 이것은 무사들의 폭력에 굴하지 않고 대항하는 에도의 미의식인 '하리'의 정신을 체현하는 행동으로 평가된다.

가부키『스케로쿠(助六)』의 주인공 '스케로쿠' 역시 당시 에도의 '오토코다테'를 모델로 하고 있다. 에도인의 동경의 대상이었던 스케로쿠의 인물조형에는 에도인의 기질, 이상 등 에도인의 특색이 반영되어 있다. 스케로쿠 외에도 당시 실재인물이었던 반즈이인 조베(幡隨院長兵衛) 그리고 단주로(団十郎)와 어시장의 상인11)과 더불어 '에도의 3남(江戸の三男)'이라 불리는 화재소방관인 도비(鳶)도 에도를 상징하는 인물로 자주 에도문학에 등장하게 된다. 이들의 의협심이 강한 기질, 기상을 '이나세' 라고도 말했는데, 에도코다움을 나타내는 표현이기도 하다.

에도의 상징으로 당시에도 높이 추앙받았던 가부키 배우 이치카와 단주로(市川団十郎)의 연기에는 신흥도시 에도의 풍토, 사회 구성원의 기질이 잘 나타나 있다. 가미가타에 실재한 조닌 스케로쿠와 시마바라(島原)의 유녀 아게마키(揚卷)의 정사(情死) 이야기를 다룬 이 작품은 에도에서 상연함에 있어서 무대가 요시와라로 바뀌면서 협객물로 변했는데, 이 과정에서는 가미가타의 가부키와는 다른 에도인의 독특한 심

---

11) 어시장 젊은이들의 기운차고 활기넘치는 모습에서 에도코다움을 느낀다고 한다.

상을 엿볼 수 있다. 현재까지도 가부키가 일본인의 심상, 특히 미의식을 읽을 수 있는 중요한 장치로 여겨져 온 것은 이러한 에도시대의 다양한 가부키 장르와 이를 음미하고 창출해 냈던 에도인의 심상과 깊은 관련이 있다고 할 수 있다.

2 조루리(淨瑠璃)의 에도 표상

에도시대 초기, 에도에서는 초인적 호걸 긴피라(金平)를 주인공으로 하는 긴피라조루리(金平淨瑠璃)가 유행하고, 이 긴피라조루리의 연출을 도입한 사카타노 긴토키(坂田金時) 혹은 그 아들 긴피라를 주인공으로 하여12) 아라고토라는 웅장한 연출양식이 확립되었다.

가미가타의 조루리 - 기다유(義太夫) - 가 에도로 진출하게 된 것은 18세기에 들어서부터이다. 그 이전에는 기다유가 아닌 유파, 즉 사쓰마부시(薩摩節), 히젠부시(肥前節), 도사부시(土佐節), 에도부시(江戸節), 긴피라부시 등이 에도에서 유행했다. 그 중 긴피라부시는 사카타노 긴토키의 아들 긴피라와 그 외 미나모토노 요리미쓰(源頼光)의 가신들의 활약상을 그린 긴피라물(金平物)을 주로 상연한 유파인데, 무사들이 많이 거주하는 에도 사람들의 성향에 맞춘 내용이 호평을 받았다.

이후 기다유 일파가 에도로 진출하게 되는데, 인형조종사인 다쓰마쓰 하치로베(辰松八郎兵衛)가 자모토(座本)13)가 되어 다쓰마쓰좌(辰松座)

---

12) 『四天王稚立』(1673년)의 金時 역할을 시초로 보는 설과 『金平六条通ひ』 (1685)의 金平 역할을 시초로 보는 두가지 설이 있다.

를 설립한다. 그 때 첫 번째로 공연한 것이 기노 가이온(紀海音)의 『야오야오시치(八百屋お七)』를 개작(改作)한 『야오야오시치에도무라사키(八百屋お七江戸紫)』이다. 이 작품 소재는 에도시대에 실제로 있었던 사건을 사이카쿠(西鶴)가 작품 소재로 쓰면서 유명해진 이야기이며, 당시 에도에서 공연하기에 적절한, 누구나 에도라고 하면 떠올리는 사건을 다룬 작품이다. 다만 이 작품에서는 배경이 되는 에도와 관련해서 혼고(本郷)와 고마고메(駒込)의 깃쇼지(吉祥寺)라고 하는 지명이 나오거나, 사카이초(堺町), 고비키초(木挽町)의 가부키 구경을 언급하는 정도로, 적극적인 에도 표현은 보이지 않는다. 특히 혼고 일대는 1657년, 1682년, 1683년에 대화재가 일어난 지역이기도 하여, 혼고라면 화재를 떠올리게 하는 지명이었다. 지명이나 배경묘사에서 에도를 나타냈다고 하기보다 '싸움과 화재는 에도의 꽃(喧嘩と火事は江戸の花)'이라는 말이 있듯이 화재가 많이 발생하는 곳으로서 에도를 표현하고 있다고 할 수 있다.

이 오시치의 이야기를 바탕으로 일련의 오시치기치사물(お七吉三物)이라는 작품군이 만들어지는데, 예를 들어 『다테무스메코이노히가노코(伊達娘恋緋鹿子)』[1773년, 스가 센스케(菅專助), 분코도(文耕堂) 합작]에서는 극의 전개에 에도의 도시에 특유한 기도(木戸;방화, 방범용 문)를 활용하고 있다.

에도의 중심지에는 방화, 방범을 위해 기도라 부르는 문을 설치해 오후 10시경부터 사람들의 왕래를 금지하고 있었다. 단, 화재가 발생했을 때와 급한 환자가 있을 때만 왕래가 허락되었다. 앞의 『야오야오

---

13) 에도에서는 흥행권의 소유자, 가미가타에서는 그 명의를 빌려 흥행하는 흥행 책임자.

시치』에서 오시치(お七)가 기치사부로(吉三郎)를 보기 위해 방화를 했던 것을, 『다테무스메코이노히가노코』에서는 어려움에 처한 기치사부로를 구하기 위해 화재감시대인 '히노미야구라(火の見櫓)'에 올라가 화재임을 알리며[14] 기도문을 열게 하여 기치사부로에게 검을 훔쳐다 준다. 히노미야구라는 에도를 시작으로 전국적으로 설치된 것이며, 북이나 종으로 화재를 알리는 기능을 했다. 화재, 히노미야구라, 기도라는 소재로써 무대배경이 다름아닌 에도임을 부각시켰다.

에도말기 모쿠아미(黙阿弥)의 작품인 『산닌키치사구루와노하쓰가이(三人吉三廓初買)』가 『야오야오시치』를 바탕에 두고 있다는 것을 확인할 수 있는 것도 마지막에 오조 기치자(お嬢吉三)가 히노미야구라의 북을 치는 장면이 있기 때문이다. 그 외에 『야구라의 오시치(櫓のお七)』라는 무용극으로 만들어질 정도로 오시치라고 하면 화재와 히노미야구라가 연상이 되며 그것이 바로 에도를 상징하게 된다.

문운동점이 이루어지는 이 시기에는 에도출신의 조루리작가가 에도를 무대배경으로 작품을 만들기 시작했다. 에도조루리의 대표작이라 불려지는 히라가겐나이(平賀源内)의 『신레야구치노와타시(神霊矢口渡)』(1770)는 『다이헤키(太平記)』를 소재로 한 시대물이기는 하나 무대배경으로 에도주변을 선택하고 당시의 에도풍속을 담았다. 기존의 조루리는 가미가타를 중심으로 만들어졌기 때문에 가미가타를 배경으로 가미가타의 말로 만들어졌는데, 이 작품에서는 에도의 지명과 에도 풍속, 그리고 에도어를 사용함으로써 관중들에게 크게 호응을 받았다.[15]

---

14) 이 장면은 오시치물의 대표적 명장면으로 『신레야구치노와타시(神霊矢口渡)』 등 이후의 작품에도 영향을 줌.

예를 들면, 교토의 유녀들이 에도에서 올라온 유녀에게 에도어를 배우거나, 단주로의 흉내를 요구하거나, 특히 '캬(俠)인지 왕인지 하는 달려들어 물어뜯을 듯한 싸움 동작(きやんとやらわんとやら食付く様な喧嘩の身ぶり)'을 보고 싶다는 요구에 응해서 가미가타의 싸움모습과 에도의 싸움모습을 보여주는 장면에서 에도사람들의 거칠고도 시원스런 기질을 돋보이게 하고 있다.

또한 미치유키(道行)부분에서는,

> 에도 남자에 교토 여자, 이키와 정을 하나에 모아, 연애로 쌓은 사랑의 산, 곁에서 보기만 해도 얄밉구나. 그건 너무 지나치잖아. 무사시노(武蔵野)의 달과 요시노(吉野)의 벚꽃, 경치와 풍치를 하나로 모아 눈으로 덮은 후지산(富士山), 소문으로 듣기만 해도 부럽구나. 그건 너무 지나치잖아.

라며 이 작품에서의 남녀주인공을 빗대면서 교토의 여자와 이키를 지닌 에도의 남자에 대해 이상적인 남녀로 예찬하고 있다. 이렇듯 겐나이의 작품에는 게사쿠 뿐만이 아니라 조루리에서도 시대물이라는 제약이 있음에도 곳곳에 에도찬미[16]의 표현을 빠뜨리지 않고 있다.

그 밖에 에도의 조루리작가의 대표작으로는 기노 조타로(紀上太郎)의 『이토자쿠라혼초소다치(糸桜本町育)』(1777)가 있는데, 제 1단은 아사쿠사(浅草)의 센소지(浅草寺)가 무대배경으로 설정되어 있다. 원래 조루

---

15) 司馬江漢『春波筆録記』
16) 長島弘明「〈隅田川〉風来山人『根無志具佐』」『国文学』「江戸を讀む―トポグラフィーとして」学燈社, 1990, p.80

리에서는 『스가와라덴주테나라이카가미(菅原伝授手習鑑)』에서는 궁중,
『가난데혼추신구라(仮名手本忠臣蔵)』에서는 쓰루가오카하치만구(鶴ヶ岡
八幡宮) 등 종종 제 1단의 배경으로 궁중이나 신사, 사원이 설정되며,
극중 세계와 사건의 발단 등을 나타낸다. 세태물(世話物)에 있어서도
『소네자키신주(曾根崎心中)』와 같은 경우, 33관음을 참배한 후 도달하
는 이쿠타마신사(生玉神社)로부터 극이 시작된다. 이 경우 당시의 풍속
묘사와 극 전개를 위한 장소의 선택이라는 의미 외에 진혼극이라는 의
미도 담겨있다.

　『이토자쿠라혼초소다치』에서는 센소지의 유래를 말하는 부분으로
시작이 되는데[17] 이것은 가이초(開帳)[18]의 모습을 묘사함으로써 번화
함을 표현하고 있으며, 사람의 왕래가 많은 곳이어서 절도가 일어날
수 있는 곳으로 설정하게 된다. 이 절도 사건이 극의 전개를 이끌어갈
소재가 되어, 이와 같이 제 1단의 도입부분에 놓이게 된다.

　이 조루리의 배경으로는 센소지 외에 작품명에서 알 수 있듯 에도
혼마치(本町)의 실 가게가 나온다. 혼마치는 에도의 번화가(繁昌の町は八
百八丁成る其中々に取り分て本町二丁目中根屋)로 표현된다. 또한 살인 장소
로는 고마가타도(駒形堂)가 나오는데 이곳은 센소지의 앞쪽에 위치하
며 바로 옆에 스미다강(隅田川)이 흐르고 있다. 여기서는 유곽 요시와

---

17) 「抑当時金竜山浅草寺と申すは人皇三十四代推古天皇の御宇、海中より
　　出現の霊像で御座る」『叢書江戸文庫 江戸作者浄瑠璃集』図書刊行会, 1989,
　　p.81
18) 가이초란 사원의 비불(秘佛)을 특정한 날에 일반인에게 공개하는 행사를 말
　　하며 센소지에서 행해진 1777년의 가이초는 縁起가이초로 특히 본존시현(本
　　尊示現)1150년을 기념하는 것이었다. 『江戸学事典』弘文堂, 1994, p.313-
　　314

라(吉原)에서 나오는 가마를 기다리다 살인을 저지르고, 바로 강가에 댄 조키부네(猪牙船)를 타고 도망갈 수 있게 하는 장소로, 에도에서 범죄가 일어날 만한 공간을 생생하게 그리고 있다.

센소지는 에도관광의 중심지로서 에도뿐만이 아니라 지방에서도 에도 구경하러 찾아오는 곳으로 에도의 번화함의 상징이라 할 수 있는 명소이다. 그러나 이 아사쿠사라고 하는 곳은 에도성의 귀문(鬼門)에 해당하는 방향에 위치하기 때문에 기피하는, 나쁜 일이 일어난다는 것을 예상하는 곳으로 이미지하였다. 가부키『도카이도요쓰야괴담(東海道四谷怪談)』(1825)도 센소지를 무대배경으로 하여 막이 열리는데, 이 역시 센소지 뒤에 위치한 논을 살인이 일어나는 곳으로 설정하는 등, 번화함 속에 '악'의 암흑면이 표출되는 공간으로 그려지고 있다.

만조테(万象亭), 우미 이치마쓰(海一沫), 요시다 기간(吉田鬼眼) 합작 『메구로야마히요쿠즈카(驪山比翼塚)』(1779)는 앞서 언급한 에도의 대표적 협객 반즈이인 조베(幡隨院長兵衛)와 와카슈(若衆;젊은이) 시라이 곤파치(白井権八)가 주인공으로 등장한다. 반즈이인 조베는 마치야코(町奴)[19]의 우두머리인데, 대립하던 하타모토야코(旗本奴)[20]의 우두머리 미즈노 주로자에몬(水野十郎衛門)에게 살해당한 실존인물이다. 사후 협객중의 협객으로 영웅적 존재로 인식되며 가부키, 조루리 등의 주인공으로 등장하게 된다. 오토코다테의 대표적 인물로 에도사람들이 키운 이상과 미의식을 체현하는 에도인의 상징이기도 했다. 이 반즈이가 살던 곳이 아사쿠사 하나카와도(花川戸)라는 곳이다. 극 중에는,

---

19) 조닌 출신의 협객
20) 하타모토(旗本)를 중심으로 조직된 무뢰집단

시나가와 바다에서 나온 아사쿠사 김은 에도의 명물인데, 이에 비견할
만큼 유명한 반즈이가 사는 곳마저도 (그 유명한) 하나카와도

라고 반즈이를 아사쿠사 명물인 김과 함께 하나카와도의 명물로 표현
하고 있다. 이 또한 에도 자랑의 한 방법이라 할 수 있다. 아사쿠사의
또 다른 이미지가 이들 스케로쿠와 반즈이인 조베가 살았던 하나가와
도가 있는 아사쿠사이며 이곳이야말로 에도를 상징하는 공간이었던
것이다.

극 중의 에도 묘사도 아사쿠사 구라마에(蔵前)[21]의 쌀가게를 등장시
키며, 다음과 같이 활기차고 번창한 도시임을 인상심고 있다.

> 와서 봐. 에도의 번창은 수많은 마을에 가게들이 빽빽이 늘어서 금은
> 거래가 끊임없이 이루어지며, 금이 달리면 은이 난다. 전국의 쌀을 끌어
> 들여 어제 밤의 시세가 아침 사이에 바뀌면 그 순간에 운에 따라 하룻밤
> 에 큰 부자가 되기도 한다.

이렇듯 번영의 도시 에도의 중심은 돈거래가 끊임없이 일어나는 구
라마에로 대표하고 있다. 구라마에의 쌀 환금상인인 후다사시(札差)는
막대한 경제력으로 돈의 씀씀이도 클 뿐 아니라 의협심도 강하여 다른
조닌들의 선망이 대상이 되었다. 거기에는 조닌들의 무사에 대항하는
의기, 기개를 나타내는 심정이 담겨있었다. 이러한 재력과 기개를 겸
비한 쓰(通)를 다이쓰(大通)라 불렀고 그 중 대표적인 몇 명을 18다이

---

21) 구라마에(蔵前)는 쌀저장창고 앞이란 뜻으로 후다사시(札差)는 쌀의 환금상
　　인을 의미한다. 쌀을 담보로 금융을 하여 에도의 대표적 부호가 된 고리대금
　　업자.

쓰(十八大通)라 부르게 되었는데, 그 대부분이 이 후다사시였기 때문에 후다사시가 다이쓰의 대명사처럼 취급되었다.[22] 기노 조타로(紀上太郎), 우테이 엔바(烏亭焉馬), 요요타이(容楊黛) 합작의『고타이헤이키시로이시바나시(碁太平記白石噺)』(1780)는 18다이쓰(十八大通)가 주인공으로 등장한다. 우테이 엔바는 게사쿠작가이기도 하며, 한편으로 단주로를 후원하는 미마스렌(三升連)[23]을 결성하기도 했으며, 라쿠고(落語) 중흥에도 크게 기여하고 에도문화를 선도해 나가는 인물이다. 이 작품은 작가들이 당시의 대표적 문화인들이었다는 점에서 주목되며, 이 작품을 마지막으로 에도에서는 새로운 조루리작품이 거의 만들어지지 않게 된다.

18세기 후반이 되면서 에도는 지역적인 확대와 인구증가에 따른 경제력의 성장에 의해 오에도(大江戸)라고 부르며, 특히 '하나노 오에도(花のお江戸)[24]'라는 표현으로 에도의 번화와 번영에 대한 자랑을 하게 되는데, 이 조루리 작품 안에서도 그러한 당시의 사회상이 잘 반영되어 있다고 할 수 있다. 지금까지는 에도코에 의한 에도자랑이라는 것은 주로 덴메이교카(天明狂歌)와 게사쿠에서만 다루어지며, 조루리에서는 다루어지는 일이 없을 정도로 경시되어왔으나 대중문화인 조루리도 에도자랑을 표현하는데 예외가 아니었다는 것을 확인할 수가 있다.

---

22) 加藤貴 編『江戸を知る事典』東京堂出版 2004, pp.98-101
23) 이치카와 단주로의 가문(定紋)이 '미마스'였기 때문에, 그를 후원하는 조직을 미마스렌이라 불렀다.
24) 여기서의 오에도는 '大江戸'가 아니라 장군의 거처라는 의미에서 '어(御)'를 붙인 '御江戸'임.

3 가부키의 에도 표상

1) 가미가타 출신 작가 나미키 고헤(並木五瓶)가 그린 에도

가미가타에서는 작가 지카마쓰 몬자에몬(近松門左衛門)과 배우 사카
타 도주로(坂田藤十郎), 요시자와 아야메(芳沢あやめ) 등을 대표로 하고,
에도에서는 이치카와 단주로, 나카무라 시치사부로(中村七三郎)를 대표
로 하는 소위 '겐로쿠가부키(元禄歌舞伎)'라 불리는 전성기가 지나자 일
시 가부키는 쇠퇴하게 된다. 이후 1700년대 중반에 이르러 다시 가미
가타에서는 나미키 쇼조(並木正三), 나가와 가메스케(奈河亀輔), 나미키
고헤 등의 작가에 의해 부흥하기 시작한다.

이들 중, 나미키 고헤는 1794년에 에도로 이주 정착하며[25] 작품 활
동을 하게 되고, 뛰어난 작가를 잃은 가미가타에서는 점차 가부키가
다시 쇠퇴하게 된다. 나미키 고헤는 에도로 온 후 가미가타에서 상연
했던 작품 『고다이리키코이노후지메(五大力恋緒)』(1794)[26]를 배경을 에
도로 바꾸어 상연을 했는데 이것 또한 호평을 받았다고 한다. 에도 진
출 후의 첫 작품에서는 '에도풍에 맞지 않아서인지 인기가 없었다[27]'
고 그다지 좋은 평을 못 받았기 때문에 이 작품에서는 더욱 에도, 에도
인을 의식하며 에도용으로 개정했던 것으로 보인다. 그런 노력에 의해
그려진 에도가 에도를 적확하게 표상하고 있었기 때문에 많은 호평을

---

25) 배우, 3대 사와무라 소주로와 함께 에도로 이주.
26) 에도에서의 초연(初演)은 1795년.
27) 「作者並木五瓶江戸風に合はざるが故に不入なり」『歌舞伎年代記』

받을 수 있었다고 보며 여기서는 가미가타에서 에도로 이주해온 작가 고헤의 눈에 비친 에도와 에도를 어떻게 표상하고 있는 지에 대해 검토하도록 하겠다.

우선 나미키 고헤『고다이리키코이노후지메』에 대해 살펴보겠다. 이 가부키는 에도코의 기풍, 에도 시타마치(下町)정서가 짙게 묻어나온 작품이란 평을 듣는다.

『고다이리키코이노후지메』는 오사카 소네자키에서 실제로 있었던 살인사건을 소재로 만들어진 작품인데 가마가타에서 상연되었을 때의 배경을 에도로 바꾸고 있다. 오사카 기타노신치(北の新地)를 에도의 후카가와로 옮기고, 서막 부분에 실재하던 요리자야(料理茶屋)인 마스야(升屋)[28]를 무대배경으로 삼았다. 이 마스야는 1770년대부터 1780년대 스자키벤텐(洲崎弁天) 부근에 있던 요리자야이다. 가부키 안에 특정 가게가 소개되는 일이 종종 있는데, 물론 가게로서는 선전효과가 있었고, 가부키 극장 측에서도 가게로부터 술과 오쿠리막(贈り幕)[29] 등을 받아 극장의 분위기를 북돋아 관객을 동원하는 효과가 있었다.

이 도입부분은 가미가타판과 비교하여 보다 상세하게 묘사되어 있다는 차이가 있다. 그것은 고헤가 지금까지 눈에 익었던 가미가타가 아니라 에도를 그린다는 점에서 가미가타와의 차이를 드러내기 위해 더욱 신경썼던 부분이었기 때문으로 생각된다. 가미가타와 다른 풍경을 고헤가 확인하듯 표현했다고 할 수 있다.

요리자야란 요리를 제공하며 각종 모임의 장소를 제공하는 곳인데,

---

28) 초연 당시에는 이미 폐업하여 실재하지 않았다.
29) 후원하는 사람이 기증하는 막. 축하막(祝い幕)

지금의 고급요정(料亭)의 모습으로 바뀌는 것은 18세기 중반이후이다. 특히 이 마스야는 세 도시의 명물평판기인 『후키지자이(富貴地座居)』(1777)의 '요리편'에 이름이 올라있고, 오타 남포(大田南畝)의 기묘시『아타마텐텐니쿠치아리(頭てん天に口あり)』(1784)에서는 마스야를 소재로 요리자야의 유행하는 상황에 대해 다루고 있다. 이렇게 요리자야가 문화와 깊숙하게 관련을 갖는 것도 에도의 이 무렵이 유일하며30) 에도 도시문화의 특징이기도 하다.

가미가타와 에도에 대한 표현의 차이는 도입부분에서부터 찾아볼 수가 있다. 우선 무대가 에도라는 것을 명확히 하기 위해 당시 유행했던 요리자야의 모습으로 바꾸었다. 또한 그곳이 에도의 후카가와라는 것을 알리기 위해 사와기우타라는 가요를 연주하며 후카가와에서의 놀이 풍속(단시간에 크게 소란스럽게 놂)을 우선 청각적으로 표현하고 있다.31) 어휘도 에도판에서는 '게이샤(芸者)' 가미가타판에서는 '게이코(芸子)'와 '마이코(舞子)'로 구분하고 있으며, 성질이 급한 모습을 에도에서는 '셋카치', 가미가타에서는 '이라치' 라고 하며, 말미의 종조사 등에서도 도시의 차이를 나타내고 있다. 또한 에도판에서는 요리자야의 요리인과 생선을 파는 상인이 싸움을 하는 장면으로 변경을 하는 등, 이 도입단계에도 세심한 에도 묘사가 이루어지고 있는 것을 확인할 수가 있다. 이 도입부분 외에도 각 막마다 에도의 지명, 에도어의 사용, 에도의 신사 사원의 엔니치(緣日), 가이초, 참배의 모습, 옷차림 등으로

---

30) 『江戸学事典』弘文堂, 1994, p.270-271
31) 사와기우타는 후카가와의 토지에 붙여진 음악으로 기능. 『歌舞伎オンステージ 五大力恋緘』白水社, 1987, p.14.

에도를 표현하고 있다.

『스다노하루게이샤카타기(隅田春妓女容性)』(1796)는 작품명에서 알 수 있듯이 스미다강을 무대 배경으로 하고 있다. 스미다강을 배경으로 하는 소위 스미다가와물은 요쿄쿠(謠曲)『스미다가와(角田川)』의 우메와카(梅若)전설을 소재로 하며 셋쿄조루리(説経浄瑠璃)『스미다가와』를 비롯 다수의 작품들이 존재하며, 특히 에도가부키에서 자주 소재로 이용되었다. 이것 역시 야오야오시치와 함께 에도를 무대로 한 에도가부키의 대표적 소재라 할 수 있다. 가미가타의 조루리의 경우를 예로 들면 지카마쓰 몬자에몬의 『후타고스미다가와(双生隅田川)』(1720)에서는 스미다강의 불꽃놀이(花火)32)를 가라쿠리(からくり)33)로 보이는 장면을 삽입하며 에도의 풍속을 표현하는데 그치고 있다. 에도가부키『스다노하루게이샤카타기』에서는 당시 에도에서 성행중이었던 음식점인 요리자야를 등장시키거나 또한 봄의 꽃구경(花見) 풍속을 그리며 이곳의 번화함을 표현했다.

또한, 원작에 등장하는 악인을 가미가타의 조루리에서는 주인을 위해 희생하는 상인으로 설정하고 있으나, 이 작품에서는 오토코다테, 협객으로 변경하고 있는데, 이 역시 앞서 언급했듯이 협객물의 상연이 가장 많았던 시기이기도 하고, 에도다움을 나타내기 위한 방법이었다.

이어서 제목에서 알 수 있듯이 고헤가 무대배경으로 즐겨 쓰던 후카가와의 진수(鎮守)인 도미가오카하치만구(富岡八幡宮)의 야마비라키

---

32) 스미다강의 불꽃놀이대회는 1732년의 대기근과 콜레라에 의한 사망자를 기리기 위한 목적으로 1773년부터 스미다강의 가와비라키에 맞추어 개최되었음. 여기서는 그 이전 불꽃놀이의 모습을 의미함.

33) 실, 태엽, 용수철 수력 등을 이용한 정밀한 장치로 물건들을 움직이게 하는 것.

(경내 개방)34)를 소재로 『도미가오카코이노야마비라키(富岡恋山開)』(1798)
를 썼다. 이는 에도인에게 있어서 료고쿠(両国)의 가와비라키(川開き)와
함께 에도의 연중행사라 여겨지고 있었다. 발단부분에 후카가와 나카
초(仲町) 마리시텐요코초(摩利支天横町)의 강을 유객을 태운 배가 지나가
는 장면을 집어넣거나, 시바신메이(芝神明)의 미세모노(見世物)35)의 모
습 등을 집어넣는 등 같은 후카가와를 배경으로 하는 『고다이리키코
이노후지메』보다 더 당시의 풍속을 작품 내에 그려내고 있다. 여기서
는 단지 배경으로서의 역할뿐만이 아니라 미세모노의 양이 위조증서
를 먹어버린다거나, 후키야(吹き矢)36)로 위기를 벗어나는 등 극의 전개
에 있어서도 역할을 하고 있다.

고헤는 세태물로 에도라는 도시를 생생히 묘사했으며, 시대물보다
호평을 받을 수 있었다. 그것은 가미가타출신이었기 때문에 에도라는
도시의 특성을 더 파악할 수 있었기 때문이다. 그의 이러한 사실적 작
극법이 시도된 시기는 샤레본과 같은 사생식의 단편소설이 나오기 시
작한 시기와 겹치며 사실적 묘사의 경향은 당시의 풍조이기도 했다고
한다.37) 이러한 사실적 묘사에 의한 작극법은 고헤 곁에서 작업하던
남보쿠(南北)에게도 큰 영향을 주고 있으며 기제와(生世話)라고 하는 방
법을 낳는 데에 선구적 역할을 했다.

---

34) 매년 3월 21일부터 28일까지 경내를 개방했었다.
35) 돈을 받고 진기한 것이나 곡예, 요술을 보여주는 흥행으로 에도시대 서민에
　　게는 최대의 오락이었다.
36) 짧막한 화살을 대통에 넣고 입으로 불어 쏘는 것.
37) 河竹繁俊「初代並木五瓶」国立劇場上演資料集426『通し狂言富岡恋山開新
　　歌舞伎十八番の内素襖落』国立劇場調査養成部芸能調査室, 2000, p.70
　　(『歌舞伎作者の研究』)

2) 에도출신 작가 쓰루야 남보쿠(鶴屋南北)가 그린 에도

19세기 초 에도의 작가 쓰루야 남보쿠는 '기제와'[38]라는 방법으로 기존의 세태물보다 더 사실적으로 서민들의 생활을 생생하게 그려냈다. 하라 미치오(原道生)는 "에도시대 말기의 민중사회에 울분해 있던 무목적적인 에너지를 작품 내에 반영하는 데에 성공"[39]한 작가로 그 공적을 평하고 있다. 남보쿠의 작품은 대표작인 『도카이도요쓰야괴담(東海道四谷怪談)』(1825)처럼 시대물의 세계에 세태물을 섞는 '나이마제(綯い交ぜ)'라는 방법을 바탕으로 하여, 서민들의 생활의 묘사, 잔인한 살인 장면, 자극적인 정사 장면, 유령 출현의 괴기 장면 등 다양한 요소들을 작품 내에 삽입하며, 당시의 분카분세이기〔文化文政期(1804-1829)〕의 난숙(爛熟)한 시대상을 표현하고 있다.

남보쿠의 작품이 쓰여졌던 분카분세이기는 에도문화의 난숙기(爛熟期)로 일컬어지는데 동시에 사회불안의 증대, 외국 선박에 의한 개항 요구 등 대외 위기에 의한 막번체제의 동요기에 해당하기도 했다. 표면적으로는 평온한 상태가 이어졌으나 계속되는 개혁의 엄격한 통제 속에서 퇴폐와 무기력함의 경향이 강했고, 이러한 분위기는 가부키작품에 반영되었다. 이러한 병든 이미지의 에도를 무대로 에도 하층민의

---

38) 기제와의 방법에 대해 오치아이 기요히코(落合清彦)는 「ヤクザ芸術論序説 —無頼美術の伝統」(『江戸の黙示録』思索社)에서 단순히 町人社会의 리얼한 사생이 있는 것이 아니라, 극중에 江戸後期社会의 市井의 無頼의 表現이 존재할 때 生世話라고 부를 수 있다고 지적하고 있다.

39) 原道生「歌舞伎の変容」『時代別日本文学史事典』東京堂出版, 1997, pp.370-372

생활을 그려낸 남보쿠의 작품들은 범죄를 에도 속의 공간, 지형과 연결시키고 있다. 그 대표작이 『도카이도요쓰야괴담』인데, 작품명에 에도의 지명을 집어넣으며 괴담이 있는 곳이라는 것을 미리 알려, 관객에게 바로 가까운 곳에서 일어나는 일이라는 느낌을 주는 등 기존의 작품들과 차이를 보이고 있다.

　『도카이도요쓰야괴담』의 공간설정[40]에 대해서는 괴담분위기의 조성이라는 점에서 분석한 요코야마 야스코(横山泰子)와 이치무라 히로마사(市村弘正) 등의 다수의 연구가 있다. 이치무라는 한 시대와 사회의 붕괴의 모습이 잘 나타나 있는 텍스트로 『도카이도요쓰야괴담』를 예로 들며 작품세계의 무대가 되어 있는 장소가 '에도의 주변지역'이라는 점에 주목하고 있다. 또한, 마에다 아이(前田愛)는 "정상적인 도시공간으로부터 소외된 자들의 어두운 욕망이 분출하는 곳"이라고 지적하는[41] 등 여러 분석이 나오게 될 만큼, 가부키와 도시공간의 관계를 조명하게 하는 계기가 된 작품이기도 하다.

---

40) 横山泰子「『東海道四谷怪談』の恐怖」, 市村弘正「都市の崩壊一江戸における経験」, 山口昌男『祝祭都市』

41) 塩冶家에서 벗어나 에도에 흘러나와 그 주변지대를 이동하면서 살인을 저지르는 주인공들의 행동궤적은 도시에 있어서의 공동체의 해체현상에 걸맞는 문학적 현상이라고 한다. 또한 동시대에 쓰여진 하타모토(旗本) 부요은사(武陽隠士)의 기록 『세사견문록(世事見聞録)』에 따르면, 계속되는 태평이 가능하게 한 생활수준의 향상이 하층 조닌(町人)의 욕망을 자극하고, 또한 과밀한 인구와 지방출신자의 유입에 따른 공동체의 이완이 계기가 되어 범죄가 유발된다고 지적. 前田愛「墨東の隠れ家」, 또한, 広末保도 "아사쿠사를 지점으로 한 도시주변적인 공간이며 경계선이 애매한 낙오자들이 모이는 공간이었으나 이것은 소외되고 부정형화한 도시생활을 부각시키기에 적절한 공간적 구도"였다고 함. 岩波新書『四谷怪談』. 그 외 郡司正勝『鶴屋南北』나 中山幹生「『東海道四谷怪談』地誌」, 塩見鮮一郎「四谷怪談地誌」 등이 『東海道四谷怪談』의 무대가 된 도시공간에 대해 언급하고 있다.

　오사카에서는 실제로 일어난 정사 사건을 극화한 조루리『오소메히사마쓰다모토노시라시보리(お染久松袂の白絞り)』를 비롯한 '오소메히사마쓰물'이 유행했는데 남보쿠는 이 작품의 배경을 에도의 아사쿠사와 야나기사마(柳島), 무코지마(向島) 일대로 옮기며『오소메히사마쓰우키나노요미우리(お染久松色読販)』(1813)로 재구성하여 에도시정의 풍속묘사에 여러 사건을 얽히게 하면서 극을 전개했다.

　'오소메히사마쓰'라고 하면 노자키관음(野崎観音)을 떠올릴 정도로 굳어져 있었던 무대배경을 에도 야나기사마의 묘켄도(妙見堂)와 그 옆의 요리점 하시모토(橋本)로 옮겼다. 에도시대 묘켄신앙은 상업의 신으로서 사업번창, 가내안전, 무병장수에 영험이 있다고 믿었으며, 남보쿠가 활약한 시기인 19세기 초에 성행하였다. 특히 에도의 묘켄도는 우키요에(浮世絵) 화가 호쿠사이(北斎)가 신앙한 것으로도 유명하다. 남보쿠는 무대를 에도로 옮기면서 오사카의 노자키관음신앙에 필적할 묘켄신앙으로 대체한 것이다. 이 작품에서 주의할 점은 인물조형이다. 이 작품에는 자신들의 욕구대로 선악을 가리지 않고 행동하는 기베(喜兵衛)와 오로쿠(お六)라는 남녀가 악의 매력을 체현하는 인물로 등장한다. 그 중 오로쿠는 이 시기 에도가부키에 새로 생겨난 역할인 '악파(悪婆:아쿠바)'의 대표적 인물이다. '이나세'라고 하는 씩씩한 모습을 지니며 악인처럼 거칠게 행동하기는 하나 귀여운 면과 여성스러운 면을 갖춘, 퇴폐적 미의식이 낳은 새로운 역할이라 할 수 있다.『도카이도요쓰야괴담』의 이에몬(伊右衛門)도 '색악(色悪:이로아쿠)'라는 역할로, 잔혹한 악인이기는 하나 미남이며 매력적인 인물로 조형된다. 이 역시 이 시기의 퇴폐한 세태를 반영하며 조형된 역할이다.

『가미카케테산고타이세쓰(盟三五大切)』(1825)는 나미키고헤의 『고다이리키코이노후지메』를 바탕으로 『도카이도요쓰야괴담』의 후일담으로 만든 것인데, 남보쿠 특유의 그로테스크한 면이 돋보이는 작품이기도 하다.

『고다이리키코이노후지메』에서 주인공 겐고베(源五兵衛)가 여주인공 고만(小万)을 죽여서 목을 잘라 집으로 가지고 오는 설정은 그대로이나 공간설정에 변화를 주었다. 『고다이리키코이노후지메』에서는 후카가와에 있는 유명한 요리자야였던 것을 요쓰야오니요코초(四谷鬼横町)에 있는 고만의 집으로 옮겼다. 앞서 『도카이도요쓰야괴담』의 후일담이라고 했듯이 이 집은 『도카이도요쓰야괴담』의 주인공 이에몬이 살던 집으로 오이와(お岩)의 유령이 나온다고 사람들이 피하는 모습이 그려진다. 이곳에서 고만은 겐고베에 의해 처참하게 살해되는데, 이 오니요코초[42]는 오이와가 귀신(鬼)과 같은 형상을 하며 지나갔다는 이야기에 유래한다고 하는 곳이다. 이 작품에서는 겐고베가 귀신의 형상, 귀신의 마음으로 고만과 그 외 사람들 5명을 잔인하게 죽이는 장소로 선택되어졌다.

이어, 겐고베가 고만의 목을 가지고 돌아간 곳은 요쓰야에 위치하는 아이젠인(愛染院) 앞 암자이다. 아이젠인이라고 하는 곳은 애염명왕(愛

---

42) 「於岩稲荷来由書上」에 「俚俗 鬼横町 但 組屋敷内東通りより西通りへ往返の小巷也 右はおいわ鬼女の如く成りて此の横町を走りけるによりて、俚俗唱来り候。」라고 있다. 「於岩稲荷来由書上」는 「東海道四谷怪談」상연 2년 후인 1817년에 「四谷町方書上」의 부록으로 작성된 江戸幕府의 공문서이다. 高田衛・著 『お岩と伊右衛門 ～ 「四谷怪談」の深層』洋泉社, 2002年, p.42-44

染明王), 즉, 애욕(愛慾)을 수호하는 신을 모신 곳이다. 겐고베는 애욕에 빠져 주군의 복수를 할 방편을 잃어 자신을 속인 고만들을 죽이나, 사실은 고만은 남편의 주군이 겐고베인 줄도 모르고 그에게 주기 위한 돈을 마련하기 위해 겐고베를 속인 것이었다. 애염명왕은 몰지각한 사랑으로 가정의 파탄과 집착에서 일어나는 남녀간의 갈등을 풀어 큰 사랑에 대한 법문을 깨닫게 한다고 한다. 모든 것이 오해라고 밝혀지자 겐고베는 고만의 목을 안으며 후회하는데, 그러한 장소로 아이젠인 앞의 암자가 적절히 선택되었다고 할 수가 있다. 또한 겐고베의 모습은 겉으로는 분노의 형상을 하고 있는 애염명왕과도 겹친다고 할 수가 있다. 1년 전에 만들어진 『도카이도요쓰야괴담』의 공간의 선택방법을 계승한 작품으로 볼 수가 있다.

3) 에도출신 작가 모쿠아미(黙阿弥)가 그린 에도와 도쿄

모쿠아미는 에도시대 말기에서 메이지(明治)시대에 걸쳐 활약한 작가이며 가부키 작품 내에 에도도 그리고 도쿄도 그렸다. 그가 그린 에도를 근세와 근대로 나누어보면 전자에는 1855년의 안세(安政)대지진이 후자에는 메이지유신(明治維新)이라는 사건이 있다. 그는 안세대지진후 잿더미로 변한 에도를 보고 더욱 '오래되고 좋은(古き良き) 에도'를 그리게 된다.[43] 이 대지진에 에도서민들은 '사회개혁(世直し)'이라는 생각을 가졌고[44] 이러한 정신상황은 에도시대말기의 세태를 상징하는

---

43) 古井戸秀夫「爛熟期の歌舞伎」『岩波講座 日本文学史』10, 岩波書店, pp.122 -123

존재인 도둑(白浪)[45]이 주인공으로 활약하는 시라나미교겐(白浪狂言)의 등장과도 무관하지 않다. 즉, 계속되는 기근, 구로후네(黑船)의 내항 등으로 인한 막번체제의 붕괴에 따른 정치혼란과 사회불안에 대한 서민의 울분이 대지진을 세상을 바꾸는 계기라고 여기게 되면서 시라나미물(白浪物)의 유행을 가져오게 된 것이다.

모쿠아미의 작품 중에서는 특히 시라나미물이 호평을 받았었다. 이 시라나미물 중 첫 작품이 『미야코도리나가레노시라나미(都鳥廓白浪)』(1854)이다. 작품명에서 알 수 있듯 스미다강의 우메와카전설을 소재로 하고 있으며 남보쿠의 『사쿠라히메아즈마분쇼(桜姫東文章)』의 영향을 받은 작품이기도 하다. 벚꽃이 만개한 에도정취가 물씬 풍기는 미메구리이나리(三囲稲荷)앞 조메이지(長命寺)둑을 배경으로 극이 전개된다. 배경이 되는 벚꽃은 교호(享保:1716-36)연간에 8대 장군인 요시무네(吉宗)가 심은 것으로 '스미다강둑의 사쿠라'로 알려진 곳이다. 아에바 고손(饗庭篁村)의 평에 의하면 "화실정경(花實情景)이 다 갖추어져 구경꾼이 대갈채"를 보냈다고 하는 장면이다.[46] 에도시대의 가부키는 3월(음력)에 야요이교겐(弥生狂言)이라 하여 벚꽃구경(花見) 장면을 삽입하는 것을 약속으로 하고 있었으며, '세이겐사쿠라히메(清玄桜姫)', '스케로쿠(助六)' 등 화려한 작품이 상연되기도 했다. 말할 것도 없이 이들 작품은

---

44) 지진의 모습을 그린 나마즈에(鯰絵)에서도 알 수 있듯, 당시 서민들은 지진을 세상을 바꾸고 개혁할 수 있는 계기로 보기도 하였다.

45) 시라나미(白浪)란 도둑을 의미하는 말로 중국고사에 유래한다. 일본에서는 에도시대말기 강담사(講談師) 쇼린하쿠엔(松林伯圓)이 이를 소재로 한 강담이 인기를 얻었었는데, 이를 모쿠아미가 가부키에 도입했다.

46) 「舞台は花盛りの向島の堤の月。花実情景ともに具わりて見物大喝采」渡辺保『黙阿弥の明治維新』新潮社, 1997, p.83

벚꽃으로 상징된다.[47] 『미야코도리나가레노시라나미』도 3월에 상연되는 야요이교겐이었으며 벚꽃이 만개한 스미다강둑을 배경으로 하고 있는 것이다.

당시 이곳의 명물이었던 사쿠라모치 가게(桜餅屋)[48]도 요시다집안(吉田家)의 고시모토(腰元)인 가지노(梶野)가 에도로 도피하여 조메이지 근처에서 사쿠라모치가게를 한다는 이야기로 삽입이 된다. 사원이나 신사 참배, 유행하는 상점을 그리는 등 에도의 태평함을 나타내며, 한편으로 에도라는 도시를 광고하는 효과도 지녔다.

그 외에도 주인공인 소타(惣太)는 화분상(植木屋)[49]으로 설정되어 있는데, 이 화분상은 에도의 특징적인 직업이었고, 소타는 에도인의 표상으로 등장하고 있다. 에도는 8할을 차지하는 무가지(武家地)와 사원지(社寺地)의 대부분에 정원이 있었기 때문에 수목(樹木)이 수요는 방대했다. 1860년에 에도를 방문한 영국의 식물학자 포춘이 세계에서 이렇게 대규모로 수목을 파는 곳은 보지 못했다고 할 정도로,[50] 당시의 에도는 수목의 매매가 성황리에 이루어졌던 도시였고 세계역사상최대의 전원도시였다.[51] 고마고메(駒込), 수가모(巣鴨), 오쿠보(大久保), 아오야마(青山), 아사쿠사(浅草), 무코지마(向島)[52] 등지에서 화분상이 화원을

---

47) 『歌舞伎事典』平凡社 1984, p.396
48) 실재한 떡가게 山本屋를 암시. 둑에 떨어진 벚꽃의 잎을 절여 떡을 싸는 방법을 고안해냄.
49) 화분상이기도 하며 정원수도 심기도 함.
50) ロバートフォーチュン, 三宅馨訳『江戸と北京』廣川書店, 1969.
51) 졸고, 「정원도시 에도의 형성과 성장과정」『일본문화연구』27호, 동아시아일본학회, 2008.7
52) "아무래도 도피자는 무코지마에 간 것에 틀림없어"라고 하듯이 스미다가와 건너의 무코지마(向嶋)는 도망자들이 숨어지낼 만한 공간으로 인식되어 온

열었었다. 소타가 무코지마에서 화분상을 하고 있다는 설정은 에도서
민의 모습을 나타내기에 적절한 설정이라 할 수 있다.

또한 우메와카를 살해하는 장면으로는 조메이지 둑이 설정이 되고
스미다강과 밤 벚꽃을 그 배경으로 하고 있다. 바로 에도임을 나타내
는 설정이라 할 수 있다.

이후 모쿠아미는 메이지시대를 맞이한다. 메이지시대의 새 풍물을
배경으로 새 풍속의 인물을 그린 가부키를 잔기리(散切)교겐이라 부르
는데, 명칭자체가 긴 머리를 잘라낸다는 서양화 근대화를 의미하는 상
징이기도 했다. 문명개화의 진척을 보려면 모쿠아미의 잔기리 작품을
보라는 말이 있을 정도인데53) 그의 작품 안에는 우산, 인력거, 가방,
램프, 금시계 등 서양물건과 잔기리 머리형에 기모노를 입고 가방과
양산을 든 사람들의 모습과 대화 내용 등에서 이미 에도가 아닌 메이
지의 냄새가 묻어난다.

『구모니마고우우에노노하쓰하나(天衣紛上野初花)』(1881)는 우에노(上
野)에서 개최되는 내국권업박람회(內國勧業博覧会)를 보러 상경하는 사
람들을 겨냥한 것이며, 이 박람회에 온 대중을 가부키 극장인 신토미
좌(新富座)에 끌어들이려고 한 것이었다.

메이지(明治), 다이쇼(大正)시대의 박람회는 도쿄(東京)구경의 성격을

것으로 보인다. 무코지마는 에도시대에는 에도인에게 있어서 절호의 행락지
였으며 스미다강둑에 따라 사원 신사, 명소가 있고 그 외에도 유명한 요정
등이 산재했던 곳이다. 그러나 이곳은 18세기에는 에도에 속하지 않은 교외
였다. 1854년의 작품인 『都鳥廓白波』에서도 "아니요, 소타씨는 지금 에도로
가셨어요"라며 무코지마는 에도에 속하지 않은 것으로 인식되어있다.
53) 『都鳥廓白浪』해제 『黙阿弥全集』春陽堂, 1925, p.412

지녔고 그 중 가부키 관람도 코스의 하나였다. 단주로(団十郎), 기쿠고로(菊五郎)를 비롯한 명배우들이 출연하는『구모니마고우에노노하쓰하나』는 지방에서 상경한 사람들에게 "사라진 에도의 모습을 보이기 위한 전시품의 하나였다".[54] 여기서 모쿠아미는 에도의 분위기나 문화의 향기를 그리려 했다.

같은 해에 쓰여진『시마치도리쓰키노시라나미(島衢月白浪)』(1881) 에는 박람회자체를 그리고 있다. 이 박람회는 권업박람회로 식산흥업(殖産興業)을 목적으로 정부주도로 메이지 10년(1877)부터 38년까지 5회에 걸쳐 우에노(上野)공원에서 개최되었었다.[55] 박람회는 다무라 겐유(田村元雄), 히라가 겐나이 등 본초(本草)학자와 의학자들이 채집과 연구의 성과, 정보를 교환하는 목적으로 행해진 물산회(物産會)[56]가 발전한 것이다. 1881년 3월에 개최된 우에노의 박람회는 제1회에 이어 2번째로 열린 것이며, 11월에 상연되는 이 작품에 그 상세한 모습을 그려낼 수가 있었다. 같은 해의 작품이지만『시마치도리쓰키노시라나미』는 잔기리물로서 메이지의 신문물이 대거 삽입되어 있다는 점이 대비가 된다. 서막은 다음과 같이 시라카와(白川)의 여관에 투숙하며 박람회를 보러가는 여행자들의 왕래모습을 그리고 있다.

　　다스케(太助)　올해는 봄의 박람회를 시작으로 닛코(日光)참배, 이세(伊勢)참배, 많은 시골사람들이 구경나왔다고 하지

---

54) 渡辺保『黙阿弥の明治維新』新潮社 1997
55) 『江戸東京学事典』三省堂, 2003, pp.784-786
56) 1757년 본초학자 다무라 겐유가 에도 혼고 유시마(湯島)에서 약물회를 개최한 것이 시초.『江戸学事典』弘文堂 1994, p.419

　　한지(半次)　그것도 근년은 어느 시골도 풍년이라 여관도 순례자가 가장
　　　　많지
　　　　　　　　　　　　(중략)
　　도에몬(道右衛門)　사쿠에몬(作右衛門)이 박람회에 다녀오는 길에 묵었
　　　　더니 굉장히 대접을 잘 해주었다고 하는 오슈야(奧州屋)가 저 집
　　　　일세.

　　서민들이 신사나 사원 등을 참배하기 위해 여행을 떠나는 일은 이
미 에도시대부터 성행하였으나, 거기에 도쿄에서 개최된 박람회가 새
로운 관광코스로 추가되었다. 자신들뿐 아니라 이미 박람회에 다녀온
사람의 얘기를 듣고 있는데, 실제로 이해 3월 박람회는 제1회 박람회
보다 두배로 관람자가 증가할 정도로 성황을 이루었다고 한다.

　　핫토리 세이치(服部誠一)의 『도쿄신번창기(東京新繁昌記)』(1874)에는
도쿄의 명소로 박람회를 들고 있다. 이것은 데라카도 세이켄(寺門靜軒)
이 『에도번창기(江戶繁昌記)』(1832-1837)에서 에도시대의 물산회를 약품
회(藥品會)라 하며 대이벤트의 하나로 들고 있는 것처럼 이미 유행했던
구경거리 중의 하나였다.[57] 다만, 메이지에 들어서서 개최되는 박람회
는 정부주도로 이루어지고 있다는 점에 큰 차이가 있으며 문명개화의
상징으로 인식되고 있었다. 메이지 초기의 박람회는 에도시대의 물산
회의 성격에서 크게 벗어나지 않아 신기한 물건들을 구경하는 미세모
노(見世物)적인 성격이 강했으나 권업박람회에서는 정부는 그 이전의
박람회성격과 차별화하여 식산흥업정책에 직결되는 '교화(敎化)의 수

---

57) 핫토리 세이치의 『도쿄신번창기(東京新繁昌記)』는 데라카도 세이켄이 『에
　　도번창기(江戶繁昌記)』의 형식을 차용함.

단으로 크게 의식했다고 한다.58) 그러한 성격을 지니고 있다는 것을
파악하고 있었던 모쿠아미가 극 중에 박람회을 삽입한 의도에 대해서
와타나베 다모쓰(渡辺保)는, "박람회를 통해서 국내의 안정을 꾀하려는
신정부, 또한 연극개량운동을 비평"한 것이라 논하고 있다.

특히 박람회를 비롯한 문명개화의 신문물에 대해서 도쿄에 사는 사
람들이 아닌 다른 지방 사람을 통해서 말하게 함으로써 마치 도쿄에
대한 설명을 하고 있는 것 같은 느낌을 주고 있다.

제 4막에서는 지방에서 올라온 이소에몬(磯右衛門)의 입을 통해 개화
기의 도쿄를 다음과 같이 표현하고 있다.

> 이소에몬　전에 왔던 편지에 주소 번지까지 자세히 쓰여져 있어서 아들
> 　　　　　집을 금방 찾을 수가 있네. 옛날과 달라 번지가 있어서 정말 편
> 　　　　　리하기도 하지.
> (중략)
> 이소에몬　오늘 가나가와에서 철도로 신바시(新橋)인가에 오니까 이건
> 　　　　　뭐 미국에 온 것 아닌가 할 정도로 벽돌건물이라 놀랐어.
> 시마조(島藏)　아직, 그 정도가 아니예요. 여러 관청에다 미쓰이(三井)은
> 　　　　　행, 구경할 곳은 많이 있어요. 우선 무엇보다 여기서 가까운 쇼
> 　　　　　콘샤(招魂社)에 내일이라도 참배하러 가보세요.
> 이소에몬　박람회 갔었던 사람이 다녀와서 해준 이야기로는 굉장히 훌
> 　　　　　륭하다고 들었어.59)

잔기리물의 특징이기도 한데, 이 작품 안에는 특히 철도, 은행, 다이

---

58) 『江戸東京学事典』三省堂, 2003, pp.202-203, pp.784-785
59) 『島衢月白浪』『河竹黙阿弥集』新日本古典文学大系 明治編 岩波書店 2001,
　　p.304

아먼드, 램프, 가방, 학교, 경찰서, 우편제도(주소) 등 개화의 양상을 표현하는 부분이 많다. 그 중에서 주목되는 것이 쇼콘샤, 즉 야스쿠니(靖国)신사이다. 『시마치도리쓰키노시라나미』에서는 등장하는 모든 인물은 도둑이거나 도둑이었던 사람인데 이들이 마지막에 쇼콘샤의 도리이(鳥居) 앞에서 모두가 개심해서 선인(善人)이 되는 것으로 설정되어 있어, 쇼콘샤는 이 작품에 있어서 중요한 무대배경이라 할 수 있다. 쇼콘샤에 대해서는 신사 앞의 메밀국수가게 주인과 손님과의 대화 중에 설명하고 있다.

> △   이 쇼콘샤는 뭘 모신 거니?
> ○   이건 근래 전쟁으로 죽은 사람을 모신 건데, 신분은 낮은 병사라도, 나라를 위해 죽은 거라 이렇게 훌륭하게 지어진 거야
> △   난 늘 지나가기만 하고 안은 본 적이 없는데 이리 보니 아름답겠구나.
> 소바가게주인 낮에 들어가 보세요. 연못에 분수가 있어서 정원의 수목은 대단하고 사계절마다 꽃이 끊임없이 핍니다. 아주 멀리서도 일부러 와보실만 합니다.[60]

이 작품에는 도쿄관람의 구경거리중 하나에 쇼콘샤가 포함되어 있는데 쇼콘샤의 유래 설명이 있다. 「시마치도리쓰키노시라나미」가 상연된 것은 1881년으로 이미 야스쿠니신사로 명칭이 변경되었으나 메이지 시대에는 쇼콘샤라는 명칭이 일반적이었다고 한다.[61]

---

60) 『島衙月白浪』『河竹黙阿弥集』新日本古典文学大系 明治編 岩波書店 2001 p.360
61) 『河竹黙阿弥集』『新日本古典文学大系 明治編』岩波書店, 2001, p.360, 이 점에 대해 渡辺保는 일부러 招魂社라는 변경전 이름으로 남겨둔 것에 의미

위의 개화기의 모습은 신문물 도입으로만 그려낸 것은 아니다. 에도코에게 요구되던 의식은 이 시기에는 '생각이 트인(開けた)' 사람이 되어야 하고, 나라를 위해 희생하는 사람이 되어야 한다는 것으로 변화한다. 예문에도 있듯 나라를 위해 희생하면 신분에 상관없이 같은 국민으로서 훌륭한 신사에 안치된다고 하는 계몽적 내용을 담고 있다.[62] 이러한 문맥으로 시마조(島蔵)가 도둑인 센타(千太)에게 자수를 권하며 하는 말도 역시 '조금이라도 나라에 도움(聊か御上への御奉公)'[63]이 될 것이라는 논리로 설득하고 있다. 센조 역시 이 말에 돌연히 설득당하는 어색함이 있으면서도, 그것이 이 시기에 요구되는 바람직한 인간상이었던 것이다. 메이지 근대화과정에 부국강병의 국가관을 주입하고자하는 의식의 연장선에 있다고 볼 수 있다.

이 작품을 마지막으로 모쿠아미는 은퇴를 선언하나, 스스로도 언급한 바와 같이 그 후도 가부키작품을 집필했다. 그 중,『가미노메구미와고노토리쿠미(神明恵和合取組)』(1890)는 1805년에 실제로 일어난 시바신메이(芝神明) 경내에서의 씨름꾼과 도비(鳶)사이의 싸움을 소재로 한 것으로 에도코 취향의 정취가 많은 작품이라는 평가를 받고 있다.

이 작품은 모쿠아미 은퇴 후의 것으로 작품을 구상하는 주된 작가(立作者)가 아니지만 제 3막을 모쿠아미가 집필했다고 한다. 이 3막은 에도 서민의 풍속이 생생하게 묘사되어 있는데, 이는 에도시대가 막을

가 있었다고 주장.

62) 나라를 위해 죽으면 신분에 상관없이 같은 '국민'이 될 수 있다는 국가의식 형성기의 계몽적 대사의 전형임.『河竹黙阿弥集』『新日本古典文学大系 明治編』岩波書店, 2001, p.360

63) 일반적으로 징병을 의미함. 渡辺保『黙阿弥の明治維新』新潮社 1997, p.295

내린지 23년이 지나 잊혀져가는 에도의 모습을 일부러 그리며 관객들의 회고심을 불러일으킬 목적이 있었다고도 한다.[64] 메이지시대에 들어서도 모쿠아미는 에도에 집착하며, 사그라져가고 사람들의 기억에서 멀어져가는 에도의 모습, 에도 서민의 생활과 정서, 에도다움을 체현하는 주인공들을 그려냈다.

메이지 시대의 작가 나가이 가후(永井荷風)도 『히요리게타(日和下駄)』 등에서 에도회귀, 에도취향의 글을 쓰게 되는데, 이러한 작가들과 모쿠아미가 찾고자 한 '에도'는 이미 눈앞에 현실적으로는 없는, '심상으로서의 에도'이다. 그들이 그토록 에도에 집착하는 이유는 다음 기회에 검토하기로 한다.

맺음말

에도의 조루리와 가부키에 그려진 에도에 대해 살펴보았다. 이들 작품의 무대로는 에도시대 이전부터 문학의 소재로 쓰였던 우메와카 전설을 바탕으로 하여 스미다강이 배경으로 나오고, 또한 오시치를 소재로 한 작품들에는 화재 다발지역이었던 혼고가 등장하였다. 그 외에는 요시와라와 후카가와 등의 유곽, 그리고 신사와 절 등이 자주 배경으로 선택되었다.

또한 에도인의 미의식을 표상하는 오토코다테를 체현하고 있는 스

---

64) 『歌舞伎オンステージ 籠釣花街醉醒 神明恵和合取組』白水社, 1987, p.232

케로쿠, 협객 등이 주인공으로 나타나 배경이 에도임을 표현하고 있다.

여기서 주목할 점은 에도의 사원이나 신사 등을 배경으로 한 작품이 다수 눈에 띄었다는 점이다. 에도는 신흥도시임에도 불구하고 신사, 사원의 수가 유난히 많았다.[65] 신앙의 대상인 동시에 유흥의 장소라는 중요한 도시기능을 가지는 신사와 사원은 간에이(寛永:1624-1644)년간에 잇달아 지어졌으며 명소가 되었다.[66]

에도시대에 사원이나 신사는 원래의 신앙 목적 외에 미세모노(見世物), 곡예, 강담(講談), 연극 등을 보고, 또한 절 앞에 위치한 유곽에서 유녀들과 놀 수 있는 절호의 유흥 공간이기도 했다. 특히 엔니치(縁日)와 가이초(開帳)때에는 많은 사람들이 찾아 에도를 관광도시화하는 데에 큰 역할을 했다. 지지(地誌)인『에도메이쇼즈에(江戸名所図会)』에는 에도의 번영은 대사원, 신사의 존재에 있다고 보며, 그곳에서 이루어지는 제례나 행사, 자연과의 교류, 연중행사, 교통, 경제의 번화함, 다채로운 상업활동과 직인 기술 등을 기술하며, 에도 조닌의 눈, 시선에서 본 에도의 번영을 제시하고 있다.[67]

에도시대 후기의 소설 장르인 샤레본(洒落本), 기뵤시(黄表紙)와 고칸(合巻)에서도 에도를 무대로 한 작품들이 쓰여지게 되는데 이러한 소설류는 에도의 천하태평을 즐기는 내용이 대부분이다. 사토 유키코(佐藤

---

65) 에도시대 각 도시의 사원수가 京都洛中268, 洛外861(1715년), 大坂三郷424(1679년), 江戸御府内1097(内神社95, 1715-1718년), 仙台寺院132塔頭121(1772년), 金沢226(1715년)이었던 점에서 보면, 신흥도시임에도 불구하고 에도에 유난히 사원의 수가 많다는 것을 알 수 있다.

66) 芳賀徹「江戸像の系譜」『江戸とは』岩波書店, 1989, p.250

67) 鈴木章生『江戸の名所と都市文化』2001, p.263

至子)에 따르면 사원 및 그 주변 유흥지를 배경으로 한 소설 책은 지방 사람에게는 에도 선물이 되기도 하였고, 그 내용에는 에도에 관한 정보가 가득해서 에도라고 하는 도시를 동경하는 사람들의 관심을 끌었고, 또한 그 안에 그려진 인물상도 동경의 대상이 되었다.

신사, 사원이 조루리와 가부키의 무대가 된 것은 시대물의 1막 부분에서 연극 속의 배경 세계를 설명하고, 또한 극 전개를 위한 사건 발생의 장소로서의 의미, 그리고 진혼극으로서의 의미가 있었다. 그 외에도 가부키에서는 '조비라키(序開き)'라고 하여 본 공연의 줄거리와 상관없는 개막극이 상연되었는데 주로 신령 등이 나오는 골계적 내용을 가진다. 이 조비라키에서도 신사와 사원이 무대배경으로 선택되었다.

또한, 히라가 겐나이(平賀源内)가 닛타다이묘진(新田大明神)의 신사 부흥을 위해 조루리『신레이야구치노와타시(神霊矢口渡)』를 쓰고, 그 외에도 가이초에 맞추어 가부키와 조루리 새 작품이 쓰여지고 상연되는 등, 에도인에게 있어서 신사, 사원은 특별한 의미를 지닌 공간이었다.

이러한 점에서 에도의 조루리와 가부키와 사원, 신사와의 관계를 검토할 필요가 있었으나, 이에 대해서는 앞으로의 과제로 삼겠다.

참고문헌

『歌舞伎名作全集』鶴屋南北集 東京創元新社, 1969

『歌舞伎名作全集』並木五瓶集 東京創元新社, 1970

『叢書江戸文庫 江戸作者浄瑠璃集』図書刊行会, 1989

『江戸繁昌記 柳橋新誌』新日本古典文学大系,岩波書店, 1989

『歌舞伎オンステージ 籠釣花街酔醒 神明恵和合取組』白水社, 1987

『歌舞伎オンステージ 五大力恋緘 桜門五三桐』白水社, 1987

『歌舞伎オンステージ 盟三五大切 時桔梗出世請状』白水社, 1987

『河竹黙阿弥集』新日本古典文学大系, 明治編, 岩波書店, 2001

『近世芸道論』日本思想大系 岩波書店, 1972

『脚本集』下 有朋堂文庫 有朋堂書店, 1919

정형,「'에도(江戸)'의 표상을 통해 본 일본인의 심상(心象)지리적 문화기층연구」『일본
　　　학연구』25, 단국대 일본연구소, 2008, 9

加藤貴 編,『江戸を知る事典』東京堂出版, 2004

郡司正勝,『鶴屋南北』中公親書, 1994

鈴木章生,『江戸の名所と都市文化』吉川弘文館, 2001

高田衛,『お岩と伊右衛門～「四谷怪談」の深層』洋泉社, 2002

中尾龍郎,『すいつういきー江戸の美意識攷』三弥井書店, 1984

長島弘明 吉田伸之編,『江戸の広場』東京大学出版会, 2005

西山松之助,『江戸ッ子』吉川弘文館, 1980

芳賀徹,「江戸像の系譜」『江戸とは』岩波書店, 1989

服部誠一,『東京新繁昌記』聚英閣, 1925

服部幸雄,「江戸歌舞伎の特色」『江戸とは何か5 江戸東京学』, 至文堂

服部幸雄,『江戸歌舞伎論』法政大学出版会, 1980

服部幸雄,『江戸歌舞伎の美意識』平凡社, 1996

前田愛,『都市空間の中の文学』筑摩書房, 1982

渡辺保,『黙阿弥の明治維新』新潮社, 1997

ロバートフォーチュン, 三宅馨訳,『江戸と北京』廣川書店, 1969

『歌舞伎事典』平凡社, 1984

『江戸学事典』弘文堂, 1994

『江戸文学地名事典』東京堂出版, 1997

『江戸東京学事典』三省堂, 2003

제2부
메이지시대의 도쿄표상과 심상지리

일본문학 속
에도·도쿄
표상연구

제4장

근·현대 문학텍스트를 통해 본
일본인의 심상지리

정 형

머리말

이 논문은 졸고 '에도(江戸)'의 표상을 통해 본 일본인의 심상(心象)지리적 문화기층연구[1]의 연속연구로서, 에도기가 중심고찰이 된 앞 졸고에 이어 통사적으로 근·현대기에 초점을 맞춘 것이다. 본 연구는 일본문학연구와 일본사상사연구라는 학제적 시각에 입각해, 문학 텍스트에 나타난 '에도·도쿄' 표상을 통해 근세 이후의 일본인의 심상(心象)지리적 문화의 기층을 실증적으로 분석하고 그 기초 자료를 구축하는 데 목적이 있으며, 또한 근세 이래 오늘날까지 일본을 대표하는 최대 도시인 에도·도쿄'의 표상을 문화사적 시좌로 파악함과 동시에 문학텍스트 안에서 일본인의 심상(心象)의 형성과정과 그 추이를 규명하는 데에 있다. 본 연구의 독창성과 연구 성과로는 '근세-근대-현

---

1) 『日本學研究』, 제25輯(2008년 9월), p.127-152

대'로 이어지는 시대의 연속적 흐름을 일관된 시좌로 파악함으로써 선행 연구의 단절된 시대적 공백을 메우고, 공간'이나 '지리'의 개념과 함께 '심상'의 개념을 도입함으로써 일본문화와 문학에 대한 다각적인 분석을 시도했다는 점이다.

종래 일본 근·현대문학에서 도시(도쿄)와 문학을 접목시킨 선행 연구로는, 첫째, 지리나 공간 개념에 주목한 텍스트론, 둘째, 문학텍스트 안에 등장하는 도쿄 지역을 탐방하고 이를 문학사의 측면에서 정리한 문학 산책 형식의 글, 셋째, 도쿄의 역사나 풍속사 도시문화사 분야의 연구를 들 수 있다. 이 중에서 마에다 아이(前田愛)는 공간이나 장소의 개념을 문학에 도입하여 독창적인 독해를 제시함으로서 문학영역에 새로운 지평을 열어 주었다.[2] 그 외에 문학 산책 형식의 글은 단순히 작가별 혹은 시기별로 정리하는데 그치고 있으며,[3] 도쿄의 역사나 풍속사, 도시문화사 분야의 연구에서도 문학텍스트를 중심으로 다룬 경우는 드물다고 할 수 있다.[4] 그 대상이 되는 시기 또한 메이지기로 한

---

2) 前田 愛의 연구로는, 『都市空間のなかの文学』(筑摩書房 1982), 『近代日本の文学空間 一歴史・ことば・状況一』(新曜社 1983), 『闇なる明治を求めて』I (みすず書房 2005), 『都市と文学』II (みすず書房 2005)이 있으며, 문학과 도시 공간을 접목시킨 연구로, 小川和祐『「三四郎」の東京学』(日本放送出版協会 2001), 杉浦芳夫『文学の中の地理空間』(古今書院 1992), 田口律男『都市テクスト論序説』(松籟社 2006) 등이 있다.

3) 前田 愛『文学の街』(小学館ライブラリー 1991), 前田 愛『幻景の街一文学の都市を歩く一』(小学館 1986), 奧野健男『増補文学における原風景』(集英社 1989), 大島和雄『東京の文学風景を歩く』(風涛社 1988)

4) 磯田光一『思想としての東京』(国文社 1983), 高橋勇悦『東京人の横顔 大都市の日本人』(恒厚社厚生閣 1995), 芳賀登「東京風俗の二重構造 一洋風化と下タ町・浅草界隈一」(『史学叢書10 江戸東京文化論』教育主大案センター 1993). 이 중, 磯田光一의 연구를 제외하고, 문학텍스트는 거의 다루어지지 않았다.

정되어 있으며, 대도시 도쿄 혹은 그곳을 무대로 하는 텍스트가 내포하고 있는 일본인의 내면이나 심상 부분은 읽어내고 있지 못하거나 놓치고 있다는 점은 아쉬운 점이라 하겠다. 이는 도쿄를 자국(=일본)의 수도 혹은 문화 중심지라는 단일한 측면에만 초점을 맞추어 그 표피만을 해독해 왔기 때문이다. 아울러 일본 근·현대사상사 연구 분야에서는 일본인의 의식이나 사상의 영역을 주로 이데올로기나 근대화와의 관계 혹은 생산력의 발전과의 관계에서 파악하는 경향이 지배적이다.

이에 본 논문 '근·현대 문학텍스트를 통해 본 일본인의 심상지리'에서는 일본 근대 문학텍스트 혹은 문학자가 '도쿄'를 어떻게 표상하고 상상해 왔는지를 분석하고, 이를 바탕으로 '도쿄'라는 지리공간이 근대 일본인의 자아 형성에 어떠한 방식으로 기능했는지를 밝히고자 한다. 분석 대상 시기는 에도(江戸)의 종언과 함께 시작된 메이지(明治) 초기의 도쿄 표상으로부터 근대적 자아가 형성되어 가는 1910년대의 도쿄, 그리고 관동대지진(関東大震災)로 인한 정신적 공황과 제1차 세계대전으로 인한 경제적 쇼크가 겹쳤던 1920년대의 도쿄, 15년 동안 전쟁이 끊이지 않았던 1930-40년대 전까지의 도쿄, 오랜 전쟁과 패전으로 인해 지치고 황폐화된 심상을 나타내고 있는 1930-40년대의 도쿄, 패전과 미군점령으로 인한 상처와 콤플렉스를 지닌 굴절된 심상을 표출하고 있는 1950-60년대의 도쿄, 그리고 고도의 경제성장과 근대화가 끝난 후, 현대 일본인들에게 남겨진 파편화되고 병리적인 심상을 드러내는 1980년대 이후 현재에 이르기까지의 도쿄 표상을 통시적으로 조망하고자 한다.

1 에도(江戸)에서 도쿄(東京)로 - 문명도시 도쿄의 탄생 -

1) 개화라는 외피를 입은 '도쿄'

메이지 일본의 역사는 1868년 메이지 유신으로 265년에 걸친 도쿠가와 막부(德川幕府)가 붕괴되고 천황이 권력을 회복한 뒤, 교토(京都)에 살고 있던 천황이 에도로 옮겨오게 되면서 시작되었다. 그러나 한 시대에서 다음 시대로 이행하는 과정이 자로 잰 듯이 명확하게 구분되어지는 것이 아닌 것처럼, 메이지 신정부의 건설도 오랫동안 꽃 피워 왔던 에도 막부의 정치, 경제, 문화 형태 위에 새로운 형식, 다시 말해 강력한 중앙집권국가를 목표로 하는 부국강병과 서구와 동등한 문명개화를 주장하는 방식으로 구현되었다. 페리호의 내항으로 상징되는 구미 열강의 압박과 막부 시대의 봉건제적 잔재 등 내외정세에 대응하기 위해서는 하루라도 빨리 서구의 근대적 제도와 문화를 받아들여야 한다는 지배층의 인식이나 후쿠자와 유키치(福沢諭吉)로 대표되는 계몽 사상가들의 주장도 이와 같은 문맥에서 제기되었다고 할 수 있다. 일본 근대문학사 역시 앞서 말한 막부의 종언과 메이지 일본을 중심으로 한 새로운 시대 상황과 정확하게 맞물리면서 전개된다.

후쿠자와 유키치와 같은 계몽 사상가들이 대부분 무사계급 출신이었다고 하면, 메이지 초기의 문학 장르를 이끌어 간 계층은 주로 조닌(町人) 출신 작가라고 할 수 있다. 이들은 에도 후기에 번성했던 게사쿠(戯作)라는 기존의 문학 형식을 그대로 이어 받아, 그 위에 문명개화라는 새로운 내용을 덧칠하는 방법으로 에도에서 도쿄로 이행되어 가는 과도기적인 세태 풍속을 묘사하고 있다. 그 대표적인 작품이 가나가키 로분(仮名垣魯文)의 『아구라나베(安愚楽鍋)』(1871-1872)이다.

『아구라나베』는 새로 개업한 도쿄의 한 전골집을 무대로 당시로서는 생소했던 쇠고기를 먹어 보려고 사회 각층에서 모여든 인물 유형(시골무사, 직공인, 문인, 기생, 연극인, 돌팔이 의사 등)을 해학적으로 그려내고 있다. '도쿄(とうけい)'라는 새 무대와 메이지 시대의 신 풍속을 담아 스토리에 변화를 주기는 했으나, 언뜻 보아도 시키테이 산바(式亭三馬)의 『우키요부로(浮世風呂)』나 『우키요도코(浮世床)』와 같은 근세 게사쿠 풍의 작품을 모방한 흔적이 역력하다.

한편, '학교', '인력거', '신문사', '사진', '소고기집', '서양 안경', '신바시(新橋) 철도' 등의 문명개화 풍속을 한문체로 그려 낸 핫토리 부쇼(服部撫松)의 『도쿄신번창기(東京新繁昌記)』(1874-1875)는 에도를 배경으로 무사나 유가(儒家)의 부패를 고발한 데라카도 세이켄(寺門静軒)의 『에도번창기(江戸繁昌記)』의 작풍인 한문체 희문(戱文) 형식을 그대로 빌리고 있다. 이 책은 만부 이상의 판매를 기록하면서 당대의 베스트셀러가 되었으며, 이어서 고관의 정사(情事)를 폭로하는 스캔들성 기사로 서생들 사이에서 큰 인기를 끌었던 한문체 희문 잡지 『도쿄신시(東京新誌)』(1876)를 창간하기도 했다.

『에도번창기』의 영향을 받은 또 다른 작품으로는 나루시마 류호쿠(成島柳北)의 『류쿄신시(柳橋新誌)』(1874-1876)를 들 수 있다. '류쿄(柳橋)'는 스미다가와(隅田川)와 간다가와(神田川)가 만나는 곳으로 에도시대부터 화류계로 유명한 곳이었으며, 이러한 화류계 요정은 에도가 도쿄로 개명된 이후에도 여전히 지속되었다. 작자는 이러한 번화가 '류쿄'의 풍속 묘사를 통해 문명개화의 저속한 일면과 정부 고관의 무풍류(無風流)를 비판적 시각으로 풍자하고자 했다.

이처럼 에도막부에서 메이지시기로 이행되는 약 십여 년 간의 일본 문학사의 흐름은 기존의 형식에 새로운 시대의 관심을 담는 양상으로 전개되었으며, 게사쿠와 희문(戱文)장르가 그 대표적인 문학 형태였다. 전자가 구사조시(草双紙) 풍으로 서구의 근대 문물에 대한 소개나 새로운 생활 풍속을 담았다면, 후자는 기존의 한문 형식을 빌려 당시의 개화 풍조를 비판했다. 그러나 이러한 문학 장르는 얼마 안 있어 곧 쇠퇴하게 되는데, 그 이유는 새로운 내용을 담아내기에 기존의 형식이 너무 벅찼기 때문이다. 여기서 의미하는 새로운 내용이란 곧 근대적 내면의 형성과 깊은 관련이 있을 것이다. 이와 관련하여 「문명개화기의 「도쿄표상」의 연구」[5]에서는, 문명개화기의 사상적 흐름과 이를 선도해 갔던 메이지국가의 근대화 정책들이 당시 서민들의 심상에 미친 영향을 논의하고, 이를 통해 문명개화의 전개양상이 생활자로서 새로운 삶을 영위하기 시작한 서민의 심상과 긴밀하게 맞닿아 있음을 실증적으로 분석해 내고 있다.

2) 근대적 내면의 형성 공간으로서의 '도쿄'

일본 최초의 언문일치체 소설이자 일본 근대소설의 선구라는 평가를 받는 후타바테이 시메이(二葉亭四迷)의 『부운(浮雲)』(1885-1889) 역시

---

5) 김필동, 「문명개화기의 「도쿄표상」의 연구」, 『日本語文學』 第36輯, 일본어 문학회, 2007년.

주인공 우쓰미 분조(內海文三)의 고뇌와 불안을 통해 당시 일본이 추구한 근대 문명의 이면을 그려내고 있다.

『뜬구름』의 주인공 분조처럼 시골로부터 도쿄로 상경하는 일본 지식인 청년들의 이야기는 메이지 40년대의 나쓰메 소세키 작품의 주요 모티브가 되고 있다. 특히 전기 3부작으로 일컬어지는 『산시로(三四郎)』(1908), 『그 후(それから)』(1909), 『문(門)』(1910)의 주인공인 '산시로', '다이스케(代助)', '소스케(宗助)'는 마치 한 인물의 성장 과정을 엮어 놓은 듯 자연스럽게 연결된다. 즉, 규슈(九州)에서 상경한 산시로가 도쿄의 대학에 입학하면서 겪게 되는 학업, 연애 등으로 인한 내면의 갈등은 『산시로』 이후 고등유민인 『그 후』의 다이스케로 이어지고, 다이스케의 모습은 청춘기가 끝나고 중년의 일상을 담은 『문』의 소스케에게로 연결되어 간다. 이처럼 각각 다른 작품의 주인공들이 서로 연계성을 지니게 되는 것은, 이들이 근대 일본이라는 공통된 시·공간과 문화를 공유했기 때문에 가능했을 것이다.

앞서 언급한 소설들을 포함해 소세키 문학의 주인공들에게는 정체모를 정신적 공허함과 불안감, 고독감이 투영되어 있다. 예컨대 메이지 시대의 종말과 다이쇼 시대의 개막을 알리는 시점에 쓰인 『행인(行人)』(1912)에는 전형적인 근대일본의 지식인 '이치로(一郎)'의 광기와 고독감이 표출되고 있는데, 이러한 비관적인 시대인식과 문명관은 소세키뿐만 아니라 모리 오가이(森鷗外)와 같은 동시대 문학자들에게서도 공통적으로 읽어 낼 수가 있다. 그러나 이러한 양상은 청일전쟁(1894)과 러일전쟁(1904)의 승리로 열강대열에 합류했고, 이로써 근대국가의 완성기에 접어들었다고 믿고 들떠 있던 당시 일본의 시대 상황이나 분위기와 겹쳐서 생각할 때, 매우 이질적인 느낌을 안겨준다. 이와 같은 의문점은 문학적 성취에 대한 평가뿐만 아니라, 문명비평을 통해 근대 일본인의 정신적 좌표를 설정한 '국민 작가'로서 높은 평가를 받고 있는 소세키를 비롯한 동시대 작가들이 그리고 있는 등장인물들의 내면 세계, 즉 타인과의 관계 단절, 지식인의 고독, 인간의 에고이즘, 죄의식 등을 어떻게 해석할 것인가 하는 문제와 맞닿아 있다.

논문 「전환기 메이지 문학의 도쿄표상과 일본인의 심상지리」[6)에서는, 도쿄가 실질적인 도시(수도)로 정착되어 가는 전환기 메이지시대에 초점을 맞춰 도쿄를 둘러싼 일본인들의 심상지리를 분석했다. 유신 후 약 20여 년 간의 문명개화기를 거치면서, 구화만능의 세태와 급격한 도시화에 따른 여러 부작용들에 대한 고뇌는 '일본/ 서구', '에도/ 도쿄', '문명/ 전통' 등과 같은 이항대립의 개념이 교차하고 길항하는 가운데 형성되어 갔음을 잘 보여 주고 있다. 또한, 메이지 정부가 야심차게 추진해 왔던 근대국가 혹은 국민국가 프로젝트에 적극적으로 동참하는 '국민'과, '산책자'로 그 주변에 위치하는 또 다른 '국민'의 모습을 노출한 텍스트를 통해 소세키를 비롯한 동시대 지식인들의 제국주의에 대한 비판적 시선의 부재 내지는 결여된 부분을 확인할 수 있었다.

---

6) 정형 외, 「전환기 메이지 문학의 도쿄표상과 일본인의 심상지리」, 『日本學研究』제 22집(단국대학교 일본연구소 2007년 9월).

2 도쿄의 '명(明)'과 '암(暗)'
　　－온고지신(溫故知新)의 도시 도쿄－

1) 전통과 모던이 공존하는 공간으로서의 '도쿄'

　문화사적으로 볼 때 다이쇼시대(1912~1926)의 문화는 메이지와는 일획을 긋는 문화로서 '대중들의 문화'이자 데모크라시와 민중이 전면에 부각되는 문화라고 할 수 있다. 자본주의의 발달을 배경으로 도시소시민층이 문화의 전면에 관계한다는 '시민문화'의 성격 또한 강했다. 특히, 제1차 세계대전의 발발(1914)과 이에 따른 군수특수(軍需特需)는 도쿄의 경제를 크게 발전시켰으며, 이러한 경제적 호황을 배경으로 다이쇼시대의 생활혁명을 초래한다. 인프라의 정비, 그 중에서도 전기(電氣)의 대중화와 교통 인프라의 확충, 새로운 교통수단의 등장 등은 기존의 도쿄의 라이프스타일을 크게 바꿔 놓았다. 논문「다이쇼 시대의 도쿄표상과 심상지리」[7]는 대도시로 성장해 가는 도쿄 표상의 변화와 그 시대를 살아가는 이들의 개인적 체험과 인식을 통해 변화하는 도쿄와 동시대인들의 굴곡된 여러 심상(心象)을 추출해 내고 있다.

　그러나, 1923년 9월 일본의 수도 도쿄를 중심으로 일어난 관동대지진으로 인해 일본인들의 삶은 크게 전환한다. 여기에 제1차 세계대전 후의 세계적인 경제공황까지 겹쳐 일본인들은 심각한 정신적, 물질적 공황상태에 빠진다. 이러한 시대를 배경으로 쇼와시대가 개막되고 얼

---

7) 이권희「다이쇼(大正) 시대의 도쿄 표상과 심상지리」『日本學硏究』제 25집 (단국대학교 일본연구소 2008년 9월).

마 되지 않은 1927년 7월, 소설가 아쿠다가와 류노스케(芥川龍之助)는 '막연한 불안(ぼんやりとした不安)'이라는 유서를 남기고 자살한다. 여기서 아쿠다가와의 죽음은 한 시대가 끝나고, 또 다른 시대로 향하고 있음을 상징적으로 나타내 주고 있다. 이는 바꿔 말하면, '에도'풍의 '도쿄'에서 '서구'풍의 '도쿄'로 이행됨을 의미하고, 일본인의 내면적 가치에도 큰 변화를 초래한다.

관동대지진 이후, 이른바 '제도부흥사업(帝都復興事業)'(1923-1929)[8]의 일환으로 대대적인 도시계획이 추진되면서 에도의 정취를 지니고 있던 옛 도쿄는 모두 사라지고, 근대도시로서의 면모를 보다 확고히 갖추어 가기 시작한다. 관동대지진을 계기로 변화하는 대도시 도쿄는 소외된 인간 존재의 위기감과 소비와 향락으로 뒤덮인 도시생활과, 혼탁한 도쿄 이면에서 일본 전통의 미를 새롭게 발견하고 이를 고수하려고 하는 모습으로 나타난다. 이 두 유형이 현대 일본인의 심상지리와 어떻게 연결되어 가는지를 살펴보는 것, 그리고 관동대지진을 소재로 한 조선인 작가 텍스트와 비교·분석하는 것은 일본인의 심상을 파악함에 있어 매우 유효할 것이다. 예컨대, 다니자키를 비롯한 일본인 작가와 동시대를 살았던 조선인 작가 이기영, 김동환, 이상화, 김용제 등이 겪은 관동대지진의 경험은 일본인의 그것과는 매우 달랐을 것이며, 식민지 조선인의 심상 또한 각각 다르게 작용했을 것이다.

예컨대, 에도시대부터 이어져온 의리나 인정과 같은 기존의 미적 가

---

8) 지진 바로 다음날인 9월 2일, 제2차 야마모토 겐베에(山本権兵衛) 내각이 조직되고, 내무대신으로 취임한 고토 신페(後藤新平) 주도하에 대규모 지진으로 파괴된 도쿄의 도시기능 회복과 도시개발을 위한 대대적인 도시기반 정비 사업이 추진된다.

치 대신, 영화나 재즈음악 등 미국식 대중문화를 적극적으로 받아들이
는 분위기로 탈바꿈해 갔으며9), 이러한 사회적 격동을 반영하듯이 문
학계에도 예술지상주의의 입장을 고수하려는 기성문단의 아성이 흔들
리고 새로운 문학형식과 내용의 변화가 모색되기 시작했다. 도회생활
의 단편이나 기계문명의 현상 면을 감각적으로 파악하여 소외된 자아
를 조형해 가는 신감각파 문학도 그 중 하나이다.

   신감각파 문학의 대표주자라고 할 수 있는 요코미쓰 리이치(横光利
一)의 『기계(機械)』(1930)라는 소설은 대지진 후의 근대도시 도쿄의 외
적인 모습뿐만이 아니라 도시화에 따른 인간의 내적인 변화를, 도금
공장에 근무하는 주인공 '나'의 눈을 통해 묘사하고 있다. 소설의 타이
틀에서도 느껴지듯이 요코미쓰가 현대사회에서 극도로 소외된 인간
존재의 위기감을 표상하고 있다면, 같은 신감각파인 가와바타 야스나
리의 경우는 일본의 전통적인 미의식을 강조한 작품을 남기고 있다.
이 중에서 소설『아사쿠사홍단(浅草紅団)』(1929-1930)은 아사쿠사(浅草)의
지리, 식당, 상점, 부랑자, 범죄자, 매춘부 등 일상적인 도회의 모습과
퇴폐적이고 허무적인 도회의 모습을 르포르타주적 요소와 소설적 요
소를 가미해 그려내고 있다.

---

 9) 지진 이후, 미국식 생활양식을 선호하여 이를 모방하고자 하는 이른바 아메
   리카니즘이 급격하게 전파되었다. 예컨대,『문예춘추』(쇼와4년 12월) 안의
   「유행란」을 보면, '단발(斷髮)', '백분(白粉)', '눈썹 그리는 법(眉の引き方)',
   '스커트의 길이(スカアトの長さ)', '이브닝 드레스(イヴニング・ドレス)', '신
   사의 차림새(紳士のいでたち)', '담배 이야기(タバコのハナシ)', '크리스마스
   선물(クリスマス・プレゼント)' 등 미국식 패션과 생활양식이 매우 구체적으
   로 설명되어 있다. 海野弘 編『モダン都市文学Ⅰ モダン東京案内』, 平凡社,
   1989年, p.338-339 참조.

'모던걸'이라는 유행어를 낳았던 다니자키 준이치로(谷崎潤一郎)의 소설 『치인의 사랑(痴人の愛)』(1924) 역시 아메리카니즘의 영향으로 변화한 아사쿠사의 도시풍속(문화주택, 무성영화, 해수욕, 댄스홀, 카페)을 배경으로 하고 있다. 당시 '나오미즘(ナオミズム)'이라는 신조어에서 보이듯이 여주인공 '나오미'는 소설 속의 가공인물에 그치지 않고 신여성 '나오미'를 닮고자 하는 수많은 일본 여성들에게 영향을 주며 널리 유행하게 된다. 이후 쇼와 시대에 접어들면서 '나오미'와 유사한 모던걸의 생태 혹은 라이프스타일은 일종의 사회현상으로서 일본 전역으로 전파되어 갔다.[10)]

한편, 다니자키는 대지진 이후, 도쿄를 떠나 간사이(関西)로 이주해 가게 되는데, 이를 계기로 작품에도 변화를 가져오게 된다. 오사카(大阪)를 배경으로 하여 일본 전통적 가치의 미를 추구한 장편소설 『세설(細雪)』(1944-1946)은 관동대지진이라는 사건과 그로 인한 '탈(脱) 도쿄'의 경험이 촉매제가 되었다고 할 수 있다. 이러한 다니자키의 작품 변화는 '도쿄-간사이' 간의 표상의 차이뿐만 아니라, '도시-지방' 간의 일

---

10) 1930년(쇼와5) 11월 『모던일본(モダン日本)』에 게재된 「추장(推奨)할만한 모던보이·모던걸」을 묻는 앙케이트는 당시 모던보이·모던걸에 대한 남녀 지식인층의 솔직한 대답을 들을 수 있어 흥미롭다. 이 가운데 구리야가와 쵸코(厨川蝶子)는 추천할 만한 모던걸로 당시 요미우리(読売)신문 기자였던 마루야마 아사코(丸山あさ子)를 언급하면서, "근대적인 미모"와 "밝고 명랑하며, 거기다 첨단적인 직업부인"인 점을 들고 있다. 가와구치 마쓰타로(川口松太郎)는 자신의 애인을 추천하며 "단발(斷髮)이니까"라는 짧고 명쾌한 대답을 내놓는다. 이 밖에도 두 세 개 정도의 외국어 실력을 갖추고 있다던 가, 결혼에 얽매이지 않으며 남녀교제에 자유롭고, 근대적 용모를 갖춘 여성을 모던걸로 꼽았다. 鈴木貞美 編『モダン都市文学Ⅱ モダンガールの誘惑』, 平凡社, 1989年, p.196-197

본인의 심상의 거리를 나타내는 매우 상징적인 의미를 내포한다.

앞서 언급한 가와바타와 다니자키 두 작가 모두 소설의 배경으로서 '아사쿠사'를 그리고 있는데, 이들의 관점의 차이를 통해 당시 대도시 도쿄가 가지고 있던 양면성을 살펴볼 수 있을 것이다. 예를 들면, 전자는 에도적 '도쿄'에 대한 향수를, 후자는 서구적 '도쿄'로의 변모를 대담하게 그려내고 있음을 알 수 있는데, 여기서 도쿄로 대표되는 근대 도시가 서구적 가치체계로, 이에 대한 비(非)도쿄=지방은 보존해야 할 전통적(=일본적) 가치체계로 표상·구축되어 가는 메커니즘에 주의를 기울일 필요가 있다. 왜냐하면 일본적 전통의 가치에 대한 담론의 경우, 전시(戰時) 제국주의의 '일본적인 것'의 칭송과 맞물려 있으며, 전후(戰後)에 다시 부활하는 일본문화와 전통에 대한 재해석 담론 역시 제국주의의 문맥에서 자유롭지 않기 때문이다.

「다이쇼시대의 도쿄 표상과 심상지리」는 관동대지진으로 인한 대변혁을 겪게 되기 이전인 다이쇼시대의 도쿄 표상을 통해, '국가도시'와 차별되는 '대중도시'로서의 모습과 기능에 대해 살펴보고 다이쇼의 도쿄를 터전으로 살아가는 일본인들의 자부와 우월적 심상(心象) 이면에 대도시화에 따른 자연과 전통의 파괴를 불쾌히 여기는 다양한 심상을 분석하고 있다.[11] 또한 에도에 대한 관심을 통해 거대 도시화된 도쿄를 극복하려 하는 이들도 생겨났으며 근교나 교외에 대한 관심 역시 '도쿄 극복'의 한 방법이었음을 간과해서는 안 될 것이다.

---

11) 이권희, 전게 논문.

2) 황폐한 심상의 공간으로서의 '도쿄'

1930-40년대의 문학텍스트에는 주로 전쟁으로 인한 일본인들의 심상의 변화, 특히 도쿄대공습을 비롯해 패전 직후의 혼돈의 도시 도쿄를 통해 일본인들의 황폐한 심상이 나타나고 있다.

주지하듯이 쇼와 시대는 만주사변(1931) 발발로부터 중일전쟁(1937), 태평양전쟁(1941)에 이르기까지 무려 15년 동안이나 전쟁으로 얼룩졌던 시기였다. 일본사회 전반이 전쟁수행을 위한 수단이 되었고, 국민정신 총동원운동 하에서 권력의 억압은 한층 심해졌다. 문학계 또한 예외가 아니어서 비국책적인 작품은 발매금지 되는 등 사실상 문학적 전시체제 하에 놓이게 된다. 많은 작가들이 도쿄를 떠나 전쟁터로 나갔으며, 그곳에서 현지를 보고하는 르포르타주 형식의 작품들이 쓰였다. 그리고 그 내용은 자의든 타의든 국책에 순응하거나 부응하는 것으로 채워져 갔다.

1945년 일본의 무조건 항복으로 전쟁이 종결된 후, 전후(戰後) 소설 속의 도쿄 표상에도 변화를 가져오게 된다. 우선, 전후 세태에 관심을 두기보다는 자신의 심경을 담담하게 묘사하는 형태의 소설과, 전후의 극심한 상실감을 일본 전통문화나 일본적인 서정미에 더욱 몰입함으로서 극복하려는 형태의 소설로 나눌 수 있다. 예를 들면 시가 나오야(志賀直哉)의 『회색달(灰色の月)』(1946), 『아침의 시사회(朝の試写会)』(1951)가 전자에 해당하고, 가와바타 야스나리(川端康成)의 『천 마리 학(千羽鶴)』(1949)은 후자에 해당한다. 이 두 부류의 소설에서 공통적으로 나타나는 도쿄의 표상은, 전쟁과 패전으로 인한 아픈 기억을 지닌 어두운 도시라기보다, 전후 도쿄인의 일상의 터전으로서 그려지고 있다.

　다른 한편으로는, 패전 후의 도쿄를 배경으로 기성의 가치관이나 모럴이 전면적으로 붕괴되고 새로운 질서는 확립되지 못한 혼돈상태에 놓인 인간의 모습을 은유적으로 묘사한 소설도 등장한다. 이시카와 준(石川淳)의『불탄 자리의 예수(焼跡のイエス)』(1946)가 이에 해당한다. 여기서 주인공과 '부랑아(浮浪児)'가 조우하게 되는 '우에노(上野)의 암시장(闇市)'은 전쟁으로 인해 황폐화되고 어두워진 일본인의 내면과 정확하게 맞닿아 있다. 흥미로운 것은 그의 일련의 소설들이 게사쿠의 형식을 빌고 있다는 점이다. 전후 '신 게사쿠파(新戯作派)'라고도 불리는 이시카와의 이와 같은 소설 기법은 단지 에도 문학 장르의 차용에 그치는 것이 아니라, 에도 혹은 에도인의 정서를 환기시킴으로써 패전 후 돌이킬 수 없는 상처를 입은 일본인의 심상을 치유하고자 한 시도라고 읽을 수 있다.

　이 밖에도 도쿄대공습(東京大空襲, 1945년3월 9일-10일)을 소재로 한 소설을 들 수 있다. 라디오 소설로도 폭발적인 인기를 얻었던 기쿠타 카즈오(菊田一夫)의 소설『당신의 이름은(君の名は)』(1953)은 공습 당일 밤 도쿄 유락초(有楽町) 스키야바시(数寄屋橋)에서 구사일생으로 목숨을 건진 젊은 남녀의 사랑 이야기를 담고 있다. 두 주인공 '하루키(春樹)'와 '마치코(真知子)'는 반 년 후 같은 장소에서 재회할 것을 약속하지만 이루지 못하고 홋카이도와 규슈 등지로 계속 엇갈리게 되는데, 이들의 비극적인 운명은 도쿄대공습과 패전으로 인해 갈 곳을 잃은 일본인의 심상과 맞닿아 있다. 전쟁이 초래한 비일상성을 담은 이러한 작품들은 전후 1950년대의 이른바 '제3의 신인'이 등장하기 전까지 꾸준히 계속되었다. 전후 새롭게 등장한 작가들은 '제3' 혹은 '신인'이라는 타이틀에서도 알 수 있듯이 전쟁체험에 기인한 비일상성의 묘사를 거부하고, 인간 생활의 일상성 묘사에 치중한다.

3) 전후(戰後)의 굴절된 심상 공간으로서의 '도쿄'

일본사회는 2차 세계대전 패전 후 십여 년의 경제적 고도성장기(1955-73)와 도쿄올림픽의 성공적인 개최 등을 거치면서 점차 안정기에 접어들었다. 이른바 '태양족(太陽族)' 붐을 일으키며 화려하게 등단한 이시하라 신타로(石原慎太郎)는 이러한 시대적 흐름을 잘 반영하고 있다. 소설『태양의 계절(太陽の季節)』(1955)[12]은, 주인공 '쓰가와 다쓰야(津川龍哉)'의 메마른 에로티시즘과 목적 없는 행동을 통해 전후 세대의 무목적적인 에너지 발산의 욕구를 표현하고 있다. 이 때, 소설 속 주요 무대가 되고 있는 '도쿄'라는 공간은 기성의 모럴이나 권위에 대한 반역의 의미를 내포하고 있다. 이는 다시 말하면 패전으로 주눅 들어 있던 이제까지의 일본·일본인과의 결별을 의미한다고 할 수 있다.

이시하라와 같이 '제3의 신인'에 속하는 요시유키 준노스케(吉行淳之介)의 경우는, 도쿄 사창가를 주요무대로 삼고 있다. 소설『소나기(驟雨)』(1954)를 비롯한 그의 일련의 소설들은 얼어붙었던 청춘이 사랑을 시작하면서 풀어지기 시작한다는 내용을 담고 있는데, 이것이 주로 매

---

12) 이 소설은 1956년에 영화로도 제작되어 많은 인기를 모았다. 이 영화에서 '태양족'은 당시 향락적인 젊은이들을 대표하는 상징으로 기능하고 있으며 이들에 대한 조소를 담고 있다. 그 후 2002년에 드라마로 제작되기도 했으나 줄거리는 많은 부분 각색되었다.

매춘을 통한 남녀관계라는 점에서 주의를 요한다. 사회적 도덕과 규범
으로부터 일탈된 정신과 육체 사이에서 미묘한 시소게임을 즐기려는
주인공의 심상은, 전후 일본사회 안에 내재된 정신적・경제적 성장의
불균형성을 표출한 것이라고 할 수 있다.

한편, 전후의 도쿄 표상에서 빼 놓을 수 없는 것이 미 점령군 문제
이다. 1945년 8월 30일 연합국 군 최고사령관 맥아더가 일본에 상륙했
으며, 그 해 10월에는 일본 점령을 위한 연합국 군 최고사령관 총사령
부(GHQ/SCAP)가 황궁(皇居)이 바로 보이는 다이이치(第一)생명 빌딩에
설치되었다. 이는 단순히 지리적인 문제가 아니라, 앞으로의 모든 정
치적 경제적 권력이 미국 쪽으로 이동해 감을 의미한다. 다시 말해, 근
대일본의 출발과 함께 국가지배체제의 정점에서 군림하던 천황의 지
위가 패전과 함께 '상징천황제'로 바뀌었듯이, 도쿄의 표상과 도시 기
능 또한 '제국도시(帝都)'적 성향에서 '미국도시(米都)'적 성향으로 전환
되어 가게 됨을 상징하고 있다.

고지마 노부오(小島信夫)의 소설 『아메리칸 스쿨(アメリカン・スクール)』
(1954)은 이러한 미 점령군 시대를 배경으로 하고 있다. 영어교사임에
도 영어를 제대로 구사할 줄 모르는 주인공이 영어와 영어 문화권, 미
국적 생활양식에 열등감을 느끼게 되는 내용을 그리고 있는데, 여기서
주인공 '이사(伊佐)'가 도쿄가 아닌 지방 학교 교사라는 점은 매우 상징
적이다. 이것은 '미국=중앙' '일본=주변부'의 헤게모니를 재확인시켜
주는 장치라고 볼 수 있다. 소설 『포옹가족(抱擁家族)』(1965)에서도 역
시 미국인 병사가 등장하고 있는데, 그와 아내와의 사이를 의심하면서
도 모르는 척 지나칠 수밖에 없는 무력한 남편(=일본인 남성)의 모습이

묘사되고 있다. 남편으로서, 아버지로서 권위가 실추된 붕괴직전의 가정을 이끌고 도쿄 외곽으로 이사하게 되는 주인공 '슌스케(俊介)'의 모습은 앞서 말한 지방 학교 교사 '이사(伊佐)'의 자신감 없는 모습과도 겹쳐진다. 이처럼 미국 콤플렉스로 얼룩지고 상처 받은 주인공들의 내면은 곧 패전 후 굴절된 일본인의 심상의 표출이라고 바꿔 읽을 수 있을 것이다.

3 심상의 파편화로서의 '도쿄'

고도의 경제성장과 근대화가 끝난 1980년대 이후의 도쿄를 배경으로 하고 있는 문학 텍스트를 통해, 일본 현대사회 혹은 대도시 도쿄가 안고 있는 다양한 병리적 현상이 일본인의 심상에 어떻게 기능하고 있는지 살펴보면 다음과 같다.

1970년대의 국제 금융위기와 석유위기를 극복한 일본은 1980년대에 세계적인 강대국으로 부상하게 되었다. 이에 따라 일본사회에는 경제적 성공에 대한 자만심과 대국주의가 만연하기 시작했으며, 신국가주의적 정신사조도 서서히 고개를 들기 시작했다. 또 다른 한편에서는 경제대국 내셔널리즘과 표리관계를 이루면서 일본문화와 전통에 대한 재해석과 찬미가 성행했으며, 고도 경제성장을 가능하게 한 일본적 경영, 집단주의, 일본인의 근면함과 탁월성이 강조되기 시작한다. 이시하라(石原慎太郎)와 소니사 사장 모리타 아키오(盛田昭夫)가 공저로 출판한 『'NO'라고 말할 수 있는 일본(NO(ノー)と言える日本)』(1989)은 이러한

사회적 분위기를 잘 반영하고 있다. 이 책은 전후 40년 동안 미국 콤플렉스에 시달려 온 일본인들에게 정신적 카타르시스를 안겨 주었다.

이러한 일본의 고도 경제성장과 물질적 풍요로움은 다른 한편으로는 급속한 공업화·도시화로 인한 대규모의 환경파괴와 극심한 인간소외라는 사회적 병폐를 낳았다. 무라카미 하루키(村上春樹)의 소설『언더그라운드(アンダーグラウンド)』(1997)와 그 후편에 해당하는『약속한 곳에서: 언더그라운드2(約束された場所で)』(1998)는 일본 사회가 직면하고 있는 병리적 현상을 사실적으로 보여주고 있다.

이 두 논픽션 소설은, 1995년 3월 20일 아침 번잡한 도쿄 지하철 안에서 발생한 실제 사건인 '지하철 사린 사건(地下鉄サリン事件)'을 소재로 하고 있다. 주인공 '나(ぼく)'의 인터뷰 형식을 통해 사건 희생자들과 오움진리교(オウム真理教) 교인들의 이야기를 생생하게 담아내고 있다. 여기서 하루키는 집단의 최고 서열에 있는 엘리트 청년들이 사회 내에서 보장된 지위를 쉽게 버리고 새로운 종교 집단에 가담한 것에 대해, 많은 사람들이 진단한 것처럼, 그들이 엘리트 일원임에도 '불구하고' 오움교와 같은 종교에 빠진 것이 아니라고 지적한다. 오히려 그들이 엘리트 일원이기 '때문에' 그렇게 되었으며, 오움진리교의 병든 세계(=가해자)와 보통 일본인의 평범한 세계(=피해자) 사이의 차이 또한 하루키 자신은 거의 느끼지 못했다고 말하고 있다.

하루키의 관점으로 이 책을 따라 가다 보면, 텍스트는 가스 테러 사건과는 무관할지 모르는 보통 일본인들의 삶, 더 구체적으로는 도쿄의 노동력을 구성하는 평범한 일본 남녀의 이야기로 읽혀진다. 이것은 바꾸어 말하면, 일본 사회가 떠안고 있는 병리적 심상 또한 그 사회를

구성하는 일상적이고 낯익은 구도라는 것이다. 이 때, 대도시 도쿄는 일본 현대사회의 병폐를 상징하는 낯익은 공간으로 기능한다. 이 밖에도 『상실의 시대(ノルウェイの森)』(1986)를 포함한 하루키의 많은 소설들은 도쿄를 주요 무대로 하면서 현대 일본인의 심상과 관련된 '상실'의 문제, 예를 들면 주체의 상실, 의미의 상실, 관계의 상실, 모럴의 상실 등을 파헤치고 있다.

한편, 무라카미 류(村上龍)의 경우는, 근대화가 끝난 일본을 뒤덮고 있는 현대 일본인들의 고독하고 퇴폐적인 심상을 묘사하고 있다. 여주인공 '아이(愛)'를 통해 '도쿄인'의 정신적 방황을 그리고 있는 소설 『토파즈(トパーズ)』(1988)와 이를 원작으로 한 영화 「도쿄데카당스(東京デカダンス)」[13]가 이에 해당한다. 소설에서나 영화에서나 전후(戰後) 경제 회생에만 매진해 왔던 70년대 이후 그 목표를 상실한 방황기라고 할 수 있는 1992년 현재의 일본의 이면이 잘 드러나고 있다. 여기서 회색 빛 쾌락의 도시 '도쿄'는 삶에 대한 희망 대신 죽음과 공허함을 표상하고 있으며, 마약과 섹스, 폭력이 난무하는 '도쿄 SM클럽'이라는 은폐된 공간 속의 소통-커뮤니케이션이 단절된 인간 군상들은 고립된 현대인의 심상의 파편화를 드러내고 있다. 다시 말하면, 무라카미 류의 소설 속의 '도쿄'는 돈 때문에 불안해하고 마조히스트가 되어가는 상실된 심상의 공간이자, 경제적 부흥으로부터 기인한 잉여의 아픔이 연상되는 공간으로써 조명되고 있다고 할 수 있다.

---

13) 「도쿄데카당스」는 일본에서 1992년에 개봉되었으며, 한국에는 2005년에 수입되었다. (감독: 무라카미 류, 출연: 니카이도 미호, 세마 치에, 미카미 칸, 미카미 히로시/ 총106분/ 홈페이지 http://www.cinecube.net/cine/tokyodecadence)

맺음말

관동대지진은 메이지유신 이후 서구 열강과 어깨를 나란히 할 수 있는 대도시 도쿄의 외형적인 변화는 물론, 삶의 기반 자체가 흔들리는 커다란 충격을 안겨 주었다. 여기에 제1차 세계대전 후의 세계적인 경제공황까지 겹쳐 당시의 일본인들을 심각한 정신적·물질적 공황상태에 빠져든다. 관동대지진이란 엄청난 충격을 그린 문학자들의 르포·에세이·회상록 등의 기록물은 셀 수 없을 정도로 많이 남아 있다. 사토 하루오(佐藤春夫)는 "이 참상을 엉터리 신문기자들의 손이 아니라 문학자들의 손에 의해 전하는 것은 (중략) 만약 어느 누구도 그 정밀한 기록을 남기지 않는다면 문운 융성한 시대라 불리는 이 시대의 문단의 수치일 것 같은 생각이 들어, 또 나 같이 아무런 피해도 없었던 사람이 그러한 일을 해야 하는 게 아닐까 하고 생각했다"[14] 라며 문학자들에 의한 생생한 기록의 중요성을 지적하고 있다. 관동대지진에 관해 문학자가 쓴 최초의 문장은 다니자키 준이치로의 수기였다.[15] 이러한 암울한 시대는 천재 소설가 아쿠다가와 류노스케를 죽음으로 내몰았으며, 관동대지진을 계기로 변화하는 대도시 도쿄는 소외된 인간 존재의 위기감과 소비와 향락으로 뒤덮인 도시생활과, 혼탁한 도쿄 이면에서 일본 전통의 미를 새롭게 발견하고 이를 고수하려고 하려는 모습도 나타나게 된다.

---

14) 佐藤春夫 「千載一遇の秋」『婦人公論』秋季特別「自然の反逆」号(1923년 10월 1일)
15) 谷崎潤一郎 「全滅の箱根を奇跡的に免れて」(「大阪朝日新聞」9월 6일)

대지진 이후, 이른바 '제국도시부흥사업'의 일환으로 추진된 도시계획으로 도쿄는 다시금 근대 도시의 면모를 확고히 갖추어 가기 시작한다. 새로운 도시 도쿄에는 퇴폐적이며 찰나적인 분위기를 즐기려는 젊은이들이 늘어났고 에도시대부터 이어져온 의리나 인정과 같은 기존의 가치는 영화나 재즈음악 등에 의해 대표되는 미국식 대중문화에 묻혀버렸다. 이러한 사회적 격동은 문학계에도 반영되어 예술지상주의의 입장을 고수하려는 기성문단의 아성이 흔들리기 시작했다. 이를 대신해 도회생활의 단편이나 기계문명의 현상 면을 감각적으로 파악하여 소외된 자아를 조형해 시대적 요청에 부응하려는 새로운 문학형식과 내용이 모색되기 시작했다.

1930-40년대의 문학텍스트에는 주로 전쟁으로 인한 일본인들의 심상의 변화, 특히 도쿄대공습을 비롯해 패전 직후의 혼돈의 도시 도쿄를 통해 일본인들의 황폐한 심상이 잘 나타나 있다. 도쿄의 표상은 전쟁과 패전으로 인한 아픈 기억을 지닌 어두운 도시, 그와는 반대로 도쿄인의 일상의 터전으로서의 도쿄 등 다양한 모습으로 그려지고 있다. 패전 후의 도쿄를 배경으로 기성의 가치관이나 모럴이 전면적으로 붕괴되고 이를 대신할 새로운 질서는 확립되지 못한, 혼돈과 무질서 상태에 놓인 격정기의 인간의 모습은 여러 텍스트를 통해 확인할 수 있다. 이어서 2차 세계대전 패전(敗戰) 후 십여 년의 경제적 고도성장기 (1955-73)와 도쿄올림픽의 성공적인 개최 등을 거치면서 일본사회는 점차 안정기에 접어들었으며, 패전으로 주눅 들어 있던 이제까지의 일본·일본인들의 심상과는 차별되는, 전후 일본사회 안에 내재된 정신적·경제적 성장의 불균형이 여러 텍스트를 통해 표출되고 있다.

 1970년대~80년대의 고도의 경제성장 이후의 도쿄를 배경으로 하고 있는 문학 텍스트를 통해 현대 일본 사회, 혹은 대도시 도쿄가 안고 있는 다양한 병리적 현상을 목격할 수 있다. 경제적 성공에 대한 자만심과 대국주의가 만연하기 시작했으며, 신국가주의적 정신사조가 내셔널리즘과 표리관계를 이루면서 일본문화와 전통에 대한 재해석과 찬미가 성행했다. 또한 고도 경제성장을 가능하게 한 일본적 경영, 집단주의, 일본인의 근면함과 탁월성이 강조되기 시작하는 등 다양한 시대 상 만큼 다양한 심상을 문학텍스트를 통해 확인할 수가 있다.

 다이쇼시대의 관동대지진이후부터 근·현대라고 하는 굴곡의 시대 속의 도쿄와 그 속에서 살아가는 다양한 부류의 일본인들의 다양한 심상을 추출해 내고 분석한다는 작업은 결코 용이하지 않을 것이다. 따라서 본고는 추후 다루게 될 다수의 개별 텍스트를 통해 도쿄의 여러 표상과 그 저변에 흐르고 있는 일본인들의 심상을 분석해 내는 전제 작업으로서의 통시적 기준을 제시한다는 데 의의가 있으며, 또한 본고가 지니는 총론적 성격 역시, 개별 텍스트 분석에 의해 다양한 형태로 구체화될 수 있을 것이다.

참고문헌

『安愚楽鍋』(初出：1871-1872) 日本近代文学大系1 角川書店, 1970

『浅草紅団』(初出：1929-1930) 川端康成全集2 新潮社, 1969-1974

『浮雲』(初出：1885-1889) 新日本近代文学大系18 岩波書店, 2002

『行人』(初出：1912) 漱石全集7 漱石全集刊行会, 1937

『三四郎』(初出：1908) 漱石全集5 漱石全集刊行会, 1929

『青年』(初出：1910-1912) 鷗外全集6 岩波書店, 1971-1975

『それから』(初出：1909) 漱石全集6 漱石全集刊行会, 1929

『痴人の愛』(初出：1924) 現代日本文学全集18, 筑摩書房, 1954-1956

『東京新繁昌記』(初出：1874-1875) 明治文学全集4 筑摩書房, 1969

『東京新誌』(初出：1876) 古典文庫72 現代思想社, 1985

『舞姫』(初出：1890) 鷗外全集1 岩波書店, 1971-1975

『門』(初出：1910) 漱石全集6 漱石全集刊行会6, 1929

『柳橋新誌』(初出：1874-1876) 新日本近代文学大系100 岩波書店, 1989

『アメリカン・スクール』昭和文学全集 小学館, 1987

『アンダーグラウンド』講談社, 1997

『約束された場所で』文春文庫, 2001

『ノルウェイの森』(上)・(下) 講談社, 1987

『トパーズ』角川書店, 1988

前田 愛, 『都市空間のなかの文学』筑摩書房, 1982

＿＿＿＿, 『近代日本の文学空間 —歴史・ことば・状況—』新曜社, 1983

＿＿＿＿, 『幻景の街—文学の都市を歩く—』小学館, 1986

＿＿＿＿, 『文学の街』小学館ライブラリー, 1991

＿＿＿＿, 『闇なる明治を求めて』I, みすず書房, 2005

＿＿＿＿, 『都市と文学』II, みすず書房, 2005

小川和祐, 『「三四郎」の東京学』日本放送出版協会, 2001

杉浦芳夫, 『文学の中の地理空間』古今書院, 1992

田口律男, 『都市テクスト論序説』松籟社, 2006

奥野健男, 『増補文学における原風景』集英社, 1989

大島和雄, 『東京の文学風景を歩く』風涛社, 1988

磯田光一, 『思想としての東京』国文社, 1983

高橋勇悦, 『東京人の横顔 大都市の日本人』恒厚社厚生閣, 1995

芳賀 登, 「東京風俗の二重構造 一洋風化と下夕町・浅草界隈一」
　　　　　『史学叢書10 江戸東京文化論』教育主大案センター, 1993

小森陽一・成田竜一編著, 『日露戦争スタディーズ』紀伊国屋書店, 2004

竹内 洋, 『立身出世主義 増補版』世界思想社, 2005

槌田満文, 『東京記録文学事典』柏書房株式会社, 1994

吉原健一郎・大濱徹也編, 『江戸東京年表 増補版』小学館, 2002

小木新造 外編, 『江戸東京学事典 新装版』三省堂, 2003

日本風俗史学会編著, 『史料が語る明治東京100話』つくばね舎, 1996

石川天崖, 『東京学』育成舎, 1909

下村泰大編, 『東京留学案内』春陽堂, 1885

「東京の都市計画百年」東京都, 1989

田村明, 「江戸東京まちづくり物語」時事通信社, 1992

越沢明, 「東京都市計画物語」筑摩書房, 2001

金子春夢編, 『東京新繁昌記』東京新繁昌記発行所, 1897

河野康子, 『戦後と高度成長の終焉』「日本の歴史」24, 講談社, 2002

橋爪伸也, 『モダン都市の誕生』吉川弘文館, 2003

藤森照信, 『明治の東京計画』岩波書店, 1990

海野弘編, 『モダン都市文学 I モダン東京案内』平凡社, 1989

鈴木貞美編, 『モダン都市文学 II モダンガールの誘惑』平凡社, 1989

정　형, 「'에도(江戸)'의 표상을 통해 본 일본인의 심상(心象)지리적 문화기층연구」『日本學研究』제25輯, 2008・9

정　형 외, 「전환기 메이지 문학의 도쿄표상과 일본인의 심상지리」『日本學研究』제 22輯, 2007・9

김필동, 「문명개화기의 「도쿄표상」의 연구」『日本語文學』 第36輯 일본어문학회, 2007

이권희, 「다이쇼(大正)시대의 도쿄 표상과 심상지리」『日本學研究』제 25輯, 2008・9

제5장

근대일본의 도쿄표상 연구

김필동

머리말

80년대부터 에도·도쿄학에 대한 관심이 고조되고 있다. 도쿄에 있어서도 다양한 방법에 의해 에도시대 이래 혹은 메이지이후의 도쿄인들이 축적해온 생활이나, 그 무대가 된 도시공간의 형태를 재평가하는 움직임도 활발하게 전개되었다. 그 배경에는 도쿄의 매력상실이나 전통에의 온존의식, 그리고 인간에게 살기 좋은 환경조성이라고 하는 문제의식이 내재되어 있는 듯하다. 연구사적으로 보아도 학문적인 기반은 달라도 생활사나 도시지리·도시계획학의 관점에서의 분석이 특히 두드러진다.

에도·도쿄학에 있어서의 이러한 동향을 염두에 두면서 본고에서는 문명개화기의 사상적 흐름과 이것을 선도하는 메이지국가의 근대화정책이 대변혁기의 서민들의 심정적 세계에 미친 영향과 그 결과를 1)「심상지리」라고 하는 서민의식의 연속성의 관점에 입각하여 문명개화의 시대상을 규명하고, 그 연장선상에서 2) 근대일본의 문명개화

를 상징한 도시 「도쿄」를 중심으로 문명개화의 발전양상과 그 속에서
생활자로서 새로운 삶을 영위하는 서민의 심정적 세계, 그리고 그에
반영되어 나타나는 도쿄 「표상」의 사적 의미 등을 검토하고자 한다.

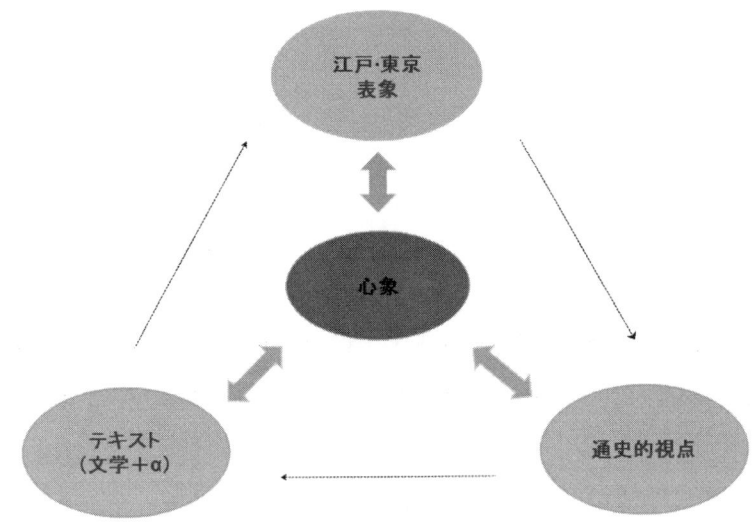

이 경우 우선 문제가 되는 것는 소위 문명개화의 시기를 어떻게 규
정하느냐이다. 이에 대해서는 아스카이(飛鳥井雅道)의 견해가 참고가
될 듯하다. 아스카이는 「문명개화는 에도시대 말부터 언어로서도 성
립하고 있지만, 메이지유신과 이어지는 동란기에는 잠시 역사의 표면
으로부터 사라」진 듯하다. 하지만 「문명개화가 전면적으로 부활하여
정부에 의해서도 또 민간의 지식인들에 의해서도 제창되고 게다가 풍
속으로서 주류로 부상한 것은 메이지 4년부터이다」라고 언급하고 있
다. 그리고 종기(終期)에 대해서는 다죠칸제(太政官制)의 정부가 일단

그 임무를 마치고 형식도 상당히 근대적인 내각제도로 전환하여 그 사
명을 다한 메이지 18년 무렵을 상정하고 있다.[1] 문명개화기의 시종(始
終)에 대해서는 이론의 여지가 있다고 생각하지만, 새로운 가치관이
각 지역이나 사회의 각층에 침투하여 자의든 타의든 생활이나 의식의
측면에서 자기변화를 초래하기 위해서는 상당한 시간이 필요한 것이
사실이다. 따라서 문명개화의 시기를 짧은 시기로 파악하는 것에 반대
하는 아스카이의 견해에 동감하는 바가 적지 않다.

특히 메이지 18(1885)년 무렵이 되면 유신 후 격렬한 대립관계에 있
던 국가와 민중(=근대와 전통의 대립)의 알력도 종언을 고하고, 근대국가
로서의 지배체제도 거의 완비되어 가는 등, 모든 면에서 메이지권력이
주도한 국가건설이 구체화되는 시기였다. 지배체제구축의 일단락은
국민의 의식세계에 대한 이데올로기의 영향도 강화되는 형태로 나타
났다. 예를 들면 메이지중반이 되면 단호한 개명정책의 성공으로 국민
의 민속세계의 장악은 물론이고 국민의 레저세계에까지 「국가색이 강
하게 개입」[2]하게 될 만큼, 사상적 일체화를 이루어갔다. 체제를 강화
하기 위해 의식 사상의 영역에 이르기까지 안정적인 통치기반을 확보
한 것이다. 요컨대 근대문명에 대한 일본사회내부로부터의 자발적인
자기근대화의 움직임과 국민에 대한 국가권력의 이데올로기의 통합뿐
만 아니라, 문명개화에 의한 근대화의 달성이 일본국이 지향해야할 국

---

1) 飛鳥井雅道『文明開化』岩波新書 1985, 서문 및 23頁 참조.
2) 靑木宏一郞『明治東京庶民の楽しみ』中央公論新社 2004. 靑木에 의하면,
明治中期의 市民레저는, 에도시대부터의 하츠모우데(初詣)나 祭礼와 같은
지역에 밀착한 것은 쇠퇴하고, 박람회나 헌법발포식 등과 같은, 수도동경의
스케일을 느낄 수 있는 것, 관 주도색이 강한 것이 현저해졌다고 한다. 297頁

가적 가치라는 것을 일본사회가 범국가적으로 인식한 시기가 소위 메이지 20(1887)년 전후라는 것이다. 이를 문명개화기로 고려하면 적어도 문명개화기의 시종(始終)에 대해서는 어느 정도 양해를 구할 수 있을 것으로 생각한다.

1 근대의 출발과 문명개화의 파고

1) 문명개화의 양상

마루야마 마사오(丸山真男)는 '개국'의 의미를 「고도로 발달한 이질문명과의 급격한 접촉의 시대가 왔다」는 것으로 해석하면서, 이는 「일본 혹은 동아시아의 특징적인 현상」이라고 언급한 바 있다.[3] 그의 지적대로 일본의 개국은 고도로 발달한 미지의 서양문명이 봉건사회 일본에 충격적으로 다가간 일방적인 접촉이었다. 이러한 충격적인 접촉은 사회적 혼미를 동반하며 이문명과의 조화를 통한 연착륙에의 어려움을 가중시키는 법이다. 그런데 일본의 경우는 근대의 출발과 함께 '문명개화'라는 이름으로 일본인의 일상성과 각종의 제도, 제 사상에 이르기까지 일본사회의 구석구석에 의외로 선 순환적으로 확산되어 갔다.

실제 근대일본의 출발은 일본인들의 이문화에의 호기심과 유연하고 뛰어난 적응력이 발휘되면서 '문명개화' '구화(歐化)만능' '탈아입구'의

---

3) 丸山真男『「文明論之概略」を読む·上』岩波新書 1986, 39頁

시대를 여는데 성공했고, 그 과정은 일본의 역사를 통해서도 가장 돋보이는 결과로 이어졌다. 여기에는 미국의 근대화론자들이 주장하는 지배계급의 띠어난 지도력이나, 일본의 민중사가(民衆史家)들이 주장하는 일본인들의 통속도덕적 가치(근면, 검약, 정직, 화합) 등, 다양한 제도적 문화적 가치가 작용하고 있다. 그 동력이 무엇이든 일본사의 입장에서 보면 개국과 근대국가로 이어지는 전개과정이 내부의 모순과 혼란에도 불구하고 스스로의 노력으로 서구화의 길을 추구하는데 일단 '성공'했다는 사실은 부인하기 어렵다.

그러나 여기서 주목하고 싶은 것은 그러한 흐름의 선봉에 바로 지식인들에 의한 계몽사상의 확산과 이를 뒷받침하며 민중의 계몽에 일익을 담당한 언론·출판문화의 번성이 있었다는 사실이다. 우선 나카가미가와 히코지로(中上川彦次郎)는 「인간교육의 설(說)」를 통해 이 「세상의 문명」이라고 하는 것은 「뿌리가 없으면 가지와 잎이 자라지 않」듯이 「근본을 다지지 않으면 문명의 번성이 없다」고 하면서, 이를 위해서는 무엇보다도 「인민일반의 지혜를 닦」을 수 있는 「인민일반에의 교육이 급선무」라고 주창했다.[4] 또 츠다 마미치(津田真道)는 서양의 천문학, 화학, 의학, 경제, 철학과 같은 실학을 국내의 일반에 전파하여 각자가 그 도리와 이치를 깨닫는 것이 진정한 문명[5]이라 했으며, 모리 아리노리(森有禮)는 「사물의 이치와 조화의 묘」를 깨달아 지식을 깨우치고 이를 세상에 전파해 가는 것이 개화의 경지에 도달한 자[6]라고

---

4) 中上川彦次郎·福沢諭吉『民間雑誌』『明治文化全集·雑誌編』所収 日本評論社 1968, 277頁
5) 『明六社雑誌』『明治文化全集·雑誌編』所収 日本評論社 1968, 65頁
6) 『明六社雑誌』『明治文化全集·雑誌編』所収 日本評論社 1968, 62頁

했다.

이들의 주장을 종합적으로 정리해 보면, 문명에의 진보는 인민들의 지혜와 견문을 넓히는 교육에서부터 출발하니, 각자가 모두 서양의 실용적인 학문을 열심히 습득하고 전파해야 하며, 이를 바탕으로 일본사회가 전체적으로 변화를 도모해 가야만 진정한 문명과 개화의 경지에 도달할 수 있다는 논리이다. 신정부의 지도자들이 「이제야 군주의 영단으로 일치 협동하는 민의를 맞이하였으니… 이로써 인민을 문명의 세계로 인도하겠다」[7]는 의지를 천명하며 문명국의 건설을 외쳤지만, 마치 식자층들이 실천적으로 이를 뒷받침해 가는 듯한 형국이었다.

이러한 주장은 관 · 민의 영역을 불문코 이 무렵 일본사회의 시대적 조류로서 전국에 확산되어 갔다. 오사카부(大阪府)의 관보(官版) 역할을 했던 『메이지월간(明治月刊)』에 의하면 소위 문명국이 되기 위해서는 「법률을 정비하여 사람을 속박하지 않고, 자주의 통의(通義)를 중시하여 사람들로 하여금 그 뜻에 따르게 하여…, 귀천을 논하지 않고 문학을 장려하고 기예를 닦으며, 기계를 이용하여 인력을 줄이고 무역을 활성화하여 부강에 힘쓰고, 국법을 신실하게 하여 사람들로 하여금 산업에 전념하게 하고, 민생구민의 길을 정비하여 기아의 두려움을 없게 하는 것」[8]이 중요하다고 했다. 무엇보다도 근대법의 정비, 남존여비나 귀천의식의 타파, 식산흥업과 부국강병의 실현, 민생구제와 의식개혁을 추구하는 것 등이 문명국으로 향하는 지름길이라는 사실을 역설

7) 木戸孝允『憲法制定の建言書案』芝原拓自外『日本近代思想大系 · 対外編』(岩波書店 1988)所收, 34頁
8) 大阪府『明治月刊』『明治文化全集 · 外国文化編』所收 日本評論社 1968, 135頁

했다.[9]

언론들도 적극적으로 가세했다. 당시 『히로시마(広島)신문』(1872년 제 7호)의 보도에 의하면, '문명개화'를 상징하는 것으로 폐번치현(廃藩置県), 호적법, 사민평등(四民平等), 조세법, 학교교육제도, 정부의 각종 신 정책, 통신, 교통, 의료 등의 사회복지시설의 정비, 그리고 민중의 구 습(舊習)개선 등을 거론하며 새 시대의 도래를 선언했다. 이처럼 당시 거의 모든 언론 잡지들은 한결같이 새 시대의 문명유입을 정당화하고 일본사회의 구습을 철폐해야 한다는 논조를 전개하며 '문명'과 '개화' 를 외쳤다.

이 뿐만이 아니다. 재야의 지식인들도 「농공상업이 흥하고 학문예 술에 매진하고 만민이 직업에 충실하며 서양제국 및 아메리카합중국 과 같이 되는」[10]것이 문명개화라 하며 앞 다투어 계몽사상의 전파에 나섰다. 에즈라보겔이 극찬한 관료의 전통을 과시라도 하듯 그 무렵 양학계의 하급관리들이나 관료들은 중앙과 지방을 가릴 것 없이 서구 문물의 수입과 제도적 정비에 박차를 가하며 일본의 근대화에 열정을 쏟았다. 이렇게 언론과 잡지 그리고 각 분야의 지식인과 지도층 인사 들은 하루가 멀다 하고 「인심(人心)의 개화」와 「사물의 개화」를 외치 며 새로운 사회의 변화를 주도해 갔다.

---

9) 『明治月刊』은 외국문화의 적극적인 소개를 통해 지역민들의 의식을 문명의 세계로 선도해 가는데 커다란 공헌을 하고 있었지만, 대도시답게 서구의 신 지식의 습득과 전파에 관이 앞장서 지역민들을 설득하고 나섰다는 사실은 시 사하는 바가 적지 않다.

10) 『文明開化雜纂』『明治文化全集・文明開化編』所収 日本評論社 1967, 432頁

지도층계급이 끊임없이 근대국가의 건설과 서양문명을 탐구해가는 역사발전의 구도가 형성되면서 일본사회의 변화는 대도시를 중심으로 외형적으로는 상전벽해를 방불케 했다. 국가의 지배체제는 빠르게 정비되어 갔고, 사상가들에 의한 서구의 근대사상의 도입과 전파에는 거침이 없었다. 도시의 거리는 철도·철도마차·인력거·전기와 가스 등이 등장하면서 근대적인 도시문화를 구축하기 시작했고, 일본인의 풍속과 습관을 포함한 라이프스타일은 새로운 문명에 적응하기 시작했다. 신문·전화·인쇄·전신(電信) 등은 미디어문화의 새로운 지평을 열며 문명사회의 도래를 선도해 갔다.

일본인들의 복장은 구두·양복·안경·모자·단발 등으로 서구화되어 갔으며, 식문화는 육식과 우유·커피·빵·서양요리 등으로 대체되며 일본인들의 입맛을 매료시키기 시작했다. 불과 얼마 전까지만 하더라도 양이(攘夷)에 목숨을 걸었던 사회 분위기가 모든 방면에서 일순간에 서양문명에 대한 '숭배'로 급반전한 형국이었다. 루스 베네딕트가 일본의 문화를 '상황추수형의 문화'라고 정의한 이유를 실감케 하는 형국이었지만, 어쨌든 개화기의 시대적 상황은 "세 사람이 모이면 문명개화를 논한다"고 할 정도로 '급변' '충격' '숭배'로 점철된 모습이었다.

2) 서구화열풍에의 비판

도시를 중심으로 한 문명의 예찬과 개화의 열풍이 세태의 급변을 초래한 것은 사실이지만, 한편으로는 이에 대한 사회적 모순과 비판도 끊이지 않았다. 메이지초기 '개화세상'의 세태를 전하고 있는 『신문잡지』에 의하면, 「개화라고 하거나 문명이라고 외치는 것 중에는 강아지의 똥과 같은 것이 많다」[11]고 하면서 계층을 불문코 일본사회의 경거망동을 비난하는 기사들이 상당수 게재되었다. 비판적 계몽의 성격을 띠고 있었지만, 이러한 흐름에는 전통의 붕괴를 우려하는 일부의 식자층이 동참해 갔다.

『개화의 이야기(開化のはなし)』에 의하면 「여기 도쿄에 살고 있는 성(姓)은 개화 이름은 문명인지 뭔지 하는 사람이 있다, 모든 것을 서양을 좋아하고 일본식의 집을 무리하게 서양식으로 흉내 내고, … 평소에는 양복을 입고 자신의 이름대로 개화를 입버릇처럼 외치」고 다니는 것이 당시의 사회상이었음을 비판한 뒤, 「예의를 존중하고 지혜를 갈고 닦으며 학술도 겸비하고 정직하고 도리에 벗어나지 않은 짓을 하는 것이야 말로 문명이니 개화니 라고 말할 수 있다」[12]고 하면서, 어디까지나 허세를 부리기보다는 「본심의 개화」가 실로 필요한 시기라는 것을 강조하는 논조를 전개하기도 했다.

또 야마구치 마타이치로(山口又市郞)는 「서양가라고 외치는 사람도 참된 개화의 뜻을 모른 채, 궁리문답이나 만국왕래로 풍월삼아 들은 귀동냥의 학문이라, 외국인의 흉내만 내면 된다고 생각하니 명확한 것은 하나도 없다」[13]고 할 정도로 문명개화기 일본사회상의 일단을 비판했다. 가토 유이치(加藤祐一)의 경우는 「서양인의 흉내를 내든가 새

---

11) 『新聞雜誌』『明治文化全集・文明開化編』所收 日本評論社 1967, 537頁
12) 辻弘想『開化のはなし』『明治文化全集・文明開化編』所收 日本評論社 1967, 72-73頁
13) 山口又市郞『開化自慢』『明治文化全集・文明開化編』所收 日本評論社 1967, 93頁

로운 것을 듣고 새로운 것을 보고 사람들과 다른 짓만 하면 무엇이든 문명개화라고 하지만 그런 것은 아니다」라고 하면서, 「문명이라는 문자라도 생각해 보는 것이 좋다, … 널리 배워서 세계 속의 일을 알고 그 좋은 점을 취해 내 몸가짐을 바르게 하는 것이 참된 문명이라고 할 수 있다」[14]고 정의하기도 했다. 요컨대 '문명인'라고 하는 것은 어설픈 귀동냥으로 단지 형태만을 서양인과 비슷하게 하거나 무엇이든 흉내 내는 것에 집착할 것이 아니라, 문명의 흐름을 제대로 이해하고 탐구하면서 사리분별 있게 행동하는 것이 이 시대가 요구하고 있는 '문명인'의 행동양식이라는 것이다.

일본사회의 서구화열풍은 서구인들의 시선에도 우려를 자아내게 했다. 『신문잡지』(1872년 2월 제 1호)에 의하면 「어떤 외국인이 말하기를 지금 일본인 가운데 서양서를 읽고 있는 자들의 대부분은 회화, 문전 (文典), 궁리서(究理書), 지리서, 역사, 정치서 등에 머물러 있어, 인생에서 가장 중요한 수신학을 강구(講究)하는 자는 거의 없다, 필시 본말이 전도되어 폐습을 낳을 것이고 결국에는 학풍이 편협하게 흐를 것이니 주의해야만 한다」[15]고 언급할 정도였다. 일본사회의 서구문명에의 탐구욕이 지나치게 실용주의 노선에 젖어있어, 정작 중요한 근대인으로서의 정신적 수양에는 매우 소홀하다는 충고이다.

관료들에 대한 비판도 이어졌다. 예를 들면 「젊은 서생들이 3년 정도 외국에 유학하여 미숙한 학문을 배우고 귀국하여 거침없이 대사건

---

14) 加藤祐一『文明開化』『明治文化全集·文明開化編』所收 日本評論社 1967, 5頁
15) 『新聞雑誌』『明治文化全集·文明開化編』所收 日本評論社 1967, 482頁

에 관계하거나 결국은 그 위력으로 정부고관에 임명되는 상황이니, 실로 이러한 자들에게 중대한 정사(政事)를 맡기고자 한다면 일본의 장래를 감안해서 해야 할 것이다」[16)]하는 충고도 속출했다. 이제까지 한 번도 경험해 본적이 없던 미지의 문명이 바로 일본인 자신들의 눈앞에서 전개되고 있는 상황이고, 그러한 현상에 대한 이해조차도 쉽지 않았던 정황이었던 만큼 그 속에서 근대적 정신문화를 함양하거나 국가의 정사를 신중하게 처리해 간다는 것이 말처럼 쉬운 일은 아니었다. 하지만 이러한 지식인들과 외국인의 우려 섞인 지적은 당시 일본사회의 문명개화에의 열풍이 얼마나 언밸런스와 급진적인 형태로 진행되고 있었는가를 가늠할 수 있는 풍향계이기도 했다. 문명개화에 대한 일본사회의 양면성은 근대일본의 수도로서 새롭게 탄생한 도쿄표상에도 그대로 반영되어 나타났다.

2 문명개화기의 도쿄표상

1) 서구화의 상징으로서의 도쿄

도쿄의 전신인 에도(江戸)는 17세기후반부터 규모는 물론이고, 도시 내부의 사회조직의 형태나 도시를 구성하는 건축형태에 이르기까지 그 이전과는 결정적인 차이가 있었다고 한다.[17)] 실제 17세기가 되면

---

16) 『新聞雜誌』『明治文化全集・文明開化編』所收 日本評論社 1967, 497頁
17) 玉井哲雄『江戸失われた都市空間を読む』平凡社 1986, 11頁

에도는 「겐로쿠(元禄)문화」의 번성을 상징하듯, 교토와 오사카에 비해
급속히 문화의 중심지로서의 명성을 높여갔다. 그러한 현상은 근세시
대의 문화가 교사카(京坂)라고 하는 선진도시지역에 국한하지 않고 전
국적으로 확대되어 가는 과정에서 나타난 현상이라는 지적도 있지
만,[18] 어쨌든 에도는 근세시대에는 수도의 기능을 다하고 있던 정치의
중심지였고, 18세기에 들어서는 일본제일의 인구를 자랑하며 문화의
교류나 발신을 강화하는 대도시(大都會)로 성장해 갔다.

그 뿐만이 아니다. 문화중심지로서의 지위를 굳히고 있던 에도는
오사카와 같은 산업도시에 비해 무가(武家)중심의 소비도시라고 하는
면이 강하고, 따라서 산업의 형태도 소비를 지탱하는 제 3차 산업의
소비형산업의 발달[19]이 두드러졌다. 이러한 도시의 특징은 상품·유
통경제의 발전 및 「인간의 유통」[20]확대와 맞물리면서 외형적으로 일
층의 번영을 초래하여 19세기에 이르면 도시의 규모도 팽창하여 「현
대도쿄의 원형」[21]이 만들어진다. 이른바 문화·소비·경제의 중심지
로 급부상하면서 소위 「모든 기회를 동원하여 돈 벌기에 전념」[22]하는
'에도형인간상'을 잉태해 갔다. 이로 인해 에도는 「세속성」[23]이라는
시대적 가치를 강화하면서 일본에서 가장 주목받는 도시로 변해갔다.
현실적으로는 결코 교사카를 압도할 수 있는 상황이 아니었음에도 불

---

18) 家永三郎『日本文化史』岩波新書 1982, 238頁
19) 金子六郎『東京の産業遺産·23区』株式会社アグネ 1994, 8頁
20) 飛鳥井雅道『文明開化』(前掲書)34頁
21) 小木新造『都市空間の解部』新評論 1985, 265頁
22) 布川清司『近世庶民の意識と生活』農文協 1984, 88頁
23) 가토 슈이치는 겐로쿠(元禄) 문화의 내용상 특징으로서 세속적인 문화와 체
　　재의 안정성을 들고 있다. 『日本文学史序説·下』筑摩書房 1980, 49-50頁

구하고 심상의 세계가 빚어내는 에도표상은 그야말로 모든 것이 가능한 「일본제일의 대도시(日本一の大都会)」였다.

그런 에도의 변화상을 사실적으로 묘사한 것이 바로 데라카도 세이켄(寺門静軒)의 『에도번창기』이다. 『번창기』에 의하면 상공업의 발달과 함께 에도(江戸)가 대도시로 번성해 가는 모습이 다양하게 묘사되어 있지만, 한편으로는 번성에 따른 부정부패한 모습도 강하게 비판하고 있다. 이는 세이켄이 부패를 용인해서는 진정한 번영을 이룰 수 없다는 당시의 인식을 작품을 통해서 그대로 기술했기 때문이라고 한다.24) 그럼에도 불구하고 기본적으로 에도는 「오에도(大江戸)」로서의 위용을 축적해 가면서 서민들에게 입신출세의 터전으로 자리 잡았고, 나아가 근세일본의 중심지로 부상했다. 그 연장선상에서 에도는 근대일본의 출발과 함께 도쿄로 거듭나게 되지만 '에도'에서 '도쿄'로의 변신은 이러한 표상을 보다 더 강화하는 형태로 전개되었다.

근대도시로의 탈바꿈을 시도한 도쿄는 에도의 정서를 저변에 잉태한 채 서구문명을 광범위하게 흡수해 갔다. 소위 근대화의 이미지로 무장한 도쿄의 변신은 다시 서민들에게 근대문명과 개화의 발원지, 입신출세의 신천지로서의 역할을 다하며 근대일본을 관통하게 된다. 이러한 사실을 뒷받침하고 있는 저서가 바로 1909년에 발간된 이시카와(石川天崖)의 『동경학』이다. 여기에서 도쿄는 이미 모든 문화의 출발점이고, 동양문화의 중심지이자 동양제일의 대도회(大都會)로 묘사되어 있다.25) 『에도번창기』와 마찬가지로 이 책도 근대국가의 출발과 함께

24) 日野龍夫校注『江戸繁昌記 柳橋新誌』『新日本古典文学大系 100』岩波書店刊行1989, 解説参照

도쿄의 표상이 일본인들의 심상에서 어떻게 변화해갔는지를 사실적으로 확인할 수 있는 사례이다.

그런데 실제 유신정부는 1869년 3월 28일 도쿄를 사실상 근대일본의 수도로 정한[26] 이후 도쿄를「서구화의 실험장」으로 간주하는데 주저하지 않았다. 철도건설의 기점인 심바시(新橋)의 철도관의 건설, 긴자(銀座)의 벽돌거리(煉瓦街)의 건설, 근대병원과 미션스쿨의 등장, 도쿄기상대의 건립, 우에노공원과 밤낮이 없는 인력거의 탄생 등을 비롯해, 이른바「근대화노선」을 강화하는 형태로 도쿄의「문명개화」를 현실화해 갔다.[27] 특히 긴자의 벽돌거리는 문명개화의 상징이었고, 심바시는 지방에서 상경하는 자들에게 있어서는 근대도시 도쿄의 입구[28] 라고 해도 과언이 아닐 만큼 그 상징성이 컸다. 지역적으로는 겨우「니혼바시로부터 일리사방의 범위」[29]내에서 이루어진「문명개화」에 지나지 않았지만,「문명개화의 진열장」으로서의 파괴력과 개변(改變)성은「에도개막이래 없었던」[30]일이었을 만큼 엄청난 변화였다.

이 과정에서 도쿄는 그 어느 지역보다 빠른 근대화의 진전과 함께 민중들의 '개명성'도 여타지역과 비교할 수 없을 만큼 앞선 형태로 변해 갔다. 개화일신의 경황은 서민들에게「문명의 세계 개화의 나라에 있어서는 인민의 유익함을 꾀하기」[31]위해, 박람회를 개최하고 견문을

25) 石川天崖『東京学』新泉社 1986(復刊)参照
26) 小木新造『東京時代』日本放送出版協会 1980, 9頁
27) 小木新造『前掲書』27頁
28) 千葉俊二「都心の光と闇の地図」『国文学』12月号 第36巻15号 学燈社, 55頁
29) 日本風俗史学会『資料が語る明治の東京100話』地歴社 1996, 34頁
30) 高見沢茂『東京開化繁昌誌』『明治文化全集・風俗編』所収 日本評論社 1968, 213頁

넓혀 「물산(物産)을 연구」할 수 있는 곳이었고, 「사진으로 물체를 찍어
생계」를 영위할 수 있을 뿐만 아니라 「이를 자손에 전할 수도 있는」[32]
신세계였으며, 「개화의 중심이자 번창의 본고장으로서 서신이나 물품
의 자유로운 왕래가 가장 빈번하게」[33]이루어질 만큼 생활의 편리함을
도모할 수 있는 곳이었다.

게다가 「신문이 매일 거리에 흘러넘치고, 거리에 가게가 널려있는」[34]
곳이었으며, 「도쿄와 요코하마 사이, 오사카와 고베사이에 철도를 깔
고 기차가 달리고 사람들이 날마다 새로워」[35]질 정도로 문명과 개화
의 혜택을 향유할 수 있는 곳이었고, 밤이면 각종의 포장마차가 서민
들의 발걸음을 멈추게 하는 별천지였다. 하늘에서 인재가 내려오고 땅
에서는 영웅이 탄생하고, 총명한 백성은 궁리가로 불려지고, 부유한
자는 미츠이구미(三井組)・오노구미(小野組)로 불려지는 등, 「진무(神武)
이래 없었던」개화의 물결[36]을 이루었다. 이렇게 도쿄는 일본사회에
개화사상(開化事象)에의 충격과 숭배의 념(念)을 불러일으키며, 신분귀
천을 불문코 누구나 문명개화의 물결아래서 어느새 자신의 삶과 미래
를 걸 수 있는 「진창의 도회(泥濘の都会)」[37]로 변해가고 있었다.

「문명개화에 의한 물질적 유신」[38]에 편승한 도쿄의 번성은, 시간이

---

31) 高見沢茂『東京開化繁昌誌』『前掲書』所収 279頁
32) 高見沢茂『東京開化繁昌誌』『前掲書』所収 278頁
33) 高見沢茂『東京開化繁昌誌』『前掲書』所収 269頁
34) 豊泉益三『近代世態風俗誌』電通印刷所 1951, 546頁
35) 高見沢茂『東京開化繁昌誌』『前掲書』所収 264頁
36) 荻原乙彦『東京開化繁昌誌』『明治文化全集・風俗編』所収 日本評論社
    1968, 213頁
37) 田山花袋『東京の三十年』講談社文芸文庫 1998, 11頁
38) 南博『大正文化』勁草書房 1965, 48頁

흐를수록 도쿄에의 인구유입을 초래했다. 문명개화의 세상이 도래한
이상 서구화를 구가하고 있는 도쿄에의 관심이 고조되는 것은 당연한
일이었다. 도쿄에의 인구증가는 향도인구, 즉 비농업인구의 증가가 많
았다. 관공청·군대·학교·문화관계자·신 산업·신규상업에 종사
하는 새로운 계층이 생겨나고, 직인(職人)·호코닌(奉公人)·하숙자·
서생(書生) 들이 대거 도쿄에 밀려들었다. 그 가운데에서도 메이지초기
의 도쿄거리에서 특히 눈에 띄었던 것이 인력거와 서생이었다.[39] 메
이지 5(1872)년 무렵에 「서생하오리(書生羽織)」가 대유행했다는 것,[40]
그리고 인력거가 이미 4만대나 달리고 있었다[41]는 것은, 자신의 미래
를 꿈꾸고 있던 젊은이들의 도쿄에 대한 이미지와 도쿄의 인구증가에
따른 교통량의 폭증, 그리고 대도시로서의 번성이 어느 정도였는지를
일목요연하게 알려주고 있다.

　여기에 상업이나 무역에 종사하고 있는 사람들은 부국강병의 실현
이라는 시대적분위기에 편승하여 「외국의 실정을 모르면 부자유스럽
고 괴롭지만 그렇다고 해서 늙은 나이에 에이비씨를 배우는 것이 쉽지
는 않으니, 변역서만이라도 읽고 외국의 사정을 조금이라도 이해하여
이전의 쇄국양이,[42]를 포기해야 한다고 주장할 정도로 강한 도전적인
의지를 표명하고 있었다. 따라서 이들을 포함하여 신 문명에 매료된
자나 명예를 얻기 위해 도쿄에 향하는 사람들의 가슴 속에는 다양한

39) 山路健『明治·大正·昭和の世相史 上巻』明治書院 2001, 175-176頁
40) 日本風俗史学会『資料が語る 明治の東京100話』(前掲書)82頁
41) 田中聡『東京ことはじめ』祥伝社黄金文庫 2003, 155頁
42) 仮名垣魯文『牛店雑談 安愚楽鍋』『日本近代文学大系 1』所収 角川書店 1980, 87頁

입신출세에 대한 특별한 의지와 기대감이 작용하고 있었다. 『명치지광(明治之光)』에 의하면,

　「도쿄에 있어서는 세상에 필요한 것은 여러분들의 욕망에 따라 무엇이든 가능하다. 아직 시골에서는 시계를 보고 놀랄 정도로 구습에 매달려 있어 이야기가 통하지 않지만 도쿄에서는 학문이라면 어린아이가 소학교, 서양어가 능숙하면 개성학교, 능력에 따라서는 게이오대학, 그 외 사립학교는 헤아리기 어렵다. 여학생은 여학교에 갈 수 있고, 기술학교도 많으며, 군인에 뜻이 있으면 해군사관교도원이 될 수 있는 등 무엇이든 자유자재로 할 수 있다」[43]

소위 도쿄는 정부가 강력히 추진하는 각종의 문명개화정책에 힘입어 자신의 원망(願望)=꿈·의욕만 있으면 무엇이든 자유자재로 도전할 수 있는, 모든 가능성을 품고 있는 동경(憧憬)의 세계였던 것이다. 문명개화기에 형성된 서민들에 있어서의 이러한 도쿄표상은 메이지를 통해서 일관되게 각인된 이미지이기도 했다. 나츠메 소세키(夏目漱石)의 『산시로(三四郎)』에 의하면,

　「산시로는 갑자기 마음을 바꾸어 다른 세계를 생각하기 시작했다. … 지금부터 도쿄에 가서 대학에 들어간다. 유명한 학자를 접촉한다. 취미와 품성을 겸비한 학생과 교제하고 도서관에서 연구하며 저작활동을 한다. 세상의 갈채를 받을 것이고 어머님은 기뻐할 것이다. 이런 미래를 생각하며 힘을 내니 23페이지 속에 얼굴을 묻고 있을 필요가 없어졌다」[44]

---

43) 石井富太郎編『明治之光』『明治文化全集·文明開化編』所收　日本評論社 1967, 198頁
44) 『三四郎』『漱石全集』第五卷, 岩波書店 1994, 284頁

산시로가 청운을 품고 도쿄로의 상경을 결심했듯이 당시 일본사회
에서는 각 지방으로부터 각자 형언할 수 없는 상상의 세계를 그리며
도쿄로 향하는 사람들이 속출했고, 근대문명으로 채색된 도쿄는 선진
화된 자태를 과시라도 하듯 그들을 맞아들였다. 도쿄의 인구는 급증했
고, 인구구성면에서도 「에도시대 때부터 살고 있는 사람들보다 외래
자가 압도적으로 많다,⁴⁵⁾고 하는, 완전히 새로운 근대도시로 탈바꿈
해 갔다. 그 과정에서 도쿄는 무작정 상경의 후유증으로 인해 실망과
좌절로 귀향하는 자들도 적지 않았다. 도쿄표상의 부정적 측면의 부각
으로 인해 당시 지식인들 사이에서는 「도쿄」를 둘러싼 다양한 논의를
불러일으키기도 했다. 게중에는 고다 로한(幸田露伴)과 같이 새로운 수
도로서의 도쿄조성이나 향토애를 주창하는 목소리도 있었지만, 기본
적으로 도쿄는 미나미 히로시(南博)가 지적한 것처럼 「문명개화·부국
강병의 표방 아래서 입신출세를 퍼스낼러티의 중핵으로 하는 동적인
인간,⁴⁶⁾ 즉 「명치적인간상」을 낳는 가장 상징적인 도시로 인식되어
져 갔다. 일국의 수도로서의 시대사적 의미부여 뿐만 아니라 일본인의
의식구조에 있어서도 도쿄는 꿈을 실현할 수 있는 기회의 땅으로 각인
되고 있었다.

2) 전통정서의 온존

일본의 문명개화와 근대화를 상징한 도쿄의 번창은 놀랍게도 에도

---

45) 青木宏一郎『明治東京庶民の楽しみ』(前揭書)291頁
46) 南博『大正文化』(前揭書)380頁

의 전통적인 정취를 소멸시킨 이른바 '에도의 파괴=도쿄의 근대화'라
는 등식으로 귀결되지 않았다. 이러한 사실은 일본사회가 서구의 근대
문명을 흡수하는 과정에서 빛을 발한 화혼양재(和魂洋才)의 정신을 상
기시키는 것으로서 또 다른 차원의 역사적 의미를 발견하는 것이기도
하다. 그로 인해 도쿄는 도시 기반상으로는 에도의 역사적 유산을 그
대로 물려받은 상태에서 근대문명을 창조하는 형태로 근대화가 이루
어졌다. 도시구조를 예로 들면 그 전신인 에도의 도시구조를 바탕으로
「그 위에 구미로부터의 건축설계나 도시계획의 새로운 수법을 탐욕스
럽게 받아들여 일본류로 해석하면서 근대의 공간을 의욕적으로 창출」
해 내는 양상으로 전개되었다. 근간의 해체는 자제했던 것이다.

이 점은 「아시아나 북아프리카의 도시가 전통적인 구조를 가진 오
래된 지구의 외측에 서양풍의 새로운 지구를 건설」하는 경향이 강했
던 것에 비하면 분명 다른 형태였다고 하지 않을 수 없다. 메이지 후
기이후 문학 작가들이 도쿄 속의 '에도'를 발견하고 이에 대한 정취를
작품 속에 적극적으로 묘사함으로써 근대 속의 전통적 정서를 독자들
에게 전달 할 수 있었던 것도 바로 에도의 정서가 파괴되지 않았기 때
문에 가능했던 일이다.[47] 즉 도쿄의 경우는 「과거의 모습을 계승하면
서 그 위에 근대화=서양화」[48]를 적극적으로 추진하여 시대의 요청에
순응하는 방식으로 변화를 도모해 갔다는 것이다. 정서를 온존하며 개
량, 개선, 조화, 응용을 추구하며 새로운 문화를 창조해 가는 일본인들

---

47) 杉浦芳夫『文学の中の地理空間』古今書院 1992, 「Ⅲ.江戸の刻印」参照
48) 陳内秀信「日本の都市文化の特質」『都市文化　近代日本文化論　5』岩波書
　　店 1999, 21頁

특유의 행동양식이 도쿄의 근대표상의 형성에도 반영된 것이다.

도쿄의 신구혼재의 현상은 당대의 목판화가로서 명성을 날린 고바야시 키요치카(小林淸親)의 작품세계에도 그대로 반영되어 있었다. 그는 그 이전에도 이후에도 없는 독특한 정취를 발견하여 그것을 참신한 서양화법으로 묘사해 내었다. 그의 청아한 시정(詩情)을 칭송한 도쿄명소판화의 대부분은 당시에도 문명개화풍인「광선화(光線畵)」라는 이름으로 불려져, 기노시타 모쿠타로(木下杢太郞), 나가이 가후(永井荷風)이래 오늘날에 이르기까지 많은 사람들의 마음속에 메이지 도쿄에의 이국취미와 향수를 불러일으키고 있다.[49] 200년이 넘는 목판화전통의 견실함에 신시대의 활발함이 접목됨으로써 섬세하고 아름다운 정감을 개화시켰다는 것이다. 문명개화의 물결이 예술의 분야에까지 깊숙이 침투하여 일본인들의 정서적 변화를 불러일으켰음을 알 수 있는 대표적인 사례이다.

식문화의 경우도 예외가 아니었다. 메이지초기 도쿄서민들의 문명개화에 대한 심정적 세계의 실태를 한눈에 들여다 볼 수 있는『牛店雜談 安愚樂鍋』에 의하면「소고기는 지극히 맛이 좋다. 이 고기가 개발되면 돼지고기나 염소고기는 먹을 수 없다. 이렇게 청결한 것을 왜 이제까지 먹지 않았을까. 서양에서는 1620, 30년 전부터 먹었는데. … 드디어 우리나라도 문명개화라고 하여 개화가 되어 우리들까지 먹을 수 있게 된 것은 실로 감사한 일이 아닐 수 없다」[50]고 하면서, 소고기

---

49) 芳賀徹『明治維新と日本人』講談社学術文庫 1980, 256頁
50) 仮名垣魯文蔵『牛店雜談 安愚樂鍋』『明治文化全集·風俗編』所收 日本評論社 1968, 79頁

를 먹을 수 있게 되었다는 사실과 그것이 문명개화에 의한 결과라는
사실을 예찬하는 내용으로 시작하고 있다. 일본인들에게 미신적 사유
로 거부되었던 소고기는 문명개화기를 맞이하여 불과 수년 만에「우
시나베를 먹지 않으면 개화가 되지 않는 인간」을 상징하는 식품이 되
어버렸고, '우시나베(牛鍋)'의 열풍은 「실로 주야를 불문코 번창」하게
된 대표적인 식문화로 일본인을 사로잡았다.

　헤이안시대의 관리이자 학자였던 스가와라노 미치자네(菅原道真)는
일본고래의 정신으로 중국의 학문·기예를 구사한다고 하는 이른바
'화혼한재(和魂漢才)'의 정신을 주장하며, 이를 일본인들의 독창적인 행
동양식으로 간주한 적이 있다. 또 근세말기의 사상가로 명성을 날린
요코이 쇼난(橫井小楠)과 사쿠마 쇼잔(佐久間象山) 등은 "서양의 재(才)=
서양의 과학기술"을 받아들이더라도 "일본의 혼=일본전통의 도덕이나
정신"은 유지해야 한다는, 이른바 '화혼절충(和魂折衷)'의 방식을 주창하
며 일본의 변화를 주문한 바 있다.[51] 일본의 고대·근대문명의 발달은
바로 이런 정신적 유연함을 바탕으로 형성된 것이지만, 도쿄의 표상에
도 이런 전통은 예외가 없었다.

3) 문명개화기 도쿄표상의 이면성

　가나가키 로분(仮名垣魯文)이『牛店雜談安愚楽鍋』를 통해서「문명
개화가 진행됨에 따라 사람들도 점차 영리해지지만, 지나치게 영리해
져서 왜곡을 일삼는 자가 속출」[52]하고 있다고 지적하며 개화기에 나

---

51) 졸저『일본 일본인론의 재발견』J&C 2007, 123-124頁

타나기 쉬운 인간의 정신적인 황폐함을 질타한 바 있다. 분명 도쿄는 일순간에 「지나치게 변화하여 사치가 극심한」[53]도시, 문명개화의 4자만 잘 활용하면 「관리도 될 수 있고 학자도 될 수 있고, 부자도 될 수 있는」[54]희망의 도시였지만, 실제 도쿄의 모습과 삶의 양식은 복잡하고도 다면적이었다. 신 시대를 앞서가고자 하는 모든 계층의 사람들이 각자의 마음속에 무한한 가능성을 안고 약속의 땅에 모여들었지만, 도쿄는 누구에게나 「청운의 수도」는 아니었다는 것이다. 이시가와 텐가이(石川天崖)에 의하면 「각지에서 혈기왕성하고 용기 충만한 무리들이 허영의 꿈을 쫓아」[55] 「대전장(大戰場)」에 모이고 있을 뿐이었다. 따라서 「하나노 미야코(花の都)」에서 「성공자(成功者)」가 될 수 있는 사람은 「가장 의지가 왕성한 성년남자」일 수밖에 없었다.

　그러나 도쿄는 전쟁터에서 「분투분진(奮鬪奮進)」할 수 있는 현명하고 혈기왕성한 사람들만 모이는 곳이 아닌, 오히려 「허영의 꿈」은 크면서도 능력은 제대로 갖추지 못한 사람들이 대다수 모이는 곳이었다. 예를 들면 「농촌으로부터 온 사람들은 특별한 기술이나 능력을 갖고 있지 않은 것이 보통이기 때문에 정규직을 얻기가 어려」웠고, 이로 인해 실제로는 「최하층의 생활 상태로부터 벗어나지」[56]못했던 것이 현실이었다. 따라서 도쿄는 시간이 흐를수록 「빈민굴이 밀집하는 음침

52) 仮名垣魯文『牛店雑談 安愚楽鍋』(前掲書)85頁
53) 仮名垣魯文『牛店雑談 安愚楽鍋』『前掲書』所収, 85頁
54) 森銑三『明治東京逸聞史 1』平凡社 1979, 30頁
55) 石川天崖『東京学』新泉社 1986, 15頁
56) 青木宏一郎『明治東京庶民の楽しみ』(前掲書)291-292頁. 메이지 중엽의 도쿄인구는 상류층이 3할, 하류층이 6할로 하층인구가 증가하는 형세를 보였다고 한다.

한 뒷골목과 모던한 서양관의 표상이라고 하는 두 개의 얼굴을 가진
수도」가 되어 갔고, 동시에 「"전통과 모던의 융합"이라고 하는 신선한
모습이 아니라, 마치 헌옷과 새옷을 서로 기운 듯한 잡다한 모자이크
상태의 도시」[57]모습을 띠어 가고 있었다.

어느새 도쿄는 내적으로는 문명과 비문명, 개화와 미개화, 성공과
실패, 희망과 실망이 교차하는 도시, 게다가 치열한 경쟁을 해야 하는
욕망의 전쟁터로 추락하면서, 「순결하지 못하고 타락하고 열등한 욕
정이 휘몰아치는」[58]도시, 편안하게 영주할 수 있기는커녕 「지방에서
길러진 훌륭한 순진무구한 사람도 도쿄생활을 통해 분투를 거듭함에
따라…이제까지의 숭고한 도덕적 관념조차도 사라져버릴」[59]만큼 「일
본에서 가장 살기 힘든 곳」[60]이 되어버렸다. 나츠메 소세키의『坑夫』
에 보이는 다음의 내용이 그것을 증명하고 있다.

> 「되돌아보니 햇볕이 비추고 있는 도쿄는 이미 다른 세상이 되어 있었
> 다. 손을 내밀어도 발을 뻗어보아도 여기서는 닿지 않는다. 마치 세계가
> 다르다. 그럼에도 불구하고 따뜻하고 밝은 도쿄는 여전히 눈앞에 아른
> 거리기는 하지만 동시에 발걸음이 향하고 있는 곳은 그저 막연할 따름이
> 다.」[61]

도쿄에 대한 동경과 의식세계에서 느끼는 현실적인 벽이 복잡하게

---

57) 山路健『明治・大正・昭和の世相史 上巻』(前揭書)176頁
58) 石川天崖『東京学』(前揭書)21頁
59) 石川天崖『東京学』(前揭書)21頁
60) 『野分』『漱石全集』第三巻, 岩波書店 1994, 264頁
61) 『坑夫』『漱石全集』第五巻, 岩波書店 1994, 7頁

교차하는 것처럼 보이지만, 실은 이미 도쿄는 고군분투해도 성공을 쉽게 보장할 수 있는 「약속의 땅」이 아니라는 사실을 토로하고 있다. 막막한 세계를 해쳐가기에는 너무나 무력감을 느끼게 하는 세계였고, 실제 그 누구도 심정적으로는 그러한 의식으로부터 자유로울 수가 없었다. 이시가와 텐가이(石川天崖)가 언급하고 있듯이, 건장한 신체, 건전한 정신, 특별한 지식을 갖고 배수의 진을 치고 임하지 않으면 안 되는 곳이었다. 요컨대 「도회의 변화한 광경은 필경 생존의 치열한 경쟁의 극렬한 불꽃놀이」(62)에 지나지 않은 것이고, 이는 바로 도쿄에서의 「분투(奮鬪)」의 결과라고 하는 것이다.

그 뿐만이 아니다. 도쿄가 외부를 향해 근대의 번영을 구가하며 일본 제일의 선진문명을 자랑하는 대도시로 포장되어 가면 갈수록, 역으로 지방은 문명과는 동떨어진 「시골」의 이미지로 각인되며 「문맹」이라는 시각으로 응시되고 있었다. 문명화의 진행과정에서 「수도의 공간」으로서 도쿄의 이미지가 어떻게 인식되었는가를 분석한 나리타 류이치(成田竜一)는, 도쿄는 「문명」의 공간으로 제 지역의 정점에 서있지만, 지방은 「비 문명」으로서 항상 도쿄의 「문명」에 대비되고 있었다는 사실을 지적하고 있다.(63) 도쿄와 지방과의 사이에 심리적으로나 정서적으로 서로 메우기 어려운 괴리감이 정착하고 있었음을 의미한다. 다음과 같은 사례는 그것을 상징적으로 보여주고 있다.

　　「도쿄의 사람들은 유신이 되어 문명개화를 이루고 자주 자유의 세계

---

62) 石川天崖『東京学』(前揭書)29頁
63) 成田竜一『近代都市空間の文化経験』岩波書店 2003, 62-68頁

를 향하고 있는데 … 그런데 가고시마(鹿児島)를 보면, 세상물정을 모르
는 인간들은 사츠마가 이기면 세상이 바뀌고 중국인을 물리치고, 소고기
를 먹는 놈은 징역을 살고, 산발을 하면 목을 자른다, 빨리 그렇게 되었
으면 좋겠다.…이 무지한 무리들이여 조금은 도리를 생각해 보는 것이
어떻겠는가」[64]

　「너희들에게 충고할 것이 있다. 도쿄는 살아있는 말의 눈을 빼가는 곳
이다. 너희들도 매번 있는 이런 일들을 유념하는 편이 좋다. 그렇지 않으
면 너희들이 도쿄관람 혹은 산업시찰 등을 다닐 때 사기도박을 일삼는
자들이 시골뜨기라고 업신여겨 다정하게 접근하여 동행을 요구한다. 이
들 악당들은 매우 기민하여 너희들이 쌀 시세를 알고 싶으면 상담을 하
고 상업에서부터 공업에 이르기까지 관심이 있을 듯한 이야기를 걸면서
… 그들은 너희들의 주머니가 완전히 털릴 때까지 접근하다가, 일이 끝
났다 싶으면 화장실에 가는 척하며 연기처럼 사라져 버린다. 찻값까지
모두 덮어쓰게 된다.」[65]

　위의 사례는 메이지 10(1877)년의 요미우리신문에 실린 투서의 내용
이다. 이를 보면 도쿄는 유신이후 불과 10년 만에 사람의 마음이 변화
고 개화되어 있는데 반해, 「시골사람」들은 시대의 변화에 순응하기는
커녕 아직도 도리조차 분별할 줄 모르는 「무학문맹(無学文盲)의 무리」
인 상태로 지내고 있음을 강하게 비판하고 있다. 또 아래의 예는 메이
지 28(1895)년에 신문에 게재된 기사로서, 「시골사람」들에 대해 대도회
지의 사악한 인간을 주의하라는 충고의 의미를 띠고 있는 듯하지만,
내심은 계몽적인 충고라기보다는 근대도회지가 갖고 있는 사악함을

---

64) 森銑三『明治東京逸聞史 1』(前揭書)47頁
65) 都新聞愛読者会『忘れられた明治人』明治書院 2002, 222頁

빌어「시골사람」을 바보취급하고 있음에 지나지 않은 내용이다. 진보, 지식, 근대, 문명이라고 하는 개념이 물질적 발전뿐만 아니라 정신문화를 개혁하고 선도하는 시대적 가치로 확대되는 과정에서, 도시와 지방에 대한 통상적인 이미지도 일거에「도회는 진보된 세계, 시골은 뒤떨어진 세계」[66]라고 하는 대극적인 감각으로 판단하는 가치관에 사로잡혀 있다는 것을 의미한다.

　사람들의 정신세계에 정착해 버린 이런 불행한 사고는 문명적 가치에 사로잡힌 우월적인 시선이 낳은 차별의식이라고 하지 않을 수 없다. 메이지 30년대부터 신문기사 등에 차별적인 기사가 상당히 눈에 띤다는 보도가 있지만,[67] 이는 이미 일본의 근대사회가 문명과 선진의 가치에 입각하여 그로부터 벗어난 제 현상은 모두 문맹과 후진으로 인식하는 대극적 가치(=差別意識)가 일반화되어 있었음을 의미한다. 일본이 아시아에 대한 민족차별을 노골적으로 드러내기 시작하는 시점도 대체로 이 무렵부터이다. 근대문명의 첨단을 달리는 도쿄와 같은 대도시에서 문명개화의 관점에서「시골사람＝무학문맹의 무리」,「너희들＝시골뜨기(椋鳥)」라고 하는 차별적 시선을 일반화 시켜 가면, 당연히 지방과의 정서적인 격차는 확대될 수밖에 없다. 산시로(三四郞)의 어머니가 상경한 산시로에게「도쿄인은 모두가 영리하여 사람이 나쁘다고 하니 조심하라」[68]는 주의사항을 적어 보내고 있는 것은, 지방의 도쿄에 대한 시선도 그만큼 차가워졌다는 것을 확인시켜주고 있다. 도

---

66) 塚本学『都市と田舎』平凡社選書 1991, 4頁
67) 大串夏身「江戸の非差別・東京の非差別」『江戸東京を読む』所收(前揭書)240頁
68) 『三四郞』『漱石全集』第五巻、岩波書店 1994, 294頁

쿄를 중심으로 하는 문명개화의 확산이 한편으로는 지방과의 정신문화의 격차를 심화시키면서 인간성을 피폐화시키는 곳으로 변질되어 가고 있었다.

맺음말 - 메이지 후반기에의 전망 -

에도・도쿄에의 표상을 문학텍스트를 통해 심상지리의 측면에서 분석해 보면 다양한 표상을 발견할 수 있다. 그러나 본고에서 분석한 범위 내에서 그 결과를 정리하면 다음과 같이 요약할 수 있다. 첫째, 무엇보다도 에도・도쿄에 대한 역사적인 지위변화이다. 에도의 경우는 교토・오사카와 함께 삼두마차의 일각이라고 하는 지위를 파괴할 만큼 절대적인 문명적 지위를 확보하고 있었다고 보기 어렵다. 하지만 도쿄의 경우는 처음부터「수도(都)」로서 뿐만 아니라 모든 면에서 명실 공히 일본에서 유일한 문명도시의 역할과 지위를 일본사회에 인식시켰고 또 인정받았다고 하는 점이다. 둘째,「입신출세」에 대한 인식의 변화이다. '에도인퍼스넬러티'는 돈벌기에 지고의 가치를 둔 금전지향적인 측면이 두드러졌다고 한다면, 메이지의 '도쿄인퍼스넬러티'는 경제적 관념의 차원을 넘어「관존민비(官尊民卑)」의 시대관이 대변하고 있듯이, 학문과 신분상승이라고 하는 명예추구에 보다 더 큰 가치를 두고 있었다는 점이다.

셋째,「진보된 도회와 뒤떨어진 시골관」에 떠받혀진 지방과의 차별적 시선의 질적인 변화이다. 에도인의 경우는 교사카(京坂)를 제치고

힘겹게 경제·문화적으로 우월적 지위를 확보했기 때문에 입장의 역전에서 솟아나는 소박한 프라이드를 무시할 수 없고, 그러한 심리가 정서적인 격차를 확대시켜가는 요인으로 작용하고 있었다고 볼 수 있다. 하지만, 도쿄인의 경우는 서구화와 결합된 근대문명의 흡수여하와 그와 관련된 자기계발에의 의지여하에 따라 피아의 판단기준과 차별적인 시선이 형성되는 면이 강했기 때문에 질적인 측면에 있어서는 이전보다 훨씬 배타적이고 지능화되어 갔다고 할 수 있다. 물질문명의 진보가 정신문화의 성숙을 보증하지 않는 것은 근대화의 과정에서 흔히 나타나는 현상이지만, 차별의식의 내면화·지능화는 이른바 근대화의 「부(負)」의 측면을 상징하는 전형적인 사례라고 하지 않을 수 없다.

문명개화기를 통해 형성된 이러한 도쿄표상은, 메이지 후반기에 접어들어서도 거의 변함없이 전승되고 있다. 다만 도쿄의 제도(帝都)화 현상이 강화되어 가는 가운데 문명개화기에도 나타났던 반문명적 시각이 메이지후반기에 접어들면 지식인들을 중심으로 에도정서(=전통)에 대한 향수를 강조하고, 이를 바탕으로 근대문명에 대한 회의적 시각의 표출이 강하게 대두되는 현상이 나타난다. 또 서민들이나 지방인들의 심상지리에 있어 도쿄에 대한 맹목적인 동경(憧憬)이 사라지고 도쿄표상에 대한 다양한 입문서들이 대중들의 시선을 끌면서 도쿄에 대한 부정적 환영(幻影)도 부각된다. 이런 부분들은 주목할 수 있지만, 전체적으로 보면 근대의 도쿄에 대한 표상은 대체로 일관된 형태로 전승되고 있음을 느낄 수 있다.

전환기 메이지 문학의 도쿄표상과 일본인의 심상지리

정　형·이권희·한경자·손지연

머리말

　본 연구의 문제의식은 도쿄표상과 관련된 일본인의 '심상지리(心象地理)'[1] 내지는 아이덴티티에 대한 의문으로부터 출발했다. 이를 규명하기 위해서는 에도(江戸)의 종언과 함께 시작된 메이지 시대(1868-1912)의 도쿄로부터 현재에 이르기까지의 도쿄를 통시적으로 조망할 수 있는 시야가 전제되어야 할 것이다.

　본 연구에서는 도쿄가 실질적인 도시(수도)로 정착해 가게 되면서 이전 시기에 비해 근대도시로서의 다양한 기능을 수행하게 되는 문명개

---

1) 본 연구에서 차용하고 있는 '심상(心象)'이라는 개념은 선행연구의 지리·지역학적 관점과 변별되는 인간의'내면'과 관련된 경험이나 기억, 사상, 사고(思考)의 메커니즘을 의미한다. 다시 말하면, 인간의 심상은 시각적일 수 있고, 촉각이나 청각, 미각, 후각적인 것일 수도 있으나, 이러한 감각적이고, 의식적인 경험 없이도 발생하는 심상의 개념에서 더 나아가, 이미 경험되어 기억 속에 저장된 감각이나 사고를 재구성해 가는 하나의 '공간=장(場)'의 개념으로 파악해 가고자 한다.

화기 이후의 전환기 메이지기에 주목하고자 한다. 1889년의 헌법 공포와 이듬해의 국회 개설, 교육칙어(1890) 발표, 러일전쟁(1904-05)의 승리, 그 결과로 획득한 배상금과 영토 확장 등, 근대국가를 목표로 숨 가쁘게 박차를 가해 가던 이 시기는, 서양의 모방으로 치달았던 시류, 즉 구화만능 시대에 대한 염증과 부작용이 표면화되기 시작했으며, 이와 함께 시대의 조류를 타고 새로운 기회를 잡으려는 욕망도 강하게 작용했다. 또한, 이 시기의 문학가를 포함한 지식인층은 유신에 적극 가담한 계몽사상가나 관료층의 뒤를 잇는 차세대라는 점에서도 주의를 요한다. 즉, 메이지 초기에는 유신을 직접 경험한 서생(書生)들이 스스로의 힘으로 새로운 세계를 만들었다는 자부심을 갖고 있었다고 한다면, 유신 20여 년이 지나면서부터는 이미 구축된(혹은 구축되어 가고 있는) 근대문명에 대한 비교적 안정된 적응과 함께 미완의 근대에 대한 고뇌와 좌절이 시작되었다고 할 수 있다. 문명개화의 '실험장'이 된 지 20년 이후의 전환기 메이지의 도쿄표상과 이를 둘러싼 일본인의 심상지리를 동시대의 문학텍스트를 통해 분석해 가도록 하겠다.

　지금까지 도시(도쿄)와 문학을 접목시킨 선행 연구로는, 첫째, 지리나 공간 개념에 주목한 텍스트론, 둘째, 문학텍스트 안에 등장하는 도쿄 지역을 탐방하고 이를 문학사의 측면에서 정리한 문학 산책 형식의 글, 셋째, 도쿄의 역사나 풍속사 도시문화사 분야의 연구를 들 수 있다. 이 중에서 마에다 아이(前田 愛)는 공간이나 장소의 개념을 문학에 도입하여 독창적인 독해를 제시함으로서 문학영역에 새로운 지평을 열어 주었다.2) 그 외에 문학 산책 형식의 글은 단순히 작가별 혹은 시기별로 정리하는데 그치고 있으며,3) 도쿄의 역사나 풍속사 도시문화

사 분야의 연구에서도 문학텍스트를 중심으로 다룬 경우는 드물다고
할 수 있다.[4]

이와 같은 선행연구와 본 연구와의 차별성은 앞서 언급한 공간이나
지리의 개념과 함께 '심상'의 개념을 도입함으로서, 일본문화와 문학에
대한 다각적인 분석을 시도한 점이다. 그 한 방법으로 문학텍스트의
데이터베이스화를 통하여, 일본인의 심상지리적 문화론의 기층을 실
증적으로 분석하고, 그 기초자료를 축적해 가는 작업을 시행하고 있
다. 본 연구에서 인용하는 모든 용례는 이러한 데이터베이스화 작업
가운데 추출된 자료의 일부이다.

1 제 2의 도쿄의 출발 - '시구개정' 이후의 도쿄표상 -

다야마 가타이(田山花袋)[5]는 어린 시절 경험한 1881(메이지 14)년 당시

---

2) 前田 愛의 연구로는, 『都市空間のなかの文学』(筑摩書房, 1982), 『近代日本
の文学空間 -歴史・ことば・状況-』(新曜社, 1983), 『闇なる明治を求め
て』Ⅰ(みすず書房, 2005), 『都市と文学』Ⅱ(みすず書房, 2005)이 있으며, 문
학과 도시 공간을 접목시킨 연구로, 小川和祐『「三四郎」の東京学』(日本放
送出版協会, 2001), 杉浦芳夫『文学の中の地理空間』(古今書院, 1992), 田
口律男『都市テクスト論序説』(松籟社, 2006) 등이 있다.

3) 前田 愛『文学の街』(小学館ライブラリー, 1991), 前田 愛『幻景の街-文学
の都市を歩く-』(小学館, 1986), 奥野健男『増補文学における原風景』(集
英社, 1989), 大島和雄『東京の文学風景を歩く』(風涛社, 1988)

4) 磯田光一『思想としての東京』(国文社, 1983), 高橋勇悦『東京人の横顔 大
都市の日本人』(恒厚社厚生閣, 1995), 芳賀 登「東京風俗の二重構造 -洋
風化と下夕町・浅草界隈-」(『史学叢書10江戸東京文化論』教育主大案セ
ンター, 1993). 이 중, 磯田光一의 연구를 제외하고, 문학텍스트는 거의 다루
어지지 않았다.

의 도쿄의 거리 모습을 다음과 같이 회상하고 있다.

> 그 시절 도쿄는 진창의 도회, 에도시대로부터 이어져 내려오는 옛 가
> 옥들이 즐비한 도회, 참의(参議)들의 하코바샤(箱馬車)의 도회, 다리 밑에
> 노점상들이 즐비한 도회였다. (중략) 교바시(京橋), 니혼바시(日本橋)의
> 대로 중에서 긴자 거리를 제외하고 서양식 큰 건물은 지금의 스다쵸(須
> 田町)의 니로쿠신문사(二六新聞社)가 서 있는 곳에 있는 게레상회(ケレー
> 商會)라는 건물 하나밖에 없었다.6) (밑줄·한국어역은 인용자, 이하 같음)

'진창의 도회(泥濘の都会)'라는 표현은 그야말로 당시의 도쿄의 모습
을 가장 잘 나타내고 있다고 해도 과언이 아닐 것이다. 그 무렵의 도
쿄는 도로가 정비되지 않았으며, 에도시대부터 빈번했던 대형 화재가
끊이지 않았다. 또, 허술한 오폐수 관리에 따른 식수원 오염으로 전염
병이 자주 발생하였다. 아직 도시로서의 기능이 충분하지 못했다고 할
수 있다.

메이지 20년을 전후로 한 시기는 '새로운 제2의 도쿄7)가 만들어져
가는 시기라고 할 수 있다. 이 무렵에 착수된 '도쿄시구개정(東京市区改
正)' 사업8)은 옛 에도(江戶)의 구태(舊態)를 개조하여, 도쿄를 '일국(一國)

---

5) 1881년(메이지 14), 취업 견습생으로 군마(群馬)현에서 상경했다.
6) 田山花袋『東京の三十年』(岩波書店, 1988, p.7)
7) 나가이 가후가『日和下駄』에서 사용한 표현으로, 본 연구에서는 전환기 메이
   지의 도쿄표상이나 일본인의 심상지리가 시구개정 등을 계기로 크게 변화해
   갔음을 나타내기 위해 차용하였다.
8) 시구개정에 대한 논의는 그 이전부터 계속되어 왔으나,「東京市区改正条例」
   가 공포된 것은 1888년(메이지 21) 8월이었다. 이전의 긴자벽돌거리(銀座煉
   瓦街) 조성 등이 부분적인 계획이었다고 한다면, 이번 개정은 도쿄 전체를
   대상으로 한 본격적인 도시 만들기의 출발이라고 할 수 있다.「東京の都市

의 수도'에 걸맞게 계획하고 정비하는 사업이다. 이 사업을 계기로 도쿄
는 전시대와는 일선을 긋고 새로운 '제도(帝都)'로 다시 태어나게 된다.
  1897년에 간행된 『東京新繁昌記』에는 시구개정으로 철도가 정비
되어, 교통이 발달하게 되면 도쿄의 생활이 훨씬 편리해질 것이라는
기대감이 나타나고 있다.

> 마침내 요즘에 일어나고 있는 철도열기에 따라 시내에 철도를 놓는
> 계획이 여기저기서 생기고 그것이 실행에 옮겨지는 날에는 얼마나 생활
> 이 편리해질까 하고 지금부터 기다려지는데 (중략) 시구를 점차 개정함에
> 따라 반드시 이에 상응하는 다른 교통기관도 많이 생길 것임에 틀림없
> 다.9)

  사업은 주로 상·하수도와 도로의 정비에 역점을 두었는데 사업비
의 약 60%가 노면전차의 부설 등과 관련된 도로 사업에 투자되었다.
이를 통해 새로운 도쿄의 도시표상에 전차가 미친 영향이 매우 컸음을
짐작할 수 있다. 동시대 문학텍스트 속에서도 '도쿄=전차'라는 인식을
읽을 수 있는 용례는 얼마든지 찾아볼 수 있다.

> 이렇게 생각하는 순간 내 발걸음은 멈췄다. 발걸음이 멈춰지면 지겹
> 도록 그곳에 머문다. 있을 수 있는 것은 행복한 사람이다. 도쿄에서 그런
> 짓을 하면 바로 전차에 깔려죽는다.10)
> "진짜로 전차야?" 라고 되물었다. 그 때 요지로(与次郎)는 껄껄 웃으면

    計画百年」(東京都, 1989), 田村明「江戸東京まちづくり物語」(時事通信社,
    1992), 越沢明「東京都市計画物語」(筑摩書房, 2001)참조.
 9) 金子春夢編 『東京新繁昌記』,東京新繁昌記発行所, 1897
10) 夏目漱石 『草枕』(『漱石全集』第3巻, p.118)

서 "전차를 타고 도쿄를 열 대 여섯 번 돌면 그 사이에 저절로 만족하게
될 거다"라고 한다.[11]

전차가 도쿄의 표상으로 자리 잡았음을 잘 보여주고 있다. 시구개
정을 통해 변화한 것은 단지 상·하수도의 정비와 마차와 인력거를 대
신해 도로를 달리는 전차와 자동차의 모습뿐만이 아니었다. 이러한 도
시기반시설을 바탕으로 긴자(銀座)와 마루노우치(丸の内)를 중심으로 하
는 새로운 도시의 풍경이 탄생했다. 1894년(메이지 27)에는 근대적 오피
스빌딩인 미쓰비시(三菱) 제1호관이 탄생했으며, 1911년까지 벽돌(赤煉
瓦) 건축물이 잇초(약 백 미터를 이르는 단위)까지 이어져 '잇초런던(一丁倫
敦)'이라고 불리기도 했다. 1914년 도쿄 역이 완성되면서 마루노우치
(丸の内) 비즈니스 거리는 미유키(行幸) 거리를 따라 북쪽으로 확장되기
시작했으며, 7층 철근 콘크리트로 건축된 미국식 오피스빌딩을 비롯
하여 도쿄해상빌딩, 일본 최초의 최신식 빌딩인 마루빌딩(丸ビル) 등이
계속해서 탄생한다.

도심 풍경뿐만 아니라 생활양식의 면에서도 많은 변화가 있었다.
서양식 이발소의 보급으로 1880년에는 이미 도쿄 남성의 3분의 2가
이발을 했으며, 6년 후에는 그 비율이 90%에 달했다고 한다. 또한 메
이지의 신여성들은 퐁파두르를 선호하여, 메이지 중기 이후에는 게이
샤나 홍등가(紅燈街)의 여성들 중에도 양장을 한 이들이 등장했으며,
세기의 전환기에 접어들 무렵에는 '하이칼라'라는 말이 유행했다. 1887
년 처음으로 발매를 시작한 맥주는 하이칼라들의 기호품으로 자리 잡

---

11) 夏目漱石 『三四郎』(『全集』第5巻, p.316)

앉으며, 1899년 7월 4일에는 신바시(新橋)에 최초의 비어홀을 개점하기에 이르렀다. 소세키의 『춘분무렵까지(彼岸過迄)』의 주인공 게타로(敬太郎)는 "마시고 싶지도 않은 맥주"[12]를 분위기 상 어쩔 수 없이 마실 정도로 맥주는 이미 경이로운 신문물이 아니라, 일상생활 속에 자연스럽게 녹아 있었음을 엿볼 수 있다. 맥주뿐만이 아니라 커피의 보급도 시작되어, 1888년에는 우에노(上野) 공원 근처에 최초의 다방(喫茶店)이 등장했다. 1886년, 전통적인 포목점으로 출발한 시로키야(白木屋)에서는 처음으로 양복을 취급하기 시작했으며, 점포 안에 도쿄에 몇 안 되는 전화기를 갖추기도 했다. 1904년, 미쓰코시포목점(三越呉服屋)이 영업을 개시한 이후, 1908년에는 백화점으로 체계를 갖추었고, 시로키야도 이에 맞서 새로운 점포를 개장했다. 레코드와 축음기가 보급되기 시작한 것도 이 무렵이다. 또한, 1911년 교바시(京橋)에는 카페 쁘랭탕이 등장했으며, 이듬해에는 택시도 등장한다.[13]

한편, 시구개정 사업에 관해서는 정치·경제계의 인사들뿐만이 아니라 당시의 문학자들도 적극적으로 의사를 개진하는데, 그 대표적인 인물이 모리 오가이(森鴎外)와 고다 로한(幸田露伴)이다.

모리 오가이는 1890년(메이지 23)에 「시구개정논략(市区改正論略)」을 발표하며 도쿄의 도시개조에 대한 적극적인 관심을 나타냈다. 이후에도 계속하여 시구개정에 관한 다양한 논문을 발표한다.[14] 1911(메이지

---

12) 夏目漱石『彼岸過迄』(『全集』第7巻, p.3)
13) 槌田満文『東京記録文学事典』(柏書房株式会社, 1994), 吉原健一郎·大濱徹也編『江戸東京年表 増補版』(小学館, 2002), 小木新造 外編『江戸東京学事典 新装版』(三省堂, 2003) 참조.
14) 1889(메이지 22)년 1월 5일부터 2월 9일까지 6회에 걸쳐 『東京医事新報』에

44)년에 발표한 소설 『妄想』에서도 시구개정을 의식한 위생이나 도시
경관에 관한 묘사가 보인다.

> 지금까지 옆으로 늘어서 있던 집을 위로 포개 올리기 보다는 상수나
> 하수라도 개량하는 게 좋을 것이다. (중략) 도쿄의 가옥의 처마 높이를
> 일정하게 해 정연한 외관의 미를 만들자고 하고 있다. 그 때 나는 그런
> 군인들이 죽 늘어선 것 같은 거리는 아름답지 않다. (중략) 베네치아의
> 거리 모습처럼 이런 저런 모양이 뒤섞인 미관을 만들려고 노력하는 것이
> 좋을 것이라 했다.15)

오가이가 주로 위생이나 도시경관에 주목한 논의를 전개했다고 하
면, 고다 로한은 도쿄 시민으로서 가져야 할 유대감을 강조했다. 그는
도쿄에 애착을 갖고 "세계의 도쿄"로 만들어 가자는 이상론을 펼친다.
예컨대, 「일국의 수도(一国の首都)」(1900)라는 제목의 글에서 "수도는 실
로 일국의 운명을 결정하는 중추기관"이므로, "예전에 소위 에도코(江
戸っ子)가 에도를 사랑했던 것처럼 불타는 정열과 의욕을 갖고 지금의
시민은 우리 도쿄를 사랑"해야 한다고 주장한다.

이처럼 시구개정 사업을 전후로 한 이 시기의 특징 가운데 하나는
도쿄에 대한 관심이라고 할 수 있다. 도쿄를 자기들의 도시(수도)로 인
식해 가는 과정은 자신들을 도쿄인으로 인식해 가는 과정과도 맞물려
있다.

메이지 20년경까지 '東京'의 호칭은 '도쿄'와 '도케이(とうけい)'16)라는

「市区改正ハ果シテ衛生上ノ問題ニ非サルカ」를 발표하였고, 다음 해에는
「市区改正論略」을 『国民之友』에 발표했다.
15) 森鴎外『妄想』(『鴎外全集』第8巻, 岩波書店, 1972, p.208)

명칭이 병존하고 있었다. '도쿄'라고 부르는 사람들은 메이지 국가를 예찬하는 자들이며, '도케이'라 부르는 사람들은 그 반대로 메이지국가와 그 개혁에 반발하며 에도코를 자칭하는 자들이 많았다.[17] 이는 곧 18세기 중반 이후 에도인들이 에도코 인식을 갖게 된 것처럼, 이 시기의 도쿄인들도 자신들이 도쿄인임을 인식하고 규정해 가기 시작했음을 나타낸다.[18]

도쿄에 대한 관심은 앞서 언급한 것처럼 수도 도쿄를 개선하고 개혁해 가고자 하는 방향으로 나타날 수도 있고, 에도에 대한 찬미와 에도회귀(回歸)의 경향과 맞물려 복합적인 양상을 띠는 경우도 있다. 후자의 경우, 에도코의식의 공식적인 부활이라고 할 수 있는 '에도카이(江戶會)'의 등장이 계기가 되었다. 에도의 옛 관료들(舊幕臣)들을 중심으로 1889년(메이지 22)에 결성된 이 모임은 에도회고(回顧)・에도지향의 성향이 강했으며, 이러한 에도회귀 붐을 타고 '에도개부 300년제(江戶開府三百年祭)'[19]를 개최하거나, 에도에 대한 기록을 정리한 『江戶会

---

16) '도케이'는 교토에 대한 대항의식이 나타난 호칭이었는데, 차츰 교토에 대한 대항의식에서 수도 도쿄, 세계 속의 도쿄라는 의식으로 확대해 간다.

17) 日本風俗史学会編著『史料が語る明治東京100話』(つくばね舍, 1996)

18) 메이지 초기에는 에도막부가 해체되면서 많은 무사들이 도쿄를 떠났고, 새로운 인구의 유입도 적어 도쿄의 인구는 급격히 감소한다. 따라서 이 시기의 도쿄인들은 굳이 자신들이 에도코임을 내세울 필요가 없었다. 도쿄에 대한 관심 역시 지방출신 인구가 늘어나게 되면서부터라고 할 수 있다. 교카(狂歌) 중에 「도쿄에서 태어난 제비라고 하더라도 철새다(東京に生まれ燕は寄留籍)」(『團々珍聞』메이지 14年1月8日)라는 싯구가 있는데, 이는 본적을 고향에 두고 도쿄로 이주하여 온 유입층(=寄留籍)이 새로운 인구층으로 등장했음을 시사한다.

19) 1950년(天正18) 8월 1일 이에야스(家康)가 간토(関東)에 입부(入府)한지 300년이 된 것을 기념하여, 메이지22년 8월 26일에 우에노 공원에서 개최된 축전행사이다. 옛 막부관료들의 에도에 대한 회고, 에도지향이 하나의 통합된

誌』가 간행되기도 했다. 주로, 도쿠가와 치세(治世)를 예찬하거나 사라 져가는 에도에 대한 회고, 신정부에 대한 비판이 담겨져 있다.

시구개정에 부정적이며 파괴되어 가는 에도에 강한 애정을 보인 대표적인 작가로 나가이 가후(永井荷風)를 들 수 있다. 다음 인용문은 서양을 동경하여 자국문화를 돌아보지 않는 풍조를 비판하고, 도쿄 속의 에도의 미(美)를 그린 것으로 유명한 『히요리게타(日和下駄)』(1910-11)[20] 의 일부이다.

> 오늘날 도쿄의 거리모습은 긴자에서 니혼바시로 이어지는 거리는 물론 우에노의 히로코지 아사쿠사의 고마가타 거리를 위시로 어느 곳이나 서양을 모방한 건축물과 페인트를 칠한 간판, 볼 품 없는 가로수, 어디든 아무렇지도 않게 서 있는 전신주도 또한 복잡한 전선줄 때문에 정적의 미를 지키고 있던 에도 시가(市街)의 정돈된 모습을 잃어버렸다. 더군다나 아직 음률적인 활동미가 있는 서양의 시가지 반열에 들지도 못한다.[21]

> 현재의 도쿄를 거니는 것만큼 처참 하리 마음을 아프게 하는 곳도 없을 것이다. 오늘 지나며 보았던 절문, 어제 잠시 쉬었던 길가의 큰 나무도 다음에 다시 올 때는 필시 임대 주택이나 제조 공장으로 변해있을 거라 생각하면 그다지 유서가 없는 건물도 또 수령이 얼마 되지 않은 나무들도 왠지 고풍스럽고 또 슬프게 보게 되는 것이다.[22]

모습으로 나타난 것이라 할 수 있다.

20) 『日和下駄』는 1910년(다이쇼 3) 8월부터 이듬해 9월까지 9회에 걸쳐 『三田文學』에 연재되었던 수필이다. 수정·가필을 거친 후, 이듬 해 11월에 『日和下駄 全』(籾山書店)으로 간행되었다. 「一名東京散策記」라는 內題가 붙어 있다.

21) 永井荷風 『日和下駄』(『日本近代文學大系』29, 角川書店, 1974, p.393, 이하 『大系』로 표시)

이러한 에도회귀 경향은 단순히 신정부를 비판하기 위한 것이 아니라, 급속한 근대화 과정에서 잃어버린 에도시대의 가치관이나 규범, 문화를 재조명함으로서, 현재의 수도 도쿄를 개선하고 개혁해 가고자 하는 의지와도 맞물려 복합적인 양상을 띠고 있다.

다음은 에도적인 것과 도쿄적인 것의 가치가 혼재하고 길항하는 이와 같은 양상을 동시대인의 심상의 측면에 초점을 맞추어 살펴보기로 하겠다.

2 도쿄를 둘러싼 복안(複眼)적 심상지리

1909년에 출판된 이시카와 덴가이(石川天崖)의 『東京学』은 전형적인 도쿄안내 서적으로, 당시 팽창하는 도쿄의 모습과 이에 따른 폐해를 여러 각도에서 조명하고 있다. 여기서 도쿄는 "동양 제일의 도회인 동시에 동양 제일의 생존경쟁이 극렬한 장소"이며, "극렬한 정신상의 고된 노동"으로 인해 생명을 오래 유지할 수 없어 미망인이 많고, 병자와 정신병자, 범죄자가 많아 자손대대로 영주할만한 곳이 못되며, 도쿄의 어린이는 지방의 어린이에 비해 정신력 소모가 크고 신경쇠약에 걸릴 확률이 높다고 언급하고 있다. 또, "고상한 도덕적 사려(念慮)"가 사라지고, 술이나 "욕정(肉慾)"에 휘말려 타락하기 쉬우며, 결과적으로 '정신'적인 면에서나 '신체'적인 면에서 볼 때 도쿄는 사람이 살기에 가

---

22) 永井荷風『日和下駄』(『大系』29, p.378)

장 부적합한 곳이라고 표현하고 있다. 같은 시기에 발행된 霞崖散史
의 『立志成功 東京生活』(盛文社, 1909) 역시 도쿄가 "성공의 도시"이면
서 동시에 "실패의 도시"라는 점을 들어 대도시 도쿄가 지니고 있는
명암을 잘 보여주고 있다. 이들 지방출신 도쿄 거주자나 지방에 있는
출경 예정자를 겨냥한 '도쿄론' 내지는 도쿄 유학안내 서적23)에서 공
통적으로 발견할 수 있는 것은 대도시 도쿄가 안고 있는 수많은 부정
적 폐해에도 불구하고, 치열한 생존경쟁의 "전장(戰場)"(=도쿄)에서 성공
하기 위한 구체적인 방법을 제시하고 있는 점이다. 예컨대, 도쿄로 출
경할 때의 마음가짐이라든가, 입신(立身)의 방법, 도쿄에서의 구직법,
도쿄 사람들과의 교제법, "도쿄인사(東京人士)"와 "지방인사(地方人士)"를
구분하는 인물관찰법, 하숙집에 관한 내정(內情), 은행 거래법, 부(富)의
유지법에 이르기까지 매우 구체적으로 기술되어 있다. 이러한 도쿄를
둘러싼 논의들은, 그것이 부정적이든 긍정적이든 간에 도쿄를 향한 동
시대인의 열망이 얼마나 컸는지를 잘 보여주고 있다.

　　모든 정치상의 기관이 모두 이곳에 모여 있다. 따라서 상공업은 물론
　이거니와 그 밖의 교육·미술·공예 내지는 종교 등 모든 것의 중심이라
　는 것은 전부 이곳 도쿄에 있다. 즉 모든 문화라는 것은 이 도쿄를 발원
　지로 하여 일본 전국은 말할 것도 없고 청나라와 조선에 까지 이르고 있
　음에 그 세력의 위대함은 짐작할 수 있을 것이다. 또 사방에 큰 건물과

---

23) 유학안내서의 효시 격은 『東京留学案内』(下村泰大編, 春陽堂, 1885)이나,
　　본격적인 학교안내 가이드북은 『東京遊学案内』(1890-1892, 매년 1회 내지 2
　　회 간행)라고 할 수 있다. 이 안에는 유학 시의 마음가짐, 학비, 상경 전에
　　미리 보증인을 확보해 둘 것, 감기나 각기에 걸리지 않도록 유의할 것, 정치
　　분위기(政治熱)에 휩쓸리지 않도록 할 것 등이 기술되어 있다.

높은 누각이 즐비하게 세워져 있고, 마차는 질풍처럼 종횡하고 있으며
길 가는 사람들은 화려하고 요염한 비단 옷을 걸치고 있으며, 휘황찬란
한 설비는 어느 것 하나 모자람이 없다. 낮에는 형형색색의 옷을 입은
사람들이 사람들의 눈을 사로잡고, 밤에는 전등과 가스등이 찬연히 빛을
발해 불야성을 연출해 그야말로 「하나노미야코(花の都)」라는 말이 무색
하지 않다.[24]

　나는 가끔씩 긴(일본 장기짝 중의 하나로 金將의 준말·역자 주)과 교샤(香
車, 일본 장기짝의 하나로 앞으로만 몇 칸이고 나아갈 수 있다·역자 주)를 쥔 주
먹을 머리 위로 뻗어 한껏 하품을 해댔다. 나는 도쿄에 대해 생각했다.
그리고 터질 듯한 심장의 핏줄기 깊숙이에서 힘차게 요동치는 심장의 고
동 소리를 들었다.[25]

　이들의 시야에 비쳐진 도쿄의 모습은 모든 것이 갖추어져 있는 문
명의 중심지="하나노미야코"였으며, "현재도 세계에서 손꼽히는 도시
지만 장차 세계 제일의 도시가 될 것"이라는 희망과 밝은 미래를 약속
하는 기회의 땅이라고 여겼다. 실제로 이 시기가 되면 학업과 일, 출세
를 목표로 고향을 떠나 도쿄로 상경하는 유입 인구가 늘어났으며,[26]
이 가운데에는 입신출세의 기회를 잡은 사람, 도시 생활에 적응하지
못하고 다시 귀향하는 사람, 고향에서 보내온 돈을 유곽 출입이나 유

---

24) 石川天崖『東京学』, 育成舍, 1909, pp.1-2
25) 夏目漱石『心』(『漱石全集』第9巻, 岩波書店, 1994, p.64, 이하『全集』으로
　　표기)
26) 1877년(메이지 10)년의 인구조사에 의하면, 도쿄의 인구는 본적(本籍) 인구
　　85%에 대해 기류(寄留) 인구가 15%였던 것이, 1890년에는 73% 대 27%로 증
　　가하고, 1920년(다이쇼 9)에 이르면 53% 대 47%로 유입인구가 거의 반에 가
　　깝게 육박한다. 高橋勇悦『東京人の横顔 大都市の日本人』, 恒厚社厚生閣,
　　1995, p.8

홍으로 탕진하는 불량학생도 다수 포함되어 있었다. 졸업자와 학업을 마치지 못한 폐학(廢學)자의 비율이 2:8이라는 당시의 기록[27]을 보더라도, 당시 '상경유학청년(上京遊學靑年)'의 타락상은 부모는 물론 사회의 커다란 고민거리였음을 알 수 있다. 메이지 초기 '서생(書生)'들의 경박한 풍조를 묘사하고 있는 쓰보우치 쇼요(坪内逍遥)는, 자신이 『一読三歎 当世書生気質』(1885-86)에서 묘사한 인물들은 그래도 "서생계의 상류"에 속하는 편이라고 언급하면서, 당시 '타락 서생(墮落書生)'이나 '부패 서생(腐敗書生)'의 실상이 심각함을 경고한 바 있다.[28]

한편, 1910년을 전후한 시기는, 유신 이후 약 20여 년 간의 문명개화기를 거치면서, 구화만능의 세태와 급격한 도시화에 따른 여러 부작용들에 대해 고민하기 시작했는데, 이는 바꾸어 말하면 문명·서구화된 자신들의 모습을 상대화할 수 있는 복안적 시야를 갖추게 되었음을 의미한다. 다음은 문명의 상징인 '전차' 소리에 대해 상반된 반응을 보이고 있는 흥미로운 예문이다.

> 산시로(三四郎)가 도쿄에서 놀란 것은 많이 있다. 첫 번째 전차가 땡땡 소리를 내는 것에 놀랐다. 그리고 땡땡거리는 사이에 아주 많은 인간들이 타고 내리는 것에 놀랐다. 다음으로 마루노우치(丸の内)에서 놀랐다. 가장 놀란 것은 아무리 가도 도쿄가 끝나지 않는 것이다.[29]

그 현기증 나는 도쿄의 하숙 2층 방에서 먼 곳을 달리는 전차 소리

---

27) 「学生と其廃学」『太陽』1897年 10月号, p.257 (竹内 洋『立身出世主義 増補版』, 世界思想社, 2005, p.36에서 재인용).
28) 竹内 洋『立身出世主義 増補版』世界思想社, 2005, p.34
29) 夏目漱石『三四郎』(『全集』第5巻, p.293)

를 들으면서 페이지를 한 장, 한 장 넘기며 책을 읽는 편이 의욕도 느껴지고 해서 기분 좋게 공부를 할 수 있었다.[30]

첫 번째 예문은 대학 입학을 위해 도쿄에 갓 상경한 산시로가 전차 소리에 놀라는 장면이며, 다음 예문에서는 같은 전차 소리를 일상의 소리로 받아들이고 있으며, 오히려 기분 좋은 의욕을 불러일으키는 것으로 묘사되어 있다. 산시로가 경이로운 눈으로 바라보았던 전차, 많은 사람들, 마루노우치, 끝없이 펼쳐질 것 같은 근대도시 도쿄의 위풍은『마음(心)』의 주인공 '나(私)'에게는 이미 익숙한 일상의 일부로 받아들일 수 있는 여유가 생겼음을 의미한다.

이러한 복안적 심상을 읽을 수 있는 또 한 예로는, 에도에 대한 관심과 새로운 가치 부여의 움직임을 들 수 있다. 이른바 에도붐(江戸熱)이라고도 할 수 있는 사회·문화적 현상이 일어나는 시기도 바로 이 무렵이다. 문예지『新小說』(1911) 4월호에는「江戸硏究」라는 제목으로 에도에 관한 특집호가 마련되었으며, 시바타 류세(柴田流星)의『남겨진 에도(残された江戸)』등은 문명개화기 이래 서구화 일변도로 흘러가고 있는 도쿄에서 잊혀져가는 에도에 대한 향수를 불러일으키고 있다. 나가이 가후의『히요리게타』는 그 전형적인 텍스트라고 할 수 있다. 도쿄 산책기(散策記)의 형식을 취하고 있는 이 글은 에도와 도쿄라는 신구 도시의 상대화를 통해, 신흥도시 도쿄가 갖고 있는 양면성, 그 가운데에서도 도쿄의 서구화된 겉모습보다는 겉으로는 드러나지 않는 에도적인 모습에서 가치를 찾고 있다. 나가이 가후를 비롯하여 에도의

---

30) 夏目漱石『心』(『全集』第9卷, p.112)

잔상(殘像)에 대해 무한한 애정과 예찬을 보내고 있는 에도열기는, 다른 한편으로는, 에도와 도쿄를 상대화시킬 수 있는 시야가 정립되었음을 의미하며, 이는 문명개화기를 거치면서 형성된 이 시기의 큰 특징이라 할 수 있을 것이다.

이러한 일련의 에도회귀적 경향은 앞서 언급했던 메이지 정부 측이 주도하여 도쿄 외관을 근대도시로 바꾸어 갔던 도쿄 시구개정 사업과도 깊은 관련이 있다. 이 대대적인 도시계획으로 인해 아직 에도정취를 간직하고 있던 도쿄 경관이 상당 부분 사라지게 되었으며, 이를 둘러싸고 사라져 가는 에도에 대한 아쉬움과 도쿄를 수도로 받아들이고자 하는 심상이 교차하게 된다.

> 그 무렵 도쿄는 시구개정으로 번잡했다. 메이지 초의 도쿄는 점차 새로운 일본제국의 수도로서 건설되고 있었다. 구 가옥은 나날이 줄어만 갔고 외국풍의 건물은 늘어만 갔다. 니혼바시(日本橋) 주변 거리가 재건축된다는 소문에 "무리하게 서양풍으로 만드는 것도 한번 생각해 볼 일이다. 일본의 옛 가옥들이 오히려 수도의 미관을 살리고 있지 않은가?"라는 등의 기사가 신문 등에 실렸다. 그러나 새로운 도시의 요구는 도시 전체로 팽창되어 가득했다. 오나리가도(御成街道)는 눈 깜짝할 사이에 대로(大路)와 거리, 도로로 확장되었다. 교량의 교체, 화소지(火消地)의 철폐, 좁은 길의 개량 등, 옛 에도는 하루가 멀다 하고 파괴되고 있었다.[31]

다야마 가타이는『도쿄 30년(東京の三十年)』에서 도쿄 시구개정 사업으로 인해 옛 에도가 하루가 멀다 하고 파괴되어 가고 있음을 안타깝

---

31) 田山花袋 『東京の三十年』(岩波書店, 1988, p.97)

게 생각하면서도, 그 이면에 "새로운 도시의 요구"가 존재했었음을 언급하고 있다.

> "그런 약한 말씀 하시면 안돼요. 곧 나아지시면 도쿄에 놀러 오실 거잖아요. 어머니랑 같이. 다음에 오시면 아마 깜작 놀라실 거예요. 변해 있어서. 전차의 새로운 노선만 해도 아주 많이 늘어났으니까요. 전차가 다니게 되면 자연히 거리 모습도 바뀌고 게다가 시구개정도 있고……도쿄가 가만히 있을 때는 아마 하루 중에 단 1분도 없다고 해도 좋을 정도예요.[32]

> 도쿄는 현기증이 나는 곳이다. 겐로쿠 시대와 같은 옛날에 100세의 장수를 누린 것은 메이지시대에 3일을 살아남은 것보다 단명이다. 다른 곳에서는 사람들이 뒤꿈치로 걷고 있다. 도쿄에서는 발끝으로 걷고 있다. 물구나무서기를 한다. 옆으로 걷는다. 성질이 급한 이들은 날라서 온다.[33]

위의 두 예문에서는 끊임없이 늘어가는 전차 노선과 시구개정 등으로 하루가 멀다 하고 변모해 가는 도쿄의 변화무쌍함과 이를 쫓아가기 위한 동시대인들의 벅찬 일상이 엿보인다. 이는 에도적인 것과 도쿄적인 것의 길항이 도쿄의 외형적인 면뿐만이 아니라, 도쿄 시민 개개인의 일상과 심상에도 깊은 영향을 미쳤음을 의미한다.

입신출세를 위해 상경한 시골청년 게타로(敬太郎)는 1910년대의 도쿄에서 분주한 나날을 보내지만 오히려 친구인 스나가(須永)는 도시적인 것에 그다지 가치를 두고 있지 않다. 오히려 에도적인 사고와 생활

---

32) 夏目漱石 『心』(『全集』第9卷, pp.130-131)
33) 夏目漱石 『虞美人草』(『全集』第4卷, p.67)

방식을 체현함으로서 게타로와는 차이를 보인다.

그는 섬세한 에도식 개화의 품 속에서 아무 걱정 없이 자란 도련님을
연상하지 않을 수 없었다. 첫째로 스나가가 가쿠오비를 정연히 메고 흐
트러짐 없이 앉는 것부터가 그에게는 이상하게 보였다. 거기에 나가우타
를 좋아한다는 어머니 (중략) 그는 도쿠가와 시대의 칙칙한 공기가 아직
도 떠다니는 검은 옛 건물이 죽 들어선 뒷골목에 자리 잡고 있는 집에
(중략) 한 달에 한번 씩 가키가라쵸의 스이텡구와 후카가와의 후도를 참
배하고(하략)[34]

게타로의 눈에는 스나가의 '에도식' 생활방식이 "이상하게"게 비춰지
고 있으며, "구폐(舊弊)한 짓을 당연한 듯 행하고 있는" 스나가를 향해,
"청년이 저래서는 안 된다"고 비난하기도 한다. 그러나 다른 한편으로
는 자신도 "저렇게 한번 해보고 싶다"고 하는 모순된 생각을 갖는다.
이처럼 동시대를 살아가는 두 청년의 서로 다른 삶의 방식에서, 에도
적인 것(=전통)과 도쿄적인 것(=근대)의 가치가 혼재하고 길항하는 당시
의 시대상과 함께 동시대인의 심상을 엿볼 수 있다.

③ 또 하나의 도쿄 지리
−'국민국가'를 향한 두 가지 양상의 심상지리−

1911년 8월, 나쓰메 소세키는 「현대 일본의 개화(現代日本の開化)」[35]

---

34) 夏目漱石『彼岸過迄』(『全集』第7卷, pp.48-49)
35) 1911(메이지 44)년 8월, 와카야마(和歌山)시에서의 강연(『漱石全集』第21卷,

라는 제목의 강연에서 외발적이고 표피적인 일본의 근대화를 비판하고, 외발적 개화보다는 서양과 같은 내발적 개화, 즉 자기본위를 실현하는 것이 필요하다고 하다고 주장한다. 그리고 소세키의 이 강연 보다 40여 년 앞선 메이지 초기에 후쿠자와 유키치(福沢諭吉[1835-1901])는 『학문의 권장(学問のすゝめ)』(1872-76)이나 『문명론의 개략(文明論之槪略)』(1875) 등을 통해 실용을 위한 학문과 문명개화의 필요성을 역설한다. 두 사람 모두 일본에 대한 애정을 바탕으로 일본인이 무엇을 찾고, 무엇을 문제로 삼아야 하는지를 고민하고, '개화'의 필요성을 인식하고 있었다는 점에서는 공통되지만, 1910년대가 되면 이에 더하여 근대와 문명, 개화에 대한 일본인의 주체적인 자세(=내발성)를 강조하고 있는 점에서 차이를 보이고 있다. "현대 일본의 개화를 지배하고 있는" "서양의 조류"를 대할 때마다 "식객처럼 부자연스러운 기분"을 느낀다는 소세키의 고백 속에서 문명개화기 이후의 지식인들에게 던져진 과제의 무게를 짐작할 수 있다.

지금까지 살펴 온 바와 같이 문학 속에 그려진 전환기 메이지의 도쿄표상과 일본인들의 심상은 '일본/ 서구', '에도/ 도쿄', '문명/ 전통' 등과 같은 이항대립의 개념이 교차하고 길항하는 가운데에 구축되고 형성되었음을 읽을 수 있었다. 그러나 여기서 또 하나 간과해서는 안 될 중요한 점은, 소세키를 비롯한 동시대인들이 고민했던 일본 근대의 문제가, 지금까지 언급해 왔던 개화나 문명화를 둘러싼 길항만은 아니었다는 점이다. 본격적인 근대국가로의 진입을 알리는 이 시기는 바로

岩波書店, 1979).

본격적인 국민국가로의 진입의 시기이기도 했기 때문이다. 러일전쟁이 한창이던 1905년 도쿄를 둘러싼 두 가지 양상의 심상지리는 근대국가와 국민국가가 아무런 모순 없이 만나게 되는 접점과 교차의 지점을 잘 보여주고 있다.

러일전쟁(1904-05)은, 수도 도쿄의 외관뿐만 아니라 도쿄시민의 내면에도 많은 변화를 초래한다. 러일전쟁의 전시와 전후를 관통하며 형성된 '거국일치(擧國一致)'의 양상은 이제까지의 '에도·도쿄인'의 모습과는 다른 형태의 '국민'의 모습을 창출해 가는데, 사회학자 나리타 류이치(成田竜一)의 표현을 빌자면, "국가와 일체화되어, 전첩을 축하하는 자로서의 '국민'의 모습"이 바로 그것이다. 즉, 러일전쟁을 계기로 "국가를 위해 죽는 병사들이 생겨나고, 그 병사들의 심정(心情)과 일체화하는 사람들의 모습"을 볼 수 있으며, "그들은 소리를 높여 '만세'를 부르고, 신체와 소리, 감정을 공유"하게 되는 것이다.[36]

마찬가지로 도쿄 또한 이제까지의 도쿄의 모습과는 다른 형태의 도시로 탈바꿈해 간다. 예컨대, 러일전쟁에서의 첫 승리를 기념하기 위한 '시민대축첩회(市民大祝捷會)'가 히비야(日比谷) 공원에서 대대적으로 열리고,[37] 신바시(新橋)를 비롯한 교바시(京橋)구, 간다(神田)구 등의 도심에는 장군이나 각종 함대의 개선을 환영하기 위한 개선문(凱旋門)이 세워진다. 이와 같은 시민들의 자발적 혹은 '국가'에 의해 동원되어진

---

36) 小森陽一·成田龍一編著 『日露戦争スタディーズ』, 紀伊国屋書店, 2004, p.120

37) 1904년(메이지 37) 5월 8일 히비야 공원에서 열린 이 축하회에는 10만 여명의 인파가 몰려들었으며, 행렬 인파의 대혼란으로, 20여명의 사상자를 내기도 했다. 吉原健一郎·大濱徹也編 『江戸東京年表 増補版』(2002) 참조.

통합된 형태의 축하행사는 제도(帝都)로서의 면모뿐만 아니라 '제국'의 반열에 들어선 자국의 위상을 공유하려는 일본인들의 심상을 잘 보여주고 있다. 이러한 수도 도쿄의 축하모드는 이미 청일전쟁(1894-95년)에서 기틀이 마련되었지만, 1904년 2월 제물포 해전의 승리를 비롯해, 같은 해 9월 요동 점령, 1905년 1월 여순 점령 등의 연이은 승전 소식을 계기로 더욱 조직화되어 갔다고 할 수 있다.

러일전쟁 최대의 격전지였던 여순(旅順) 203고지를 점령하면서, 성공적으로 여순에 입성하던 1905년 1월, 바로 같은 해, 같은 달, 나쓰메 소세키는 그의 소설 데뷔작이기도 한『나는 고양이로소이다(我輩は猫である)』를 발표한다.

"아직 이름도 없는" "무명의 고양이"의 시점으로 전개되고 있는 이 소설은 러일전쟁을 배경으로 하고 있지만, 여순 공략을 기점으로 최고조에 달했던 당시의 저널리즘의 과열 양상은 물론, 앞서 언급한 "축하하는 자로서의 '국민'의 모습"과는 거리가 멀다. 예컨대 '고양이'의 주인 '구샤미(苦沙弥) 선생'은 일본군의 여순 함락 여부보다는 '간게쓰(寒月) 군'의 여자 문제에 더 관심을 보이고, "여순을 함락시켰다고 해서 대단한 북새통"[38]을 이루었다는 도쿄 시내를 산책삼아 나간다거나, 산책을 하면서도 "게이샤(芸者)"에 대한 인물평이나 기모노에 관한 묘사로 일관하고 있다. 이는 승전 소식으로 들떠있던 당시의 도쿄의 분위기와 겹쳐 생각할 때, 매우 이질적인 느낌을 안겨준다. 역시 러일전쟁을 배경으로 하고 있는『풀베개(草枕)』(1906)의 경우도 앞서 언급했던

38) 夏目漱石『我輩は猫である』(『全集』第1卷, p.28)

1905년의 도쿄 도심의 시·공간을 비켜가고 있다.

> 배로 규이치(久一) 씨를 요시다(吉田)의 정거장까지 배웅한다. 배에 탄 사람은 전송 받는 규이치 씨와 바래다주는 노인, 나미(那美) 씨와 나미 씨의 사촌오빠, 짐 나르는 걸 도와주는 겐베에(源兵衛), 그리고 나다. 나는 물론 그냥 동행하는 사람에 지나지 않는다. (중략) 니혼바시(日本橋)에 서서 전차의 깃발을 흔드는 지원자도 나오게 된다. 강태공이 규이치 씨의 울먹거릴 것 같은 얼굴에 아무런 설명도 구하지 않았던 것은 다행이다. 돌아보니 태평스레 낚시찌를 바라보고 있다. 아마 러일전쟁이 끝날 때까지 지켜볼 것 같은 기분이다. (중략) 나는 사생첩을 꺼내어, "봄바람에 느슨해져 풀리는 공단의 글은 무엇인가"라고 적어 보인다.[39]

전쟁에 이끌려나가는 "울먹거릴 것 같은 얼굴"을 한 청년을 배웅하는 사람들과 그냥 동행(御招伴)하게 된 '나'의 시선에 비친 도쿄의 풍경은 더 없이 여유롭고 평화롭기만 하다. 이어서 규이치가 타고 떠나게 될 '20세기 문명'을 상징하는 '기차'에 대한 '나'의 장황한 비판은, 도쿄의 도시문명에 대한 비판인지, 전쟁 상황에 대한 비판인지 그 경계를 모호하게 한다. 그러나 떠나는 규이치를 "지금까지 본 적 없는 애련이 가득한 얼굴"로 응시하는 '나미'를 매개로, 전쟁터로 끌려가는 '규이치'의 슬픔에 공감하는 '나'의 모습을 엿볼 수 있으나, 그것은 어디까지나 '나미'의 모습에 기댄, 매우 소극적인 공감이라고 할 수 있다. 이는 소세키의 작품 곳곳에 보이는 산책자 혹은 동행자, 방관자적 시점과 맞닿아 있다.

메이지유신 이후의 일본의 행방을 크게 바꾸어 놓았던 러일전쟁을

---

39) 夏目漱石『草枕』(『全集』第3卷, pp.161, 163, 164)

포함하여, 전환기의 한가운데에 놓여있던 1905년의 도쿄 도심의 풍경
은, 국민국가를 지향한 것도, 그렇다고 반(反)국민국가를 지향한 것도
아닌 '산책자=동행자=방관자'의 입장에 머물렀던(혹은 머무를 수밖에 없었
던) 작가 나쓰메 소세키의 심상지리, 더 나아가서는 전환기 메이지인의
심상지리로 전회(轉回)하고 있는 것이다.

　"유신(維新)의 지사(志士)와 같은 치열한 정신으로 문학을 해 보고 싶
다"[40]는 소세키의 신념은 전쟁과 국가주의, 근대문명에 대한 끊임없는
회의와 비판적 정신이었음은 논의의 여지가 없으나, 이러한 소세키의
신념 안에 일본 제국주의에 대한 비판 의식이 포함되어 있었을지는 의
문이다. 왜냐하면, 러일전쟁 이후, 그 승리의 결과로 획득한 식민지 지
배에 대한 정당성을 믿어 의심치 않았던 동시대의 분위기와 동시대인
이 공유했던 심상에서 소세키 또한 그리 멀리 있지 않았기 때문이
다.[41] '국민국가'를 향한 두 가지 양상의 심상지리는, 실은 일본 제국

---

40) 스즈키 미에키치(鈴木三重吉) 앞으로 보낸 서간문(1906년 10월 26일자).『漱
　　石全集』第22巻, 岩波書店, p.606 (維新の志士の如き烈しい精神で文学を
　　やつて見たい＜鈴木三重吉宛、一〇・二六付＞)
41) 박유하는 나쓰메 소세키와 제국주의의 관계를 언급하면서, 당시의 제국주의
　　가 군사적・정치적 레벨보다도 감수성의 레벨에 정착되어 있었으며, 소세키
　　는 정치적으로는 제국주의적인 태도를 부정했지만, 자신도 자각하지 못한 레
　　벨에서, 동시대의 제국주의적인 '감수성'을 분명히 공유하고 있었음을 지적하
　　고 있다. 「'인디펜던트'의 함정 -나쓰메 소세키에 있어서의 전쟁・문명・제
　　국주의」(『나쓰메 소세키(夏目漱石) 文学研究』창간호 2001[No.1]). 또, 윤상
　　인은 소세키가 남긴 기록 중에는 그가 국가주의자 내지 제국주의자일 수 있
　　는 혐의를 가진 글들이 적지 않음을 지적하면서, 소세키의 국가에 대한 인식
　　은 소세키 연구자들이 주장하는 것과는 달리 메이지 시대의 평균적 지식인들
　　의 그것과 크게 다를 바 없음을 언급하고 있다. 아울러 평화주의자, 상대론
　　자, 탈(脱)국가지향의 지식인으로서의 작가상을 구축해 온 이른바 '나쓰메 소
　　세키 신화'는 소세키 연구자들의 암묵적 옹호가 있었기 때문에 가능했다고

주의에 대한 비판적 시선의 부재 내지는 결여의 부분을 공유했다고 할수 있다. 이는 내면화를 추구하며 점차 사소설(私小說)의 세계로 침잠해 갔던 자연주의 작가들이나, 휴머니즘을 주장하며 다이쇼 데모크라시를 장식했던 작가들의 심상지리와도 무관하지 않을 것이다.

맺음말 - 전환기 메이지 일본인의 심상지리, 그 이후 -

본 연구에서는 도쿄가 실질적인 도시(수도)로 정착해 가게 되면서 이전 시기에 비해 근대도시로서의 다양한 기능을 수행하게 되었으며, 이에 따라 도쿄를 둘러싼 일본인들의 심상이나 아이덴티티도 '일본/ 서구', '에도/ 도쿄', '문명/ 전통' 등과 같은 이항대립의 개념이 교차하고 길항하는 가운데에 구축되고 형성되어 갔음을 논의했다. 예를 들면, 유신 후 약 20여 년 간의 문명개화기를 거치면서, 구화만능의 세태와 급격한 도시화에 따른 여러 부작용들에 대해 고민하기 시작했는데, 이를 문명화 혹은 근대화를 상대화할 수 있는 복안적 시야의 정립이라는 측면에서 파악했으며, 이와 마찬가지로 에도를 상대화할 수 있었던 시야 또한 문명개화기를 거쳐 전환기 메이지기에 형성되어 갔음을 논의하였다. 또한, 메이지 정부가 야심차게 추진해 왔던 근대국가 혹은 국민국가 프로젝트에 적극적으로 동참하는 '국민'과, '산책자'로 그 주변에 위치하는 또 다른 '국민'의 모습을 통해, 소세키를 비롯한 동시대

파악했다. 「〈나쓰메 신화〉와 문명비평 - 미화와 은폐의 구조」앞의 책.

인이 공유했던 제국주의에 대한 비판적 시선의 부재 내지는 결여의 부분을 지적했다.

메이지 천황이 서거하면서 일본의 역사는 메이지 시대에 종언을 고하고 다이쇼 시대를 맞게 된다. 이를 전후하여 일본인들은 두 가지의 상징적인 죽음을 경험하게 되는데, 하나는 1911년 1월에 천황의 암살을 기도했다는 죄목으로 처형을 당하는 사회주의자 고토쿠 슈스이(幸德秋水)의 죽음이며, 다른 하나는 그 다음 해 메이지 45년(=다이쇼 원년) 9월, 천황의 서거를 비통해 하며 스스로 죽음을 택한 노기 마레스케(乃木希典) 대장의 죽음이다. 이 두 가지 양상의 극단적인 죽음이 일본 사회에 던진 충격은 말할 것도 없으나, 전환기 메이지의 혼란한 시대상의 한가운데에 위치했던 도쿄가 이후, 본격적인 다이쇼 시대와 관동대진재를 겪으면서 일본인의 심상과 어떻게 교차하고 길항하게 되는지 주목할 필요가 있을 것이다.

참고문헌

前田 愛, 『都市空間のなかの文学』筑摩書房, 1982

_____, 『近代日本の文学空間 －歴史・ことば・状況－』新曜社, 1983

_____, 『幻景の街－文学の都市を歩くー』小学館, 1986

_____, 『文学の街』小学館ライブラリー, 1991

_____, 『闇なる明治を求めて』Ⅰ, みすず書房, 2005

_____, 『都市と文学』Ⅱ, みすず書房, 2005

小川和祐, 『「三四郎」の東京学』日本放送出版協会, 2001

杉浦芳夫, 『文学の中の地理空間』古今書院, 1992

田口律男, 『都市テクスト論序説』松籟社, 2006

奥野健男, 『増補文学における原風景』集英社, 1989

大島和雄, 『東京の文学風景を歩く』風涛社, 1988

磯田光一, 『思想としての東京』国文社, 1983

高橋勇悦, 『東京人の横顔 大都市の日本人』恒厚社厚生閣, 1995

芳賀 登, 「東京風俗の二重構造 －洋風化と下タ町・浅草界隈ー」『史学叢書10 江戸
　　　　　東京文化論』教育主大案センター, 1993

小森陽一・成田竜一編著, 『日露戦争スタディーズ』紀伊国屋書店, 2004

竹内 洋, 『立身出世主義 増補版』世界思想社, 2005

槌田満文, 『東京記録文学事典』柏書房株式会社, 1994

吉原健一郎・大濱徹也編, 『江戸東京年表 増補版』小学館, 2002

小木新造 外編, 『江戸東京学事典 新装版』三省堂, 2003

日本風俗史学会編著, 『史料が語る明治東京100話』つくばね舎, 1996

石川天崖, 『東京学』育成舎, 1909

下村泰大編, 『東京留学案内』春陽堂, 1885

「東京の都市計画百年」東京都, 1989

田村明, 「江戸東京まちづくり物語」時事通信社, 1992

越沢明, 「東京都市計画物語」筑摩書房, 2001

金子春夢編, 『東京新繁昌記』東京新繁昌記発行所, 1897

권혁권 편집, 『나쓰메 소세키(夏目漱石) 文学研究』창간호, 제이엔씨, 2001

夏目漱石, 『我輩は猫である』『漱石全集』第1巻, 岩波書店, 1994
_____, 『草枕』『漱石全集』第3巻
_____, 『虞美人草』『漱石全集』第4巻
_____, 『三四郎』『漱石全集』第5巻
_____, 『彼岸過迄』『漱石全集』第7巻
_____, 『心』『漱石全集』第9巻
_____, 「維新の志士の如き烈しい精神で文学をやつて見たい(鈴木三重吉宛、一
　　　　○・二六付)」『漱石全集』第22巻
森鴎外, 『妄想』『鴎外全集』第8巻, 岩波書店, 1972
永井荷風, 『日和下駄』『日本近代文学大系』29, 角川書店, 1974
田山花袋, 『東京の三十年』岩波書店, 1988

제3부
다이쇼 · 쇼와시대의 도쿄표상과 심상지리

일본문학 속
에도·도쿄
표상연구

제7장

대중도시(大衆都市) 도쿄와
일본인의 심상지리

이권희

머리말

45년간의 메이지시대(明治時代)를 전기와 후기로 나누어 각각의 시대의 특색과 도쿄의 표상변화, 이에 대한 일본인들의 심상(心象)을 살펴본다면, 유신 이후 약 20여 년간의 메이지시대 전기는 질풍노도(疾風怒濤)의 '문명개화시대'로, 당시의 일본인들은 '하나노미야코'라 불리던 도쿄의 외형적 변화에 경이(驚異)하며 장차 세계의 어떤 도시와 견주어도 손색이 없을 세계 제 1의 도시가 되리라는 자부를 느낌과 동시에 활기찬 기회의 땅이라 여겼다.[1] 그러나 수많은 지식인들은 마치 열병

---

1) "모든 정치상의 기관이 모두 이곳에 모여 있다. 따라서 상공업은 물론이거니와 그 밖의 교육·미술·공예 내지는 종교 등 모든 것의 중심이라는 것은 전부 이곳 도쿄에 있다. 즉 모든 문화라는 것은 이 도쿄를 발원지로 하여 일본 전국은 말할 것도 없고 淸韓에 까지 이르고 있음에 그 세력의 위대함은 짐작할 수 있을 것이다. 또 사방에 大廈 高樓가 즐비하고 車馬는 질풍처럼 종횡을 달리고 있으며 길 가는 사람들은 華麗 艶美 錦繡의 옷을 걸치고 있으며 驕奢의 설비는 어느 하나 모자람이 없다. 낮에는 五彩人들이 사람들의 눈을

을 앓듯 신문명의 도래와 서구화되어 가는 도쿄의 내·외형적 변화 속
에서 신음하였고, 신구(新舊) 가치관의 대립과 혼란 속에서 제 자리를
찾지 못하며 갈팡질팡하는 모습을 보인다. 이에 비해 메이지 후기라
할 수 있는 메이지 20년대 초를 전후로 해 1910년대 초까지의 약 20
여 년간의 시기는 문명개화의 정착과 더불어 이를 구상화(具象化)했으
며 '구화만능'의 세태(世態)와 급격한 도시화에 따른 여러 부작용들에
대해 고민하기 시작했던 시기라 할 수 있을 것이다. 마침내 드러나기
시작한 문명개화와 서구화에 따른 도시와 도시인들의 물심양면의 폐
해가 하나 둘씩 나타나 이를 고민할 수 있게 되었다는, 다시 말해 메이
지의 지식인들에게는 현기증이 날 정도로 빠르게 변해가는 도쿄의 모
습과 도쿄를 중심으로 하는 세상 속에서 갈팡질팡했던 정신적 암울과
혼란으로부터 조금씩 안정과 여유를 갖게 되었다는 것을 의미하는 것
이다.[2]

천지개벽과도 같은 메이지유신으로 시작해 문명개화와 근대화에 날
이 새는 줄 모르고 달려 왔던 메이지시대, 2차 세계대전 이후 고도의
경제성장을 배경으로 풍요의 세월을 구가(謳歌)했던 쇼와시대, 이러한
양 시대에 끼어 있는 다이쇼 15년의 흔적을 찾기란 그리 쉬운 일이 아
니다. 다이쇼시대의 도쿄를 생각할 경우, 먼저 '다이쇼'라는 연호가 줄

끌고 밤에는 전등과 가스등이 燈花와 같이 찬연히 빛을 발 해 불야성을 연출
해 그야말로 「하나노미야코」말이 무색하지 않다." (이시카와 덴가이 『東京
學』p.1-2)

2) 메이지 20년대 초를 전후로 해 1910년대 초까지의 약 20 여 년간의 도쿄표상
과 일본인의 심상에 대해서는 정형·이권희·한경자·손지연 「전환기 메이
지 문학의 도쿄표상과 일본인의 심상지리」(『日本學硏究』제 22호 단국대학
교 일본연구소)를 참조.

곧 머리에서 떠나질 않는다. 그러나 적어도 근대에 있어 메이지에서 다이쇼, 다이쇼에서 쇼와라고 하는 연호(年號)의 변경에 의한 시대 구분은 그다지 의미를 갖지 못한다. 그것이 정치사에 있어서라면 분명 다소의 의미를 가질 수도 있겠으나 도시와 거리의 역사, 그곳에서 생활하는 인간의 역사란 점에 있어서는 그다지 의미가 없다. 그러면, 다이쇼시대가 그렇게 인상에 남지 않는, 이렇다 할 특색이 없는 시대였느냐 하면 꼭 그렇지만은 않다. 분명 다이쇼의 도쿄는 메이지와도 쇼와와도 다른, 다이쇼만의 특성을 갖고 있었다. 그것을 한마디로 표현한다면 '대도시로의 성장'이라고 할 수 있을 것이다. 본고는 가능한 한 그러한 부분에 초점을 맞춰 부각시키려 했다. 그 방법으로서 다이쇼시대를 '현재'로서 경험한 자들, 그 중에서도 주로 문인(文人)들을 다이쇼시대의 서술자로서 택해, 다이쇼의 도쿄표상의 변화와 그것들을 바라보는 그들의 개인적 체험과 인식을 통해 변화하는 도쿄와 그곳에서 살아가는 동시대인(時代人)들의 여러 심상(心象)을 살펴보려 했다. 가능한 한 다양한 문학작품을 대상으로 최대한의 공약수(公約數)를 뽑아내려 노력했으나 본고에서 인용하고 있는 이들의 체험과 인식이 동시대인들을 대표하는 것도 아니며, 평균적 심상을 나타내고 있다고도 자신있게 말할 수는 없다.

이에 본고에서는 다이쇼시대, 그 중에서도 도쿄대지진에 의해 커다란 변혁을 겪게 되는 다이쇼 12년(1923)[3] 이전의 다이쇼의 도쿄를 대상

---

3) 다이쇼 12년 9월 1일 오전 11시 58분 44초, 도쿄 남방 102 킬로미터 사가미만(相模湾)을 진원지로 해 일어난 진도 7.9의 대지진은 도쿄와 요코하마를 중심으로 하는 관동지방에 막대한 피해를 주었다. 이 대지진의 여파로 메이지유신 이후 문명개화와 서구화의 첨단을 달리던 동양 최대의 도시 도쿄의 근

으로 전 시대의 '국가도시'와 차별되는 '대중도시'로서의 도쿄의 모습
과 기능에 대해 살펴보고, 다이쇼의 도쿄를 터전으로 살아가는 이들의
도쿄를 바라보는 여러 심상(心象)을 문학텍스트를 통해 고찰해 보도록
하겠다.

1 '국가도시(國家都市)' 도쿄에서 '대중도시(大衆都市)' 도쿄로─ 대도시(大都市)로의 성장─

문화사적으로 볼 때 다이쇼시대(1912~1926)의 문화는 메이지와는 일
획을 긋는 문화로, '대중들의 문화'이며 데모크라시와 민중(民衆)이 전
면에 부각되는 문화이다. 자본주의의 발달을 배경으로 도시소시민층
이 문화의 전면에 관계한다는 '시민문화'의 성격 또한 강하다. 메이지
45년(1912) 메이지천황의 죽음으로 시작된 다이쇼시대는 대정정변(大正
政變)으로 인한 원로정치(元老政治)에 대한 회의(懷疑)와 정당정치로의
이행과정에서 벌어지는 수많은 정치적 사건, 이에 메이지 말기부터 움

대적 모습은 흔적도 없이 사라지게 된다. 다이쇼시대의 도쿄, 아니 메이지·
다이쇼·쇼와시대를 통틀어 도쿄의 표상과 이를 바라보는 심상지리를 고찰
할 경우 1923년의 도쿄대지진 이전과 이후를 연속선상에서 파악할 수는 없다.
제도(帝都)의 부흥은 놀랄만한 속도로 이루어지고 동시에 서구의 문화와 자
본이 급속하게 밀려들어 왔다. 도쿄는 모던도시·도쿄로 재탄생한다. 특히
미국 문화의 영향은 현저했다. 활동사진(영화)·카메라 붐·인쇄기술의 혁
신에 의한 일간지와 잡지 등 소위 정보산업의 대중화, 엄청난 상업광고의 범
람, 라디오와 레코드의 보급, 재즈의 유행, 전차·자동차·비행기에 의한 교
통수단의 현대화 및 다양화, 이에 따른 소음과 환경오염의 패해 등은 쇼와의
출발점으로서 자리매김해야 함이 옳을 것이다. 실제로 다이쇼시대는 동경대
지진 이전까지였다고 해도 과언이 아닐 것이다.

트기 시작하는 시민민중운동과 사회주의 · 무정부주의운동 등의 대중 운동의 전개에 의한 사회구조의 급격한 변화 등은 전 시대와 일별될 수 있는 다이쇼시대의 대표적 사회변화의 한 양상이다.

이러한 시대의 조류 속에서 제 1차 세계대전의 발발(1914)과 이에 따른 군수특수(軍需特需)⁴⁾는 일본, 그 중에서도 도쿄의 경제를 크게 발전시켰으며 이러한 경제적 호황을 배경으로 다이쇼의 생활혁명이 일어나게 된다. 특히 인프라의 정비, 그 중에서 전기(電氣)의 대중화와 교통 인프라의 확충, 새로운 교통수단의 등장 등은 기존의 도쿄의 라이프스타일을 크게 바꾸어 놓았다. 도시(都市)로서의 도쿄의 출발은 정부에 의해 지배 · 관리되는 '국가도시(國家都市)'의 성격이 강했다. 메이지시대를 통해 도쿄는 기본적으로는 이러한 성격을 잃지 않고 성장해 왔다. 특히 메이지국가의 국운을 걸고 싸운 청일 · 러일의 양 대전을 통해 제도(帝都) 도쿄는 부국강병(富國强兵)의 기치 아래 '국가도시'로서의 성격을 더욱 강화하며 성장해 갔다. 메이지 말 인구 200만을 정점으로 인구의 감소와 더불어 전 시대의 활기와 정채(精彩)를 잃었던 도쿄가 다이쇼시대에 들어 다시금 활기를 띄기 시작했다. 제 1차 세계대전의 군수(軍需)경기의 호황으로 인해 일본경제는 미증유(未曾有)의 호황을 맞게 되었고 이를 배경으로 취학과 취업을 위해 다시금 도쿄로 대량의

---

4) 1914년 8월의 제 1차 세계대전의 발발과 더불어 생사 · 견직물 등의 수출이 막혀 은행의 지불정지와 예금 인출불능 사태가 일어나 일시적인 공황상태에 빠지나 1915년에 들어서서 유럽의 참전국이 수출을 중지해 군수물자를 필요로 하는 사태가 일어났기 때문에 일본에 대한 물자 부문이 급증했다. 일본경제는 예전에 없는 호황을 맞아 연말에는 도쿄주식시장이 폭등하는 소위 '대전경기(大戰景氣)'가 일어났다.

인구가 유입되었다. 이에 다이쇼시대(大正時代)의 도쿄는 대량생산 · 대량소비의 도시로 발전해 갔으며 인구의 팽창은 자연스럽게 도쿄의 공간적 팽창을 불렀다. 1920년을 전후로 해 도쿄는 현대도시로서의 모든 요소를 갖추는 그야말로 일국의 수도로서 성장하게 된다. 다이쇼 원년 7월에는 유라쿠초(有樂町)에 택시회사가 설립되어 포드의 4인승 세단 6대로 영업을 개시했다. 같은 해 10월에는 비행기로 제도(帝都)를 횡단하는 등 새로운 교통수단의 시대가 열린 것도 이 무렵부터이다.[5] 이 해의 자동차 등록 대수는 521대로 자동차 운전수는 젊은이들의 선망의 직업이었다.[6]

전차는 통 속에 정어리를 넣은 것처럼 사람들을 가득 태운 체 굉음을 내며 가로를 달려간다. 그 외에 고가철도도 있다. 이것은 베르린의 옛 시가철도를 모방한 것이다[7].
(電車は桶の中へ鰯を入れたやうに、一杯の人を詰め込んで、轟音を立てながら広小路を走り去る。他になほ高架鉄道もある。これは伯林の旧との市街鉄道を手本にしたものである[8]。)

(Curt Glaser 『東京の市街』)

5) 일본에서 최초로 비행기에 의한 비행 성공은 메이지 43년 12월 14일이다. 요요기연병장에서 실시된 이 비행은 고도 10미터 비행거리 60미터라는 보잘 것 없는 비행이었지만 다이쇼 원년 10월 28일에는 제도(帝都)를 일주하는 장거리 비행에 성공했다.
6) 메이지 말엽 전국 자동차 대수가 535대였던 것이 다이쇼 12년 8월에는 도쿄에만 5,000대를 넘어 같은 해 12월에는 만대에 달하고 있다. 다이쇼 7년 1월에는 교통사고 증가에 대처하기 위해 처음으로 교통전문순사(交通專務巡査) 100명과 오토바이(아카바이, 赤バイク) 6대가 투입되기도 했다.
7) 일본어 원문에 대한 한국어 역은 필자. 이하 같음.
8) 『木下杢太郎全集』 19巻 (岩波書店 1982) p.341-342.

　　도쿄라는 일본의 수도를 세계적인 도시로 만들었을 때 나는 그 중심
을 제국호텔에 두어야 한다고 생각한다. / 자동차가 들락날락한다. 그
앞을 고가철도가 지나간다. 나는 이전에 서양의 사진으로만 본 고가철도
가 이러한 호텔을 배경으로 하여 다니기 시작한 것을 생각하면 도쿄시의
진보와 발전을 생각하게 된다.

　　(東京という日本の首都を世界的にした時に、私はその中心を帝国
ホテルにおかねばならぬ。/自動車が出たり這入つたりする。その前を
高架鉄道が通っている。私は従来西洋の写真でのみ見た高架鉄道
が、斯うしたホテルを背景にして通ずるやうになつて居る事を思ふ時
に、東京市の新進と発展とを思はずにはゐられない)9)。

(本間国雄 『東京の印象』)

　　러·일전쟁 후의 불황과 증세(增稅)에 시달리던 민중들이 육군의 군
비확장 요구를 지지하는 제 3차 가쓰라 타로(桂太郞) 내각(內閣)에 항의
해 헌정옹호(憲政擁護)·벌족타파(閥族打破)의 운동을 전개하기 시작한
것은 다이쇼 2년의 일이다. 번벌(藩閥)중심의 관료정치를 부정하고 정
당정치의 확립을 목표로 하는 제 1차 호헌운동(護憲運動)은 정당원(政黨
員)과 저널리스트들을 중심으로 학생·노동자 등 수 만의 민중(民衆)이
정부를 옹호하는 신문사나 관공서를 습격하는 폭동으로 이어져 결국
내각 총사퇴를 이끌어 낸, 다이쇼 데모크라시의 서막(序幕)이었다. 이
듬해인 다이쇼 3년 우에노공원(上野公園)에서는 도쿄후(東京府) 주최의
동경대정박람회(東京大正博覽會)가 열려 750만 명의 입장자수를 기록했
다. 그 전시회에서는 가스나 석유를 이용하는 새로운 생활 용품이 소
개되었으며 멀지 않은 장래에 있게 될 새로운 생활양식의 도래를 예고

---

9) 『東京の印象』(現代教養文庫 社会思想社, 1992)

하고 있었다. 같은 해 12월에는 동경중앙정류장(東京中央停留場), 즉 동경역(東京驛)이 6년여의 공사 끝에 완공되어 영업을 시작함과 동시에 도쿄를 대표하는 새로운 표상으로 자리매김 되었다.

제 1차 세계대전이 종전으로 치닫고 있던 다이쇼 7년, 전년도에 일어난 러시아혁명의 영향이 일본에서도 여러 형태로 나타났다. 12월에는 동경제대 법대생이었던 아카마츠 가쓰마로(赤松克麿), 미야자키 류스케(宮崎竜介)가 발기인이 되어 「현대 일본의 합리적 개조운동」을 목표로 신징카이(新人會)를 결성, 기관지 「데모크라시」를 발간했다. 이듬해 1월 중순부터는 도쿄를 비롯한 대도시에서 보통선거 실시를 요구하는 연설회와 데모행진이 활발히 전개되었다. 또한 민주주의·사회주의·마르크스주의 등 다양한 이념을 표방하는 단체의 잡지(雜誌)가 계속해서 발행된 것도 이 해였다. 전국적으로 직공(職工)노동조합이 결성되어 데모와 파업이 끊이질 않은 것도 바로 이 무렵이었다. 다이쇼 9년 2월에는 도쿄에서 보통선거를 요구하는 수 만 명의 대규모 시위행진이 일어났으며, 제 1차 세계대전의 전후공황(戰後恐慌)이 시작된 것은 주식의 폭락으로 도쿄주식거래소가 휴업에 들어가면서부터이다.

메이지시대의 도쿄는 메이지정부의 정치 중심지를 중심으로 그곳을 둘러싸고 있는 시타마치(下町), 즉 니혼바시(日本橋)·교바시(京橋), 나아가서는 쓰키지(築地)와 긴자(銀座)를 중심으로 하는 니혼바시 일리사방(一里四方)의 문명개화가 중심이었다. 문명개화의 창구였던 요코하마(橫浜)에 도착한 서구인들은 1872년에 부설된 일본 최초의 철도를 타고 신바시(新橋)를 통해 도쿄로 들어갔다. 신바시역은 그들에게 있어 도쿄로 통하는 첫 관문이자 현관이었던 셈이다. 메이지정부는 신바시를 기점으로 도쿄의 도심에 이르는, 서구인에게도 자랑할 만한 멋진 메인스트리트를 만들 필요가 있었던 것이다. 그 중심이 된 곳이 바로 긴자였다. 에도시대에 사람들에게 인기가 있던 료고쿠(両国)·아사쿠사(浅草)·후카가와(深川)·우에노(上野)와 같은 사카리바(繁華街)는 모두 수변(水邊)의 다리를 중심으로, 혹은 산을 끼고 있거나 사사(寺社)의 문전(門前)이라는 자연과 종교공간과 관련하여 도시의 주변부에 발달했던 것에 비해 긴자는 처음부터 이것들과는 상관없는 장소에 인공적인 가로를 중심으로 하는 번화가로 만들어졌다. 긴자는 메이지시대를 통해 도쿄, 나아가서는 일본을 대표하는 최첨단의 번화가로서 발전해, 한마디로 일본의 문명개화를 상징하는 첨단의 도시 표상으로서 자리 잡는다.[10] 그러나 일본인 스스로 동양 제일이라 자부하는 메이지의 첨단 도시와 거리도 외국인의 눈에는 그저 어둡고 초라한 거리로 비쳤다.

> 가엾은 신도시의 외국풍 거리! 어딘가의 야만스런 식민지라도 보고 있는 듯한 2층, 3층의 작은 가로. 볼품없는 버드나무가 바람에 흔들리는 것을 보는 것도 왠지 이상하게 부자연스럽게 보인다.
> (あはれむべき新開の外国風の大通! 何処かの野蛮の植民地にでも見るような二層三層の小さな街路、みすぼらしい楊柳の靡いてゐるのも、何となく異様に、不調和に見える。)[11]
> (田山花袋「銀座の夜」『夜の東京』)

---

10) 다이쇼 3년(1917) 동경역이 완성되고 도카이도선(東海道線)의 출발역이 烏森駅(후에 新橋駅라 개칭)에서 동경역으로 옮겨지게 되자 그 때까지는 신바시의 역전상점(驛前商店)의 성격이 강했던 긴자는 도쿄 시민의 새로운 쇼핑가로 변모해 갔다.

11) 秋田貢四編『夜の東京』西村将洋編『モダン都市の電飾』(ゆまに書房, 2006) p.5

다야마 가타이가 프랑스의 해군사관 피에르·로치의『東京』의 일부를 인용하고 있는 부분이다. 일본인에게는 문명개화의 최첨단을 달리는 도쿄의 간판거리라 여겨지던 메이지의 긴자 렝가가(煉瓦街)의 위용도 외국인이 봤을 때는 초라하고 어딘지 모르게 어색해 보였다. 다이쇼시대에 들어서면 다야마 가타이처럼 일본인들 스스로가 메이지 근대화의 빈약(貧弱)함을 회고하기 시작했다는 것은 주목할 만하다. 다이쇼시대에 들어서 비로소 도쿄는 근대적 도시로서, 나아가서는 근대국가 일본의 대표적 표상으로서의 실직적인 도시 정비에 강한 의욕을 보이기 시작한다. 도로 폭이 종래의 7間 에서 15間으로 확대되었고, 중앙에는 8間의 차도를, 그 양 사이드에는 3間 반의 보도를 만들었다. 각 건물의 1층에는 서구의 신고전주의(新古典主義) 도시의 디자인에서 자주 쓰이던 폴티(柱廊)가 만들어 져 종래에 볼 수 없던 서구풍의 하이칼라한 도시공간을 만들었다. 이러한 가로(街路)를 중심으로 하는 새로운 타입의 번화가는 쇼핑의 중심지가 되어 메이지 후기에는 쇼윈도가 등장하기도 했다.

긴자(銀座)거리의 차도 폭을 넓히고 버드나무 가로수를 뽑고 은행나무로 바꾸어 심는 개수공사를 강행한 것은 다이쇼 10년 1월부터이다. 교통량의 증가로 차도의 폭을 1間 반 정도 넓히는 공사였다. 8월에는 시영전철 시덴(市電)의 운행을 정지하고 전차노면의 개수공사도 함께 이루어져 일대의 상점의 매출이 반감되는 사태가 벌어졌다. 긴자 주민의 항의와 진정은 모두 무시되고 이미 정해진 방침대로 공사는 이 해 12월에 완료되어 렝가지오십년제(煉瓦地五十年祭)가 거행되었다. 10년 후에 다시 버드나무 가로수가 부활한다. 이 개수공사를 계기로 긴자의 역사를 기록해 두고자 생각한 것은 메이지 5년에 이곳에 점포를 낸 시세이도(資生堂)의 2대 째 후쿠하라 신조(福原信三)였다. 『銀座』가 시세이도의 화장품 부분에서 발행된 것은 다이쇼 10년 10월. 메이지·다이쇼의 긴자를 기록하고 있는 이 책자는 그 당시의 긴자의 역사를 알 수 있는 최대의 자료로서 가치가 높다.

나는 신바시의 소위 렝가신지(煉瓦新地)를 볼 때마다 메이지 초의 문화사를 또렷이 보는 듯해 아주 흥미롭습니다. / 먼저 이번에는 가로수가 확 바뀌었습니다. 하지만 긴자의 작은 건물들과 종전의 버드나무는 아주 조화를 이루고 있었습니다. 그 버드나무를 다 뽑은 다음의 긴자의 몰취미를 어떻게 보십니까? / 긴자의 풍취는 부드럽고 여성적인 섬세함에 있었습니다. 그런데는 그 버드나무의 역할이 아주 컸습니다.

(私は新橋の所謂なるものの建物を見るごとに明治初年の文化史をまざまざと見るやうで非常に興味をもちます。 / まづ今度は街樹が一せいに変つて終ひました。しかし銀座の小建築と從前の柳とは非常によく調和してゐました。あの柳を抜き去つたあとの銀座の没趣味はどうですか。 / 銀座の風趣は柔らかい女性的な繊細なものでした。それにはあの柳が大へん援けてゐました。)[12]

(川路柳虹「銀座と柳」『銀座』)

『銀座』에 수록되어 있는 가와지 류코(川路柳虹)의「銀座と柳」라는 글의 일부분이다. 『銀座』에는 가와지의 글 이외에도 마츠야마 쇼조(松山省三)의「銀座の柳よ」가 긴자의 대표적 경물로서의 버드나무에 대한 감상을 남기고 있다.

---

12) 資生堂編 『銀座』 (文学地誌東京叢書 第八巻 大空社, 1992) p.244-245.

신바시라는 작고 어둑한 정차장이 이 동양 제일의 대도시의 관문이었
던 옛날에는 피에르·로치가 묘사한『도쿄』속의 기사처럼, 실제로 어
두운 도회, 등이 없는 도회였을 것이다. 어둠에 가까운 도회였을 것이다.
그러나 시간을 흘렀다. 모든 영광과 모든 문화가 이 동양의 수도에도 찾
아왔다. 급행의 밤기차가 지금은 빛의 바다 속을 지나듯 그 중앙의 커다
란 정류장으로 들어갔다.

빛의 바다! 정말 빛의 바다다. 거기에는 빨간, 파란, 노란, 하얀 여러
색채가 일면에 소용돌이 치고 있었다. 또 자동차의 불빛이 전차의 불빛
이, 때론 빨리 때론 천천히 여기 저기에서 움직이고 있었다. 멀리 밤하늘
을 가르며 빨간, 파란 광고등이 돌아가고 있었다.

(新橋といふ小さな薄暗い停車場がこの東洋の一大都会の門戸であ
つた昔にあつては、ぴエール・ロチが描いた『東京』の中の記事のやう
に、実際、暗い都会、灯のない都会であつたに相違なかつた。闇に近
い都会であつたに相違なかつた。しかし時は過ぎた。あらゆる栄光と
あらゆる文化とは、この東洋の首府を見舞ふことを忘れなかつた。急
行の夜の汽車は、今は光の海の中を通るやうにして、その中央の大き
な停車場へ入つて行つた。

光の海! 実際光の海だ。そこには赤い、青い、黄い、白いさまざま
の色彩が一面に巴渦を巻いてゐた。また、自動車の灯が、電車の灯
が、或は早く、或は遅く、其処にも此処にもチラチラと動いてゐた。
遠く夜の空を劃つて、赤い、青い広告燈が廻転した。)[13]

(田山花袋「銀座の夜」『夜の東京』)

다야마 가타이의 다이쇼 8년의 도쿄의 묘사는 신흥자본주의국가 일
본의 면목을 여실히 보여주고 있다. 그야말로 '다이도쿄(大東京)'[14]시대

---

13) 秋田貢四編『夜の東京』, 西村将洋編『モダン都市の電飾』(ゆまに書房, 2006)
   p.2-3.
14) '다이도쿄(大東京)'라는 말이 도시의 제도상의 용어로서 쓰이기 시작한 것은
   다이쇼 7년을 전후로 해서지만 도쿄 시민은 그 이전에도 이후에도 '큰' '넓은'

의 도래를 알리는 상징적인 부분이다.

평화기념도쿄박람회(平和記念東京博覽會)가 우에노공원에서 열린 것
은 다이쇼 11년 3월이었다. 이 박람회를 통해 서양식 주택의 모델하우
스가 전시된 문화촌(文化村)이 세인들의 주목을 끌었고, 7월에는 덴엔
초후주식회사(田園調布株式會社)가 도쿄 근교의 택지개발에 착수했다.

메이지의 도쿄가 시구개정(市區改定) 등의 국책사업(國策事業)을 통해
관(官)이 주도하는 형태로 근대화를 이루어 갔다고 한다면, 다이쇼의
도쿄는 대중의 열망과 적극적인 참여에 의해 만들어진 도시로, 현대도
시로서의 모든 요소를 갖추게 되는 일국의 수도로서의 성장을 보인다.
다이쇼 5년에 출판된 『大正の東京と江戸』(青山邦三編)의 총론편(總論
編)에 수록되어 있는 「東京の現在」는 다이쇼의 도쿄에 대한 인식의
한 단면을 보기에 충분할 것이다.

> 지금은 실로 세계의 강국으로서 동양에 웅비하는 우리의 입헌제국의
> 대도회이기에 / 이리하여 상업의 번성은 말할 것도 없고 정치·법률·
> 군사·운송·교통·교육·의료·위생·문학·기예 그 밖의 여러 문명
> 사업은 발연히 일어나 전주는 숲처럼 늘어서 있고 전선은 거미줄처럼 걸
> 려 있다. 특히 시타마치라 불리는 교바시·니혼바시·간다·시모야·

'멋진'이란 뉘앙스로 '다이도쿄'라는 말을 쓰고 있었다. 다이쇼 7년 11월 22일
자 『時事新報』는 「滿都勝利の歌に動搖めく極彩色の大東京市 花自動花
電車走り里余に連る旗行列 日比谷を中心に人と旗と提灯の海」라는 제목
으로 휴전조약 성립 축하회의 모양을 전하고 있다. 이 경우의 '大東京'의 '大'
는 결코 도시제도상의 '大'가 아니다. 말하자면 '위대하고, 훌륭한'이란 뉘앙
스를 갖고 있는 '大'이다. 마치 메이레키(明曆)·덴나(天和)의 대형 화재로
구획정리와 동시에 확대되어 가는 도시제도상의 '오에도(大江戸)'에 대해 에
도 서민이 천하를 지배하시는 분이 살고 계신 슬하(膝下)라는 긍지의 표현으
로 '大江戸' 'お江戸'라는 말을 쓴 것과 같은 감각일 것이다.

아사쿠사 같은 곳은 가장 발전하여 상점은 즐비하게 들어서 없는 물건이 없고 사람의 왕래 또한 많고 전차·자동차는 그 사이를 누비며 달리고 밤에는 가스 등의 불빛 눈이 부셔 찬란한 불야성을 이루는 듯한 착각을 일으킬 정도이다.

(今や実に世界の強国として東洋に雄飛せる我が立憲帝国の大都会であって、/かくて商業の繁盛は言ふまでもなく、政治·法律·工業·軍事·運輸·交通·教育·醫事·衛生·文学·技藝其の他百般の文明事業は勃然として起り、電柱は林の如くに立てられ、電線は蜘蛛の網ほど懸け渡さる。殊に俗に下町と稱ふる京橋·日本橋·神田·下谷·浅草の如きは、最も殷賑を極めて商店櫛比、百貨一として辨ぜざるなく、往来の人絡繹として織るが如く、電車·自動車は其の間を縫ふて走り、夜は電燈瓦斯の光まばゆく、爛々として不夜城を現出せしかと疑はるるほどである。)

2 새로운 도쿄의 표상과 근교(近郊)
－마루노우치(丸の内)와 공간적 확대－

또한 다이쇼시대의 도쿄는 다이쇼 3년에 개업을 한 동경역(東京驛)을 중심으로 새로운 도시표상을 만들어 간다.[15] 이른바 '아카렝가(赤煉

---

15) 메이지 23년(1890) 9월 17일에 내무대신(內務大臣) 西鄕從道는 도쿄시 중심에 대정차장(大停車場)을 만들 것을 명한다. 동경역이다. 동경역은 미쓰비시가하라(三菱ヶ原)라 불리던 곳에 만들기로 하였고 이 미쓰비시가하라가 바로 마루노우치가 된다. 마루노우치는 원래 다이묘(大名)들의 저택이 밀집해 있던 곳이었는데 메이지 5년 이곳에 큰 화재가 난 후에 대부분의 저택은 소실되었고 그 터의 일부분이 육군의 연병장으로 사용되고 있었지만 대부분은 불탄 자리 그 대로 남아 있었다. 메이지 21년 도시계획에 의해 이 자리를 정비하게 되었고 150만엥의 낙찰가격을 정해 민간에 양도하려 했으나 불발, 결국 정부는 미쓰비시의 이와사키 야노스케(岩崎弥之助)에게 매수를 부탁

瓦) 잇초(一丁) 런던'이라메이지의 도쿄가 시구개정(市區改定) 등의 국책사업(國策事業)을 통해 관(官)이 주도하는 형태로 근대화를 이루어 갔다-고 한다면, 다이쇼의 도쿄는 대중의 열망과 적극적인 참여에 의해 만들어진 도시로, 현대도시로서의 모든 요소를 갖추게 되는 일국의 수도로서의 성장을 보인다. 마루노우치(丸の內)는 전시대의 긴자와 더불어 다이쇼시대의 도쿄를 대표하는 도시표상으로 발전해 간다. 동경역의 개업에 의해 수도 도쿄의 현관은 신바시에서 도쿄역으로 바뀌었으며 이는 마루노우치 주변의 「잇초런던」화를 촉진시키는 계기가 되었다.

메이지 22년 '미쓰비시가하라(三菱ヶ原)'라 불리우던 지역에 '도쿄시구개정조례'에 의해 업무지구를 만들기로 계획, 도로를 넓히고 정비를 시작했다. 이것이 바로 현재의 마루노우치 오피스가의 출발이다. 23년에는 육군 부지가 민간의 미쓰비시사에 양도되고 25년부터는 미쓰비시 1호관의 건설이 시작되었으나 상업업무용지로서의 마루노우치의 개발은 천천히 진행되었다. 이 보다 훨씬 빠른 속도로 오피스가로 개발이 진행된 곳은 동경역과 마루빌딩이 있는 지금의 마루노우치 중심지에서 조금 남쪽으로 내려간 곳이었다.

메이지 27년에 준공한 미쓰비시 제 1호관(현재의 미쓰비시商事가 있는 곳)을 시작으로 제 2호관(현재의 明治生命館), 제 3호관(현재의 닛코증권(日興證券) 건물), 그리고 도쿄상업회의소(현재의 도쿄상공회의소 건물) 등이 모두 유럽식 벽돌 건물로 이 거리에 들어섰다. 더욱 건설이 진행되어 메이

했다. 이곳의 이름이 '미쓰비시가하라'라 불리게 된 연유가 여기에 있다. 미쓰비시는 이곳을 비지니스 센터로 만들기 위해 여러 빌딩을 세우나 그곳 이외의 여전히 이전과 별반 다를 바가 없었다.

지 말기에는 이 도로의 양 쪽에 쭉 벽돌로 지은 영국식 비지니스가가 탄생해 '잇초(一丁)런던'이라 불리게 되었다.

그러던 것이 다이쇼시대에 들어서면서 마루노우치를 상징하는 공간 은 차츰 북쪽으로 이동하게 된다. 그 계기가 된 것이 바로 다이쇼 3년 에 개업을 시작한 동경역의 등장이었다. 중앙선(中央線)이 동경역으로 들어오고 다이쇼 14년에는 야마노테 환상선(環狀線)이 완성되었다. 이 제까지는 신바시역이나 반세바시(万世橋)역처럼 도심에 들어오기 조금 전에 서구의 도시와 마찬가지로 종착역이 만들어졌었는데 이처럼 도 심 한 복판에 동경역이 만들어졌다는 것에 의해 철도가 도심을 관통하 게 되었다. 이것이 바로 활기찬 도쿄를 만들었으며 도시로서의 유동성 (流動性)을 높이는데 크게 기여했다.

> 내가 동경에 왔을 무렵에는 / 고로 마루노우치는 이상하게도 음산하 고 스산하고 황량한, 오히려 쇠퇴한 분위기로 꽉 차 있었고 궁성도 구름 저 편 깊숙한 곳에 갇혀 있는 듯이 보였다. 얼마나 달라졌나? 지금은 호 의 네 주변을 경쾌한 전차가 달리고 자동차가 달리고 때때로 비행기까지 날라 다닌다. 지금은 스산하거나 음산한 분자는 찾아보려 해도 찾아볼 수가 없게 되었다.
> (私が東京に来た頃には/従って丸の内は、いやに陰気で、さびし い、荒涼とした、むしろ衰退した気分が満ちわたっていて、宮城も奥 深く雲の中に鎖されているように思われた。何という相違であろう。 今は濠の四周を軽快な電車が走り、自動車が飛び、おりおりは飛行機 までやって来た。今ではさびしさとか、陰気とかいう分子は影も形も 見せなくなって了った。)16)

(田山花袋『東京の三十年』)

---

16) 田山花袋『東京の三十年』(博文館, 1917) p.433-433.

또한 다이쇼 9년 시행의 「도시계획법」은 새로운 도쿄표상으로서의 마루노우치의 근대화에 결정적인 역할을 한다. 메이지시대의 「시구개정」은 수도(水道)·도로·교량·공원·하천 등의 개량에 큰 의미를 지닌다. 에도 이래의 도쿄의 모습과 시가(市街)로서의 도쿄의 외형을 천천히 바꾸어 갔다. 그러나 「시구개정」은 장대한 도시계획에도 불구하고 결과적으로 '개량(改良)'사업으로 끝이 난다. 다이쇼시대에 들어 수도 도쿄의 거대화가 진행됨에 따라 보다 철저한 도시설비의 계획적 건설의 목소리가 커지게 된다. 이는 시대와 도시 구성원들의 진정한 요구에 의한 것이었으며 생활생산의 수단으로서의 개혁이라는 점이 전 시대의 「로쿠메이칸적(鹿鳴館的) 도시개량」과 구별된다. 그 중요한 상징적 사실이 다이쇼 9년 시행의 「도시계획법」이었다.17) 도시계획법이 실질적으로 효과를 나타내는 기초가 된 것은 제 2조에 입각한 '도시계획구역'의 결정이었다. 다이쇼 11년, 내각(內閣)은 도쿄의 도시계획을 실시할 지역으로 동경역을 중심으로 하는 반경 4리(里) 정도의 범위를 공고했다.

동경역 앞에 실제로 오피스 빌딩이 들어서기 시작했을 때는 이미

---

17) 도쿄에는 칙령(勅令)으로서의 시구개정조례가 있고 정부는 도쿄시구개정위원회를 조직하여 내무대신(內務大臣)의 직접감독 하에 도쿄의 시가(市街)와 도시적 설비의 개량에 전력해 왔다. 메이지 21년에 발족, 계획책정과 몇 번의 계획수정을 거쳐 메이지 36년 '시구개정사업'이 실행되었다. 그러나 메이지와 다이쇼는 여러 면에서 상황이 다르다. 메이지의 시구개정사업의 스케일을 다이쇼의 도쿄에 적응시키는 데는 무리가 따랐다. 이에 다이쇼 8년 내무대신관방(內務大臣官房)에 '도시계획조사회'의 관제(官制)를 정했다. 그 조사 요강(要綱)은 계획구역(計劃區域), 교통조직, 건축제한, 공공시설, 노상공작물지하매설물의 정리, 법제 및 재원(財源)의 여섯 항목으로 되어 있었고, 마침내 조사회의 제안을 기초로 도시계획과가 중심이 되어 준비한 '도시계획법', '시가지건설물법'을 다이쇼 8년에 국회에 제출, 통과해 9년부터 시행에 들어갔다.

미국의 도시문화의 영향을 강하게 받기 시작한 때였다. 영국식 벽돌 건물을 대신해 철근 콘크리트를 이용한 미국식 업무용건물의 대표작으로서 마루빌딩(丸ビル)가 등장한 것은 관동대지진이 일어나기 바로 직전인 다이쇼 12년 2월이었다. 유럽의 고풍스런 빨간 벽돌(아케렝가)로 만들어진 기존의 건물과는 달리 아주 근대적 건물로서 그 참신함이 건설 당시부터 세인의 이목을 집중시켰다. 마루빌딩 6층에 새로이 사무실을 마련한 하이쿠 잡지 「호토토기스(ホトトギス)」를 주재하는 다카하마 교시(高浜虚子)의 수필 「丸の内ビルデイング」(「ホトトギス」다이쇼 12년 4월)는 입거 전후의 경위를 기록하고 있다.

> 동경역 앞에 커다란 건물이 선다. / 철근이 하늘 높이 솟아 있는 것을 매일처럼 기차를 탈 때 마다 바라보던 것이 1,2년 전의 일이다. / 그런 세련된 장소에 이 소박한 호토토기스의 발행소를 둔다는 것이 그다지 어울리지 않아 왠지 기분이 썩 좋은 것 같지들 않았다. 그러나 난 그렇게 생각하지 않았다. / 이 광대한 건물. 한 층에 방이 100개 정도 있고 그런 것이 8층이나 있으며 더구나 지하 외 일부분의 9층을 더해 거의 천 실에 가까운 방들이 거미줄처럼 있다.
>
> (東京駅の前に大きな建物が建つ。/ 鉄筋が空へ聳えて居るのを毎日のやうに汽車に乗る度に眺めて居つたのは一二年前の事だ。/ そんなハイカラな場所に此の地味なホトトギス発行所を持つて行くといふ事は何だか不調和で、何となくむしが好かぬらしかつた。併し私はさうは思はなかつた。/ この広大な建物、一階に百室ばかりあつて、それが八階あり、更に地下室と一部分の九階を加へて、殆んど一千室に近い室が蜂の巣の如くある。)[18]
>
> (高浜虚子「丸の内ビルデイング」「ホトトギス」大12・4)

---

18) 『定本高浜虚子全集』第八巻(毎日新聞社, 1974) p.223-228.

입거 후 얼마 되지 않아 건물 옥상에 나가 보니 「다른 비쓰비시촌의 건물들이 모두 발밑에 자복(雌伏)하는 상태로, 도쿄 시내가 한눈에 들어오는 듯한 느낌(他の三菱村の建物が皆脚下に雌伏する状態で、東京市中が一瞬の裸に集るといふやうな感じ)」이었다고 한다. 또 지하에 있던 신발 보관소는 처음에는 한산했던 것이 몹시 다망(多忙)해 지게 되었고 마침내 입거하는 백화점 다이마루(大丸)의 유니폼을 입은 남자들이 분주히 일을 하게 되었다. 그러한 변화를 보고 앞으로 마루빌딩이 어떻게 변할까를 생각하는 교시는 「반드시 예전에 기대했던, 기분 좋고 편리한 것만은 아닐 것이라 생각한다(必ずしも予ての期待の、快いこと便利なことばかりではあるまい思ふ)」라며 글을 맺고 있다.

마루노우치가 진정한 의미에서 일본의 비지니스 센타가 된 것은 동경대지진 이후라고 할 수 있다. 쇼와 4년에 간행된 今和次郎編 『新版大東京案內』에는 다음과 같이 기술되어 있다.

동경역에 내려 그 광장에 섰을 때 마루빌딩을 중심으로 강대한 빌딩이 하늘 높이 일직선으로 솟아 있는 것이 왠지 미국을 연상시킨다. 그도 그럴 것이 그 거대한 빌딩에는 근대의 고속도로 발전한 상업이 미국식 자본제도 속에 움직이고 있는 것이다./ 플라타너스 가로수 길을 짧은 치마를 입은 짧은 머리의 여인이 걸어간다. 빌딩 창에는 젊은 사원의 얼굴이 보인다. 저녁이 되면 무수히 쏟아져 나오는 샐러리맨의 인파

(東京駅を降りてその広場に立つた時、丸ビルを中心に強大なビルデイングが、空をたかく一直線に切つてゐるのが何となくアメリカを思はせる。アメリカを思はせるのも道理で、それらの巨大なビルデイングには、近代の高速度な商業が、アメリカ式の資本制度のなかに働いてゐるのである。/プラタナス舗道を、スカートの短い断髪の女が行く。ビルデイングの窓には若い社員の顔が見える。夕方ともなれば、

無数にビルデイングから吐きだされるサラリイメンの人波。)[19]

(今和次郎編『新版大東京案内』)

　쇼와(昭和) 초년도의 마루노우치를 중심으로 하는 정경(情景) 묘사이다. 마루노우치가 근대적 오피스가로 만들어지고 그곳에 많은 샐러리맨들이 모이게 되자 비교적 가까운 곳에 있는 긴자가 이들을 끌어들이게 된다. 일과 후의 샐러리맨들의 휴식처로서 긴자가 갖는 또 다른 얼굴의 배경이 여기에 있다.

　전 시대와 비교하여 다이쇼시대의 도쿄표상의 특징을 논할 경우 먼저 고려해야 할 것은 도쿄의 확대라는 점이다. 도쿄는 이미 포화상태이다. 1차 세계대전의 발발과 맞물린 전시특수로 인해 도쿄의 산업은 비약적인 발전을 이루었다. 도쿄의 팽창은 교통망의 발달에 힘입어 당연 근교(近郊)와 교외(郊外)의 발달이라는 현상으로 이어진다. 도쿄의 확대인 것이다. 다이쇼시대에는 도쿄의 주변부의 근대화가 가속화하게 된다. 메이지 말기 무렵부터 다이쇼 초 무렵까지 15구의 인구는 포화점에 다다르게 된다.[20] 도쿄는 130만 도시에서 300만 도시로 급격한 성장을 보였다. 도쿄는 시덴(市電)과 간조센(環狀線)을 완성시켰다. 결정된「도쿄도시계획구역」의 범위는 도쿄시 15구의 범위보다 훨씬 커서 도쿄 주변 84개 초손(町村)을 포함하고 있었다. 수도 도쿄의 공간

---

19) 今和次郎編『新版大東京案内』(中央公論社 1929)

20) 메이지·다이쇼의 15구는 麴町区,神田区)以上 現千代田区)日本橋区, 京橋区(以上中央区)芝区, 麻布区, 赤坂区(以上 港区)四谷区, 牛込区(以上 新宿区)小石川区, 本郷区(以上 文京区)下谷区, 浅草区(以上 台東区)本所区(墨田区의 一部)深川区(江東区의 一部)1932년에는 도쿄시의 인근 5郡 82 초손(町村)을 합병하여 35구가 된다. 현재의 23구로 개편된 것은 쇼와 22년의 일이다.

적 확대이다. 이「도쿄도시계획구역」이 단지 도쿄시와 관련된 외연지역이라는 의미의 공간적 확대뿐만 아니라 직접 도쿄 시내의 활동을 유지하는 사람들이 거주하고 있었다는 것은 주목해야 할 것이다. 당시 도쿄의 근교는 시역(市域)에서 보면 분명 교외였지만 실질적으로는 도쿄의 한 부분으로서 기능하고 있었다. 다이쇼시대의 도쿄는 신개지(新開地)로서의 교외의 확대와 주변부의 도시화 과정 속에서 그 현저한 특징을 지적할 수가 있다. 그 중에서도 메이지 말 이후의 신주쿠(新宿)의 발전은 주목할 만하다. 특히 게이오센(京王線)을 위시로 신주쿠역을 중심으로 하는 부도심(副都心)화는 도쿄 근교 발달의 상징이기도 했다.

　　시구개정은 이미 완성되었고 큰길가의 도로는 넓게 확장되었으며 전차는 여기저기에서 윙윙 전선소리를 내며 달린다. / 전차가 생겨 시의 번화한 장소도 점차 변해 갔다. 교외에 사는 사람들도 물건을 살 때는 그 근처에서 사지 않고 전차를 타고 시내 중심으로 나갔다. 따라서 미쓰코시, 시로키야, 마쓰야 등의 포목점도 커다랗게 변했다. 주로 전차가 교차하는 곳, 손님이 많이 타고 내리는 곳, 그런 곳이 지금까지의 번화가를 빼앗게 되었고 시가지의 상황이 일변했다.
　　(市区改正は既に完成され、大通の路は広く拡げられ、電車は到るところに、その唸るやうな電線の音を漲らせた。/ 電車が出来たために、市の繁華な場所も、次第に変って行った。郊外に住む人も、買い物をするには、その近所で買わずに、電車で、市街の中心へと出て行った。従って、三越、白木屋、松屋などといふ呉服店も大きな構へとなった。主として、電車の交叉するところ、客の乗降の多いところ、さういふ個所が今迄の繁華を奪ふやうになって、市街の状況が一変した。)
　　　　　　　　　　　　　　　　　　　　(田山花袋『東京の三十年』)

가타이가 말하는 교외(郊外)라는 것은 도쿄시 15구 이외의 지역이
다.[21] 오늘날의 신주쿠(新宿), 시부야(渋谷), 시나가와(品川) 등 야마노테
의 고가 지역은 거의 당시의 교외에 해당한다고 보면 될 것이다.[22]

다이쇼시대를 통틀어 문필가를 비롯한 지식인들의 이목이 전 시대
의 야마노테선(山手線)을 중심으로 하는 지역과 시타마치(下町)로부터
도쿄의 주변지역으로 쏠리기 시작하고 있는 점은 주목할 만하다.

이케부쿠로는 시내와의 사이에 스가모감옥 같은 커다란 건물이 방해
를 해 직접 시내와의 연결이 끊겨 있었는데 스가모 쪽으로부터 시내의
기세가 뻗어 와 근래에는 눈에 띄게 가옥들이 들어서게 되었다. 무사시
노철도도 도조철도도 아카바네선도 이 역에서 연결이 됨으로 야마노테
선 중에서도 승강객이 많은 편이다.

(池袋は市中との間に巣鴨監獄の大きな建ものが邪魔して、直接市
内との連絡を断たれてゐたが、巣鴨の方から市内の勢ひが伸びて来
て、近頃は目立つて家がこむようになつた。武蔵野鉄道も、東上鉄道
も、赤羽線も、此駅から連絡してゐるので、山手線の中でも乗降客
の多い方だ。)[23]

(河井酔茗 『東京近郊めぐり』)

가와이 스이메이(河井酔茗)의 『東京近郊めぐり』를 통해 관동대지진
직전에 도시화가 진행되고 있던 도쿄 근교의 상황을 확인할 수가 있

---

21) 메이지 21년(1888) 市制町村制가 공포되고 이듬해 5월 市制特例로서 15구
   를 구역(區域)으로 하는 도쿄시가 성립되었다.
22) 신주쿠(新宿)는 南葛飾郡 新宿町, 시부야(渋谷)는 豊多摩郡 澁谷町, 시나
   가와(品川)는 荏原郡 品川町 등.
23) 河井酔茗 『東京近郊めぐり』(文学地誌 東京叢書 第9巻 大空社, 1992)
   p.163.

다. 가와이는 이 이외에도 「거리로서는 메구로(目黑)보다 시부야(渋谷)
가 훨씬 커졌다」 「신주쿠(新宿)의 서쪽은 나카노초(中野町)로, 이곳도
전차가 다니면서부터는 눈에 띄게 발전했다」 「무코지마(向島)의 남쪽
가메이도(亀戸)도 교외였지만 교외 서남부의 시부야와 마찬가지로 이
제는 도쿄에 접근한 시가지(市街地)가 되었다」는 등의 기록을 통해 다
이쇼 11년 당시의 도쿄의 근교였던 이케부쿠로·신주쿠·시부야·가
메이도 등의 도시화의 과정을 전해주고 있다.

　　11월 2일, 수요일. 시부야에서 다마가와전차를 탔다. 도쿄의 시가지가
　끝도 없이 끝도 없이 이어져 있는 것엔 늘 놀라지만 이 날만큼은 더 놀
　랐다.
　　十一月二日、水曜。渋谷から玉川電車に乗つた。東京の市街が何
　処迄も何処迄も続いて居るのにいつもながら驚かされた。)24)
　　　　　　　　　　　　　　　　　　　　　　(寺田寅彦 『写生紀行』)

　　요시무라 후유히코(吉村冬彦)라는 필명으로 『中央公論』다이쇼 11년
1월 호에 수록된 데라다 도라히코(寺田寅彦)의 수필 「写生紀行」의 한
대목이다. 데라다는 다이쇼 10년 10월부터 11월에 걸쳐 도쿄의 근교
를 여행하며 발전한 교외의 모습을 기록했다. 11월 10일에는 이케부쿠
로(池袋)에서 전차를 갈아타고 도조센(東上線)의 成増까지 갔다 돌아오
는 길에 열차가 도쿄 시내로 들어서면서부터 공기가 탁해 지는 것을
느끼고 상공(上空)에는 납빛 연기가 자욱했던 당시의 도쿄의 상황이 생
생하게 기록되어 있다.

---

24) 『寺田寅彦全随筆』2 (岩波書店, 1991) p.100

千歲村 粕谷에 德富健次郎(蘆花)가 이주해 살기 시작한 것은 메이지 40년이었다. 그 후 5년 동안 이곳에서의 체험과 감상을 『みみずのたはごと』에 담았다. 로카는 다이쇼 초 도쿄의 교외에서 살아가는 이들의 생활을 '지렁이'에 비유해 도쿄와의 거리를 의식하며 도쿄를 말한다.

　　도쿄가 많이 밀고 들어왔다. 도쿄를 서쪽으로 두고 단 3리, 도쿄에 의존하며 살아가는 동네다. 200만의 인해가 밀렸다 빠졌다하는 여파가 동네에 선해지는 건 자연스러운 일이다. 도쿄에서 가스를 쓰기 시작하면서 장작의 수요가 준 탓인지 마을 잡목림이 꽤 개간되어 보리밭이 되었다, / 요컨데 이전의 순농지는 빠르게 도회부속의 채소밭이 되어가고 있다. 게이오전차가 생겨 그 여파로 지가도 폭등했다. / 요컨데 도쿄가 나날이 쳐들어온다. 이전에는 듣지 못하던 공장의 기적소리같은 것이 근래에는 새벽녘 꿈을 위협하게끔 되었다.

　　(東京が大分攻め寄せて来た。東京を西に距る唯三里、東京に依つて生活する村だ。二百万の人の海にさす潮ひく汐の余波が村に響いて来るのは自然である。東京で瓦斯を使ふ様になつて、薪の需用が減つた結果か、村の雑木山が大分拓かれて麦畑になつた。/ 要するに、曩時の純農村は追々都会付属の菜園になりつゝある。京王電車が出来るので其等を気構へ地価も騰貴した。/ 要するに東京が日々攻めて来る。以前聞かなかつた工場の汽笛なぞが、近来明け方の夢を驚かす様になつた。)[25]

　　　　　　　　　　　　　　　　(徳富健次郎『みゝずのたはごと』)

---

25) 徳富健次郎『みゝずのたはごと』(『明治文学全集』第42巻 筑摩書房, 1966) p.201

다야마 가타이(田山花袋)는 근교의 발달이 특히 현저한 다이쇼 초의 도쿄의 근교(近郊)의 도시화에 대한 아쉬움을 토로하고 있다.

> 대략 도쿄의 외곽은 새롭게 열린 곳이다. 신개지다. 샐러리맨이나 학생들이 사는 곳이다. 거기에 옛날의 오래된 공기는 조금도 남아 있질 않다. 에도의 공기는 문명에 짓눌려 도시의 한 가운데에, 아니 오히려 바닥쪽에 희미하게 남아 있는 것을 볼 뿐이다.
>
> (概して東京の外郭は、新しく開けたものだ。新開町だ。勤人や学生の住むところだ。そこには昔の古い空気は少しも残っていない。江戸の空気は、文明に圧されて、市の真中に、寧ろ底の方に、微かに残っているのを見るばかりである。)
>
> (田山花袋『東京の三十年』)

3 현대도시의 완성과 그 반작용(反作用)
— 대도시의 이면(裏面), 그리고 에도(江戸) —

급격한 도쿄의 외형적 변화는 그 이면에 다양한 모습을 감추고 있다. 어떤 의미로는 초조와 불안, 어떤 의미로는 자부와 개탄(慨歎)의 대상이었다. 근대화된 도쿄를 바라보는 여러 시각을 통해 도쿄의 현대도시로서의 완성과, 도쿄는 더럽고 지저분하고 불쾌한 공간, 불량한 소년 · 소년가 들끓는 곳 등, 도시의 근대화와 그 이면에 숨겨져 있는 다양한 심상(心象)표현을 살펴 볼 수 있다.

> 보아라! 중앙스테이션을 / 실로 불쾌한 건물이 아닌가 / 쓸데없이 기

교를 부린 지붕, 비미술적인 기둥, 기와와 돌의 추악한 색조－그렇다. 감
옥！ －죄수가 한숨을 내뱉는, 어둡고 어두운 감옥과 같다.
  (見給へ、中央ステーションを ／ 実に不愉快な建物ではないか ／ 矢
鱈に技巧を弄した屋根、非美術的な丸柱、瓦と石との醜悪なる色調
－さうだ。牢獄－囚人の吐息つく、暗い暗い牢獄そつくり。)26)
(本間国雄 『東京の印象』)

  다이쇼의 신명물, 도쿄 근대화의 상징인 동경역도 보는 각도에 따라
서는 추악한 감옥과 같이 보일 수 있다. 또한 대도시의 폐해를 지적하
는 목소리도 있다.

  단, 교바시는 니혼바시나 간다와 마찬가지로 근래 거의 가옥수가 일정
해서 이렇다 할 차이가 없는데 혼조, 후카가와, 아사쿠사, 스가모, 시부
야는 엄청난 속도로 가옥수를 늘려 가는 것은, 생각건데 인간이 중앙에
서 네 귀퉁이로 밀려나려 하는 것으로 거기에 처절한 생활문제가 놓여있
다. 단지 대도쿄의 팽창이라는 등 태평스럽게 간과할 문제가 아니다.
  (併し京橋は日本橋や神田と同じく、近年殆んど戸数が一定して、
著しき相違がないのに、本所、深川、浅草、巣鴨、澁谷は大速度で
戸数を増加していくのは、思ふに人間が中央から四つ隅にはみ出さん
とするものであつて、其処に悲しき痛ましき生活問題が横たはつてゐ
る。単に大東京の膨張などゝ太平楽に看過すべきものではない。27)
(山口狐剣 『東都新繁昌記』)

  이러한 불쾌감은 자연스럽게 도쿄 근교나 교외로 문인들의 마음을
쏠리게 했으며, 다이쇼 후기로 갈수록 교외나 근교를 대상으로 한 문

---

26) 『東京の印象』(現代教養文庫 社会思想社, 1992)
27) 『東都新繁昌記』(文学地誌東京叢書 第7巻 大空社, 1992) p.122.

학작품의 수가 많아진다는 점은 주목할 만하다. 이와 같은 맥락에서 옛 에도에 대한 향수와 그리움을 나타내는 작품의 등장과 이에 따른 '에도 회기' 현상을 이해할 수 있을 것이다.

메이지의 도쿄는 분명 에도를 기초로 해 성립된 도시이며 에도 이래의 것과 근대 이후의 도쿄가 연속하며 중층적인 구조를 갖고 있었다.

> 그는 섬세한 에도식 개화의 품 속에서 아무 걱정 없이 자란 도련님을 연상하지 않을 수 없었다. 첫째로 스나가가 가쿠오비를 정연히 메고 흐트러짐 없이 앉는 것부터가 그에게는 이상하게 보였다. 거기에 나가우타를 좋아한다는 어머니 / 그는 도쿠가와 시대의 칙칙한 공기가 아직도 떠다니는 검은 옛 건물이 죽 들어선 뒷골목에 자리 잡고 있는 집에 / 한 달에 한번 씩 가키가라쵸의 스이텡구와 후카가와의 후도를 참배하고 (하략).
>
> (彼は纖細な江戸式の開化の懷に、ぽうと育った若旦那を連想しない訳には行かなかった。第一須永が角帶をきゅうと締めてきちりと坐ることからが彼には變であった。其所へ長唄の好きだとかいうお母さんが / 彼は德川時代の濕っぽい空氣が未だに漂っている黑い藏造の立ち並ぶ裏通りに家を構えて / 月に一遍ずつ蠣殼町の水天宮樣と深河の不動へお參りをして~/)[28]
>
> (夏目漱石『彼岸過迄』)

입신출세를 목표로 상경한 시골청년 게이타로(敬太郎)는 1910년대의 도쿄에서 분주한 나날을 보내지만 오히려 친구인 스나가(須永)는 도시적인 것에 그다지 가치를 두고 있지 않다. 오히려 에도적인 사고와 생활습관을 체현함으로서 게타로와는 상대적인 차이를 보인다. 스나가

---

28) 夏目漱石『彼岸過迄』(『全集』第7卷, pp.48-49)

의 형상(形相)에는 소세키나 동시대의 에도 지향의 의지가 투영되어 있다고 볼 수 있다. 『彼岸過迄』에서 묘사되고 있는 동시대를 살아가는 두 청년의 다른 삶의 방식을 통해 우리는 학업을 통해 입신출세를 지향하는 가치기준과 당시 지식인들 사이에 도쿄를 극복하는 하나의 방법으로서의 '에도회기'의 언설이 서로 대응하고 있음을 알 수 있다.

> 나는 옛날의 와세다논이 보고 싶었다. 그러나 거기는 이미 마을이 들어섰다. 나는 네고로의 차밭과 대나무 숲을 한 번 보고 싶었다. 그러나 그 흔적은 어디에서도 발견할 수가 없었다. / 나는 망연히 멈춰 섰다. 왜 우리 집만이 과거의 잔해처럼 존재하고 있는 것일까? 내 맘 속에서는 빨리 그게 무너져 내렸으면 좋겠다고 생각했다. / 「시간」은 힘이다. 과거에 내가 다카다 방면으로 산책을 나갔을 때 그냥 그곳을 지나쳤을 때 우리 집은 깨끗하게 헐려 그 자리에 새로운 하숙집이 막 들어서고 있었다.
> (私は昔の早稲田田圃が見たかった。然し其処はもう町になつてゐた。私は根来の茶畑と竹藪を一目眺めたかつた。然し其痕跡は何処にも発見することが出来なかつた。/ 私は茫然として佇立した。何故私の家丈が過去の残骸の如くに存在してゐるのだろう。私の心のなかでは早くそれが崩れて仕舞えば好いのにと思つた。/「時」は力である。過去私が高田の方へ散歩した序に、何気なく其処を通り過ぎると、私の家は綺麗に取り壊されて、其あとに新しい下宿屋が建てられつゝあつた。)
>
> (夏目漱石『硝子戸の中』)

소세키가 고향인 와세다(早稲田)로 돌아온 메이지 40년, 우시고메 기쿠이초(牛込喜久井町)의 생가는 반세기 가까운 세월이 지났음에도 여전히 그 자리에 있었다. 「何故私の家丈が過去の残骸の如くに存在してゐるのだろう。私の心のなかでは早くそれが崩れて仕舞えば好いの

にと思つた……」. 소세키가 남아 있던 생가를 보고 애틋한 감상에 젖기보다는 먼저 위화감을 느낀 것은 소세키가 품고 있던 원래의 풍경(風景)과는 다른 모습으로 변해 있었기 때문이다. 와세다의 논, 네고로(根來)의 차밭과 대나무 숲을 잃은 생가의 모습에 소세키는 절망했을 것이다. 「早くそれが崩れて仕舞えば好い」라는 표현을 통해 신구(新舊)의 중층적 가치를 발견하기보다는 어느 한 쪽의 일방적인 가치를 추구하는 소세키의 마음을 엿볼 수 있지 않을까.

나가이 가후(永井荷風)를 비롯한 여러 문인들은 나날이 잃어 가는 과거의 도쿄를 애석(愛惜)해 한다.

> 매일매일 옛 명소고적이 파괴되어 가는 시세의 변천은 시중 산책의 무상비애의 쓸쓸한 시정을 띄게 만든다. / 대략 근세문학에 나타나는 황폐한 시정을 맛보고 싶다면 이집트나 이탈리아에 가지 않더라도 현재의 도쿄를 거니는 만큼 무참히도 처절한 생각을 들게 하는 곳도 없을 것이다.
> (日々昔ながらの名所古蹟を破却して行く時勢の変遷は市中の散歩に無常悲哀の寂しい詩趣を帯びさせる / およそ近世の文学に現はれた荒廃の詩情を味はうとしたら埃及伊太利に赴かずとも現在の東京を歩むほど無惨にも痛ましい思をさせる所はあるまい。)
> (永井荷風 『日和下駄』)

오토리사마 앞 거리를 좀 더 미노와 쪽으로 간 곳이 바로 그 다이온지 앞. 제작년까지만 해도 차가 겨우 두 대 지나다닐 정도의 좁은 도폭에 그래도 왕년의 정취가 전혀 없었던 것은 아니지만 그 길이 대폭 확장되고 이어서 전차가 그곳을 지나게 되기 전에 마쓰바쵸나 겟케이쵸에 자칫하면 쌓인 물을 버리기 위한 대하수가 지하 몇 미터를 파 들어가 작년부터 오랫동안 인부들이 매일처럼 시끌벅적 일하며 한 편에 트로크의 레일이 깔려 있었는데 가령 유곽의 노래 소리가 시끄럽게 들려온들 왕년을 떠올릴 방법도 없고 없어진 에도의 냄새도 맡을 수가 없다.

　　(お酉さまの前の街路を、もう少し三ノ輪の方へ寄った処が、音に聞えた大音寺前、ツイ一昨年までは俥が辛つと替はる程の狭い道幅に、それでも往昔の趣きが満更無いでもなかつたが、それが九間の幅に拡げられて、追て電車が此処通らうといふ前、松葉町や光月町やに、動もすると貯まる水を排くための大下水が、地下何丈を堀下げられ、去年から長い間よいとまけが日々毎日喚き立てゝ、片側にトロックの軌道が敷いてあつては、よしんば廓の騒ぎ唄が聞えた処で、往昔を偲ぶ便もなく、亡びた江戸の匂ひも嗅げない。)29)

　　　　　　　　　　　　　　　　　(江沢春霞「田圃から 三ノ輪」)

　큰길가도 거의 전부 에도시대의 모습을 잃어 버렸다. 파괴와 건설의 축도는 한 때 도쿄 시가에 이상한 통일되지 않은 광경을 보였지만 이제는 그것도 일단락 된 것처럼 통일 되지 않은 채로 자리를 잡았다. 히비야 공원, 개선도로, 동경역의 큰 정차장, 그 근방도 생각해 보면 아주 변해 버렸다.

　　(大通も殆ど渾て江戸時代の面影を失って了った。破壊と建設との縮図は、一時東京の市街に不思議な、不統一な光景を示したが、今ではそれも一段落ついたように、不統一のままに落附いて了った。日比谷公園、凱旋道路、東京駅の大きな停車場、あそこいらあたりも、考えると、全く一変して了った。)

　　　　　　　　　　　　　　　　　(田山花袋『東京の三十年』)

　나가이 카후(永井荷風)는 에도(江戸)에 대한 추억과 관심을 도쿄 산책기(散策記)『히요리게타(日和下駄)』(1915)30)를 통해 나타내고 있는데, 가

29)『新小説』特集「新編江戸砂子」(大·4)
30)『히요리게타(日和下駄)』는 大正 3년(1910) 8월부터 이듬해 9월까지 아홉 번에 걸쳐『三田文學』에 연재되었던 수필이다. 이후 수정·가필 후 大正 4년

후는 도쿄라는 도시가 갖고 있던 이면성(二面性), 예를 들면 도시의 겉과 속(表裏), 근대적인 도시의 모습과 전근대적 혹은 반근대적이라고도 할 수 있는 과거로의 지향(志向)을 보이고 있다. 이는 결국 에도(江戶)와 도쿄(東京)라는 신구 도시의 상대화를 통해 신흥도시 도쿄가 갖고 있는 이면성, 그 중에서도 도쿄의 서구화된 겉모습보다는 겉으로는 드러나지 않는 도쿄의 전근대적인 모습에 가치를 찾는, 에도의 잔상(殘像)에 대한 작자의 끊임없는 애정과 예찬이라 할 수 있을 것이다.

메이지 20년을 전후로 해 시작된 「동경시구개정(東京市區改正)」사업은 도회(都會)로서의 에도(江戶)와 근대도시(近代都市) 도쿄의 연속성을 단절시키는 한 계기를 만들어 주었다. 그러나 이러한 연속성의 단절이야말로 오히려 사라져 가는 에도의 잔상(殘像)에 대한 향수와 집착을 낳는 계기가 되었음을 우리는 주목을 해야 할 것이다. 이는 곧 에도와 도쿄를 상대화시킨다는 것, 또는 상대화 시킬 수 있을 정도로 서로의 정체성이 확립되었다는 것을 의미하며, 이는 '문명의 개화기'라 불리는 메이지 전기와 차별될 수 있는 이 시기의 가장 큰 특징이라 할 수 있다. 물론 에도, 메이지, 다이쇼라는 시대를 초월해 연속적으로 계승되어지는 불변의 가치가 있었음은 말할 나위도 없을 것이다. 하지만 메이지시대 통해 정치·경제·사회·문화 등의 모든 면에서 에도적인 것과는 구별되는 새로운 질서와 가치가 만들어 졌으며 다이쇼시대에 들어서 이러한 현상은 더 뚜렷해 졌음은 분명하다.

에도에 대한 관심은 이미 메이지 중기부터 시작되고 있었다. 처음

11월 籾山書店을 통해 『日和下駄 全』으로 간행되었다. 「一名東京散策記」라는 內題가 붙어 있다.

에는 근대화를 추진하는 메이지 정부 하에서 도쿄가 급격한 변모를 보이는 과정 속에 에도 이래의 것들이 파괴되고 없어진다는 위기의식의 반동에서였다. 에도시대에 태어나 메이지의 신풍(新風)에 저항하던 구막신(幕臣)들 일부가 에도를 기록해 두려 했다. 메이지 말 무렵부터 다이쇼에 들어서는 역사학, 지리학 등의 분야를 위시로 학문으로서의 에도 연구가 붐을 이루나,31) 에도를 기록하고 향수(鄕愁)하는 움직임은 오히려 메이지유신 이후에 도쿄에 정착한 일반인들을 포함한 식자층들 사이에서 급속히 번져갔다. 이는 바꿔 말하자면 메이지 말기부터 다이쇼 초에 걸친 이 시기에는 이미 에도는 먼 옛날 과거 속의 도시로 세인들에게 인식되었으며, 도쿄라는 도시가 이미 사람들 마음속에 정착했다는 것을 의미한다. 에도와 도쿄의 단절이다.32) 단절은 서로를 상대화시키는 계기를 만든다. 서로를 상대화시킨다는 것, 또는 상대화시킬 수 있다는 것은 각각의 정체성이 어느 정도 정립이 되었다는 것을 의미한다. 그러나 여기서 주목해야 할 것은 다이쇼의 문인들이 추구한 에도란 메이지의 문명개화 이전의 옛 에도가 아니고 오히려 서구

---

31) 소위 제 2차 에도붐이라고 불리는 사회적·문화적 현상이 일어나는 시기가 바로 이 무렵이다. 문예지 『新小説』(1911) 4월호가 「江戸研究」라는 특집으로 만들어 졌으며, 시바타 류세(紫田流星)의 『残された江戸』와 와카즈키 시란(若月紫蘭)의 『東京年中行事』(1911) 등이 문명의 홍수 속에 잊혀져 가는 에도에 대한 향수를 불러일으키고 있다. 구 막신계 인사들에 의한 '에도구사채방회(江戸旧事采訪會)'의 잡지 『江戸』가 창간된 것은 다이쇼 4년(1915).

32) 진정한 의미에서의 에도와 도쿄의 단절은 1923년의 관동대지진, 2차 세계대전의 전화(戰火)를 거친 1945년을 경계로 일어났다고 해야 할 것이다. 이 두 번의 대형 진재(震災)와 전재(戰災)를 통해 에도 이래의 것들은 현실 속에서는 거의 모습을 감추고, 에도는 일반인들에게는 사극(史劇)이나 고전을 소재로 한 예능을 통해서만 접할 수 있게 된다.

화된 도쿄 안에서 이국적인 정취(情趣)조차 느낄 수 있는 에도였다는
점이다. 다야마 가타이의 『東京の三十年』에 등장하는 에도는 기본적
으로 도시지향적인 작가의 여흥(餘興)이었을지도 모른다.

맺음말

　다이쇼 15년 이라는 세월은 45년간의 메이지시대와 63년 동안 계속
되어 왔던 쇼와시대에 비하면 너무 짧다. 다이쇼천황은 건강이 좋지
않아 일찍부터 국민들 앞에서 모습을 감추었고, 다이쇼 10년 11월부터
는 황태자 아키히토친왕(裕仁親王)이 섭정(攝政)을 시작했다. 형식상으
로는 다이쇼시대가 지속되고 있었지만 이 시점을 계기로 이미 쇼와시
대가 시작되었다고 해도 과언은 아닐 것이다. 실제로 스즈키 마사오
(鈴木理生)의 『江戸 · 東京の地理と地名』(2006)의 권두(卷頭)에 실린 「江
戸 · 東京の略年表」 중의 「江戸 · 東京の出来事」란 항목에는 다이쇼
시대의 특기할만한 사항으로서 1923년의 '관동대지진'이 실려 있을 뿐
이다. 그렇다면 본고에서 고찰의 대상으로 삼고 있는 다이쇼 초～관
동대지진 이전까지의 기간은 특기할만한 사건이나 사항이 전무 하다
는 말이 된다.

　다이쇼의 도쿄, 도쿄의 다이쇼시대를 생각할 경우, 먼저 '다이쇼'라
는 연호가 줄곧 머리에서 떠나질 않는다. 그러나 적어도 근대에 있어
메이지에서 다이쇼, 다이쇼에서 쇼와라고 하는 연호(年號)의 변경에 의
한 시대 구분은 그다지 의미를 갖지 못한다. 그것이 정치사에 있어서

라면 분명 다소의 의미를 가질 수도 있겠으나 도시와 거리의 역사, 그곳에서 생활하는 인간의 역사에 있어서는 그다지 의미가 없다. 메이지에 태어나 다이쇼에 청춘을 보내고 풍요롭고 행복했던 쇼와에 생을 마감한 사람의 역사를 생각해 보면 좋을 것이다. 도쿄의 도시로서의 역사에 중대한 변혁이 일어났던 사건은 1923년 9월 1일에 일어난 동경대지진이다. 이 대형 재난을 계기로 도쿄는 완전히 다시 태어난다. 위에서 인용한 책 「江戸・東京の略年表」 중의 「江戸・東京の出来事」란 항목에 다이쇼시대의 특기할만한 사항으로서 1923년의 '관동대지진'이 실려 있을 뿐이라고 했는데, 도쿄의 변혁이라는 측면에서 볼 때 이 연표의 지적은 적확하다 할 수 있을지도 모르겠다.

다이쇼의 문화는 근대문화의 정착을 목표로 한 문화로 '대중문화'이며 '데모크라시와 민중'과 관계된 문화이며, 오락성이 강한 구조를 갖고 있는 문화이다. 자본주의의 발전 위에 도시 소시민(小市民)을 중심으로 하는 '시민문화'라 정의 내릴 수도 있을 것이다. 이러한 다이쇼의 문화는 도쿄를 배경으로 만들어졌으며 향유(享有)되었다. 메이지 말엽과 다이쇼 초기에 걸쳐 수도 도쿄는 크게 변화하였고 특히 서부(西部)의 발전이 두드러져 근교와 교외의 근대화가 이루어졌다. 그 결과 도쿄는 인구 130만 도시에서 200만 도시로 급속히 팽창했으며 에도시대 이래의 주변녹지는 개발이라는 미명(美名) 하에 급속히 파괴되어 갔다. 도쿄는 어느새 야마노테선(山手線) 안쪽 지역에서 바깥쪽 지역으로 발전한다. 내부에서는 동경역을 중심으로 하는 마루노우치의 개발이 특기할 만하다.

이러한 도쿄의 대도시화에 대한 표상(表象)과 심상(心象)은 다양하다.

긴자를 중심으로 마루노우치의 모던화 된 거리를 배경으로 서양의 음식을 먹고 마시며, 서양의, 혹은 서양화된 영화와 음악을 보고 들으면서 동양 제일의 도시 도쿄를 찬미했다. 당시 도쿄의 교외 다바타(田端)에 거주했던 아쿠타가와 류노스케(芥川竜之介)는 도쿄의 근교(近郊)에 대해서 「이상하게 슈쿠바(宿場)같고 신개지(新開地)같은 동네 분위기와, 소위 무사시노(武蔵野)가 보이곤 해 싸구려 센치멘탈리즘이 싫다」「내가 살고 있는 다바타 역시 도쿄의 교외이다. 그래서 그다지 유쾌하지 않다」[33]고 하고 있다. 우시고메(牛込)에 살던 다니자키 세이지(谷崎精二)는 「좀 더 조용한 곳, 도회의 소음이 없는 곳으로 가고 싶다」고 하면서도 「역시 긴자(銀座)가 가장 좋다」고 하였다.[34] 기무라 소하치(木村荘八)는 반년에 걸쳐 중국·조선 등을 여행하고 돌아온 후 「私が見たる東京」를 통해 「나는 시나(支那)·만주(満洲)·조선(朝鮮)을 여행하며 가는 곳 마다 정말 도쿄는 좋은 곳이다, 내 고향이다, 소중한 토지다, 라는 것을 절실히 느꼈다」라며 선진화된 도쿄의 우월을 이야기했다.[35] 이러한 자부와 우월적 심상(心象) 이면에 대도시화에 따른 자연과 전통의 파괴를 불쾌히 여기는 심상을 확인할 수 있다는 것 또한 간과해서는 안 될 것이다. 또한 에도에 대한 관심을 통해 거대 도시화된 도쿄를 극복하려 하는 이들도 생겨났으며 근교나 교외에 대한 관심 역시 '도쿄 극복'의 한 방법이었다. 이렇듯 문학텍스트를 통해 확인할 수

---

33) 芥川竜之介「東京に生れて」「東京の印象·生活の趣味」『文章倶楽部』特集(大12·1)
34) 谷崎精二「銀座を愛す」「東京の印象·生活の趣味」『文章倶楽部』特集(大12·1)
35) 木村荘八「私が見たる東京」『中央文学』(大10·4)

있는 다이쇼의 도시표상과 이를 받아들이고 극복하려 했던 당시 문인
을 주로 하는 지식인들의 심상(心象)은 도쿄의 다양한 표상만큼 다양하
게 나타나고 있다.

참고문헌

石川天涯, 『東京學』育英会, 1909

Curt Glaser, 『東京の市街』신문「데어 닷하 1912년 1월 8일

_____, 역문은『地下一尺集』叢文閣, 1921

夏目漱石, 『彼岸過迄』岩波書店, 1912

夏目漱石, 『硝子戸の中』岩波書店, 1915

徳富健次郎, 『みみずのたはごと』新橋堂書店, 1913

本間国雄, 『東京の印象』南北社, 1914

永井荷風, 『日和下駄』『三田文学』1914·8～1915·4

江沢春霞, 「田圃から 三ノ輪」『新小説』特集「新編江戸砂子」1915·4

青山邦三編, 『大正の東京と江戸』學藝社, 1916

田山花袋, 『東京の三十年』博文館, 1917

山口狐剣, 『東都新繁昌記』文武堂書店, 1918

田山花袋, 「銀座の夜」秋田貢四編『夜の東京』, 1919

川路柳虹, 「銀座と柳」『銀座』資生堂編, 1921

寺田寅彦, 『写生紀行』『中央公論』, 1922·1

河井酔茗, 『東京近郊めぐり』博文館, 1922

木村荘八, 「私が見たる東京」『中央文学』1922·4

高浜虚子, 「丸の内ビルデイング」『ホトトギス』1923·4

芥川竜之介, 「東京に生れて」「東京の印象·生活の趣味」『文章倶楽部』特集 1923·1

谷崎精二, 「銀座を愛す」「東京の印象·生活の趣味」『文章倶楽部』特集, 1913·1

今和次郎編, 『新版大東京案内』中央公論社, 1929

東京百年史編集委員会編, 『東京百年史』第四巻ぎょうせい, 1979

玉井鉄雄, 『江戸 失われた都市空間を読む』平凡社, 1986

陣内秀信, 『東京』文藝春秋, 1992

日本風俗史学会編, 『大正の東京100話』つくばね舎, 2002

山本光正, 『江戸見物と東京観光』臨川書店, 2005

田口律男, 『都市テキスト論序説』松籟社, 2006

鈴木理生, 『江戸·東京の地理と地名』日本実業出版者, 2006

제8장

전전기 타이완인 작가의 도쿄 체험과 이미지
-1930년대 장문환(張文環) 작품을 중심으로-

장원쉰(張文薰)

머리말

1895년 청일전쟁의 승리로 일본은 타이완을 점령하였고 1945년 종전까지 타이완은 일본의 식민통치하에 있었다. 이 50년 간을 '일본통치기'라고 한다. 중국에서 이주한 한인계 이민자가 80%이상이며 1895년 청일전쟁의 승리로 일본은 타이완을 점령하였고 1945년 종전까지 타이완은 일본의 식민통치하에 놓였다. 이 50년간을 '일본통치기'라고 한다. 중국에서 이주한 한인계 이민자가 80%이상을 차지하며, 뿌리 깊은 중국전통문화를 간직하면서도 '대륙'으로부터 '외지'로 간주되어 왔지만, 일본이 통치했던 50년 동안 전근대적 풍속에서 벗어나 근대화의 길을 착실히 밟아왔다. 그 과정에서 근대교육의 수혜를 받아 근대적 사고와 행동양식을 체득한 새로운 지식인이 등장한다. 그들 중 일부는 중국 백화문운동(白話文運動)의 영향을 받아 타이완 화문운동(話文運動)을 제창했으며, 이를 통해 전통문학인 한시와는 성격을 달리하는

'타이완 신문학'을 창조했다.

그 시작은 1920년대 초반으로, 당시 주요 언어는 중국 백화문이었다. 1930년대에 들어서면서 '국어'인 일본어를 주된 언어로 사용하는 작가가 등장했다.[1] 1933년에 타이완 문예계에 등장한 장문환(張文環, 1909~1978)도 그 중 한 사람이다. 장문환은 문단에 입문해 종전까지 일개 유학생에서 주요작가로 발돋움했으며, 타이완 문단에 커다란 족적을 남겼다. 장문환은 1933년 도쿄에서 타이완 유학생들과 함께 '타이완 예술연구회'를 조직하고, 타이완 최초의 일본어 문학잡지인 『포르모사(フオルモサ)』를 창간했다. 1935년에는 『중앙공론』 현상 소설에 입선했으며, 귀국 후 1941년부터 잡지 『타이완문학』을 발행하는 등, 정열적인 창작활동을 펼쳤으며 전시하의 타이완문단에 절대적인 영향력을 발휘했다.

장문환으로 대표되는 일본어세대 타이완인 작가 대부분은 일본에서 문학활동을 시작해 당시의 '국어'='일본어'를 창작의 수단으로 삼았다. 이처럼 식민종주국 언어를 사용한 창작 활동은 일본어세대 작가들에게 전 세대 혹은 유학 경험이 없는 작가와는 다른 문예관을 갖게 하는 결과를 낳았으며 타이완 신문화에 큰 영향을 미쳤다. 그런데 그들이 식민종주국에 품었던 감정은 복잡했다. 그들이 묘사한 '도쿄'에 전전(戰前) 타이완 지식인의 갈등이 드러나 있는 점이 그것이다. 이 글에서는 도쿄 체험을 갖는 타이완인 작가의 '도쿄 이야기'를 검토함으로써

---

1) 후지이 쇼조(藤井省三)는 타이완인 일본어 작가의 등장으로 학교 교육의 보급 및 타이완 총독부가 적극적으로 국어정책을 추진한 점에 주목하여, 일본어 식자율이 높아짐에 따라 일본어 독서 시장이 확대되어 갔음을 논의했다. 藤井省三 『台湾文學この百年』, 東方書店, 1998年, pp.31-39.

전전 타이완 지식인이 직면한 '민족'과 '근대'의 갈등을 드러내고자 한다. 그 중에서도 11년간을 일본에서 생활한 장문환의 유학체험을 중심으로 검토하고자 한다. 일본유학을 경험한 타이완 지식인이 탄생시킨 문학이 당시 제도(帝都)·도쿄를 어떻게 표상하고 있는지 분석하는 일은 타이완 지식인에게 있어 '도쿄' 및 일본 내지의 의미가 무엇이었는지를 간파할 수 있는 중요한 단서가 될 것이다. 분석 대상은 1920년~1930년대 소설로 한정하도록 하겠다. 그 이유는 일본이 제2차 세계대전에 전면적으로 참가하게 되는 1940년대에도 장문환을 비롯한 타이완 작가들의 '도쿄 이야기'는 계속되었지만, 강력한 국책의 영향으로 표현 방식이 크게 변화했기 때문이다. 1940년대 타이완 문학에 나타난 도쿄 표상에 대해서는 원고를 달리해 논의하고자 한다.

1 구(鷗) 『기분 나쁜 침묵(可怕的沈黙)』
  －공백의 장으로서의 도쿄－

현시점에서의 타이완 신문학 최초의 소설은 1922년 4월에 발표된 구(鷗)의 『기분 나쁜 침묵(可怕的沈黙)』[2]이다. 이 소설은 중국 백화문으로 쓰여진 단편으로, 내용은 두 청년의 대화로 구성된 매우 단순한 구조다. "정월 이튿날" "언제나 번잡한 오모테진보쵸(表神保町)"를 두 사

---

2) 台湾文化協會 『台湾文化叢書』第一号, 1922年4月. 전전기 타이완문학에 대한 연구 및 자료보존은 전후 타이완의 정치상황-1987년까지 계엄령하에서 오랫동안 터부시되어 왔기 때문에 아직 발굴 단계에 있다.

람의 타이완 청년이 걸어가면서 식민지문제에 대해 대화를 나눈다. 한 사람은 타이완의 차별문제를 민족적으로 해결해야 한다고 주장하며, 다른 한 사람은 차별은 어디에서나 일어날 수 있는 문제이므로 일본과 타이완 문제에만 한정되지 않는다고 반론했다. '오모테진보쵸'라는 지명은 소설의 모두(冒頭) 부분에 등장하는데, 지명과 대화 내용과는 전혀 관련이 없다. 예컨대, 진보쵸에서 청년 두 명이 말이 채찍을 맞고 있는 장면을 목격하지만 대화 내용에서는 그 장면에 대해 아무런 언급이 없으며, 진보쵸에 대한 묘사도 없다. 따라서 소설의 무대가 반드시 진보쵸가 아닌, 'A거리'라든가 '타이페이' 등의 지명으로 바꾸어도 무방할 것이다. 즉, 타이완 최신 신문학소설에 등장하는 도쿄는, 사건이라든가 이야기를 산출하는 배경으로 기능하지 않는 공백의 장(場)에 지나지 않는다. 작자의 태생에 대해서는 분명치 않지만, 1922년 타이완에서 '국어'가 아닌 중국 백화문으로 쓴 것으로 보아 일본이 아닌 중국 유학 경험이 있으리라는 추측이 가능하다.

2 희망으로서의 도쿄

1) 추풍(追風) 『그녀는 어디로(彼女は何處へ)』

추풍의 작품 『그녀는 어디로』3)는 타이완 문학사에 있어 게재시기, 사용언어, 이야기 형식 등 모든 것이 획기적인 작품이었다. 작가 추풍

---

3) 『台湾』第三年第四号-第七号, 1922年7月10日-10月6日.

의 본명은 시에춘무(謝春木)로, 타이완 식민지 교육을 받은 1세대 엘리
트다. 1921년 그는 타이페이 사범학교 졸업 후 도쿄고등사범학교에 유
학하여 4년간 도쿄에 머물렀다. 그는 민족사상과 관련하여 도쿄유학
생에게 큰 영향을 끼친 인물이다. 시에춘무는 주로 저널리스트, 민족
사회운동가로 활동했으며, 문학 분야에 남긴 성과로는 소설 『그녀는
어디로』단 한 편뿐이다.4) 민족사회운동을 하면서 문예/문학운동을
병행했다고 할 수 있다.

  소설 『그녀는 어디로』의 주제는 여성과 연애, 결혼제도이다. 소설
에 나타난 도쿄는, 봉건제도로 고통 받는 타이완 청년의 번민을 해결
하고, '자유연애'를 실천할 수 있는 곳으로 묘사되어 있다. 발표 당시
시에춘무는 도쿄에서 활동했으며, 소설이 게재된 잡지 『타이완』역시
도쿄를 중심으로 한 잡지라는 점을 생각할 때, 이 소설은 재일(在日) 지
식인이 타이완 청년에게 발신하는 메시지라고 볼 수 있다. 잡지 『타이
완』은 당시 타이완 도민의 문명화와 계몽을 위해 1922년에 창간되었
으며, 도중에 잡지명과 출판형식에 변화가 있기도 했지만 일본 통치기
에 타이완인 자본으로 간행된 유일한 신문으로서 타이완인의 입장을
대변해 왔다.

  『그녀는 어디로』의 시점은 주인공 계화(桂花)에게 맞춰져 있으며,
이야기 구조는 그녀의 심경 변화를 중심으로 전개되고 있다. 계화에게
는 가족이 정한 도쿄 유학 중인 약혼자 청풍(淸風)이 있었다. 그러나
청풍에게는 일본에 이미 서로 사랑하는 연인이 있었다. 그 소식은 청

---

4) 그 밖에 「시를 모방하다(詩の眞似する)」라는 한 편의 시가 있다. 『台湾』第
    5年1号, 1924年4月.

풍과 같은 도쿄 유학생인 계화의 이종사촌 초지(草池)에 의해 계화의
어머니에게 전해지고, 계화는 어머니로부터 그 소식을 전해 듣는다.
결국, 청풍은 계화에게 파혼을 요구한다. 계화는 처음에는 세간의 이
목 때문에 파혼을 거부하지만, 청풍의 편지를 읽고, 초지와 개명한 어
머니의 설득으로 파혼에 합의한다. 마지막에 개화는 타이완 여성의 장
래를 개척하기 위해, 또한 자신의 길을 찾기 위해 도쿄 유학을 결심
한다.

　이 소설은 언뜻 보기에, 독립심에 자각해 가는 주인공 계화를 칭송
하는 것처럼 보인다. 그런데 그녀의 '자각' 과정을 검토해보면 여성의
독립과는 동떨어진 실체가 명확해 진다. 작품의 첫 부분에서 청풍의
파혼 암시부터 독자는 필연적으로 청풍과 공범적 시점을 공유하며 계
화의 반응을 관찰하는 입장에 서게 된다. 또한, 청풍이 연애결혼을 위
해 계화와의 약혼을 파기하고자 하는 '정당성'은 자기 변명에 지나지
않으며, 계화의 입장에 서야 할 이종사촌 초지와 어머니가 그녀의 결
단을 대신하고 있음을 알 수 있다. 즉, 이 소설에서는 '방황하는 계화'
와 '옳은 결단을 재촉하는' 청풍·초지·모친·독자의 공동체라는 대
립구조가 형성되어 있다. 또한 약혼 파기의 정당성을 인정해 '자각'하
는 계화의 언동은 그녀 스스로가 내린 결단이라기보다는, 그녀를 '옳
은' 깨달음으로 인도하려는 청풍·초지·모친·독자의 공동체에 의해
'기대'되어진 일이었다고 할 수 있다. 딸의 약혼이 일방적으로 파기되
었음에도 "청풍을 원망하지 않는" 어머니의 반응은 비현실적이기까지
하다. 게다가 계화 주위에 이종사촌인 초지와 어머니만 존재하는데,
이는 '봉건성'의 권위를 사전에 배제시키기 위해 아버지를 부재 상태로

설정한 것이라고 볼 수 있다.

즉, 소설 『그녀는 어디로』는 자유연애로 연결된 연인들과 시대에 순응하는 개명한 가장(어머니), 학문으로 미래를 개척하는 타이완 여성을 묘사하고 있다. 이 잘 다듬어진 소설은 노골적인 이데올로기 전달 수단으로 전락해 버린다. 청풍은 "나는 계화를 사랑한다. 그런데 그 사랑과 이 사랑(자유연애)은 의미가 다르다"라고 변명하며 약혼을 파기하지만 그 정당성은, 그들의 약혼이 부모에 의한 결정이며 본인이 승낙한 것이 아니라는 데 있다. 즉, '연애'가 중매 결혼 보다 훌륭한 것이라는 근거는 연애 당사자(청풍)의 '개인 의지'에 달려있었던 것이다. 가부장제에서 '개인 의지'를 탈환해 근대적 자아를 확립하는 것은 20년대 지식인들의 목표였다. 여기에 '자유연애'가 개인 의지의 존중이라는 근대적 가치관을 전달하는 매개로 기능하고 있음을 알 수 있다.

여기서 계화라는 '여성'의 실체는 공동화(空洞化)되어 작가의 사상을 전달하기 위한 도구로 전락한다. 실제로 계화의 대사는 대부분 청풍과 초지, 어머니의 견해를 모방한 것에 지나지 않으며, 그녀 자신의 견해는 어디에도 존재하지 않는다. 그렇다면 '자유연애', '자기해방' 사상을 가치 있는 것으로 그리고 있는 이 작품은, 그 가치를 어떻게 독자에게 제시하고 있을까? 딸의 파혼을 걱정하는 숙모를 앞에 두고 초지는 "공부만 시킨다면"이라는 갑작스러운 제안을 한다. 그리고 계화는 눈물을 멈추고 갑자기 "내지(內地) 유학"을 결심하고 도쿄 유학을 선언한다. 이러한 전개는 독자와 작품의 공범관계라는 점에서 생각하면, 작가는 "그녀는 어디로?"라고 묻기 전부터 이미 모범 답안을 준비하고 있으며, 중요한 것은 '그녀'가 아닌 '어디로'라는 물음과 답이었다고 할 수 있을 것이다. 계화라는 여성은 독자를 '올바른' 답, 즉 '도쿄 유학'으로 인도 하는 메디아에 지나지 않는다.

이 작품에 나타난 '도쿄'는 실제로 전편을 통해 '자유', '해방'의 의미 를 깔고 있다. 작품에는 구체적으로 드러나고 있지 않지만, 청풍과 그 의 연인이 친해지는 곳도, 파혼 당한 계화가 향하는 곳도 '도쿄'다. 도 쿄에 가기 전까지 계화는 청풍을 그리워하며 자수(刺繡)에 몰두하는 구 식 여성으로 그려지고, 청풍의 연인인 아련(阿蓮)은 양산을 쓴 하이칼 라 여학생으로 묘사하여 대조된 이미지를 부여하고 있다. 청풍을 비롯 한 도쿄의 젊은이들은 교제를 만끽할 수 있으며, 자유연애를 실현할 수 있다. 그리고 계화는 도쿄로 향하는 배의 갑판에서 "우리는 타이완 의 부녀자사회, 아니 일반사회에 혁명의 봉화를 들어야 한다"라며 '혁 명의 마돈나'로 변신하여, 도쿄에서는 옛사랑을 잊고 "보다 큰 문제" 해결에 착수할 것을 결의한다. 이처럼 작품 안에 나타난 '도쿄'와 관련 된 모든 것이 미래에 대한 희망으로 가득 차있다. 그 때문에 주인공의 '현재'는 후진성으로 조명되고 있으며, '도쿄'는 주인공을 앞으로 나아 가게 하는 희망의 땅으로 그려지고 있다. 다시 말해, 이 작품은 계화와 독자를 '자유'와 '해방'의 땅으로 이끄는 견인차 역할을 하고 있다.

2) 장문환(張文環) 「낙뢰(落蕾)」

장문환의 처녀작으로 평가되는 이 작품은[5] 학업에 대한 열의에 불

---

5) 『フオルモサ』 創刊号, 1933年7月.

타는 가난한 농촌 청년 의산(義山)과 연인인 수영(秀英)과의 슬픈 사랑 이야기다. 경제적으로는 궁핍하나 학업에 대한 열의가 강했던 의산은 도쿄 유학에서 잠시 귀국한 친구 명중(明仲)과 서로의 고민을 나눈다. 한편, 애정과 학문이 양립할 수 없다는 현실을 깨달은 수영은 의산의 앞날에 장애가 되지 않도록 임신 사실을 숨긴다. 그리고 곧 부잣집 아들과의 혼담을 수락한다. 수영에게 거절당했다고 생각한 의산은 명중의 도움으로 도쿄로 향한다. 그런데 수영은 임신한 사실이 발각되고 파혼 당해 자살을 시도한다.

소설 『낙뢰』는 명중과 의산의 다음과 같은 대화로 시작된다.

"나는 이제 살아갈 기운도 희망도 전부 잃어버렸어……"
"의산! 자네 그렇게 생각하면 안 돼. 나도 늘 자네 말처럼 타이완으로 귀국할 때 늘 아름다운 세토나이카이(瀬戸内海)에 뛰어들까 생각했어. (이하 중략)」

이 대화에서 흥미로운 것은, 명중과 의산이 대조적인 환경에서 자랐지만 같은 고민을 공유하고 있는 점이다. 명중은 "부잣집 외동아들"인 반면, 의산은 부친을 여의고 농사를 해야만 살아갈 수 있는 가난한 청년이었다. 그럼에도 불구하고 명중과 의산 모두 "살아갈 기운도 희망도 전부 잃어버렸다"라며 한탄한다. 이러한 고민의 공유는 두 사람 모두 미래의 진로와 출세에 대한 불안감에서 기인한 것일 터이다. 그런데 명중의 고민은 의산의 현실적인 고민에 비해 망상적이고 비현실적이다. "살아가는 일"에 열심인 의산에게, 명중은 "자네는 생활의 고투에 단련되어 있지. 나는 돈의 여유가 좀 있어 그런 고통은 맛보지 않았기에 육체적으로도 정신적으로도 단련되어 있지 않다네. ……여하튼 나는 유학생이고, 자네는 노동을 하지만, 세상에서 보는 자네와 나는 계급이 다르다네. 그러나 사회에 대한 자네와 나의 역할은 같네"라며 자신을 비판한 후 스스로 자신의 입장을 열심히 설명한다. 그러나 명중은 "세토나이카이로 뛰어들기" 직전 살고자 하는 의지가 생겨 심기일전하여 다시 도쿄로 돌아온다. 연애와 진로 사이에서 고민하던 의산에게, 처음에는 "시골에서 열심히 공부해……읽고 싶은 책이 있으면……보내 줄테니"라며 격려한다. 그리고 나중에 함께 도쿄로 가자고 유혹한다. 여기서 '도쿄 유학'이 타이완 지식인 두 사람에게 눈앞의 고통에서 탈출할 수 있는 좋은 장소로 그려지고 있다.

이상에서 살펴 본 것처럼, 『그녀는 어디로』와 『낙뢰』에 그려진 '도쿄'는 구체적인 도시상으로 기능하고 있지는 않으나, 주인공이 처한 '현재'라는 폐쇄성과 후진성을 조명하는 동시에 빛나는 미래가 기다리는 이상적인 이미지를 부여하는 기호로 작동하고 있다. 그리고 오히려 '도쿄'에 구체적인 이미지가 결여되어 있기 때문에 독자가 작품의 배후에 숨어 있는 '도쿄'에 대한 상상력을 증폭시키고 동경(憧憬)하게 했을 것이다. 이것이 바로 『그녀는 어디로』와 『낙뢰』에서 그리고 있는 새로운 타입의 지식인이 독자에게 부여한 '도쿄 이야기'의 의미라고 볼 수 있다.

3 심상 풍경으로서의 '도쿄'

1) 무영복(巫永福) 「머리와 몸(首と体)」

무영복의 「머리와 몸」은 장문환의 「낙뢰」와 마찬가지로 도쿄유학생이 창간한 타이완 최초의 일본어 문예잡지 「포르모사」창간호에 게재된 소설이다. 무영복는 의학부에 진학하라는 아버지 명을 거역하고, 메이지 대학 문예과에 입학했다. "소설과 시를 쓰기 시작하고" "문예지 창간"을 위해 「포르모사」동인과 접촉하면서 문학 활동을 시작했다.[6] 단, 당시 장문환을 「포르모사」동인 대부분은 프롤레타리아문학운동의 흐름을 이어갔는데, 무영복는 좌익운동과 관계가 없었으며, 또한 시에 춘무(謝春木)달리, 민족사회운동과는 관계없는 지점에서 창작을 시작했다. 이러한 무영복의 작품 「머리와 몸」은, 두 유학생의 도쿄생활을 묘사한 것으로, '나'와 친구 'S'가 보낸 이틀 간의 일을 그린 단편이다. '나'와 'S'는 중학 시절의 친구이며, 도쿄에 와서도 매일 만나는 사이다. 'S'와 '나'는 종종 수업도 빠져가며 문학에 열심인 유학생이다. 그런데 'S'는 고향 부모님으로부터 귀향해서 결혼하라는 소리를 듣고 고민에 빠졌다. 여기에서 소설의 주제인 '머리'와 '몸'의 분열이 나타난다. 즉, '머리'=개인의 의지로 도쿄에 있지만, '몸'=고향의 가족에 대한 책임감으로는 도쿄를 떠나지 않으면 안 되는 신체의 분열이다. 이 제목은 요코미쓰 리이치(横光利一)의 명작 「머리 및 배(頭ならびに腹)」[7]를 연상하게

---

6) 「시모무라 사쿠지로(下村作次郎)에게 보내는 1998년 4월 3일자 무영복의 편지」下村作次郎 「台湾芸術研究會の結成」, 『左連研究』 1999. 付錄.

하는데, 실제로 요코미쓰 리이치는 메이지 대학에서 무영복에게 소설 창작을 지도한 스승이었다. 그리고 "얼어버린 수로의 잔물결보다 설공 (雪空)을 찌르는 듯 보이는 가지의 뾰족한 끝이 냉기를 몸에 주입한다", "얼어붙은 몸 안으로 다리에서부터 따뜻하게 간질간질한 땀에 젖은 일종의 가려움이 전해져 왔다", "따뜻한 스팀이 먼저 피부로 왔다. 얼굴에서 느껴지는 이 온기는 금속류도 얹을 수 있는 열전도와 같이 순간적인 속력으로 몸의 내부로 빨려 들어간다" 등의 표현과 같이 신체 감각과 순간적인 정서 변화를 정밀하게 묘사하는 신감각파의 창작 수법과 닮아 있다.

흥미로운 것은, 두 청년의 성격과 'S'의 고민을 대화로 알게 되는 것이 아니라, '나'와 'S'가 도쿄를 산책하는 과정에서 '나'의 시선에 포착된 도쿄 풍경을 통해 이야기되고 있는 점이다. 이 날 '나'와 'S'는, 구단시타(九段下) → 스루가다이(駿河台) → 히비야(日比谷) → 우치사이와이초(内幸町) → 도쿄자칸게끼(東京座観劇) → 스루가다이(駿河台) → 진보초(神保町)를 거쳐 오게 된다.

> 내가 미마츠(美松)를 나오자 그는 차도를 가로질러 공원의 입구에 서 있었다. 그는 나를 보기보다 미마츠의 옥상을 올려다봤다. 아니, 옥상 반대쪽 하늘을 올려다 봤다. (중략) 그러나 나는 구태여 이유를 물으려 하지 않았다. 엉뚱한 그의 이런 행동은 가끔씩 있는 일이니-. 그리고 나중에 알게 될 거라고 생각했다. 나는 아무 말 없이 그와 어깨를 나란히 하고 걷기 시작했다. 우치사이와이초(内幸町) 쪽으로-

---

7) 초출은 「文藝時代」 第1卷 第1号, 1924(大正13)年10月1日.

　인용문에서 보이는 것처럼, 'S'의 관찰이나 '나' 자신의 감각은 두 개의 장소를 이동하는 사이에 비연속적인 것으로 기술되고 있다. 이처럼 등장인물의 감정과 사건이 단절되고, 비연속적으로 이야기되는 반면, 산책으로 연결되어 가는 도쿄의 지명은 작품에 일관성을 부여하는 효과를 갖는다. 즉, 이 산책은 소설의 축으로서 소설의 구성을 지탱하고 있다고 볼 수 있다. 소설에서 주인공들이 걷는 도쿄의 거리는 등장인물의 성격을 투영하는 수단이며, 심상 풍경의 지도이기도 하다. 한편, 이 두 사람이 갔던 곳, 즉 가이교샤(偕行社), 제국호텔, 도쿄자(東京座), 그리고 '미마쓰'와 '호리'라는 레스토랑 등은 아무런 설명 없이 등장하고 있다. 두 사람은 "무의식에 가깝게" "서로의 의지가 교감"된 결과, '미마쓰'에 들어가거나 '호리'에 들어가 "우나한"과 "덴한"을 주문한다. 이처럼 도쿄의 지명이라든가 장소에 대한 아무런 설명 없이 빈번하게 등장시킴으로써, 등장인물들이 도쿄 유학생이며, 문학을 즐기는 문학청년임을 암시하고 있다. 또한, '도쿄 이야기'에서는 제국호텔, 도쿄자, 히비야공원 등 도쿄의 근대적 명소를 열거하는 것으로, 장소가 갖는 모더니티를 인물에게 부여하는 한편, 작자의 근대적 도쿄체험을 암시하는 기능을 하고 있다

2) 장문환(張文環) 「아버지의 요구(父の要求)」

　「타이완 문예」2권 2호는 「알림 1935년 벽두의 기쁜 소식」이라는 제목으로, 장문환의 『아버지의 얼굴』이 『중앙공론』현상의 선외 가작에 입선했다는 특보를 게재했다. 이 잡지에는 또 "중앙공론 응모 소설

1,210편 중 장문환씨의『아버지의 얼굴』이 4위라는 좋은 성적으로 가작에 입선"했다고 소개하고 있다.[8] 타이완 문학계에 있어서도 권위 있는 일본 문예지에 입선한 것은 쾌거다. 그것이 비록 '선외 가작'이라고 할지라도 문단의 꿈의 무대라고 할 수 있는『중앙공론』의 현상 소설에서 '가작'으로 인정받은 것은, 문예에 종사하는 사람에게 있어서는 큰 의미가 있다. 30년대에 활약했던 문학평론가 류첩(劉捷)은, 조선의 장혁주가『개조』현상소설에 입선한 것처럼 타이완 작가 가운데에도 중앙문단에서 인정받는 인재가 나올 것이라고 언급했는데,[9] 장문환의 입선으로 그의 말을 입증하게 된 것이다.

　장문환의『아버지의 요구』(1935년 9월 24일,「타이완 문예」2권 10호)는, 입선 작품인『아버지의 얼굴』을 개작한 것이다. 주인공은 타이완 농촌 출신의 우수한 청년으로, 자신은 원치 않았지만 양친의 소망대로 도쿄대학의 법과를 졸업했다. 그러나 법대에 합격해도 진로의 보장이 없음을 간파하고 고등문관 시험을 치르지만 불합격한다. 진유의(陳有義)는 "금으로 만든 번쩍거리는 제복을 입고 돌아오라"는 부모님의 꿈을 실현시킬 수 없다는 사실에 우울해진다. 기분전환을 위해 나카노(中野)에 있는 모녀 둘이 사는 일본인 기독교 가정으로 이사한다. 진유의는 하숙집 딸 가즈코(賀津子)에게 연정을 품지만, 가즈코에게는 이미 약혼자가 있었다. 이루어지지 못할 사랑에 고민하던 진유의는 같은 고향 친구 아귀(阿貴)의 소개로 공산주의 운동에 참가해 체포되지만 '전향'을 거절한다. 한편, 아귀는 전향하여 먼저 고향으로 돌아간다. 진유의도

---

8)「編輯後記」,『台湾文芸』2巻2号, 1935年2月.
9) 劉捷「台湾文學の鳥瞰」,『台湾文芸』創刊号, 1934年11月.

출옥한 후 타이완으로 돌아가는데, 고향에서 미쳐버린 아귀의 모습을 목격한다. 소설은 진유의가 가즈코에게 보내는 편지로 끝을 맺는다.

앞에서 기술한 작품 『낙뢰』에서 시골은 지식청년에게 있어 탈출해야만 하는 공간으로 묘사되고 있듯이 진유의에게 있어서도 시골은 권태로운 장소였다. 진유의는 도쿄에서 빈대와 불면증에 시달리면서도 "시골에 있는 것보다 도쿄에 있는 편이 건강에 훨씬 좋다"고 생각했었다. 과연 시골에 돌아간 진유의는 "2, 3년밖에 떨어져 있지 않았던 고향은 이렇게까지 변해버렸다. 시골인 주제에 꽤 신경질적으로 보이고……. 애들까지 우스갯소리를 하니 놀랐다"며 자기의 기억과는 다른 고향에 몹시 위화감을 느끼고 도시생활의 동반자 가즈코에게 편지로 불만을 토로한다. 시골에서는 "책을 읽는 것 이외에는 아무 것도 할 일이 없다……매일 따분해 죽겠다……인간은 정적함을 단조롭게 요구받으면 오히려 떠들썩한 곳보다도 불안해지고……매일 이렇게 조용한 시골에서 안절부절하는 것이 학생의 일이라면 한심한 생각이 든다." 도시에서 활약한 인텔리는 시골에서는 아무짝에도 쓸모가 없는 인간이 되어 버린다. 시골은 이제 도시의 세례를 받은 자기와 같은 지식인이 있을만한 장소가 아니라 진유의는 느꼈다.

한편, 도쿄에서의 진유의는 수감시절을 제외하면 꽃구경과 단풍놀이 등 일본의 계절놀이를 즐기고, 도서관에 다니거나 백화점엘 가는 등 자유로운 날들을 구가했던 것으로 묘사되어 있다. 진유의는 처음에 혼고 일대(本郷)에 "빈대만 없으면 한 달에 10엔"으로는 빌릴 수 없는 통풍이 잘 되는 방에 하숙을 했었다. 하숙집은 "혼고와 같은 편리한 곳"에 있었지만 막차를 놓친 친구조차 빈대가 무서워 묵으러 오지 않앉지만, 오히려 진유의는 아무에게도 방해받지 않는 고독한 경우를 좋아했다. 훗날 고등고시에 떨어지자 기분전환을 위해 나카노의 누마부쿠로로 집을 옮긴다. 이처럼 도쿄라는 도시에서의 칩거생활과 이사의 묘사에 의해 주인공 진유의의 고독한 성격이 그려지고 있다. 즉, '도쿄'는 진유의처럼 사색에 잠기길 좋아하고 외로움을 즐기는 근대적 지식인의 성격을 만들어내는 장소로서 묘사되고 있는 것이다. 참고로, 소설에 나타나는 친절한 하숙집 주인과 혼고와 누마부쿠로라는 장소는 장문환 자신의 경험과 겹쳐지는 것이었다.

또한 진유의의 짝사랑의 대상인 가즈코도 모던한 여성으로, 도쿄 풍경의 일부로서 작품에 등장한다. 가즈코는 타이완인 작가가 묘사한 첫 일본여성이라 생각된다.[10] 가즈코는 "일본음악학교 고등사범학교를 나온 후 어디에도 취직하지 않고" 집에서 피아노만 치는 여자였다. 당시 피아노는 문명개화와 서양풍속 유행에 따라 일본의 상류가정에 보급되기 시작했다. 피아노는 서양문명에 대한 동경의 상징이었으며 상류사회의 척도이기도 했다. "당시 일본에서 피아노는 가구로서는 너무 이국적이었으며 우습게도 하이소사이어티의 이미지를 강하게 느끼게 했다"[11]는 지적도 있다. 진유의에게 피아노를 소유하고 있던 가즈코는 분명 하이카라한 여성으로 보였을 것이다. 가즈코가 2차 세계대전 전의 일본에서는 보급률이 낮았던 피아노[12]를 소유하고 있었다는 점과

---

10) 中島利郎「作品解説」『日本統治期台湾文学台湾人作家作品集－張文環』(緑陰書房 1999)
11) 상동.
12) 전반적 통계 자료는 입수할 수 없었으나 1935년까지 오사카시의 한 지역의 피아노 대수는 약 6000대(학교와 개인 양쪽 모두 포함)로, 2차 세계대전 후인

서양문명 수용의 최첨단의 한 전형인 크리스찬이었다는 점을 생각해 보면 진유의의 가즈코에 대한 생각은 모던하면서도 쾌적한 도쿄생활의 연장선상에 있었다고 할 수 있지 않을까. 즉, 연애도 또한 타이완 유학생에 의한 서양-근대문명의 추급이었다고 할 수 있을 것이다.

이상의 두 작품에서 보이는 '도쿄이야기'의 특징이라는 것은 첫째로, 유학 경험을 갖고 있는 작가에 의해 그려진 근대적 도쿄의 풍경이 작중인물의 심상풍경으로 이야기되어지고 있다는 점, 두 번째로 그것에 의해 작중인물을 근대적 인물로서 '보증'하는 기능을 갖고 있다는 점이라 할 수 있다. 근대성을 최고의 가치로 여기는 신지식인이었기에 그들의 '도쿄이야기'에서 작자도 작중인물도 도쿄에 있다는 것이 과시되지만, 그것에 공감하는 독자들도 있었을 것이다. 즉 그들에게 '도쿄이야기'란 문자화된 화려한 기억이라는 기호였으며 그것에 의해 작자와 독자는 도쿄체험과 심정을 공유하는 암묵의 공동체를 형성했다고 할 수 있다. 하지만 반면에 도쿄를 모르는 독자들에게는 이와 같은 '도쿄이야기'는 도쿄를 이미지하는 매개가 되기는 했지만 도쿄체험을 갖고 있는 독자와 작자의 감정의 공동체로부터는 배제되었던 것이다.

1959년에 이르러서도 국산 피아노의 전국 보급율은 1.8%에 지나지 않았으며. 그 가격은 국산품이 천엔대, 최고급품의 스타인웨이는 5천엔까지 폭넓었으나, 모두 한정된 사람들만 구입할 수 있는 호화품이었다.

4 자기표출로서의 도쿄
－장문환(張文環) 『귀여운 원수(可愛的仇人)』－

『귀여운 원수』는 1935년 『타이완신민보(臺灣新民報)』에 160회에 걸쳐 연재되었고 1936년 2월 24일 타이완신민보사(臺灣新民報社)에서 단행본으로 출판되었다.[13] 연재 시부터 인기를 얻어 3개월 동안에 3판을 찍어 원작과 일본어역을 합쳐 만 부 이상의 판매부수를 자랑하는 전전의 베스트셀러였다. 원작자 서곤천(徐坤泉, 1907-1954)은 타이완 서부 펑후섬(澎湖島)에서 태어나 유소년 시절에 다카오(高雄)로 이사해, 한학, 시문을 오랫동안 공부했다. 그 후 하문(厦門)의 영화서원(英華書院), 홍콩의 발췌서원(拔萃書院), 상해의 세인트 존즈대학 등에서 공부를 했다. 『타이완신민보』학예란, 잡지 『풍월보(風月報)』의 편집 등에도 관계한 저널리스트이며, 한편으로는 회사를 경영하는 등, 다방면에 걸쳐 활약을 한 인물이다.

대성영화공사(大成映畵公司)는 『귀여운 원수』의 인기에 편승해 소설의 영화화를 기획하고, 그에 앞서 번역판을 출판했다. 그 때 일본어로의 번역을 의뢰받았던 것이 '내지'에서 타이완으로 돌아온 지 얼마 되지 않은 신예작가 장문환이었다.

1938년 봄, 장문환은 11년 간(1927-1938)의 일본유학에 종지부를 찍고 일본인 처를 데리고 타이완으로 돌아왔다. 당시 29세였던 장문환은 이미 도쿄에서 '도쿄 타이완인 문화서클', '타이완예술연구회'를 조직하고

---

13) 본고에서는 「타이완 대중 문학 계열(1) 귀여운 원수(상)(하)」(下村作次郎·황영철(黃英哲) 기획, 전위 출판사, 1998년)

잡지 『포르모사(フォルモサ)』를 창간하고 『중앙공론』의 현상공모 제 4위에 입선하는 등의 풍부한 경력을 갖고 있었으며, 『타이완문예연맹(臺灣文藝聯盟)』의 멤버이기도 했다. 그 때문에 타이완문단에서는 일본어세대의 신인작가로서 주목을 받고 있었다. 장문환은 일단 고향인 매산(梅山)으로 돌아가지만 "눈앞에 생활문제가 놓여있었기" 때문에 "다시금 부모와 고향을 떠날 의논을 하고", 고향에서 "도시생활에 찌든 피로"14)도 씻을 겨를도 없이 일자리를 찾아 혼자 타이페이(臺北)를 향한다. 그런 그에게 『귀여운 원수』의 번역을 소개시켜준 것은 『포르모사』 시대 때부터의 친구 류첩(劉捷)이었다. 갑작스런 의뢰이기는 했지만 장문환은 수개월이란 짧은 기간에 번역을 완성시켰다.15) 또한 장문환 자신이 그 「역자 서」에서 "제 6장에서는 원작자와 여러 가지 의미로 역자의 의견을 넣어 줄거리와 장면을 변경"16) 했다고 하고 있듯이, 『귀여운 원수』는 장문환의 손에 의해 새로운 숨이 불어넣어졌던 것이다.

먼저 『귀여운 원수』의 내용을 소개해보자. 주인공은 추금(秋琴)과 지중(志中)이다. 두 사람은 학교 동창이었고 어렸을 때부터 서로 몹시 사랑하는 사이였는데 가정환경이 달랐기 때문에 맺어지질 못했다. 추금은 부모의 명령에 따라 유복하지만 플레이보이인 건화(建華)에게 시

---

14) 장문환 「나의 모습」(『타이완 예술』 제2호 1940년 4월)

15) 장문환의 귀국 시기 및 『귀여운 원수』의 번역 작업시간에 대해서는, 노마 노부유키(野間信幸)「『귀여운 원수』해설」(阿Q之弟 저 · 장문환역 「일본 식민지 문학 정선집 타이완편11 예쁜 풋사랑」, 유마니(ゆまに)서점, 2001년)에 의함. 또한 본고의 완성에는 노마씨의 교시 부분이 크다. 여기서 노마씨에게 감사의 말씀을 드린다.

16) 장문환 「역자서술」(앞의 책, 『일본 식민지 문학 정선집 타이완편 11 예쁜 풋사랑』)

집 보내진다. 그러나 건화는 무절제한 생활이 원인이 되어 파산을 하고 어린 애들을 3명이나 남기고 죽어버린다. 한편, 마찬가지로 동창인 숙화(淑華)와 결혼한 지중은 열심히 일을 해 한 재산을 모으지만 숙화는 외아들 평아(萍兒)를 남기고 세상을 떠나버린다.

이야기의 모두에서는 지중이 처의 부보를 듣고 급거 귀향하는 한편, 극빈상태의 추금이 아국(阿國), 여여(麗茹), 아생(阿生)의 세 아이의 양육비에 고생하는 정경이 묘사된다. 추궁의 궁핍한 상황을 안 지중은 그리스도 교회의 수도녀를 통해, 또는 '야행인(夜行人)'으로 분장하는 등 여러 가지 수법을 동원해 추금을 돕는다. 그 결과 세 아이들도 학교에 갈 수가 있었고 지중의 외아들 평아는 아국과 친구가 되고 그리고 여여와 연인이 된다. 추금과 지중은 각자 다른 사람과 결혼한 후에도 서로를 그리워했는데 추금은 죽은 남편에 대한 정조를 지키기 위해 지중과는 한마디 말도 안하고 생애를 마친다. 한편, 평아는 도쿄 유학 중에 한 때 기미코(君子)라는 여성과 사랑에 빠지지만 마침내 여여에게 돌아와 두 사람은 부부가 된다. 부모 세대 때는 이룰 수 없었던 사랑이 자식 세대에 결실을 맺는다는 헤피엔딩의 이야기라고 할 수 있다.

장문환이 『귀여운 원수』를 번역했을 때 '초역(抄譯)'의 방법이 이용됐다는 것이 지적되고 있다. 특히 제 6장은 장문환에 의해 대폭 수정되었다. "단순화, 간소화하는 방향으로 첨삭하고 있는" 결과로서 "역으로 제 5장까지가 한층 두드러지게 되었다"고 하며, 개편에 따라 작품 전체의 구성이 정연해졌다고 선행연구는 지적하고 있다.[17] 그러나 제

---

17) 노마 노부유키 「장문환 번역 「귀여운 원수」에 대해」(『간사이대학 중국문학회 기요』17호, 1996년 3월)

6장에 대한 개변은 아직 검토해야할 여지가 있다고 여겨진다. 이하, '도쿄이야기'를 중심으로 논해보기로 하자.

1) 도쿄 묘사의 가필

『귀여운 원수』의 무대는 그 대부분이 서곤천의 익숙한 토지였던 타이완 남부의 항 다카오이다. 시쯔완(西子灣), 서우산(壽山), 다카오(高雄) 신사 등의 명소가 등장함으로서 다카오의 풍경이 생생히 재현되고 있다. 그것과는 대조적으로 평아와 여여가 유학했던 도쿄는 '자본가의 세계' '전쟁 전야' 등 대략적인 인상으로밖에 묘사되어 있지 않다. 즉 '원작'에서 서곤천이 묘사한 것은 '국가주의'적 전쟁 전야의 도쿄였다. 단, 이와 같은 분위기는 도쿄 이외의 일본의 점령지나 식민지에도 감돌고 있었고 서곤천은 신문 등을 통해 알고 있던 도쿄를 묘사했다고 생각된다. 왜냐하면 '원작'에 나타난 제도(帝都)·도쿄에는 리얼리티가 부족하고 작품의 중점은 주인공들의 연애나 통속소설에 흔히 있을 법한 도덕적 교훈에 놓여져 있기 때문이다.

이와 같은 표면적 분위기를 묘사하는 '원작'에 비해 '번역판'에서는 도쿄의 구체적 모습이 세세하게 묘사되어 있다. 예를 들면 유시마(湯島)나 고이시가와(小石川)에서의 평아와 여여의 하숙 등, 주변 모습이 상세히 묘사되어 있다. 이야기가 전개되는 장(場)인 혼고(本鄕)는 장문환이 도쿄 시절에 하숙을 했던 장소이고 그는 평아가 다니는 우에노(上野)도서관에도 매일같이 다녔었다. 즉, 장문환은 자신의 기억을 그대로 주인공들이 생활하던 도쿄를 묘사하는데 재현했다고 생각된다.

여기서 주목해야 할 것은 '원작'이 중국의 백화문(白話文)으로 쓰여 졌던 것에 비해 단행본 '번역판'은 일본어역으로 독자층은 1930년대에 대두하기 시작했던 일본어세대였다는 것을 상정해야할 것이라는 것이다. 그들은 공학교 이상의 교육을 받았고, 그 중에는 일본유학의 경험을 갖고 있던 사람들도 적지 않다. 이와 같은 신지식인들에게 있어 서곤천이 묘사하는 '사치스럽고' '사람을 유혹한다'는 음란한 자본주의사회, 혹은 '국가주의'적 제국수도라는 피상적 도쿄상은 만족할 수 없는 것이었을 것이다. 즉, 고향으로 돌아온 지 얼마 되지 않은 장문환에 의해 다시 묘사된 도쿄풍경은 '번역판' 독자들에게 도쿄를 회상·상상할 때의 귀중한 단서가 되지 않았을까. 단, 장문환에게 '도쿄이야기'라는 행위는 독자 서비스라는 것뿐만 아니라 자신의 기억을 재확인하는 수단이었으리라 생각한다. "타이완의 겨울은 딱 내지의 늦가을을 닮았다. 공기 속에는 음영을 띄고 한없이 그리운 추억에 잠기게 하듯, 사람들의 발소리조차 조용한 움직임으로 느끼게 만든다"[18]고 애절한 추억을 이야기하는 장문환은 멀어져가는 도쿄의 모습을 기록함으로서 자신의 기억이 퇴색되어가는 것을 막으려 했었다고 생각한다.

2) 기미코(君子)의 인물상

평아의 불륜 상대인 기미코에 대한 묘사는 번역자로서가 아니라 작가로서의 장문환의 개성이 발휘된 부분이라 생각한다. 왜냐하면 이 부분에 관한 개작은 작품 전체 구성에 아무런 변화를 가져오고 있지 않

---

18) 장문환 「大稻程雜(上)」(「타이완 일일신보」, 1938년 12월 25일)

기 때문에 독자를 의식하거나 작품의 리듬을 고르기 위한 가필이라고
는 할 수 없기 때문이다. '원작'의 기미코는 자산가의 딸이며 고등여학
교 졸업생이었지만 아버지가 파산을 했기 때문에 여급을 거쳐 댄서가
된 여성이다. 기미코는 유복한 대학생인 평아의 신분을 생각하곤 금전
적 타산에서 적극적으로 유혹을 한다. 그리고 평아는 기미코와의 육체
적 관계에 빠져 여여의 존재를 잠시 잊어버리는 것이다.

　그러나 장문환은 '번역판'에서 기미코를 쓰키지(築地)소극장에 출연
한 적이 있는 조선인 댄서로 묘사하고 있다. 기미코는 "상당한 일견식
을 갖고 있는 여성"이고 또한 "식민지에서 흘러들어온 여자"이기 때문
에 "평아는 점차 마음이 끌렸던"것이었다.[19] 장문환이 기미코를 내지
인에서 조선인으로 변신시킨 점은 흥미롭다. 그런데 조선의 여성 무도
가라고 하면 우선 떠오르는 것은 '반도의 무희'라 불리던 최승희(1911~?)
일 것이다. 참고로, 최승희는 타이완을 두 번 방문하였다. 첫 번째는
1929년 경 이시이 바쿠(石井漠) 일행과 함께한 방문이며, 두 번째는
1936년 7월 '타이완 문예연맹'의 초청으로 방문하여 무용을 선보였을
때이다. 두 번째 방문 시 도쿄에서 연락을 담당한 것이 '타이완 문예연
맹 도쿄지부'의 주력 멤버였던 장문환과 친구 오곤황(吳坤煌)이었다.

　장문환과 최승희의 교류에 관한 자료가 존재하지 않기 때문에 두
사람의 교제에 대해 단정할 수는 없다. 그러나 타이완 방문 직전, 도쿄
지부 주최의 환영회에서 "같은 입장에 있는 타이완인에 대해 동정 있
는 비판"[20]을 서슴지 않고 했던 최승희에 대해 장문환이 호의를 가지

---

19) 앞의 책, 「일본 식민지 문학 정선집 타이완편 11 예쁜 풋사랑」 p.3
20) 「무희 최승희를 둘러싸고 도쿄 지부에서 환영회」(「타이완 문예」3권 4, 5 합

고, 그녀의 이미지를 기미코에게 투영시켜, 평아에 대한 연모의 정을 불러일으키는 존재로 삼았을 가능성이 전혀 없다고도 말할 수 없을 것이다. 또한 최승희의 남편 안막(安漠)은 좌익 운동가이며, 조선인 프롤레타리아 문화 단체에서 함께 활동한 경력이 있는 오곤황과 어떠한 형태로든 접점을 가지고 있었을 가능성도 부정할 수 없다. 장문환이 번역판에서 의도적으로 조선인을 등장시킨 것은 제국의 수도·도쿄에서 피식민지 사람인 타이완 사람들과 조선인들 사이에 어떠한 교류가 존재하고 있던 것을 묘사하고 싶었던 것은 아닐까. 또한 당시에는 '원작'의 기미코와 같이 고등 여학교를 졸업하고도 생활고로 인해 카페의 웨이트리스가 된 여성이, 내지, 타이완을 불문하고 존재하고 있었다.[21] 그런 의미에서 서곤천이 묘사하는 기미코는 고학력 웨이트리스에 대한 타이완 남성 독자의 망상이나 욕구를 충족시켜주는 존재에 지나지 않았지만 장문환은 필시 이러한 사회 현상을 알고 있으면서 기미코를 좌익과 관계가 있는, 같은 피식민지 사람인 조선인으로 바꾼 것은 흥미롭다. 당시의 프롤레타리아 문학과 도쿄의 카페와 웨이트리스의 상관관계도 이미 지적되었다.[22] 장문환이 도쿄 유학중에 좌익 운동에 관여했었다는 것을 고려한다면 기미코의 인물조형에는 장문환의 좌익 여성 운동가나 동조자에 대한 도쿄시절의 동경(憧憬)과 심상이 투영된

병호, 1936년 4월)

21) 다케나카 노부코(竹中信子)「식민지 타이완의 일본 여성 생활사 쇼와편(上)」
   (田畑書店, 2001년) pp.148-149

22) Chie Tarumi「Tokyo and Taipei : The Proletarian Cultural Movement and the
   Caf」Presented at the Annual Meeting of the Association for Asian Studies,
   New York City, 2003년 3월27~30일 참조.

것은 아닐까.

3) 장문환과 조선 프롤레타리아 작가

장문환은 자신의 독서경력을 거의 말한 적이 없지만, 전시 중이던 1943년, 잡지「타이완 문학」의 동지였던 후지노 유지(藤野雄士)에게 조선인 작가 한식(韓植)의 일본어 시집『고려마을(高麗村)』을 권한 적이 있다.23) 후지노 유지는 실제 좌익 운동에 종사하였고, 체포당한 경험도 있는, 당시의 타이완 주재 일본인으로서는 이색적인 존재였다. 한식은 장문환과 같은 1907년생으로 1925년에 일본으로 건너가「프롤레타리아예술」에 소설을 발표하는 등, 프롤레타리아 작가로서 활약한 인물이다.『고려마을』은 1942년 12월에 범동양사(汎東洋社)에서 출판되었다.24) 이 책에 수록되어 있는 것은 한식의 20대에서 30대 사이에 남겨진 시(詩)의 전부인데, 그 '후기'25)에 나타나 있듯이 장문환의 일본 유학과 같은 시기의 작품도 들어가 있다. 장문환과 조선 작가와의 관계를 알 수 있는 자료는 현 단계에서는 이것 이외에 존재하지 않지만, 한식의『고려마을』출판 후 바로 열독하고는 후지노 유지에게 "꼭 읽어 보게나"라고 강력히 추천한 장문환의 가슴 속에는 도쿄 체재 시기의 프롤레타리아 문학운동과 그것을 통한 조선인 동지와의 교류에 대

---

23) 후지노 유우지(藤野雄士)「시집「고려마을」을 읽고」(「타이완 문학」3권 3호, 1943년 7월).
24)「해설」(大村益雄·布袋敏博 編『근대 조선 문학 일본어 작품집(1939~1945) 창작편 6』,綠蔭書店 2001)에 의함.
25) 앞의 책, 후지노 유지(藤野雄士)『시집「고려마을」을 읽고』

한 기억이 되살아났는지도 모르겠다.

다시 『귀여운 원수』이야기로 돌아가자. 장문환이 묘사하고 있는 기미코는 단순히 금전만을 목적으로 하는 매춘부가 아니고 현대적이며 지적인 여성이었으며, 온순한 여여와 비교해 보면 그 개성은 한층 두드러져 있는 것처럼 보인다. 즉, 장문환은 기미코를 고등교육을 받은 평아에게 딱 어울리는, 연애 대상으로 만들었다고 할 수 있다.

또한 '원작'에서 평아는 기미코와의 육체적 관계에 계속 빠져 있다가, 결국 정신을 차려 여여에게 돌아가 해피엔딩을 맞이하는 한편, 기미코는 혼자 평아의 아들을 낳지만, 출산이 원인이 되어 사망한다. 하지만 '번역판'에서는 이러한 권선징악적 도식과는 대조적으로 평아는 끝에 가서는 여여와 맺어지기는 하지만 기미코와의 연애도 정신적으로 서로 끌렸었기 때문이라는 식으로 되어 있다. 게다가 여여는 기미코에 대해서 "왠지 호감이 가는 여성으로 보였다. 어차피 둘 다 여자다. 괴롭힘을 당하는 것도 괴롭히는 것도 남자잖아"라는 복잡한 심정으로 마지막에 가서는 "신이시여, 가여운 여자에게 자비를 베풀어 주소서"라고 기미코를 위해 기도를 한다. 이리하여 '번역판'에서는 단순한 선악의 양극구도에서 탈피해 현실 사회에 병존하는 다양한 삶의 방법을 묘사하고, 피압박자로서의 식민지 여성과의 연대를 묘사했다고 할 수 있을 것이다. 이처럼 장문환은 『귀여운 원수』를 자신의 테마에 맞게 개편을 했는데 '번역판'에서 시내 명칭이나 연애관계에 나타난 도쿄의 이미지는 '원작'보다 훨씬 사실적일 뿐만 아니라, 장문환 자신의 심상 풍경과 겹쳐져가는 모습까지 볼 수 있는 것이다. 즉, 장문환에게 개편이라는 행위는 자기 존재의 확인수단이었으며, '도쿄이야기'는 작자 자신의 도쿄 체험을 내재화하는 과정이었다고 할 수 있겠다.

맺음말

이상은 도쿄 유학 경험이 있는 작가 장문환의 작품을 축으로 1920년대부터 1930년대까지 타이완 신문학에 있어 '도쿄 이야기'의 양상을 살펴보았다. 당시의 타이완 지식인들은 식민지 통치 체제 하에서 고등 내지는 공평한 교육의 기회를 요구하며 내지로의 유학을 어쩔 수 없이 선택할 수밖에 없었다. 그러한 과정에서 습득한 일본어 지식에 의해 그들은 신문학이 요구하는 근대적 감정을 표현하기 위한 언어를 획득했으며 일본체험을 이야기한다는 표현방법을 획득했지만 그것에 의해 자아를 확립해야 한다는 시니컬한 결과를 받아들여야만 했다. 도쿄 체험이 없는 작가들－예를 들어 구(鷗)나 서곤천－이 묘사한 도쿄의 모습은 현실성이 없으며 또한 작가 자신도 도쿄를 말하기에 한계를 느꼈을 것이다. 자연히 '도쿄 이야기'는 도쿄 유학생의 독무대가 되었다. 그 이야기에는 이념의 선언이나 자기과시, 자기인식 등 작가의 개성에 따라 다양한 모습을 보이지만, '도쿄 이야기'는 1920~1930년대의 타이완인 작가에게 있어 타이완 도내(島內)의 피식민지체험을 이야기하는 만큼의 고통은 아니었고, 오히려 그들에게 있어서는 바람직한 것이었으리라 생각한다. 예를 들면 장문환이 『귀여운 원수』의 일본어역과 관련해 원작의 작품구성이나 원작자의 의도를 무시하면서까지 도쿄의 풍경을 삽입했던 것처럼 그들은 스스로가 원해 지명이나 도로명을 구체적으로 묘사했다. 그 묘사가 구체적이면 구체적일수록 '도쿄'가 갖고 있는 근대성이 작가로부터 작품의 구석구석까지 침투하는 효과가 있었다. 즉, 그들이 이야기했던 것은 식민지 종주국의 수도였던 '제도' 도쿄가 아닌 '모던 도시' 도쿄였다고 할 수 있다.

(한국어역 : 손지연·이권희)

참고문헌

藤井省三, 『台湾文学この百年』東方書店 1998

『日本統治期台湾文学 台湾人作家作品集 一張文環』緑陰書院, 1999

『台湾大衆文学系列(一)可愛的仇人(上)(下)』下村作次郎·黄英哲 企画, 前衛出版社, 1998

阿Q之弟著·張文環 訳, 『日本植民地文学精選 台湾編 11 可愛的仇人』ゆまに書房, 2001

竹中信子, 『植民地台湾の日本女性生活史 昭和編(上)』田畑書店 2001

大村益雄·布袋敏博 編, 『近代朝鮮文学日本語作品集 (1939~1945)創作篇 6』緑陰書房, 2001

제9장

표상과 심상의 공간으로서의 쇼와 도쿄

손지연

머리말

1923년(다이쇼12) 9월에 발생한 관동대지진(関東大震災)으로 문명개화기 이후 근대 도시로서 다양한 기능을 수행해 오던 도쿄(東京)의 발전에 제동이 걸린다. 여기에 제1차 세계대전으로 인한 경제 불황이 맞물리면서 일본인들은 심각한 정신적·물질적 공황에 빠지게 된다.

쇼와(昭和) 시대가 개막한지 1년도 채 되지 않은 1927년(쇼와2) 7월, 소설가 아쿠다가와 류노스케(芥川龍之介)가 "막연한 불안(ぼんやりとした不安)"이라는 말을 남기고 자살하는데, 그의 자살은 동시대(인)의 시대적 혼돈 내지는 불안감을 반영한 것으로 읽을 수 있다.[1]

---

1) 아쿠다가와의 자살의 진위를 둘러싼 논의와는 별도로, 그가 느낀 시대적 불안감은 관동대지진의 경험과 결코 무관하지 않을 것이다. 예컨대, 쇼와 시대에 들어서면서 동시대 문학자 대부분은 미증유의 자연재해로 인한 불안한 심리와 생활고, 무력감, 문학에 대한 회의를 호소한다. 특히, 원고료나 인세로 생활해야 하는 직업 작가의 경우 지진으로 인해 수입원이 끊기게 되면서 고통은 더욱 가중되었다. 잡지 『여성(女性)』(다이쇼12년 10월)에 게재된 무로사이세이(室生犀星)의 「소언(小言)」, 가노 사쿠지로(加能作次郎)의 「불안

대지진 이후, 아직 에도(江戸)의 정취를 상당 부분 지니고 있던 도쿄의 대부분이 파괴됨에 따라 대대적인 도시계획이 추진된다. 이른바 '제도부흥사업(帝都復興事業)'(1923~1929)이라고 불리는 이 사업으로 수도 도쿄는 근대 도시로서의 면모를 보다 확고히 갖추어 가게 된다.

에로·구로·난센스와 함께 아메리카니즘[2]이 유행하고, 에도시대로부터 이어져온 의리나 인정과 같은 기존의 미적 가치 대신 영화나 재즈, 카페 등 미국식 대중문화를 적극적으로 받아들이려는 젊은이들과 직업을 찾아 도시로 상경한 단신 혹은 핵가족, 샐러리맨이 증가했으며, 소비패턴 또한 취미나 오락, 흥미 위주로 바뀌어 갔다. 마루노우치(丸の内), 긴자(銀座), 신주쿠(新宿) 등은 이러한 시대적 흐름과 맞물려 번화가로 급성장한 대표적인 도시 공간이라고 할 수 있다.

이와 같은 도쿄의 변화 양상은 단순히 도시의 외관이라든가 생활패턴에 그친 것이 아니라, 문학계에도 반영되어 예술지상주의의 입장을 고수하려는 기성문단의 아성이 흔들리기 시작하는 동시에 새로운 시대적 요청에 부응하려는 문학형식과 내용의 변화가 모색되었다. 다이쇼 데모크라시 뒤를 이은 급격한 도시화의 흐름에 발맞춰 근대 도시의

·공포(不安·恐怖)」, 나가타 미키히코(長田幹彦) 의 「폐허에 서서(廃虚に立ちて)」 등에는 자연에 대한 공포, 인간의 무력함, 불안정한 수입으로 인한 문학자로서의 존재감 상실, 불안, 회의 등이 솔직하게 표현되어 있다. 기쿠치 간(菊池寬)의 이른바 '예술 무력설(芸術無力説)'은 이러한 문학자의 심리를 잘 드러내고 있다고 할 수 있다. 前田角蔵『虚構の中のアイデンティティー 日本プロレタリア文学研究序説』, 法政大学出版局, 1989年, p.172 참조.

2) 미국식 취향을 일컫는 말로, 난센스, 달러, 토키(발성 영화), 피스톨, 골프, 밀주(密酒), 자동차, 지하철, 빌딩, 턱시도, 나이트클럽, 연애, 살인, 경쟁, 소란함, 폭력 등이 일종의 사회현상으로서 널리 유행했다. 海野弘 編『モダン都市文学Ⅰ モダン東京案内』, 平凡社, 1989年, p.367

단면을 묘사하거나 기계문명의 현상면을 감각적으로 파악하여 소외된 자아를 조형해 가는 모더니즘 문학이 이에 속한다. 다른 한편에서는 프롤레타리아 문학이 성행하여 도시 빈민층이나 사회 저변에 주목하거나, 노동자의 삶을 통해 근대 도시가 잉태한 계급사회의 모순을 폭로한다. 이 밖에도 식당이나 상점, 부랑자, 범죄자, 매춘부 등의 일상적이거나 퇴폐적이고 허무적인 도시 풍경을 스케치하듯 묘사한 르포르타주, 에세이, 회고(回顧) 형식의 글들이 다수 등장한다.

이 글은 쇼와 초기의 도쿄 표상과 이를 둘러싼 일본인의 심상지리(心象地理)[3]를 규명하는 것을 목적으로 한다. 구체적인 시기로는 관동대지진을 기점으로 한 1923년부터 전전기(戰前期)에 해당하는 1930년 초까지이며, 도쿄를 표상하고 있는 동시대의 문학텍스트와 잡지 기사를 대상으로 분석해 가도록 하겠다.

1 '부흥 제도(復興帝都)'의 출발
― 관동대지진 이후의 도쿄 표상―

유메노 규사쿠(夢野久作)[4]는 관동대지진이 발생한 1923년 9월부터

---

3) 이 글에서 차용하고 있는 '심상지리'의 개념과 연구 방법론에 대해서는, 정형 「'에도(江戶)'의 표상을 통해 본 일본인의 심상(心象)지리적 문화기층 연구」 (『日本學硏究』 제25집, 단국대일본연구소, 2008년9월) 참조. 아울러 근·현대 도쿄 표상과 일본인의 심상지리를 통사적으로 조망하는 논문으로, 정형 「근·현대 문학텍스트를 통해 본 일본인의 심상지리」(『日本思想』 제15집, 한국일본사상학회, 2008년12월) 참조 바람.

4) 후쿠오카(福岡) 출신(1889년~1936년)으로 규슈일보 기자를 거쳐, 르포르타

1925년 5월에 걸쳐 『규슈일보(九州日報)』에 자신이 직접 취재한 대지진 관련 보도와 에세이, 스케치, 르포르타주 등 다양한 형식의 기사를 게재한다. 그의 글은 관동대지진을 단순한 자연재해로 기록하지 않고, 이를 계기로 드러난 일본의 정치적, 사회적 모순과 도쿄 시민의식 등을 거침없이 비판하고 있는 점에서 흥미롭다.

「변화한 도쿄의 모습」이란 제목의 글에서는 대지진 직후의 자경단(自警團), 청년단(靑年團), 재향군인단(在鄕軍人團)의 활약을 소개하고 도쿄시민의 '인간미'를 칭송했으나,[5] 그로부터 1년 후에는 다음과 같은 비판적인 어조로 바뀌게 된다.

> 불과 1년 전 기자가 모든 찬사를 보내며 보도했던 진재 직후의 도쿄의 인심이 이렇게 짧은 시일에 이리도 한심하게 타락해 버릴 수 있는 것일까. 바라건대 기자의 관찰이 잘못 되었길 바란다. 잘못 들은 것이길 바란다(후략)[6]

행정 당국과 시민이 일체가 되어 복구에 전념하던 모습은 사라지고 한심하게 타락해버린 "도쿄의 인심"을 탄식하고, 복구(復舊)와 부흥(復興) 사업을 둘러싸고 드러난 시정(市政)의 타락과 부패를 비판한다.[7]

또한 대지진을 경계로 변한 것은 도쿄의 인심만이 아니라 도쿄를

주, 동화, SF소설가로 활약. 주요 작품으로는 『押絵の奇蹟』(1932년), 『暗黒公使』(1933년) 등이 있다.

5) 夢野久作「変つた東京の姿 - 焼跡細見記」(西原和海『夢野久作著作集2 東京人の堕落時代』, 葦書房有限会社, 昭和54年12月, p.390-391)

6) 夢野久作「街頭から見た新東京の裏面」, 『夢野久作著作集2』 위의 책, p.11

7) 『夢野久作著作集2』 앞의 책, p.23-25

구성하는 인구층에도 변화를 가져왔으며, "옛 에도코(江戸ッ子)"가 사라지고 "새로운 에도코", 혹은 "현대 도쿄인"이 등장했다고 지적한다. 여기서 말하는 "새로운 에도코"란 전국 각지에서 도쿄로 모여든 사람과 이전부터 도쿄에 거주해 왔던 사람들로 새로운 도쿄의 분위기를 선도해 가는 무리를 일컬으며, 이들은 주로 양식(洋食)과 지나(支那)요리, 아이스크림을 즐기며, 미국제품에 환호하고 만도린 리듬의 레코드를 구입하거나 카페 여급의 이름(본명) 따위에나 관심을 갖는 "옛 에도코"의 기품과는 거리가 먼 자들이라고 기술하고 있다.[8]

규사쿠가 도쿄시민으로서 가져야할 기품과 의식적인 측면을 강조했다고 하면, 곤 와지로(今和次郎)가 편집한『신판 대도쿄 안내(新版大東京案内)』에 게재된 글들은 대지진 이후의 도쿄의 모습을 주관을 배제하고 스케치하듯 묘사하고 있어 도쿄의 외형적인 모습뿐만 아니라 도쿄시민의 다양한 삶의 방식, 도시풍속까지 조망할 수 있어 흥미롭다. 이 책은 제목 그대로 쇼와 초기의 도쿄를 전체적으로 소개하고 구석구석 안내하는 '대도쿄' 가이드북이라고 할 수 있다. 새로운 가로(街路)와 교통기관, 건축, 가교, 공원 등을 소개한 글에서 부터 긴자(銀座), 아사쿠사(浅草), 가구라자카(神楽坂), 신주쿠(新宿), 우에노(上野), 닌교쵸(人形町) 등을 중심으로 늘어선 관청, 신문사, 은행, 백화점, 오피스거리, 방송국, 병영, 병원 등의 풍경과 극장 영화상설관이나 연예장(寄席: 만담·야담·요술·노래 등의 대중 연예를 흥행하는 곳), 카페, 댄스홀, 요리점 등 대도시 도쿄의 다양한 모습이 기술되어 있다.[9]

---

8)『夢野久作著作集2』앞의 책, p.30
9) 이 밖에도 서점거리를 비롯한 하숙촌, 학자촌, 대신(大臣)골목, 첩(妾)거리

이와 같이 도쿄가 근대적 도시로 거듭날 수 있었던 것은 무엇보다 정부의 주도적인 역할이 컸다. 지진 발생 다음 날인 9월 2일, 정부 주도하에 '제도부흥원(帝都復興院)'(9월 27일 설치) 설치가 검토되었고, 같은 날 고토 신페(後藤新平, 전 철도원 총재, 도쿄시장)에 의해 '도쿄부흥기본방침(東京復興基本方針)'[10]이 발표되었다. 곧 이어 9월 6일에는 고토 단독으로 '제도 부흥의 의(帝都復興の議)'를 각의에 다음과 같이 건의한다.

> 도쿄는 제국의 수도로서, 국가정치의 중심, 국민문화의 연원(淵源)이다. 따라서 이 부흥은 가벼운 일개 도시의 형성 회복의 문제가 아니라, 실로 제국의 발전, 국민생활개선의 근기(根基)를 형성하는 데 있다. <u>이번 진재는 제도(帝都)를 초토화시켰으며 그 참해(慘害)는 이루 말할 길이 없지만, 이상적인 제도(帝都) 건설을 위한 절호의 기회이기도 하다.</u>[11](번역 및 밑줄은 인용자, 이하 같음)

"이번 진재"를 "이상적인 제도 건설을 위한 절호의 기회"로 삼고자 한다는 취지를 골자로 한 고토의 '제도 부흥의 의'는, 제도부흥사업이 도쿄를 옛 모습으로 재건하는 '복구(復舊)'가 아닌, 도시의 전면적인 개조를 의미하는 '부흥(復興)' 사업이었음을 명확히 하고 있다.

이후, 제2차 야마모토 곤베에(山本權兵衛) 내각에 의해 대규모 지진

등을 '특수거리'라는 제목으로 소개하고 있다. 今和次郞 編『新版大東京案内』中央公論社, 29年.

10) 그 주요내용으로, (1)천도(遷都) 부정, (2)부흥비로 30억 엔을 배정할 것, (3) 구미 최신의 도시계획을 적용할 것, (4)도시계획 실시를 위해 지주에게 단호한 태도를 취할 것을 제안했다. 越沢 明『東京の都市計画』, 岩波新書, 1991年, p.37-38

11) 越沢 明 앞의 책, p.38

으로 파괴된 도쿄의 도시기능 회복뿐만 아니라 도시개발을 포함한 대대적인 도시기반 정비에 착수한다.

우선, 지진으로 소실된 지역의 약 9할에 해당하는 3,119헥타르에 대한 구획 정리를 단행한다. 그 결과 인구가 밀집해 있고 위생 상태가 좋지 않았던 시타마치(下町) 안쪽 택지와 그 주변지역이 일소되고, 간선도로와 생활도로, 공원, 상하수도, 가스 등을 정비하여 오늘날 볼 수 있는 도쿄 시가지와 거의 흡사한 형태로 완성했다. 아울러 아직 에도시대의 흔적이 남아 있던 오래된 가로(街路)를 대폭 개량하고, 녹지 광장(廣場)도 곳곳에 배치하여 도쿄시민들에게 생활의 편리함과 도심 속의 휴식공간을 제공했다.

특히, 운하(運河)와 교량(橋梁) 건설에 박차를 가하여, 에도시대 이래 중요한 수운(水運)을 담당해 왔던 하천운하의 폭과 깊이를 정비하고, 종래의 목조 교량은 내진내화(耐震耐火) 구조를 도입한 항구적인 철근교로 교체했다. 지금 볼 수 있는 스미다가와(隅田川)의 에이타이바시(永代橋)는 진재부흥사업의 첫 번째 작업으로 추진된 것이며, '진재부흥사업의 꽃'이라 불리는 기요스바시(清洲橋)는 당시 일본에서 가장 긴 가교이자, 독일의 타이드아치 공법을 도입한 것으로도 유명하다.

가쓰모토 세이치로(勝本清一郎)는 「새로운 다리·수학적 풍경(新しい橋·数学的の風景)」이란 글에서 기요스바시를 일컬어 "훌륭한 기계적인 경쾌함"을 지녔으며, 에이타이바시는 "저력이 있는 의지(意志)적인"[12]

---

12) 勝本清一郎「新しい橋·数学的風景」,「新東京風景」『文学時代』特集, 1929年10月 (槌田満文『東京記録文学事典』, 柏書房, 1994년, p.398 재인용). 이 밖에도 1930년(쇼와5) 3월 26일 천황이 참석한 가운데 개최된 '제도부흥제(帝都復興祭)'에 맞춰 기획된 『現代』특집호(쇼와5)에는, 「부흥제도12경

가교라고 높이 평가했다.

한편, 1927년에는 뉴욕, 파리, 뉴욕, 베를린 등의 서구식 공법을 모방한 지하철이 처음으로 개통되었다. 아사쿠사(浅草)와 우에노(上野) 간을 연결하는 이 지하철은 당시 일본뿐 아니라 동양 최초라는 점에서 큰 화제가 되었다.

간바야시 아카쓰키(上林暁)는「지하철도 견참기(地下鉄道見参記)」에서 "번화가 아사쿠사와 지팡이를 든 사람들로 인산인해를 이룬 우에노 구간을 운행하는 유람전차"라고 표현하고 있으며, "호기심에 승차한 많은 승객들"에서부터 "3살짜리 꼬마나 42세의 어머니"까지 모두 "처음 타는 지하철" 경험에 마냥 신기해하는 모습을 묘사하고 있다.[13] 그로부터 2년 후에는 우에노와 만세바시(万世橋)를 잇는 구간이 새롭게 개통되면서 지하철은 점차 도쿄시민의 대중적인 교통수단으로 자리 잡게 된다.

교외(郊外) 전철망의 골격이 현재의 모습에 가까운 형태로 정비된 것도 이 무렵이었다. 도쿄역이 완성되는 1914년(다이쇼3), 도쿄와 요코하마(横浜)를 잇는 게이힌(京浜)선이 개통된 이래, 1930년(쇼와5)에 요코스카(横須賀)선이 추가로 개통됨으로서 도쿄와 교외의 거리는 한층 좁혀지게 된다. 그리고 교외전차의 등장으로 도쿄 도심부로의 출퇴근이

(復興帝都十二景)」이라는 제목으로 제도의 심장 '마루노우치'(千葉亀雄), 부활의 대긴자(松崎天民), 아사쿠사 활동거리(川端康成), 제1호 간선(幹線) '쇼와도오리(昭和通)'(牧野雅楽之丞), 스미다(隅田)의 여왕 '기요스바시'(成瀬勝武) 등이 실려 있다.

13) 上林 暁「地下鉄道見参記」,『改造』, 昭和3年3月(『上林暁全集』第13巻, 筑摩書房, 1967年, p.3)

가능해지면서 교외 주택지와 전차 이용객 수도 급증하게 된다. 특히, 교외전차와 쇼센(省線), 시내전차(노면전차), 버스 등 각종 교통기관의 환승역 기능을 하던 이케부쿠로(池袋), 신주쿠(新宿), 시부야(渋谷) 등은 수많은 승객들로 큰 혼잡을 이루게 된다.

이러한 대대적인 전기 철도망의 확충과 함께 다이쇼기 이래의 교외 개발정책은 더욱 가속화되었다. 관동대지진 이전부터 이미 포화상태였던 구(舊) 야마노테 지역의 주택지는 쇼센, 야마노테선에서 가까운 곳부터 점차 근교의 농촌으로 도시화가 진행되고 있었으며, 여기에 교외의 공동화를 막고 좋은 주택지를 형성한다는 취지의 교외 개발정책이 본격화됨에 따라, 도쿄 근교의 인구는 현저히 증가해 지진 전의 10배에 달하는 곳도 적지 않았다고 한다.[14] 도쿄 내의 인구도 급증해 1920년(다이쇼9)에 실시된 제1회 국세조사에 의하면 336만 명이었던 인구가 1930년에는 498만 명에 달했다고 한다.[15]

교외 주택지를 선호하는 층은 주로 학자, 관료, 군인, 회사원, 봉급생활자 등의 도시 중간계층이었으며 작가나 예술가들도 적지 않았다. 이케타니 신자부로(池谷信三郎)의 「네덜란드 인형(おらんだ人形)」(1926년)

---

14) 越沢 明 앞의 책, p.88-90 참조. 1925년(다이쇼14)에는 근교 5군(郡)의 인구가 시내 15구(區)의 인구를 상회했으며, 1932년(쇼와7) 10월에는 5군 82정촌(町村)을 합병한 35구(區)의 대도쿄 시대가 개막된다. 이쿠다 슌게쓰(生田春月)는 「교외산책」이란 글에서 쇼와 초기의 도쿄 근교를 동서남북으로 나누어 설명하면서, "도쿄의 사위(四圍)는 대부분 대공업지단지로 변하고, 시민의 주택지는 멀고 먼 무사시노 저편으로 벗어났으며, 전원도시, 슬레이트 지붕의 문화주택 —이렇게 해서 무시무시하게 큰 평면적인 대도시가 탄생"했다고 기술하고 있다. 生田春月「郊外散策」(『生田春月全集』第8卷 新潮社, 1931年4月)
15) 『東京百年史』第4卷, 東京都, ぎょうせい, 1972年, p.52

이나, 류탄지 유(龍膽寺雄)의 「아파트 여자들과 나(アパアトの女たちと僕と)」(1928년), 이지마 마사(飯島正)의 「타지 않는 인형(燃えない人形)」(1929년), 오사다 쓰네오(長田恒雄)의 「1930년의 아파트 삽화(一九三〇年のアパート挿話)」(1930년) 등의 단편은 모두 1930년 전후를 배경으로 한 교외 아파트가 무대가 되고 있다. 이러한 아파트 생활양식은 가족 구성원이라든가 남녀관계의 변화를 가져왔으며, 교외전차를 타면 언제든 긴자나 신주쿠 등의 도심으로 쉽게 접근할 수 있어 새로운 형태의 모던 라이프가 탄생하게 된다.

또한 쇼와 초기의 모던 라이프에서 빼놓을 수 없는 중요한 요소로 백화점과 카페의 급증을 들 수 있다. 특히 백화점의 경우는, "도쿄의 지하철 노선은 곧 백화점 노선"이라고 표현할 만큼 지하철과의 연관성이 컸다고 할 수 있다. 아사쿠사(浅草)의 마쓰야(松屋), 우에노(上野)의 지하철 스토어(地下鉄ストア), 마쓰자카야(松坂屋), 니혼바시(日本橋)의 미쓰코시(三越), 시로키야(白木屋), 다카시마야(高島屋), 긴자(銀座)의 마쓰야(松屋), 미쓰코시(三越), 마쓰자카야(松阪屋) 등은 모두 지하철 노선과 연계한 백화점들이다.16)

이 밖에도 도쿄다카라즈카(東京宝塚)극장이라든가 히비야영화(日比谷映画)극장 등의 영화관을 비롯해, 다방(喫茶店), 댄스홀, 요리점, 식당 등이 번성했으며, 라디오 방송의 개시, 레코드와 축음기의 보급, 유행가의 등장, 엔폰(円本)과 문고본, 대중잡지의 대량 출판 등, 출판·영상 미디어의 홍수를 이룬 시대이기도 했다.

---

16) 川本三郎『荷風と東京』, 都市出版, 1996年, p.322-323 참조.

지금까지 살펴 본 바와 같이 '부흥 제도'를 표방하면서 발전해 온 쇼와 초기 도쿄의 특징은, 대지진에도 견딜 수 있는 철근 콘크리트 공법을 이용한 다양한 스타일의 교량과 고층 빌딩, 지하철의 개통과 전철 노선의 증편, 교외를 포괄하는 도쿄 범위의 확대, 대도시를 기반으로 한 새로운 형태의 소비패턴, 미디어의 범람, 그리고 다이쇼 시대로부터 이어져 온 도시문화·모더니티의 확대와 대중화 현상으로 요약할 수 있을 것이다.

이 때 주의해야 할 점은 관동대지진을 경계로 한 이 시기의 모더니티가 다이쇼기의 문화주의를 계승한 것이긴 하나, 그 담당자들은 다이쇼기의 중류층에서 보다 폭넓은 도시 중간계층으로 확대되어 가는 경향이 강했다는 사실이다. 이는 다시 말하면, "공장 노동자, 점원 등 블루칼라 계층과 구(舊) 중산계층에 해당하는 상공업 관련 자영업자 등을 포함하며, 당시 급증하기 시작한 직업부인 층"[17]까지를 포괄하는 광의의 개념으로 해석할 수 있을 것이다.

다음은 다이쇼 시대와는 변별되는 보다 대중적이고 다층적으로 표출되기 시작한 쇼와 초기 도쿄의 모더니티 양상을 동시대인의 심상지리와 관련하여 살펴보고자 한다.

---

17) 吉見俊哉「〔総説〕帝都東京とモダニティの文化政治 －一九二〇三〇年代への視座」,『岩波講座 近代日本の文化史6 拡大するモダニティ』, 岩波書店, 2002年, p.10

2 확대해 가는 쇼와 도쿄의 모더니티
-마루노우치·긴자·신주쿠를 둘러싼 일본인의 심상지리-

쇼와 초기의 마루노우치(丸の内)를 비롯한 긴자(銀座), 신주쿠(新宿) 등의 도쿄 풍속과 그곳을 무대로 한 도시생활자들의 생활은 메이지기 이래 구축해왔던 모던적 양상을 훨씬 초월하는 모더니티의 정점을 보여준다.[18]

1894년(메이지27) 근대적 오피스 빌딩인 미쓰비시(三菱) 제1호관을 시작으로 벽돌(赤煉瓦) 건축물이 '잇초(一丁: 약 백 미터를 이르는 단위)'까지 이어져 있어 이른바 '잇초런던(一丁倫敦)'이라 불리던 마루노우치는, 1914년(다이쇼3) 도쿄역의 완성과 함께 도쿄의 핵심도시로 부상한다. 대지진 이후에는 도쿄해상(東京海上)빌딩, 일본 최초의 최신식 빌딩인 마루빌딩(丸ビル), 유센(郵船)빌딩 등이 차례로 들어서면서 1926년(다이쇼15)에는 무려 1,186여 개의 사무실이 밀집하게 된다. 여기에 니혼바시(日本橋)의 사무실들까지 이전해 오면서 마루노우치는 거대한 오피스거리로 거듭나게 된다.

무라야마 도모요시(村山知義)의 「마루빌딩 부근(丸ビル附近)」이라는 제목의 에세이에는 도심 빌딩에서 근무를 마치고 도쿄역을 향하는 샐러리맨들의 무리를 이렇게 묘사하고 있다.

---

18) 다이쇼 말기부터 쇼와에 걸친 모더니즘의 경향을 사상, 문학, 잡지, 패션, 유행의 다양한 분야에서 분석하고 있는 미나미 히로시(南博) 역시 일본 모더니즘의 탄생을 다이쇼의 문화주의로 보고, 가장 전성기를 이루었던 시기를 쇼와 초기로 규정한다. 南博 編『日本モダニズムの研究』, ブレーン出版, 1982年.

데모떼다. 커다란 데모떼다. 몇 천 명이나 되는 인간들이 마구 돌진해 온다. 가까이 가 보니 로봇 데모떼다. 한 사람도 머리를 들고 가는 자가 없다. 양복, 양복, 가방, 가방, 그리고 무언(無言)의 데모떼다. 마루빌딩에 서 도쿄역으로. 나는 이 데모떼에 맞서 도쿄역에서 마루빌딩으로 향한 다. (중략) 가까이 다가가 보니 온순한 양과 같은 샐러리맨 제군이 교외 의 아담한 각자의 가정으로 돌아가기 위한 러시아워라는 것을 알고는 아무렇지도 않게 그 한가운데를 뚫고 지나간다.[19]

위의 인용문은 도쿄역을 중심으로 발달한 근대적 오피스거리의 마루빌딩, 그 안에서 쏟아져 나오는 같은 양복을 입고, 같은 가방을 든 로봇과 같은 무표정한 샐러리맨들의 모습을 통해 기계적이며 천편일률적인 도시문화와 생태리듬, 생활감각을 전경화하고 있다.

오자키 시로(尾崎士郎)는 「마루노우치(丸の内)」란 제목의 에세이에서 도쿄 역에서 쏟아져 나와 마루빌딩으로 출근하는 모습을 일컬어 "근대 자본주의에 의해 편성된 샐러리맨 군대"[20]라고 표현하고 있다.

무라야마와 오자키가 마루노우치의 풍경에서 근대 자본주의가 잉태한 각박한 도시인의 심상이나 인간소외 현상을 간파했다면, 하야시 후사오(林房雄)는 동일한 마루노우치의 풍경에서 자본주의 사회가 내재한 계급 불균형 문제를 발견한다.

마루빌딩이 무엇이더냐. 만든 것은 인간이지 않더냐! 그런데, 만든 인간은 들어가지 않고, 만들지 않은 인간이 항상 잘난 체 할 뿐이다. 두고

---

19) 村山知義「丸ビル附近」, 『改造』, 清水書店, 1929年10月, p.83
20) 尾崎士郎「丸の内」, 「都会を診察する」『文学時代』特集, 1931年5月(槌田満 文『東京記録文学事典』, 柏書房, 1994年, p.422 재인용)

보라. 이 건물은 우리 것이 될 것이다![21]

「마루빌딩 부근(丸ビル付近)」이라는 제목의 위의 글에서는 거대한 '마루빌딩'은 결국 노동자 계급을 착취해서 탄생한 것이라는 하야시 후사오의 프롤레타리아적 관점이 두드러진다.

한편, 마루노우치 오피스거리에서 쏟아져 나오는 수많은 샐러리맨들을 흡수한 곳은 바로 인접한 긴자였다. 앞서 설명한 것처럼 긴자는 메이지 정부의 문명개화 정책으로 신문사라든가 박래품을 전문적으로 취급하는 상점 등이 일찍부터 번영을 구가해 왔던 곳이었으나, 대지진 이후에는 카페, 레스토랑, 극장, 백화점 등이 밀집하면서 아사쿠사(浅草)를 누르고 도쿄 제일의 모던도시로 부상한다.[22]

오노다는 「쇼와의 긴자시대(昭和の銀座時代)」라는 제목의 글에서 "도쿄를 하나의 극장이라고 한다면, 긴자는 그 복도이며 끽연실(喫煙室)"이라고 언급하고, "도쿄 기분을 내는 엣센스"이자 "재즈와 넌센스가 교착하는 새로운 시대의 첨단을 달리는 거리"[23]라고 표현했다. 오노다는 계속해서 긴자를 이렇게 묘사한다.

　　마쓰야(松屋), 마쓰자카야(松阪屋)의 고층건물 6층 근처엔 간밤의 엷은 광선이 남아 있고, 네온가스에 전류가 흐를 무렵, 미국풍의 간단하고 모

21) 林房雄「丸ビル付近」, 「東京景物詩」『文章倶楽部』特集13巻11号, 新潮社, 1928年11月, p.66
22) 대지진 이전의 아사쿠사는 도쿄 제일의 번화가였다. 그 한 예로 당시 영화 개봉관은 아사쿠사에만 있었다고 한다.
23) 小野田素夢「昭和の銀座時代」, 『銀座通』, 四六書院, 1930年1月6日(和田博文編『銀座のモダニズム』, ゆまに書房, 2004年, p.15)

던한 다방(喫茶店)과 레스토랑에 사람들로 북적이며, (중략) 그들은, 그리고 그녀들은 모던은 최첨단의 모던이며, 클래식은 최첨단의 클래식이며, 조지 반크로프트를 찬미하고 스탕바크를 구가하며, (중략) 그들은, 그리고 그녀들은 후르츠펀치를 음미하면서 터키에서 들었던 뉴욕(紐育)의 잡음을 그리워하고, 에도시대의 사랑의 감미로운 죽음을 맛보고 있다. 무대를 생각하고, 스크린을 생각하고는 명랑하게 웃고, 명랑하게 울고, 그 도취를 1분간이라도 간직하려고 애쓴다. 화려한 극장 복도의 연장! 긴자.24)

백화점, 카페, 레스토랑, 극장이 즐비한 긴자를 무대로, 미국적 취향(아메리카니즘)에 젖어 감각적이고 찰나적이며, 소비 지향적인 생활패턴을 보이는 모던걸과 모던보이의 모습을 그리고 있다.

이들의 주된 활동무대였던 긴자는 '긴부라(銀ブラ)'라는 말과 함께 도쿄의 모더니티를 가장 첨예하게 드러내는 상징으로 기능한다.

당시 긴자의 쇼윈도를 구경하면서 시간을 보내거나 특별한 일 없이 거리를 배회하는 자들을 일컬어 '긴부라'라고 표현했는데, 이 용어는 메이지 말 무렵에 정착되기 시작해 다이쇼 초기에 널리 회자되었다고 한다.25) 이 시기에는 주로 문인이나 시인, 화가 조각가 등의 인텔리

---

24) 小野田素夢「昭和の銀座時代」,『銀座通』, 四六書院, 1930年1月6日(和田博文編『銀座のモダニズム』앞의 책, p.32)

25) 안도 고세이(安藤更生)의『긴자 세견(銀座細見)』에 수록된「긴부라의 시대적 고찰(銀ブラの時代的考察)」에 의하면, 거리의 분위기를 향유하기 위해 특별한 목적 없이 긴자를 거니는 자들을 '긴부라'라고 일컫게 된 것은 다이쇼 4, 5년 무렵이며, 특별히 세련된 도시 감각을 가진 게이오기주쿠(慶応義塾) 학생들에게서 비롯되었다고 한다. "실제로 당시 긴자를 거닐던 학생은 게이오기주쿠 학생들 정도였다. 그들은 수업이 끝나면 도라노몬(虎ノ門)을 나와서는 긴자 이곳저곳을 할 일 없이 거닐었다. 지금도 긴자라고 하면 곧 게이오를 떠올리게 되고, 와세다(早稲田)·게이오(慶應)전에서 승리라도 하면

문화인들을 지칭했으나, 대지진을 계기로 '긴부라'라는 용어와 그들의 행동양식은 점차 인텔리만의 전유가 아닌, 일반 대중에게로 확산되어 이른바 "긴부라의 민중화"[26] 시대를 맞게 된다.

이 '긴부라'라는 말은 긴자 이외의 도시에서도 크게 유행하여 신주쿠를 중심으로 모던을 구가하는 자들을 일컫는 '신부라(新ブラ)', 오사카(大阪)의 신사이바시스지(心齊橋筋)를 주요무대로 삼았던 '신부라(心ブラ)', 교토(京都) 시조도오리(四条通り)의 '시조부라(四条ブラ)', 고베(神戸) 모토마치(元町)의 '모토부라(元ブラ)' 등의 신조어를 낳으면서 '긴부라' 현상이 일본 전역으로 파급되기도 했다.[27]

그리고 인텔리층이나 중상류층 중심의 백화점이나 카페 문화 역시 일반 대중의 일상 안으로 파고들게 된다.

근대 일본의 모더니티를 상징하는 주요한 키워드이기도 한 백화점은 오복점(吳服店)을 모태로 발전해 간다. 전통적인 포목점으로 출발한 시로키야(白木屋)나 미쓰이오복점(三井吳服店) 등은 구미의 백화점을 모델로 오복점에서 백화점으로 탈피한 경우이다.

메이지 시기에는 '잡화진열판매소(雜貨陳列販賣所)', '소매대상점(小賣大商店)' 등으로 불리었으며, 쇼와 초까지도 '소매대점포', '백화상점',

---

바로 대학으로 몰려들어 혼잡을 이룬다. 바야흐로 이들 학생 사이에서 그 유명한 '긴부라'라는 말이 만들어지게 된 것이다. 이는 다이쇼 4,5년 무렵이다." 安藤更生 「銀ブラの時代的考察」, 『銀座細見』, 春陽堂, 1931年(『文学地誌 「東京」叢書』第12巻, 大空社, 1992年, p.19)

26) 안도 고세이는 『銀座細見』 제2장 「긴부라의 시대적 고찰」 안에서 '긴부라의 민중화' 문제를 다루고 있다.

27) 初田 享 『繁華街の近代 都市·東京の消費空間』, 東京大学出版会, 2004年, p.217-219

'백화점', '디파트먼트 스토어(デパートメント·ストア)' 등의 다양한 용어가 혼재했으나, 'Department Store'의 번역어로 '백화점(百貨店)'이란 용어가 정착하게 되는 것은 상점경영 연구자이자 잡지 『상업계』(同文館)의 주간이기도 한 구와타니 사다이쓰(桑谷定逸)에 의해서라고 한다.[28]

다이쇼 시대까지 생활수준이 높고 비교적 풍부한 소비생활을 즐길 수 있는 사람들을 고객으로 삼는 데 주력해 왔던 백화점의 판매 전략은 관동대지진을 경계로 소비층의 변화를 모색한다. 여기에 지진으로 인한 건물 소실과 물자 부족, 그리고 신중산층의 등장으로 그간 고급상품으로 품격을 중시해 오던 미쓰코시, 시로키야 등은 기존의 판매 전략을 바꿔, 건물을 증축하고 경쟁적으로 지점을 늘려간다. 고급스러운 이미지 보다 생활에 당장 필요한 일용잡화나 식기, 식료품 등을 대량으로 조달해 염가로 판매하거나, 백화점과 역을 연결해 주는 셔틀버스를 운행하고, 지하철 회사와 연대하여 신중산층과 가정주부, 어린이 등 가족단위의 고객을 끌어들이는데 주력한다.[29] 옥상 정원이라든가, 식당, 엘리베이터, 에스컬레이터, 냉난방 설비를 완비하고, 연주회, 미술전, 각종 기획을 개최함으로써 '유락장(遊樂場)' 혹은 '유람장(遊覽場)'의 성격을 표방해 간 것은 그 좋은 예이다.[30]

당시 인텔리들만의 전유물이라 여겼던 카페 또한 지진 이후 비약적

---

28) 하쓰다 토오루(이태문 옮김) 『백화점』, 논형, 2003년, p.87
29) "백화점, 도심거리를 산보하는 일조차 이젠 가족끼리만 하는 식으로 변화해 가고 있는 듯하다, 이젠 가정부를 동반하여 함께 거리를 걷는 것으로 위엄을 차리려는 사람들을 찾아 볼 수 없게 되고 말았다." 하쓰다 토오루『백화점』, p.229
30) 初田享 앞의 책, p.173

으로 증가하면서 대중적인 공간으로 탈바꿈해 간다.

일본에서 처음 등장한 카페는 1911년(메이지44) 신바시(新橋) 근처에 개업한 '카페 브랑땅(café printemps)'이다. '브랑땅'이라는 이름은 오사나이 가오루(小山内薫)가 명명했으며, 이곳에서 모리 오가이(森鴎外), 나가이 가후(永井荷風), 쓰보우치 쇼요(坪内逍遥), 시마무라 호게쓰(島村抱月), 다카무라 고타로(高村光太郎), 다니자키 준이치로(谷崎潤一郎) 등 당대를 풍미했던 문인들을 비롯해, 화가나 정치가, 가부키 배우, 평론가 등 다양한 분야의 인텔리 계층이 클럽을 만들어 정기적으로 회합을 가졌다고 한다.31) 『도쿄백년사(東京百年史)』에 따르면, 이후 '낏다점(喫茶店)'이라는 이름으로 번성했으며, 도쿄 시내의 낏다점 수는 1929년(쇼와4)에 1,565곳이던 것이 1932년에는 3,165곳으로 비약적으로 증가한다.

> 지진을 경계로 긴자 카페의 질은 낮아졌다. 그가 원한 것은 기지(機智)에 넘치는 대화는 아니다. 휘황찬란한 공기도 아니다. 여자, 여자, 에로, 에로, 에로(후략)32)

안도 고세이(安藤更生)의 『긴자 세견(銀座細見)』 안에 수록된 「카페의 손님(カフエの客)」이란 제목의 글이다. 긴자의 카페가 "여자"와 "에로"로 넘쳐나며 카페의 "질"이 "지진" 이전에 비해 낮아 졌음을 말하고 있다. 이는 바꿔 말하면 고급 취향의 문화 공간으로 대중과는 거리가 멀었던 카페가 도시생활자들의 휴식, 담화, 만남의 장소, 상담(商談)·정보교

---

31) 初田享 앞의 책, p.182-184
32) 安藤更生「カフエの客」, 『銀座細見』, 春陽堂, 1931年(『文学地誌「東京」叢書』第12巻, 앞의 책, p.199)

환의 장으로 보편화되어 간 현상을 잘 보여 주고 있다.

안도는 또 지진 이후 긴자가 대중적인 도시공간으로 탈바꿈한 점을 지적하며, "원래 긴자를 이끌던 것은 프랑스 취미이며, 예술 청년이었는데, 이들의 그림자는 점차 사라져 가고 있다. 오늘날 긴자를 횡행하는 것은 모던보이이며 아메리카니즘"[33]이라고 비판한다. 아울러 "이것이 일본 도회 생활의 영광스러운 무대란 말인가. 거기에는 아무런 깊이가 없다. 무상의 낙원도 아니며 절망의 혼미"[34]라고 언급하면서 혼잡한 도시 문화에 대한 비판적 의견을 제시했다.

한편, 에도시대로부터 교통의 요지인 슈쿠바마치(宿場町)로 유명했던 신주쿠(新宿)는 앞서 살펴본 마루노우치나 긴자와 마찬가지로 관동대지진 이후 도쿄의 중심지로 부상한 대표적인 도시라고 할 수 있다. 지진의 피해가 거의 없었던 현재의 스기나미(杉並)구, 나카노(中野)구, 세타가야(世田谷)구 등지로 많은 인구가 유입되는 한편, 신주쿠 역을 통과하는 노선이 증가함에 따라 유동인구도 급증한다. 여기에 백화점, 호텔, 극장, 영화관, 댄스홀, 유곽, 레스토랑, 카페, 당구장, 서점 등이 연이어 들어서면서 그야말로 "제도(帝都)의 중심"[35]은 바야흐로 신주쿠

---

33) 安藤更生「銀座とアメリカニズムの光被」,『銀座細見』, 春陽堂, 1931年(『文学地誌「東京」叢書』第12巻, 앞의 책, p.32)

34) 安藤更生「銀座時代」,『銀座細見』, 春陽堂, 1931年(『文学地誌「東京」叢書』第12巻, 앞의 책)

35) 『문예춘추』(1930년 5월)에 게재된 신주쿠 칼럼에 다음과 같은 내용이 게재되어 있다. "매우 재미있는 표현에 신부라(新ブラ)라는 말이 있다. 야마노테(山の手)의 긴자라고 불리는 신주쿠를 산책하는 것을 일컫는다고 한다. 진정한 제도(帝都)의 중심이 신주쿠로 이동했음을 느낀다. 일본 제일의 승하차객이 많은 신주쿠역의 개찰구를 빠져나오면, 오른편에 광고가 있다. 이것 역시 일본 제일의 요염한 광고다. "하마모토(浜本) 씨 제가 항상 ○○○에서 기다릴

로 이동해 가게 된다.

1926년(다이쇼15) 2층 콘크리트 건물로 새롭게 증축한 신주쿠 역은 기존의 시전(市電), 중앙(中央)선, 야마노테(山手)선, 게이오(京王)선, 세이부 오기쿠보(西武荻窪)선에 더하여, 1927년(쇼와2)에는 오다큐(小田急)선이 개통됨으로써 더 한층 번잡해졌다. 아울러 1925년에는 신주쿠역 앞에 지상 5층 지하 1층의 콘크리트 건물로 미쓰코시 백화점이 들어섰으며, 그 이듬해에는 오복점으로 출발한 호테이야(布袋屋)가 신주쿠의 백화점 대열에 합류한다.

당시 크게 인기를 모았던 대중가요 「도쿄행진곡(東京行進曲)」(西条八十作詞 · 中山晋平作曲)의 가사 안에는, "영화를 볼까요, 차를 마실까요, 차라리 오다큐를 타고 달려 버릴까요, 변화하는 신주쿠, 저 무사시노(武蔵野)의 달도 백화점 지붕 위에 뜨네요"라는 구절이 등장하는데, 이는 교통의 요지이면서 유흥과 쇼핑의 중심지로 부상하고 있는 신주쿠가 이미 대중적인 도시로 자리매김했음을 의미한다.

모더니즘 계열의 작가 류탄지 유(龍膽寺雄)는 회색빛 콘크리트로 둘러싸인 현대식 건물의 신주쿠 역을 통과하는 수많은 인파를 다음과 같이 묘사한다.

(신주쿠 - 인용자)역의 간판인 커다란 시계, 근세 고딕의 저 콘크리트에 파묻힌 시계 다이얼에 딱정벌레처럼 검은 초침이 붙어 있고, 그것이 한 바퀴 도는 사이 두 번, 아침과 저녁으로 매우 규칙적으로 신주쿠는 역에

게요. 아이코." "이타가키(板垣) 군 A양과 먼저 실례" (중략) 신주쿠 행진곡은 여기에서 시작된다." 海野弘 編『モダン都市文学 I モダン東京案内』, 平凡社, 1989年, p.416

도 광장에도, 가로에도, 군중의 홍수로 흘러넘친다.[36]

"콘크리트에 파묻힌 시계 다이얼"의 "규칙적"인 "초침"과 같이 빠른 속도로 움직이는 도쿄의 시공간과 이를 쫓기 위한 동시대인들의 벅찬 일상을 엿볼 수 있다.

이 밖에도 『문학시대(文学時代)』(쇼와 6년 5월)의 「도회를 진찰하다(都会を診察する)」라는 제목의 기사에는 최첨단 도시 마루노우치, 긴자, 신주쿠의 풍경을 묘사한 글에서부터, 그곳에서 일하는 샐러리맨, 카페 여급, 댄서, 간호부, 마네킹 걸 등의 생태를 그린 글이 게재되어 있다. 이들은 대부분 급격한 도시화와 기계문명으로 인해 소외되고 피폐해진 심상으로 조형되고 있다.[37]

관동대지진 이후 근대 도시로 급성장한 도쿄는, 일상생활의 편리함, 신속함, 풍요로움은 물론, 다양한 유흥(쾌락)적 요소를 제공해 주었으며, 도쿄를 삶의 터전으로 하는 도시생활자들은 이러한 시대적 흐름에 맞도록 새로운 생활양식과 규율, 가치관, 정서, 감각 등으로 재구성해 가야만 했다.

---

36) 龍膽寺雄「新宿スケッチ」, 『改造』, 淸水書店, 1929年4月, p.64
37) 오자키 시로(尾崎士郎), 니이 이타루(新居格), 다케다 린타로(武田麟太郎), 요시유키 에이스케(吉行エイスケ) 등 모더니즘 계열의 작가들이 집필한 16편의 글과 사진이 실려 있다.

③ 근대적 '일상(日常)' 혹은 '병리(病理)'의 공간으로서의 도쿄

　도쿄의 모던 문화를 누구보다 만끽했던 것으로 유명한 나가이 가후 (永井荷風)는, 다이쇼 6년에서 쇼와 34년에 이르기까지 도쿄에서의 일상을 세밀하게 기록한『단쵸테이 일기(斷腸亭日乘)』(1917년 9월 16일∼1959년 4월 29일)를 발표한다. 일기 형식의 이 글에는 자신이 실제로 드나들었던 도쿄 시내의 카페나 서점, 레스토랑은 물론, 당시의 긴자를 비롯한 도심 풍경과 도시생활자들의 일상을 생생하게 엿볼 수 있는 흥미로운 기록들이 다수 수록되어 있다.

> 　오후에 미쓰비시(三菱) 은행에 갔다. 그리고 마루젠(丸善) 서점에 들러 끽다점 기유페루(きゆうぺる)에서 잠시 휴식을 취했다. 날은 이미 저물었다. 긴자식당에서 식사를 하고, 오후 초경(初更, 오후 7시경에서 9시경을 이름-인용자) 무렵 귀가했다.38)

　위의 인용문에는, 긴자에 위치한 "미쓰비시 은행"에서 볼일을 보고, "마루젠 서점"을 들러 "기유페루"에서 차를 마시며 휴식을 취한 후, "긴자식당"에서 식사를 하고 귀가하기까지의 가후의 하루 일과가 여과 없이 드러나 있다. 이를 통해 가후에게 있어 도시문화란 긍정적일 것도 부정적일 것도 없는 그야말로 일상의 일부에 지나지 않았음을 알 수 있다.

---

38) 永井荷風『斷腸亭日乘』昭和9年(1934)2月8日(永井壯吉『荷風全集』第22巻, 岩波書店, 1993年, p.131)

잘 알려진 것처럼 가후는 도시 문화를 향유했던 대표적인 모더니스트이다. 특히 그의 긴자에 대한 애정은 각별했다고 한다. 다이쇼 시대에도 긴자 부근에 외출할 시에는 반드시 '세이요칸(精養軒)'39)에 들러 빵과 통조림 종류를 구입하고, 아침 식사로는 긴자에 위치한 미우라야(三浦屋)에서 판매하는 초콜릿과 미국인이 경영하는 오와리(尾張)쵸 베나카페의 크로와상을 즐겨 먹었다고 한다.

가후는 문인들과의 회합 장소로도 긴자를 애용했다. 사와다 다쿠지(沢田卓爾)는 「가후 추억(荷風追憶)」이란 글에서 가후와의 추억을 회고하며, "그 무렵(쇼와 7년, 8년의 2년에 걸쳐) 나는 자주 긴자에서 가후 선생님과 즐거운 만남을 가졌다. 선생님은 매일 세시 경이면 긴자에 나오셔서 반사테이(万茶亭)라는 카페에 들리신다. 거기엔 늘 선생님 주변에 모여들던 지인들의 회합이 있었는데 그 곳에 오셔서 그들과 함께(나도 그 중 한명이었다) 잡담에 심취하셨다"40)라고 기록하고 있다.

긴자의 카페 '기유페루', '반사테이', '후지 아이스(不二あいす)'를 비롯하여, 신바시(新橋)역에 위치한 요리점 '긴페(金兵衛)', 단팥죽집 '우메바야시(梅林)' 등은 가후와 그 주변 문인들의 단골 가게였으며, 문학가들의 모임인 '류도카이(龍土会)'나 '판노카이(パンの会)' 등도 긴자의 카페에서 회합하는 경우가 많았다고 한다. 이는 쇼와 초기의 도시문화라든가

---

39) 1873년(메이지6)에 생긴 서양요리점. 초기에는 쓰키지(筑地)의 외국인 거류지 옆에 개업했으나, 화재로 같은 해 9월 우에노로 이전. 1911년에는 긴자에 카페 라이온을 새롭게 개점하는 등 점차 사업을 확장해 갔다. 대지진 이후 우에노 세이요칸을 본점으로, 1931년에는 쓰키지점을 개점하여 정통 서양요리로 많은 사랑을 받았다고 한다. 川本三朗 編『モダン都市文学Ⅲ 都市の周縁』, 平凡社, 1990年, p.37-38

40) 川本三郎 앞의 책, p.344

도시감각의 세례가 이미 문인이나 지식인층에게는 낯선 것이 아닌 매우 일상적이며 보편적인 것이었음을 의미할 것이다.

또 하나 주목해야 할 것은, 이처럼 아메리카니즘 혹은 모더니즘으로 대변되는 쇼와 시대의 도쿄를 그 누구보다도 맘껏 향유한 것으로 보이는 가후가 실은 서양을 동경하여 자국의 문화를 돌아보지 않는 풍조를 비판하고, 시구개정으로 파괴되어 가는 에도에 대해 강한 애정을 표한 바 있다는 사실이다. 가령, 전환기 메이지 시대의 도쿄 속의 에도의 미(美)를 그린 것으로 유명한 『히요리게타(日和下駄)』(1910~1911년)에서 가후는 "서양을 모방한 건축물과 페인트를 칠한 간판, 볼 품 없는 가로수, 어디든 아무렇지도 않게 서 있는 전신주도, 또 복잡한 전선 때문에 정적의 미를 지키고 있던 에도 시가(市街)의 정돈된 모습을 잃어버렸다"[41]고 한탄한다. 이것은 급속한 근대화 과정에서 잃어버린 에도시대의 가치관이나 규범, 문화를 재조명함으로서 수도 도쿄를 개혁하고자 하는 의지와도 맞물린 복잡한 양상으로 표출되는데, 이것과 그로부터 20여년이 흐른 후의 가후의 도쿄 인식에는 분명 차이가 있을 것이다. 그러나 시대를 초월하여 변하지 않았던 것은, 그가 에도취미(江戸趣味)와 시타마치(下町) 정서, 도쿄의 모더니티를 동시에 포용하고 향유하고자 했던 고급 도시생활자라는 사실이다.

가후와 그 주변 문인들이 긴자 중심의 모던 도쿄를 향유한 고급(인텔리) 도시생활자였다고 하면, 하야시 후미코(林芙美子)는 신주쿠를 터전으로 치열한 삶을 전개한 소시민적 도시생활자였다고 할 수 있다.

---

41) 永井荷風『日和下駄』(『日本近代文学大系』29, 角川書店, 1974年, p.393)

1930년(쇼와5)에 발표된 하야시 후미코의 『방랑기(放浪記)』는 관동대지진 바로 전해 인 1922년부터 1926년까지의 자신의 체험을 일기 형식으로 기록한 자전적 소설이다.

후미코가 양친을 따라 도쿄로 상경한 것도 『방랑기』가 시작되는 시점과 동일한 1922년경이다. 그 후, 여공, 파출부, 사무원, 점원, 신문사 사원, 여급 등 여러 직업을 거치면서 작가로서의 꿈을 키워간다.

『방랑기』의 여주인공 '나' 역시 작가 자신과 마찬가지로 행상을 하던 부모를 따라 각지를 떠돌다 도쿄로 상경한다. 직종을 마다하지 않고 먹고 살아 가기 위해 고군분투하면서도 언젠가 천 페이지짜리 시집을 출간하는 것이 꿈이다.

'나'는 신주쿠 아사히(旭)쵸에 위치한 허름한 목조여관(木賃屋)에서 생활한다. 아사히쵸는 도쿄시가 인위적으로 지정한 빈민가로, 장기 투숙객 대부분은 일용직 노동자, 때밀이, 잡상인, 행상인, 걸인, 엔카시(艶歌師: 메이지 시대에서 쇼와 초기 무렵까지 시장이나 거리에서 바이올린이나 아코디언 등을 켜면서 유행가를 부르고, 그 가사집을 팔던 악사를 일컬음) 등이었다고 한다. 이들은 방 한 칸에 3, 40명에서 5, 60명이 뒤엉켜 생활했으며 방이나 이불에는 늘 빈대와 이가 들끓는 매우 불결한 환경에 노출되어 있었다고 한다.[42]

텍스트는 이러한 도쿄의 대표적 슬럼가에 머물면서 일할 곳을 찾아 신주쿠(新宿), 아사쿠사(浅草), 간다(神田) 등지를 전전하는 '나'를 통해, '부흥 제도'의 면모를 갖춘 도쿄에서의 일상과 변별되는 또 다른 도쿄의 일상을 엿볼 수 있게 해 준다.

---

42) 『東京百年史』第5巻, 東京都, ぎょうせい, 1979年.

이 거리에 여러 사람들이 모여 든다/ 굶주림에 추락한 사람들/ 위축된
얼굴, 병든 육체의 소용돌이/ 하층계급의 쓰레기터/ 천황 폐하는 미치셨
다고 한다/ 앓는 자들만의 도쿄!(43)

인용문 안의 도쿄는 굶주리고, 위축되고, 병든 육체를 가진 "하층계
급의 쓰레기터"로 표현되고 있다. 여주인공 '나'의 도쿄에서의 삶도 이
들과 크게 다르지 않다. 월세를 낼 돈이 없어 '다마노이(玉の井)'(44)에서
몸이라도 팔아야 할지를 고민하고, 그날그날의 끼니를 걱정해야만 하
는 '나'의 궁핍을 자조하는 심상은 텍스트 전반에 깊게 드리워져 있다.

이러한 궁핍한 생활상은 "5엔만 있으면 아키다(秋田) 쌀을 1되 가득
하게" 사서 "듬뿍 밥을 지어 단무지를 곁들여"(45) 먹는 게 소원이라며,
일자리를 찾기 위해 거리를 걸으면서도 끊임없이 먹는 것에 집착하는
'나'의 모습에서 확인할 수 있다.

> 신주쿠까지 전차비를 아끼기 위해 나루코자카 미요시노에서 꼬치구이
> 다섯 개를 사서 먹는다. 엽차를 몇 번이고 더 마시고 나니 아아 조금은
> 행복하다.(46)

욘쵸메(四丁目)에서 요리사 복장을 한 남자가 지나가는 사람에게 광고
성냥을 하나씩 나눠 준다. 나도 받는다. 다시 되돌아가 두 개나 더 받았
다. 뭘 써서 돈을 벌려는 생각 따위를 한 건 흡사 꿈같은 일임에 틀림없

---

43) 林芙美子『放浪記』(『林芙美子全集』第1巻, 文泉堂, 1977年, p.452-453, 이
　하『全集』으로 표기)
44) 무코지마(向島)구 데라시마(寺島)쵸 5~7번지(現, 구로다(黒田)구 히가시무
　코지마(東向島)4~6번지)에 위치한 사창굴.
45)『放浪記』,『全集』p.463
46)『放浪記』,『全集』p.464

다. 번화가의 생활은 뒷골목 생활과는 완전히 다르다. 십전짜리 소고기
덮밥도 먹을 수 없다니……47)

　자꾸 음식점에만 눈이 간다. 효탄(瓢箪) 연못 근처에서 삶은 달걀 두
개를 사먹는다. (중략) 요쓰야(四ツ谷) 역은 완전히 어두워졌기 때문에 될
대로 되라는 심정으로 요쓰야에서 야시장을 구경하면서 신주쿠까지 걷
는다. (중략) 닭 꼬치구이 냄새가 난다. (중략) 오늘은 히가시나가노(東長
野)까지 걸어서 갈 작정으로 한 그릇에 8전 하는 소고기덮밥을 포장마차
에서 먹는다. 소고기라고는 눈곱만한 것이 한 조각, 나머지는 양파 투성
이, 밥은 우쓰노미야 쓰리텐조(宇都宮吊天井, 겉보기에는 밥이 수북한 것처
럼 보이나 실은 젓가락이 이내 밥공기 바닥에 닿아 버릴 만큼의 매우 적은 양의
밥을 일컬음-인용자)다.48)

　'나'는 전차비를 아껴야만 "꼬치구이"를 먹을 수 있고, 제대로 된 10
전짜리 소고기덮밥 대신 포장마차에서 파는 바닥이 보일 만큼 적은 양
의 "양파 투성이" "8전짜리 소고기덮밥"에 만족해야 한다. 근대 물질문
명의 풍요로움으로 포장된 도시의 이면에 내재된 근대 산업사회(기계문
명)로 인한 고향상실, 인간소외, 궁핍, 공포, 혐오와 같은 병리적 현상
은 하야시 후미코의 경우에는, 도쿄 저변의 소시민이나 노동자들의
삶, 그 중에서도 여성들의 생활고 내지는 궁핍상으로 변주되고 있다.
"돈이 있었으면 합니다/ 그냥 10엔이라도 좋습니다/ 마농 레스코와 유
카타와 게타를 사고 싶습니다/ 라면을 한 그릇 먹고 싶습니다"49)라고
읊조리는 장면에서는 동시대인의 소시민적 생활상 내지는 심상의 단

---

47) 『放浪記』, 『全集』 p.449
48) 『放浪記』, 『全集』 p.457, p.535
49) 『放浪記』, 『全集』 p.463-464

면을 엿볼 수 있다.

『방랑기』로 성공한 하야시 후미코는 그 이듬해에 모던걸에서 매춘부로 전락한 한 여성의 불행한 삶을 그린 단편 「도쿄의 지붕 아래(東京の屋根の下)」(1931년)를 발표한다.

'나'는 기자 신분으로 사창가로 유명한 '다마노이'의 실태를 파악하러 나가게 된다. 그곳에서 3년 전 상하이(上海) 여행 중에 만났던 '사쿠라코(さくら子)'와 조우하나, 상하이에서 알아주는 댄서이자 모던걸이었던 '사쿠라코'의 모습은 이미 남아 있지 않음을 알게 된다. 도쿄로 돌아오면서 애인의 배신과 병이 있는 아이, 생활고로 인해 "어쩔 수 없이"[50] 매춘부 생활을 하고 있다는 그녀와, 그런 그녀에게 아무런 도움도 주지 못하는 '나'의 현실에 쓸쓸함을 느끼면서 이야기는 끝난다.

이처럼 극심한 생활고로 인해 매춘부로 전락한 '사쿠라코'의 모습은, 여러 직업을 전전하면서 일을 쉽게 구하지 못할 때마다 고향에 돌아가고 싶다거나, 남자에게 기대고 싶다거나, 몸을 팔아서라도 먹고 살고 싶다고 탄식하는 동시대의『방랑기』의 여주인공 '나'의 피폐한 심상과도 겹쳐진다.

텍스트 안에는 매춘 여성들의 호객 행위라든가 다마노이의 풍경이 매우 사실적으로 묘사되어 있는데, 이것은 다마노이를 탐방한 작가 자신의 경험이 바탕이 되었기 때문이다. 이와 유사한 경향의 소설로는 가와바타 야스나리의『아사쿠사쿠레나이단(浅草紅団)』(1930년)을 들 수 있다. 이 소설은 1930년을 전후한 아사쿠사의 거리 풍경을 비롯해, 식

---

50) 鈴木貞美　編『モダン都市文学Ⅰ モダンガールの誘惑』, 平凡社, 1989年, p.347

당, 상점, 부랑자, 범죄자, 매춘부 등 일상적인 도시의 모습과 퇴폐적이고 허무적인 도시의 모습을 르포르타주 형식과 소설적 요소를 가미해 사실적으로 그려내고 있다.

당시 도쿄 구석구석을 직접 탐방하고 기록한 르포르타주 형식의 글들이 쏟아졌는데, 이들 기사는 모더니티로 포장된 도쿄의 이면을 생생하게 엿볼 수 있는 점에서 매우 흥미롭다.

『중앙공론(中央公論)』(쇼와 6년 2월)의 특집기사 「도회의 소음을 듣는다(都会の潮音を聴く)」는 하야시 후미코, 우노 치요(宇野千代) 등 5명의 여성 필진에 의해 작성되었다. 신주쿠나 비즈니스 거리를 가볍게 스케치한 글에서부터 "35엔의 월급과 흥미 없는 일과의 순환 운동"을 반복하는 "신입사원", 위장병과 수면부족으로 늘 지쳐있는 "카페 여급", 극심한 불경기로 심야 작업이 멈춰진 음산한 분위기의 공장가, 노동자의 부당한 처우에 스트라이크를 일으킨 "여공(女工)"에 이르기까지 만주사변을 바로 앞에 둔 도쿄의 분위기를 다양한 시선으로 포착하고 있다. 이 가운데 오리모토 사다요(織本貞代)의 「보일러가 멈출 무렵(ボイラーの止む頃)」을 살펴보자.

오후 10시. 야마노테에는 아직 밤의 소란함이 짙은 여운을 남기고 있는데, 공장가는 벌써부터 가수면(假睡眠) 상태에 빠졌다. 전차 손님은 거의 끊겼다. (중략) 조금 높은 지대를 운 좋게 전망해 보니, 두 세 개의 화학공장(비료, 유리 등)과 모슬린공장을 제외하고는 완전히 고요하다. 파란 하늘을 올려다 볼 일이 없는 공장가에는 연기가 사라진 후에도 음산한 검은 그림자를 드리운다. 별 조차도 왠지 검어 보인다. 똑같은 형태의 사각의 크고 작은 건물들이 줄지어 서있는 연통과 선명하게 도드라진 단조

로운 흑백 그림을 연상시킨다. 이것이 격렬한 계급투쟁을 잉태한 괴물이
라고는 도무지 생각되어지지 않는다.[51]

"가메이도(亀戸)의 긴자"라고 불리는 "조토(城東) 공장가"의 오후 10
시, 아직 흥청대는 야마노테의 분위기와는 달리, 불경기로 심야 작업
이 중지된 공장가 주변을 조명한다. "음산한 검은 그림자", "똑같은 형
태의 사각의 크고 작은 건물들", "흑백 그림" 등은, 급격한 도시화로 인
해 소외되고 황폐화된 근대인의 심상을 대변한다. 여기서의 도쿄는 근
대적 모더니티와 물질적 풍요로움으로 표상되는 대신, 극심한 불경기
로 인한 실업과 노동자들의 격렬한 계급투쟁을 잉태한 "괴물"의 도시
로 언급되고 있다. 노동자의 삶을 통해 근대 도시가 잉태한 계급사회
의 모순을 폭로한다. 이 밖에도 식당이나 상점, 부랑자, 범죄자, 매춘
부 등, 일상적이거나 퇴폐적이고 허무적인 도시 풍경을 스케치하듯 묘
사한 르포르타주가 다수 등장한다.

『개조(改造)』(쇼와6년 11월, 12월)에 실린 「도쿄암흑가탐방기(東京暗黒街
探訪記)」의 경우는, '부흥 제도' 도쿄의 이면에 은폐된 빈민가의 실태를
적나라하게 보여 준다. 이 글은 프롤레타리아 작가로 잘 알려진 하야
마 요시키(葉山嘉樹)와 사토무라 긴조(里村欣三)가 공동으로 작성한 르
포르타주로, 일용직 노동자, 룸펜, 매춘부와 같은 하층민의 생활 실태
를 그리고 있다.

---

51) 織本貞代「ボイラーの止む頃 ―城東の夜」(「都会の潮音を聴く」『中央公論』
特集, 中央公論社, 1931年2月, p.221)

비 내리는 밤에는 하수판이 철철 넘칠 정도로 물을 덮어쓰던 저지대였지만 지진 이후에 8척 이상 지대를 높였기 때문에 지금은 침수될 염려도 없다. 주정꾼도 없다. (중략) 간이여관이라고 개칭되면서 목조숙소의 모습은 완전히 바뀌었다. 1박 20전으로 타일이 붙은 욕탕을 사용할 수 있으며, 베개와 이불 침구류는 매일 바꿔준다. (중략) 싸움도 도박도 줄어들었다. 그러나 반대로 투숙객은 전혀 없다고 한다. 놀라울 정도로 노동자 수가 줄어 고요한 정막만이 두드러진다. (중략) 아사쿠사쵸의 목조숙소처럼 이곳 노동자들 역시 심각한 실업 상태를 계속 겪고 있기 때문이다.52)

얼마 안 있어 나와 하야마는 다마노이 행 스미다(隅田)자동차에 탔다. 시라히게바시(白髭橋) 모퉁이를 오른쪽으로 돌자 하자 쓰레기로 뒤덮인 낮은 지대의 마을이 이른바 다마노이의 마굴(魔窟)이다. 흙탕물이 넘쳐나고 있다. 음식물과 오물 냄새가 가을 파리를 부르고 있다. 역하다. (중략) 이런 여자들 거리를 활보해도 마굴 덕택에 먹고 사는 마을 사람들은 그닥 이상한 눈초리를 보내는 사람은 없다. (중략) 밤에 아름답게 화장을 하고, 속이 들여다보이는 유리 안에서 눈만 내놓고 있는 여자는 매우 농염한, 혹은 요염한 풍정(風情)을 하고 있지만, 햇빛 바로 아래에서 바라본 그녀들은 가엽게도 초라한 불결함이었다.53)

첫 번째 인용문은 도쿄의 대표적 빈민가로 알려진 도요가와(豊川)쵸를 취재한 「아스팔트의 빈민가(アスファルトの細民街)」의 일부이다. 대지진 이후 위생적인 면이나 주변 환경은 다소 개선되었으나, 계속되는 불황으로 하층민의 삶은 여전히 궁핍하다는 내용이다. 두 번째 인용문은 다마노이의 풍경을 스케치한 「앳된 다마노이의 여자(初心な玉の井の

---

52) 葉山嘉樹 · 里村欣三「東京暗黑街探訪記」『改造』特集, 昭和6年11月~12月 (海野弘 編 앞의 책, p.405-406)
53) 葉山嘉樹 · 里村欣三「東京暗黑街探訪記」, (川本三朗 編 앞의 책, p.398)

女)」라는 제목의 글이다. "마굴"로 표현되고 있는 이곳은, 쓰레기와 흙
탕물로 뒤덮여 있으며, 음식물과 오물 냄새가 진동하는 불결한 거리로
묘사되고 있다. 그리고 그곳을 활보하는 "농염"하고 "요염"한 매춘 여
성들, 그녀들과 먹이사슬처럼 얽혀 생계를 이어가는 하층민의 삶이 가
엽고 초라한 모습으로 재현되고 있다.

「도쿄암흑가탐방기」와 유사한 형식의 르포르타주로는 유메노 규사
쿠의 「하층사회(下層社會)」를 들 수 있다. 이 가운데 아사쿠사 센조쿠
(千束)쵸를 취재한 「추업굴 박멸의 결과(醜業窟撲滅の結果)」라는 소제목
의 기사를 살펴보자.

> 사창(私娼)은 박멸해야한다. 인신매매의 근원지이다. 청년 타락의 직
> 접원인이다. 병독(病毒)의 소굴이다. 말해 무엇 하리, 말해 무엇 하리
> …….54)

"인신매매의 근원지"이며 "청년 타락"의 원인이 되는 "추업굴의 박
멸"을 주장한다. 아울러 지진 전에는 매춘 여성들의 세금이 "아사쿠사
구청의 수입 대부분을 차지"할 정도로 매춘업이 성행했음을 언급하고,
지진 이후 정부의 단속에도 불구하고 "센조쿠쵸의 추업부(醜業婦)"의
"추업"은 여전히 계속되고 있음을 날카롭게 비판한다.

이들 문인·기자의 시선에 포착된 "하층사회"는 여전히 불결하고,
음성적인 성(性)이 난무하는 "병독의 소굴"이며, 심각한 실업과 불경기
의 그림자를 드리운 "암흑가"에 다름 아니다. 그리고 그 곳을 삶의 터

---

54) 夢野久作「下層社会」,『夢野久作著作集2』 앞의 책, p.215

전으로 하는 하층민의 심상은 한 결 같이 궁핍하고 퇴폐적이며 불결한 도시의 병리성을 그대로 투사하는 방식으로 재현되고 있다. 이 안에는 르포르타주라는 장르적 특성을 고려한다고 하더라도, 근대 자본주의 사회가 잉태한 계급사회의 모순이라든가 도시 빈민층의 도덕적 타락과 소외라는 사회적 병리 현상을 간파하거나 비판하는 시선은 부재했다. 오로지 재현만이 존재했다.

이처럼 단순히 도쿄를 관찰하는(문인·기자) 위치에 머물렀던 '관찰자(혹은 被관찰자)'를 포함해, 특별한 목적 없이 도쿄의 분위기를 향유하기 위해 거리를 거니는 '산책자'들로 넘쳐나고 있는 동시대의 문학 텍스트 안에는 곧이어 발발하게 될 만주사변(1931년)과 상하이사변(1932년), 그리고 그 승리의 결과로 획득한 식민지 지배에 대한 정당성을 부여하면서 본격적인 제국주의 시대로 진입하게 될 그 어떠한 징후도 발견할 수 없었다. 이는 바꿔 말하면, 전전기 쇼와 시대의 심상지리 역시 국민국가를 지향한 것도, 그렇다고 반(反)국민국가를 지향한 것도 아닌 '산책자=동행자=방관자'의 입장에 머물렀던(혹은 머무를 수밖에 없었던) 메이지기의 심상지리[55]와 그리 멀리 있지 않았음을 의미할 것이다.

맺음말

근대 이후의 도쿄의 특징을 시대적 흐름에 따라 거칠게 요약하면,

---

55) 정형·이권희·손지연·한경자 「전환기 메이지 문학의 도쿄 표상과 일본인의 심상지리」, 『日本學硏究』제22집, 단국대일본연구소, 2008년 9월, p.78

메이지 시대의 도쿄는 실질적인 수도로 정착하고 근대 도시로서의 다양한 기능을 수행하게 되며, 다이쇼 시대에는 도시인구의 팽창과 함께 대량생산·대량소비의 도시로 발전을 거듭해 간다. 그리고 쇼와 초기의 도쿄는 이 모두를 관동대지진으로 소실하고 '부흥 제도'를 표방하면서 본격적인 근대 도시로 거듭나는 시기라고 할 수 있다.

본고에서는 이러한 시대적 흐름을 총체적인 시야로 파악한 위에, 쇼와 초기의 도쿄 표상과 이를 둘러싼 일본인의 심상지리를 규명하고자 했다. 구체적으로는, 나가이 가후를 비롯한 문인이나 인텔리 계층의 고급 도시생활자, 류탄지 유 등의 모더니즘 작가들이 그리는 샐러리맨 등의 도시생활자, 하야시 후미코의 자전적 소설에 등장하는 소시민적 도시생활자, 다양한 르포르타주에 표현된 도시 저변의 노동자와 하층민에 이르기까지, 근대 도시 도쿄와 그것을 체험한 주체(문인), 그리고 그들의 문학적 표현 사이에 존재하는 긴밀한 관련성을 분석했다.

제2장에서는 관동대지진 이후 '부흥 제도'를 표방한 쇼와 초기의 도쿄의 변화와 특징을 살펴보았다. 이를 통해 다양한 스타일의 가교(架橋)와 고층 빌딩, 지하철의 개통과 전철노선의 증편, 교외를 포괄하는 도쿄 범위의 확대, 대도시를 기반으로 한 새로운 형태의 소비패턴, 그리고 다이쇼 시대로부터 이어져 온 도시문화·모더니티의 확대와 대중화 현상을 지적했다.

제3장에서는 쇼와 초기를 대표하는 최첨단 도시 마루노우치, 긴자, 신주쿠를 중심으로 탄생한 새로운 도쿄 풍속과 그곳을 무대로 한 도시생활자들의 생활양식을 분석하고, 이 시기의 모더니티가 다이쇼 시대를 훨씬 초월하는, 보다 대중적이고 다층적인 양상으로 표출되기 시작

했음을 동시대인의 심상지리와 관련하여 규명했다.

제4장에서는 근대적 '일상'과 '병리'라는 두 가지 측면에 주목하여, 동시대의 도쿄를 살아가는 도시생활자들의 다양한 삶의 모습을 조명했다. 예컨대, 긴자를 주요무대로 도쿄의 모더니티를 향유한 나가이 가후와 신주쿠를 터전으로 치열한 삶을 전개한 하야시 후미코의 경우는, 도쿄의 도시문화 · 모더니티가 동시대인의 심상에 어떻게 다르게 투사되고 있는지 잘 보여주고 있다. 이 밖에도 불황에 빠진 공장지대의 노동자, 다마노이나 도요가와 등의 도쿄 저변의 '하층사회'에 주목한 르포르타주는 모더니티로 포장된 도쿄의 이면을 엿볼 수 있는 점에서 의미를 찾을 수 있겠으나, 도시생활자 개개인의 역동적인 자아(심상)는 표출되지 않으며, 단순히 도시 풍경의 일부로서 투사되거나 재현되는 데에 그치고 있음을 지적했다. 아울러 징후로서의 제국주의가 고급(인텔리) 도시생활자나, 노동자, 빈민층 모든 계층에서 공통적으로 발견되지 않았음을 언급했다.

이러한 문제는 이후, 본격적인 제국주의를 표방하면서 '15년 전쟁'에 돌입하게 되는 전간기(戰間期)의 도쿄표상이 일본인의 심상지리와 어떻게 교차하고 길항하게 되는지 살펴봄으로써 보다 분명해 질 것이다.

참고문헌

生田春月, 「郊外散策」『生田春月全集』第8巻, 新潮社, 1931年4月

永井荷風, 『日和下駄』『日本近代文学大系』29, 角川書店, 1974年

_____, 「断腸亭日乗」永井壯吉『荷風全集』第22巻, 岩波書店, 1993年

林芙美子, 『放浪記』『林芙美子全集』第1巻, 文泉堂, 1977年

上林　暁, 『上林暁全集』第13巻、筑摩書房、1967年3月

夢野久作, 「変つた東京の姿－焼跡細見記」西原和海『夢野久作著作集2 東京人の堕
　　　　　落時代』, 葦書房有限会社, 1979年12月

_____, 「下層社会」西原和海『夢野久作著作集2 東京人の堕落時代』, 葦書房有
　　　　　限会社, 1979年12月

海野　弘編, 『モダン都市文学Ⅰ モダン東京案内』, 平凡社, 1989年

鈴木貞美編, 『モダン都市文学Ⅱ モダンガールの誘惑』, 平凡社, 1989年

川本三朗編, 『モダン都市文学Ⅲ 都市の周縁』, 平凡社, 1990年

鈴木貞美編, 『モダン都市文学Ⅷ プロレタリア群像』, 平凡社, 1990年

上林　暁, 「地下鉄道見参記」『改造』, 1928年3月

林　房雄, 「丸ビル付近」「東京景物詩」『文章倶楽部』特集13巻11号, 1928年11月

岡田三郎, 「新東京風景」『文学時代』特集, 1929年10月

村山知義, 「丸ビル附近」『改造』, 1929年10月

尾崎士郎, 「丸の内」「都会を診察する」『文学時代』特集, 1931年5月

織本貞代, 「ボイラーの止む頃―城東の夜」「都会の潮音を聴く」『中央公論』特集,
　　　　　1931年2月

葉山嘉樹・里村欣三, 「東京暗黒街探訪記」『改造』特集, 1931年11月～12月

今和次郎 編, 『新版大東京案内』, 中央公論社, 1929年

小野田素夢, 「昭和の銀座時代」『銀座通』四六書院, 1930年1月6日, 和田博文編『銀
　　　　　座のモダニズム』ゆまに書房、2004年

安藤更生, 「カフエの客」, 『銀座細見』, 春陽堂, 1931年2月3日, 翻刻: 中央文庫, 中
　　　　　央公論社, 1977年9月, 解説・宮川寅雄/ 復刻版:『文学地誌東京叢書』大
　　　　　空社, 1992年2月, 解説・永井博

_____, 「銀座とアメリカニズムの光被」, 『銀座細見』, 春陽堂, 1931年2月3日

_____, 「銀座時代」, 『銀座細見』, 春陽堂, 1931年2月3日

東京都, 『東京百年史』第4卷~5卷, ぎょうせい, 1972年~1979年

南博 編, 『日本モダニズムの研究』、ブレーン出版、1982年

前田角蔵, 『虚構の中のアイデンティティ ―日本プロレタリア文学研究序説』, 法政
　　　大学出版局, 1989年

越沢　明, 『東京の都市計画』, 岩波新書, 1991年

槌田満文, 『東京記録文学事典』, 柏書房, 1994年

川本三郎, 『荷風と東京』, 都市出版, 1996年

吉見俊哉, 「〔総説〕帝都東京とモダニティの文化政治 ―一九二〇三〇年代への視座」,
　　　『岩波講座 近代日本の文化史6 拡大するモダニティ』, 岩波書店, 2002年

初田 享, 『繁華街の近代 都市・東京の消費空間』, 東京大学出版会, 2004年

하쓰다 토오루(이태문 옮김), 『백화점』, 논형, 2003년

이성욱, 『한국 근대문학과 도시문화』, 문화과학사, 2004년

김필동, 「문명개화기의 「도쿄표상」의 연구」『日本語文學』제36집, 한국일본어문학회,
　　　2007년 2월

정형·이권희·손지연·한경자, 「전환기 메이지 문학의 도쿄 표상과 일본인의 심상지
　　　리」『日本學硏究』제22집, 단국대일본연구소, 2008년9월

한경자, 「정원도시 에도의 형성과 성장과정」『일본문화연구』제27호 동아시아이본학회,
　　　2008년7월

이권희, 「다이쇼(大正)시대의 도쿄 표상과 심상지리」『日本學硏究』제25집, 단국대일
　　　본연구소, 2008년9월

정　형, 「'에도(江戸)의 표상을 통해 본 일본인의 심상(心象)지리적 문화기층 연구」『日
　　　本學硏究』제25집, 단국대일본연구소, 2008년9월

＿＿＿, 「근현대 문학텍스트를 통해 본 일본인의 심상지리」『日本思想』제15집, 한국일
　　　본사상학회, 2008년12월

近世文學における「江戸」像
－上方から見た「江戸」・江戸から見た「江戸」－

長島弘明

I はじめに

　上方の京と大坂に江戸を加えた三つの都市を、三都あるいは三箇津(さんがつ)という。この三都は、それぞれ獨自の性格をもっていた。京都は長らく都があったところから伝統的な文化や學芸の中心地であり、また大坂は「天下の台所」として諸國の米が集まり賣買される経濟の中心地であり、さらに江戸は徳川將軍が君臨する政治の中心地であった。俗に、「江戸は武家、京は出家、大坂は町人」というが、参勤交代で大名が武家屋敷を構える江戸は武士の町、大きな寺の多い京都は僧侶の町、商業が盛んな大坂は商人(町人)の町であった。もちろん、朝廷を擁して代々の都であった京都と、その近隣に位置した大坂に對して、もともと低濕地の隅田・平川デルタ、逆に水の便の惡い武藏野丘陵を抱えた江戸は、徳川政權誕生後にようやく基盤整備がなされた新興の都市であった。文化的にも

上方に對して後れをとっており、近世の初期の江戸は、伝統的な「東
國」のイメージ——すなわち、荒々しく粗野な「東(あずま)えびす」が
住む場所というイメージに染まっている。文化的に優位に立ってい
たのは江戸時代前期までは上方であり、例えば、近世文學の一つの
黄金時代である元祿文學について言えば、芭蕉こそ江戸に住んでい
たものの、中心はやはり井原西鶴や近松門左衛門のいた上方にあっ
た。

　その江戸が徐々に大きくなり、政治の中心ばかりではなく経済や
文化の中心ともなって、唯一の巨大都市になるのは17世紀後半以降
である。特に、文學をはじめとする文化面において、江戸は上方に
なかなか追いつけないでいたが、18世紀の半ば過ぎには上方を凌駕
するに至る。例えば、1750年代までの小説(浮世草子)は、ほとんど
が上方の出版であったが、それが18世紀末には、まったく立場が逆
轉し、しかも談義本・黄表紙・洒落本などという新しい形式の小説
が、江戸を中心に出版されるようになっている。これを「文運東漸
(とうぜん)」というが、この「文運東漸」の時期が、ちょうど江戸の人
間たちが、「江戸っ子」ということばによって自分たちのアイデン
ティティを確立した時期に当たる。いわば江戸が、我々のイメージ
する「江戸」となったのがこの時期である。

　近世の初期から18世紀末までの江戸を手っ取り早くかつ詳細に知
るには、日本人の著作よりも、むしろこの都市を訪れたオランダ人
をはじめとする歐州人や朝鮮通信使などの紀行・日記を見るにしく
はない。それらの好奇心にあふれる異國人の目に寫った江戸の映像

は、日本人自身が自明のこととして見過ごしがちな風俗や習慣や、日本人自身には何の変哲もなく興味をそそらない景觀を、きめ細かく描きとっている。例えば次の文章は、元禄4年(1691)に江戸を訪れたケンペルの『江戸参府旅行日記』の日本橋の記述である。

　　橋の一つは四二間の長さがあって、日本國中で有名である。動かぬ中心点として主要な街道やあらゆる地方までの距離は、この橋から計るからである。それでこの橋は特に日本橋と呼ばれている。橋の下を流れている川は、外堀から來るのであって、その堀とは六〇〇歩ほど離れているように思われた。この主要な中央通りは、ちょうど五〇歩の幅があり、われわれは信じ難いほどの人の群や、大名や役者の從者、みごとに着飾った婦人たちに出會った。歩いている者もあれば、駕籠で行く人もいた。特にヨーロッパの軍隊式の隊形をした約一〇〇人の、消防隊の徒歩の行進にも行きあった。彼らの制服は褐色の皮の上着で、それゆえ火事に對して都合よく作ってあった。何人かは長い消火用の槍を、他の者は鳶口をかつぎ、彼らの隊長は中ほどで馬を進めていた。商人・呉服屋・食料品屋・仏具屋・本屋・七宝細工師・薬屋・大道商人などが、家の前の軒先に商品を並べていたが、路上に立派な露店を出しているものも少しはあった。それらの店は、上から半分ぐらい垂れ下がった黒い布〔のれん〕で覆われていたが、商品には長い特別な折紙を付け、値段が書いてあった。1)

　また次の文章は、享保4年(1719)に朝鮮通信使の製述官として江戸の地を踏んだ申維翰の『海游錄』にある、江戸の對馬藩邸で歌舞伎を見た時の記述である。

---

1) 『江戸参府旅行日記』、齋藤信譯、東洋文庫、1977、p.173

　對馬太守は使臣に、便服をきて別館に出て、雜伎を觀られんことを請う。ついに外堂まで徒歩し、諸從官もこれに隨う。堂前六、七歩のところに小廊があって、麗にして敵、樂手五、六人が琵琶、笛、腰鼓それぞれ數部を執り、一行の前に列坐した。歌手もまた數人いる。

　琵琶の狀は我が國の琶琴の如く、その腹部には絃があって、撥をもってこれを彈く。鼓はすなわち缶形にして小、左手でその腰部を提げ、肩上に担うて、右手でその一面を撞く。いわゆる鼓をたたく者は必ず狂呼叱咤し、これ、興に乘れば股を搏ち鳥を呼ぶの類に似、しかも聲は、犬が吠え鶴が鳴く如く、思わず失笑した。笛はその長さに滿たず、孔があってこれを吹く。その聲は秋草にこおろぎが鳴くようだ。

　歌い手は前に冊を置き、それを披いて唱するのが、あたかも書を讀む狀の如く、その聲はまた梵唄に似る。

　舞はすなわち、年十六、七ばかりの美男子十人が、眉を書き紅おしろいで化粧し、髮を結んで黑く艶やかにし、五色の紋錦を着る。これを望めば傾城美女の如くである。外から服を具して入り、周行亂歩し、それは樂聲に合せずして下げたり上げたりするに似る。けだし、我が國の倡妓の五方神舞の如きものである。

　しばらくして出て、服を易えて入る。服色はさらに艶を加え、頭には一黃巾を戴き、高さは一尺ばかり、円直にしてしなやかでない。手には黑い杖を持ち、長さほぼ五、六尺、杖をあげて空を指し、足を爪立ち、臂をあげ、槍を執って擊刺の狀をなす。とつぜん、黃巾がみずから落ちるのを見る。すなわち、彩花が頭に滿ち、花は傘の形の如く、舒べればすなわち花冠となって翻々とする。美影の戲があって、たちまち花冠を杖頭に移着させると、また日傘に似る。これを捧げて立ち、そして舞う。時が移ってまた出る。

　それからその十人が分かれて、五人はすなわち娼女の服飾をし、嬌艶なる遊女の姿である。他の五人はすなわち遊俠少年の裝束で、また

妖しい遊蕩兒である。かれらは隊に分かれて入る。麗服は日に耀き、東西に分かれて對舞する。舞は袖を張らずして、身を回し足を轉じ、緩やかに歩き急に走り、翻雪落花の觀がある。また轉じて男女が垂情流眄の態をなす。[2]

　火消しの隊列や店先の情景が、あるいはまた歌舞伎上演の場面が、客觀的かつ正確に描寫されている。こうしたあまりにも日常的な風景や、芝居を見たことがある者には物珍しくもない情景は、異國人としての無垢な目があって、初めて詳細な描寫が可能になっているといってよい。もちろん、その一方で、習俗や習慣の文化的背景を知らないために、事實とはかけはなれた解釋を示す場合が多々あるとしても、全神経を目に集中させ、見ることに徹しようとする姿勢は、彼らの紀行を正確なルポルタージュにしている。

　異國人紀行と對極に立つのが、小說をはじめとする近世文學の中における「江戶」像である。それらの「江戶」像は正確な實見の記錄ではなく、むしろ同時代人の共通了解としてある「江戶」らしさがことさらに強調された、イメージとしての「江戶」というのが適當であろう。言わば、實際の江戶よりも江戶らしいと感じられる、典型的な「江戶」の映像が描寫されているのである。「江戶」にまつわる様々な歷史の記憶が集積され、また江戶に對する愛着や、逆に江戶に對する對抗意識や嫌惡感の影響を強く受けた、主觀的な「江戶」像がそこにはある。從って、それらは同時代人の筆で描かれながら江戶の

　2)『海游錄』、姜在彦譯、東洋文庫、1974、pp.211-212

實像ではない。しかし、實像以上に「江戸」らしさを寫しているという意味で、近世文學のイメージとしての「江戸」像は重要な意味を持っている。

　もちろんイメージとしての「江戸」像といっても、それらは一樣ではない。江戸に住む人が「江戸」を描くのと、江戸以外の土地に住む人——例えば、上方の作家が江戸を描くのとでは、自ずと「江戸」の映像が違ってくる。また、時代によっても「江戸」像の移り変わりがあるであろう。そういう關心のもとに、以下、上方の人は江戸をどうイメージしていたか、それを前期の西鶴の小說と、中期すなわち「文運東漸」期の上田秋成の小說から見て行き、また、江戸の人自身は江戸をどうイメージしていたか、それを秋成とほぼ同時代人の平賀源內と、少し若い山東京伝の小說から見て行きたい。

Ⅱ　西鶴の「江戸」像

　17世紀末、すでに江戸は人口密集地であり、一大消費地であった。元祿元年(1688)刊行の西鶴の『日本永代藏』卷3の1「煎じやう常とはかはる問藥」の冒頭近くには、賑わう江戸の日本橋の描寫がある。

　　　「所は御江戸なれば、何をしたればとて商の相手はあり。珍しき見
　　　立てもがな」と、日本橋の南詰に曙より一日立ちつくしけるに、さす

が諸國の人の集り、山も更にうごくがごとく、京の祇園會・大坂の天
滿祭にかはらず。毎日の繁昌この御時、君が代の道廣く、通り町十
二間の大道所せきなく、この橋の上に馬乗(うまのり)一人・出家一
人・鑓(やり)一筋、朝から晩まで絶ゆる事なく、されども、人の大事
にかくる物は落さず、錢を一文いかないかな目に角立てても拾ひがた
し。これを思ふに、あだにつかふべき物にはあらず。[3]

　ケンペルの『江戶參府旅行日記』にもあったが、日本橋は、全國
の里程をはかる基点であり、また橋詰めは高札を立てた高札場、心
中未遂者や姦通者をさらす晒し場でもあって、当時の江戶でも随一
の雜踏の地である。この橋を中心とした南北の通町(とおりちょう)に
は、大きな店が軒を並べていた。さて、その日本橋の上には、いつ
も「馬乗一人・出家一人・鑓一筋」がいるという。「馬乗」は馬に乗
ることを許された武士、「出家」は僧侶、「鑓」は武士が從者に持た
せた鑓。坊さんもそうだが、「馬乗」と「鑓」はともに、おそらく百石
以上の扶持米を取っている身分の高い武士を指しており、そうざら
にはいないはずである。しかし日本橋の上では、朝から晩まで絶え
ずそれらの人が通行しているというのである。日本橋の賑わいの様
子、さらには、江戶の繁盛の様子がわかる。この西鶴のことばと同
樣に、滅多にないはずのものでも、江戶ではそれが常時見られると
いう言い方で、江戶の賑わいを述べた句がある。芭蕉の門人で江戶
に住んでいた其角が、元祿11年(1698)に詠んだ句である。

---

3)『井原西鶴集』3、新編日本古典文學全集、小學館、1996、p.87

　　鐘ひとつ賣れぬ日はなし江戸の春[4]

　お寺の鐘など滅多に賣れるはずがないのに、江戸では必ず毎日賣れる。それほど江戸は賑わっているという意味である。
　橋の上に「馬乘一人・出家一人・鑓一筋」という表現は、一種の定型的表現になっていた(あるいは、なって行った)ようである。元禄15年(1702)刊の都の錦の『元禄曾我物語』5にも、

　　　その名も高き日本橋(中略)橋の上には老若男女、登る人下る人、歸るもの行くもの、馬三疋・鑓五本宛(づつ)常に絶間なく

とあるし、また寛政・享和年間(1789～1803)に成稿したことわざ集の『譬喩盡』(たとえづくし)には、日本橋ではなく、この当時江戸隨一の賑わいを見せた兩國橋へと変わっているが、

　　　江戸兩國橋の上往來(うわゆきき)、鑓三筋は不絶(たえず)

とある。そうした定型表現が使われていることからわかるように、あるいはまた、「山も更にうごくがごとく、京の祇園會・大坂の天滿祭にかはらず」というような比喩的な表現が用いられていることからわかるように、西鶴の文章はきわめて生き生きした名文ではあるが、實は寫實的な表現ではない。寫實的というならば、先のケンペ

---

4) 宝晋齋引付

ルの文章の方が、より實際に近い描寫である。西鶴の文章は、寫實を超えて日本橋＝江戸の賑わいを強調する、誇張された概念的表現といった方が適当であろう。

さて、西鶴の話は次のように續く。この日本橋の南詰めに一日立ちつくしていた男は、ともかく商賣に精を出してみようと思う。しかし、男には元手がない。たまたま仕事歸りの大工たちが落として行った木ぎれを拾い集め、それを賣ってもうけたのをきっかけに、毎日毎日大工たちの歸りを見合わせて木くずを拾い、さらにはそれを削って箸にしてもうけ、それを元手に後には材木商となって莫大な財産を築いた。

はっきりとは書かれていないが、この男、箸屋甚兵衛(はしやじんべえ)ももともとは他國からやってきた者だったのであろう。大坂や京都は、すでに住友や鴻池などをはじめとする老舗の大商人たちがいて、巨大な商業資本に空手でいどむことはすでに不可能になっており、一攫千金を夢見る多くの人が、新興都市の江戸に集まった。消費は盛んであったが、上方に比較して物品の生産が周辺地域でまだ確立されておらず、また流通のルートも、物品への嗜好も、上方ほどには固定化されていなかったからである。箸屋甚兵衛がそうだったように、知恵・才覺によって裸一貫からのし上がることができるという希望を抱かせるのが、この江戸であった。近世初期の「江戸」のイメージは、希望に滿ちた新天地であるということである。食い詰めた上方の小商人が、あるいは勘当されたどら息子が、または夢見がちな若者が、續々と江戸を目指している。例えば、『日本永

代藏』巻2の3「才覺を笠に着る大黑」の、放蕩と浪費のために勘当された大黑屋の息子新六は、京都から江戸に下るが、品川の東海寺に野宿した時に聞いた乞食たちの話から、手ぬぐいの切り賣りを江戸で始め大金持ちになることができた。

　ただし、西鶴が小説を書いた元祿時代前後は、「金が金をもうける」(『万の文反古』巻1の3)時代——すなわち、資本を持つ者のみが利益を得ることができる時代にさしかかっており、箸屋甚兵衛や大黑屋新六のように、元手なしで成功する例は、むしろまれである。『万の文反古』1の3の、大坂から出世を夢見て江戸へ下った源右衛門という男は、次々に商賣をかえてももうからず、今は朝は花賣り、晝は冷や水賣り、晩は蚊遣りのおがくず賣り、夜は袋貼りの內職までしても生計が立たず、女房と子供を離緣して大坂へ歸りたいと思っている。しかし旅費がなく、わずか十匁の旅費を惠んでもらうために、遠く離れた故鄕大坂の兄弟に、恥をしのんで手紙を出しているのである。「日本國の金銀あつまり、瓦石のごとく見えし江戸より、わづか十匁あまりに手づまり」する人間がいるのが、當時の江戸の現實であった。

　その江戸にすむ人間を、上方の人間はどう見ていたのか。あるいはどのようにイメージしていたのか。元祿5年(1692)刊行の『世間胸算用』(せけんむねさんよう)巻5の4「長久の江戸棚」には、歳末の江戸の正月用品を商う賑やかな光景を名文で描いている。

　　　　錢は水のごとくながれ、白銀は雪のごとし。富士の山かげゆたか

に、日本橋の人足(ひとあし)、百千万の車のとどろくに聞きなしたり。
船町の魚市、毎朝の賣帳、四方(よも)の海ながら、浦々に鱗(うろくづ)
のたねも有る事よと沙汰し侍る。神田須田町の八百屋物、毎日の大
根、里馬に付けつづきて數万駄見えけるは、とかく畠のありくがごと
し。半切にうつしならべたる唐がらしは、秋ふかき龍田山をむさし野
に見るに似たり。瀬戸物町・麹町の鴈鴨、さながら雲の黒きを地には
へたるがごとし。本町の呉服物、五色の京染・屋敷模様の散らし形、
四季一度にながめ、すがたのはなの色香ぞかし。伝馬町のつみ綿、み
よしのゝ雪のあけぼのの山々、夕には挑灯つらなり、道明らかに、大
晦日の夜に入りて一夜千金、家々の大商ひ、殊に足袋・雪踏(せきだ)
は、諸職人、万事買物のをさめにして、夜の明方に調へに來たり。5)

　この文章の前には、江戸で金銀をちりばめた羽子板や、金二両も
する破魔弓を買う人があるのは、身分が高く金持ちの大名の息子だ
けではなく、江戸の町人までも「万に大氣なるゆゑぞかし」(万事につ
けて氣が大きいからだ)ということばがあり、また、この文章の後に
は、そういう江戸の人間の氣質——氣が大きく、派手な性質を指
して、「大名氣」と呼んでいる。また、『日本永代藏』卷6の2「見立て
て養子が利發」でも、鯛一匹が一兩二分というべらぼうな高値の時
にも、夷講(えびすこう)で丁稚(でっち)にまで鯛をふるまう江戸の商人
の氣質を、やはり「大名風」と言っている。上方の人間から見て、將
軍や大名がおり、あちこちから莫大な金銀が集まり、廣大な江戸の
町にすむ人間のイメージは、細かな計算はせず、金を思い切って使
う「大氣」な人間であったという事である。

---

5)『井原西鶴集』3、新編日本古典文學全集、小學館、1996、p.471

Ⅲ 秋成の「江戸」像

西鶴からほぼ100年後に生まれた、やはり上方の作者である上田秋成の作品を見てみよう。文化5年(1808)に書かれた随筆の『胆大小心録』112には、昔唄われたという、

> 身上(しんしょ)ならずば江戸へ來(こ)とおしやる、江戸は身上の定めかや(財産がないならば、江戸へおいでと言うが、江戸は、財産を築けるかどうか、のるかそるか、運命を決める土地であろうか)6)

という歌謡が紹介されている。江戸は一攫千金が可能な新興の都市であるという、西鶴の小説と同様の江戸のイメージである。しかし、それは昔のことだと言っていることに注意したい。

同じ歌謡が引用されているのが、明和4年(1767)に刊行された秋成の『世間妾形氣』(せけんてかけかたぎ)卷3の2「米市は日本一の大湊(おおみなと)に買積みの思ひ入れ」であるが、そこでは、

> 「江戸は身上の定めかや」と哥にうたふ本ン町駿河町さへ、昔とはことさびて、千兩の掘ぬき井戸も近年ほらする家も見へず7)

と、さらにはっきりと記されている。すでにこの時点では、新興の豪商の代名詞である越後屋呉服店がある駿河町でさえも、昔と違っ

---

6)『上田秋成集』、日本古典文學大系、岩波書店、1959、p.318
7)『上田秋成全集』第7卷、中央公論社、1990、p.182

て不景氣で、掘るのに千兩もの莫大な金がかかる掘り抜き井戸(深い
井戸)を掘れる商人もいなくなったというのである。また、同じ話の
中に、

> 只今の江戸なかなか大づかみ成る事小本錢(こもとで)にては見へわ
> たらず。通り町の大商人は多く京・伊勢・近江よりの出店にて、地の
> をゐたちは希なり。千兩設けやすく千兩出やすし。8)

ということばもある。小資本では、大もうけはできない、日本橋
の南の通りに店を構えている大きな店も、京・伊勢・近江の支店で
あって、江戸で初めて成功した商人は稀である。

たとえ大きな利益があっても、すぐまたお金は出て行ってしま
う、という意味である。

西鶴の小説でも、元禄時代前後の江戸はすでに、資本を持たな
い人間が成功することは難しい土地になっているという認識が示さ
れていた。それから70年、80年後の江戸ではその困難は一層大きく
なっていると、上方の作者には思われていたのである。

それでは、そのころの江戸の人間は、どう見られているのか。同
じ秋成の明和3年(1766)に刊行された『諸道聴耳世間狙』(しょどうききみ
みせけんざる)巻3の1「器量は見るに煩悩の雨舎(あまやど)り」には、江戸
の人々について、次のように言う。

---

8)『上田秋成全集』第7巻、中央公論社、1990、p.187

　　何事も廣い事を武藏野のやうなといひならはせしは昔にて、八百余
　町に建てつまり、諸大名の御屋敷、神社仏閣の花麗はもとより、所
　によりて疊一枚が金子一兩しても借屋札(かしやふだ)はらぬ。大湊(おお
　みなと)、大芝居(だいしばい)・大叶(だいかのう)・大小間物(おおこまも
　の)・大蕎麥切(おおそばきり)と、何でもかでも大の字を冠りて、今は氣
　の大きなる事、武藏野のごとしといへり。9)

　建物が密集し、疊一枚分の廣さが小判一枚に当たる、異常に高
い地価の江戸であっても、人々は空き家に「貸し家」の札も貼らずに
放っておくほど細かい金の計算には無頓着だと言い、また何にでも
「大」の文字をくっつけるほど大きいことが好きだと、滑稽まじりに
江戸の人の氣の大きさが強調されている。
　また、天明7年(1787)刊行の『書初機嫌海』(かきぞめきげんかい)の
中卷には、「すべて關東人はをとこ氣といふ夷心にて」ということば
も見える。これは、上方出身者が江戸の現狀を批判することばの中
に出てくるもので、ややからかいの氣味があるが、關東(ここでは江
戸を指している)の人間は義俠心が強いが、その義俠心も粗野な田
舍者の心に過ぎないと言っているのである。また、同じ話に、昔の
江戸の人間は、頼りがいがあって、頼まれればいやとは言わない男
氣があったが、近年そんな人間はおらず、また何事にも執着せず、
蓄財が下手なのは確かだが、欲深さにおいては、上方の人間以上で
あるという批判もある。その一方で、キセルをくわえながら、晝飯
はまだできないのかと、自分の亭主に對してぞんざいなことばを使

9)『上田秋成全集』第7卷、中央公論社、1990、p.60

うような江戸の女の中にも、近年は行儀をや芸事をしこまれて、京
都の女性にひけをとらない垢抜けした者もいることも記している。
粗野だが氣が大きくで義俠心に厚い江戸の男、言葉づかいは惡く不
作法だが芯の強い江戸の女、というイメージが徐々に崩れてきて、
上方者と変わらなくなってきているというところであろうか。

　秋成の時代は、西鶴の時代と違って、江戸が單なる政治だけの中
心ではなく、上方が本場であると自負していた文化や経濟において
も、江戸が優位に立つようになってきた時代である。秋成の文章も
含めて、江戸に言及する上方の人間の文章に、ある種の屈折した感
情が見え隠れする。秋成が『胆大小心録』36で、

　　　　江戸の田舎なる事、是也といふべし。10)

とことさらに惡口を言うのも、もはや江戸は偉大なる田舎ではない
という認識が背景としてある。『書初機嫌海』の、江戸の人間も上
方者と変わらないではないか、という物言いは、確かに三都の特性
が徐々に失われ、大都市が均一化してきたことを示してはいるが、
その一方で、江戸は上方とは違うと言い切れなくなった上方の、た
めらいをも見るべきであろう。自ら住む都市が他と違うと言い立て
るためには、よかれあしかれ、自らの街が他よりも優位にあるとい
う心理的な余裕が必要である。西鶴に比べて、江戸と上方の同質
をことさらに言う秋成の文章に、そうした上方者の葛藤を見ること

10)『上田秋成集』、日本古典文學大系、岩波書店、1959、p.277

も可能である。

Ⅳ 「江戸っ子」の誕生と京伝の「江戸」像

　それでは、江戸の人間自身は、江戸をどう見ていたのだろうか。
注意しておかなければならないのは、現在の東京も同じであるが、
ことわざに「江戸は諸國の立ち入り」というように、江戸は諸國から
人々が集まってくる都市であり、何代も前から江戸に住み續けてい
る人はそれほど多くないということである。同じ土地に長く住んで
伝統を積み重ねてきた京都や大坂とは違い、江戸は絶えず人が流入
し續けることで新しい文化が生まれる都市であった。それが江戸の
誇りであるとともに、長い文化伝統をもつ上方に對するある種のコ
ンプレックスともなっていた。江戸の人間が、そのコンプレックス
から解放されて、文化的にも自信を深めてくるのが18世紀の半ばか
ら後半にかけてであり、ちょうど「江戸っ子」ということばが誕生し
た時期である。上方の側が、江戸も上方と変わらなくなったと言っ
ている時期に、我々は上方者とは違うと、はっきり宣言したのが「江
戸っ子」ということばである。
　「江戸っ子」の用例の初出は、明和8年(1771)の川柳評万句合(まんく
ぁわせ)の「江戸ツ子のわらんじをはくらんがしさ」であるという。類似
のことばである「江戸者」にはもう少し早い例があるが、やはりこの
時期から用例が目立ち始める。「江戸っ子」ということばは、江戸の

人間が自分たちのことを指して呼ぶ時に使われていることが多く、
また江戸自慢のニュアンスが込められていることが多い。
　例えば、「江戸っ子」ということばが出てくる天明7年(1787)に刊行
された山東京伝の洒落本『總籬』(そうまがき)には、

　　　金の魚虎(しやちほこ)をにらんで、水道の水を産湯(うぶゆ)に浴び
　　て、御膝元に生れ出ては、拝搗(おがみづき)の米を喰(くら)つて、乳母
　　(おんば)日傘(ひからかさ)にて長(ひととな)り、金銀の細螺(きさご)はじき
　　に、陸奥山(みちのくやま)も卑(ひく)きとし、吉原本田の髣筆(はけ)の間
　　(あい)に、安房・上總も近しとす。隅水(すみだがわ)の鮊(しらうお)も中
　　落(なかおち)を喰ず、本町の角屋敷をなげて大門を打つは、人の心の
　　花にぞありける。江戸ッ子の根生骨、11)

と、誇らしげに記されている。江戸の人間が記す「江戸っ子」の條件
には、江戸以外にはないものが優越感とともに列擧されているわけ
である。「金の魚虎」(江戸城を指す)も「水道」も、江戸以外にはあり得
ない。改めて「江戸っ子」の特性ないしは「江戸っ子」である條件を整
理すれば、將軍のお膝元の生まれであり、「いき」や「はり」を信條と
し、小さなことにはこだわらず、金ばなれがよいということであっ
た。特に、金に執着しないということは、「江戸っ子」であるための
最重要の要件であり、美徳でもあった。上等の着物を質に入れて半
兩もする初鰹を食い、千兩の家屋敷を賣り拂ってさほどでない遊女
を身請けするのが江戸っ子である(京伝『富士之人穴見物』)。金に執着す

---

11)『黄表紙洒落本集』、日本古典文學大系、岩波書店、1958、p.357

る人間は、

　　　　江戸ツ子の生まれそこない金をもち[12]

　　　　江戸ものの生まれそこない金をため[13]

と川柳にあるように、江戸で生まれても「江戸っ子」ではない。「宵越しの錢は使はぬ」というのが「江戸っ子」であった。

　しかし、人前で「いき」や「はり」を通し、金がなくても金ばなれがよいように振る舞うことは、見榮を張るということで、なかなか辛いものがあった。辛さをこらえて、見榮っ張りを通すことも、また「江戸っ子」の特性である。

Ⅴ　源內の「江戸」像

　京伝は江戸の生まれだが、一貫して江戸贊美をモチーフとし、江戸ことばをふんだんに取り入れた小説や淨瑠璃等を書いた平賀源內(風來山人)は、讚岐(香川縣)から江戸にやってきた人である。源內の作品には、あちこちに江戸自慢が見える。

　　　　めりやす舟のゆうゆうたる、さわぎ舟の拍子に乗つて、船頭もさつ

---

12) 安永2年［1773］川柳評万句合
13) 安永5年［1776］の『柳多留』〔やなぎだる〕11篇

　さおせおせと艫(ろ)をはやめ、祇園ばやしの鉦太皷(かねたいこ)、どら
にやう鉢のいたづらさわぎ、葛西舟の惡くさきまで、入り亂れたる
舟・いかだ、誠にかゝる繁榮は、江戸の外に又有るべきにもあら
ず。14)

　京に島原、大阪に新町、長崎の丸山をはじめ、諸國の色里かぞへ
盡しがたく、各土地の風流有つて、何れも面白からざるはなし。有る
が中にもお江戸の吉原、一といふて二のなき事は人々のしるところな
れば今更にいふがくだなり。15)

　或は機關(からくり)、子供狂言・身ぶり・聲色・辻談儀、今にはじ
めぬお江戸の繁榮。16)

　取り上げられているのは、兩國の納涼であり、吉原であり、見世
物である。いずれも江戸きっての雜踏の場所で、そこに江戸の繁榮
がうががわれるという。
　また、江戸生まれではない源内は、かえって江戸ことばに敏感で
あったためか、特に惡態に類する女の江戸ことばを再三描いてい
る。次の場面は、江戸の女芸者が、酒席で江戸と上方の喧嘩の違
いを演じ分けているところである。

14) 宝暦13年〔1763〕刊『根南志具佐』〔ねなしぐさ〕卷4、日本古典文學大系『風
　　來山人集』、岩波書店、1961、p.80
15) 安永3年〔1774〕刊『里のをだまき評』、日本古典文學大系『風來山人集』、
　　岩波書店、1961、p.290
16) 安永3年〔1774〕刊『放屁論』〔へっぴりろん〕、日本古典文學大系『風來山
　　人集』、岩波書店、1961、p.229

「江戸の喧嘩は、巾帨(てのごひ)をかふ打懸て、かふ肩を力ませ
て、『何のこんだはつつけめ。人を茶にしあがつた。うぬが樣な痴心漢
(べらばうやらふ)は、鼻の穴へ花緒をすげて、何でも安賣十九文日和
下駄(ひよりげた)にしてくれべい。いまいましい置上がれ』ホホホ、こ
んな物だ」と打笑へば、17)

また、次は、蜆が見聞した江戸市中の樣子を龍王に報告している
所である。

　　　先始參りし所にて、何かは知らず、私をかつぎし男、「一升十五文」
と申せば、歳の頃三十計の女房立ち出で、「五文にまけろ」と云ふ。
かつぎし男腹を立て、「とつぴよふずもない。盜物(ぬすみもの)では有
るまいし、半分殼でもそふは賣らない」と惡たいついて立ち出づれば、
跡(あと)にて女房さしも小美しい貌(かお)しながら、「えいかと思ふ
て、いけすかないごてれつめ。そんな惡たいはうぬがかゝにつけろ」
と、はり込む聲のほの聞へても、かつぎし男は聞かぬ貌して、「蜆や
蜆や」と賣つて通れば、とある格子作りの內に、かなぎつた聲で、は
なたれ娘が三弦をぞ彈き居たる。18)

男は喧嘩っ早く、女もまた歯切れのいい啖呵を切る。これを肯定
的に見れば、江戸の「はり」(自分の意志をどこまでも通そうとする意氣
地)ということになるし、否定的にみれば、東夷(あずまえびす)の粗野
な振る舞いということになる。

---

17) 明和7年［1770］刊『神靈矢口渡』［しんれいやぐちのわたし］、『風來山人
　　集』、日本古典文學大系、岩波書店、1961、p.311
18) 宝曆13年［1763］刊『根南志具佐』巻3、『風來山人集』、日本古典文學大
　　系、岩波書店、1961、p.66

　誇張と揶揄を交えた文章だが、もちろん源内は自らも「江戸っ子」
として、これを肯定する側に立っている。ただし、源内自身は「水
道の水を産湯に浴び」た「江戸っ子」ではない。とすれば、「江戸っ
子」の意識とは、江戸で生まれた人間のみが抱く狭い意味での郷土
意識ではなく、地方から江戸に流入して共生する雑多な種類の人々
が、この都會を最上の町だと感ずる、ある種の連帯感だということ
ができるだろう。江戸は、代々江戸生まれではない人間が「江戸っ
子」を名乗ることを時に許容する、懐の廣い都市であったというこ
とができる。もちろん、江戸生まれ以外は「江戸っ子」ではないとい
う江戸ナショナリストも多かったに違いないが、小さなことにはこ
だわらない「江戸っ子」の特性は、地方出身者が「江戸っ子」を名乗
ることを排除しない寛容さに必然的につながっていたということで
ある。三代續けば立派な「江戸っ子」、江戸で生まれればともかく「江
戸っ子」というようなありかたは、京や大坂では見られない。少なく
とも江戸に住む人間は、「江戸の水が染(し)み」(式亭三馬『浮世風呂』
3)さえすれば、「江戸っ子」を自称することはできた。それが江戸と
いう都市の美質である。

參考文獻

『江戸參府旅行日記』、齋藤信譯、東洋文庫、1977

『海游錄』、姜在彦譯、東洋文庫、1974

『井原西鶴集』3、新編日本古典文學全集、小學館、1996

『上田秋成集』、日本古典文學大系、岩波書店、1959

『上田秋成全集』第7卷、中央公論社、1990

『黄表紙洒落本集』、日本古典文學大系、岩波書店、1958、357頁

『風來山人集』、日本古典文學大系、岩波書店、1961

戰前期台湾人作家の東京體驗とイメージ
－1930年代張文環作品を中心に－

張文薫

Ⅰ はじめに

　1895年、日本が日清戰爭に勝利して台湾を領有してから1945年の終戰まで、台湾は日本の植民地統治下に置かれた。これが「日本統治期」とよばれる50年間である。中國からの漢人系移民が80％以上を占め、中國の伝統文化に深く根を下ろしながら、本土である「大陸」から「化外の地」と見なされてきたこの島は、日本統治下の50年の間、様々な面において前近代的遺風を脱却し、近代化の道を着實に步んでいった。その過程において、近代教育によって近代的思考と行動樣式を身につけた新しい知識人が登場した。彼らの一部は、中國白話文運動から影響を受けて台湾話文運動を提唱した。その中から、伝統的な文學である漢詩とは性質の異なる「台湾新文學」が創成された。その萌芽は1920年代の初頭で、当時の主な使用言語は中國白話文であったが、1930年代に入ると「國語」である日本

語を主な言語として使う作家が現れる[1]。その一人が1933年に台湾
文芸界に登場した張文環(ちょう・ぶんかん、1909～1978)である。張文環
は文壇に登場してから終戦までの十數年の間に、一介の日本留學生
から主力作家へと成長し、台湾文芸界に大きな足跡を殘した。1933
年、張文環は東京で他の留日台湾學生と共に「台湾芸術研究會」を
組織し、台湾で最初の日本語文學雜誌『フオルモサ』を創刊した。
1935年には『中央公論』の懸賞小説に入選、歸台後の1941年より雜
誌『台湾文學』を發行する一方、精力的に創作活動を續け、戰時下
の台湾文壇において絶大な影響力を揮ったのである。

　張文環に代表されるように、日本語世代の台湾人作家の多くは
日本で文學活動の道に入ったため、当時の「國語」＝「日本語」を創
作の手段とした。このような植民宗主國の言語による創作活動は、
日本語世代の作家たちに、上の世代や留學経驗のない作家とは異
なる芸術性をもたらし、台湾新文學の性格を決定付けた。だが、彼
らが植民宗主國に對して抱いた感情は複雑なものであった。例え
ば、彼らが描き、語った「東京」には、戰前の台湾知識人の葛藤が
現れている。本稿では、東京体驗を持つ台湾人作家の「東京語り」
を檢討することにより、戰前の台湾知識人が直面した「民族」と「近
代」の葛藤を明らかにした。中でも、日本で11年間過ごした張文環
の留學体驗を中心に檢討した。留日台湾知識人から生まれた台湾

---

1) 藤井省三氏は台湾人日本語作家の登場について、學校教育の普及及び台
　湾總督府が積極的に國語政策を推進した点に注目し、日本語識字率の高
　まりと同時に台湾における日本語讀書市場が形成されていくことを論じ
　た。藤井省三『台湾文學この百年』(東方書店、1998年) pp.31-39。

新文學において、帝都・東京が如何に表象されたかを分析すること
により、台湾知識人にとっての「東京」及び日本內地の意味も明らか
になると考えられる。但し、分析の對象は1920～30年代の小説に
限った。日本が第二次世界大戦に全面參戦した1940年代でも、張
文環をはじめとする台湾作家は「東京語り」を續けていたが、國策の
強い影響下においてその記述は大きく変化したからである。紙幅の
都合もあるため、1940年代の台湾文學における東京表象については
別稿に讓りたい。

Ⅱ 鷗『可怕的沈默』―空白の場としての東京

　現時点において、台湾新文學最初の小説は1922年4月に發表され
た鷗『可怕的沈默』[2]である(戰前期の台湾文學に對する研究と資料保存は、戰
後の台湾の政治狀況、つまり1987年まで戒嚴令が施されたために、長い間タブーと
されてきたため、未だ發掘の途上にある)。この小説は中國白話文で書かれ
た短編で、內容は二人の靑年の對話で構成された極めて單純な話で
ある。場所は 「お正月の二日目」「いつも賑やかな表神保町」、ここ
を二人の台湾靑年が歩きながら植民地問題について語り合う。一人
の靑年は、台湾の被差別問題は民族的に解決されなければならぬと
主張するのに對し、もう一人は、差別は地域の內外を問わず起こる
問題だから、日本と台湾だけの問題とは限らないと反論する。「表

---

2) 台湾文化協會『台湾文化叢書』第一号・1922年4月

神保町」の地名は、小說の冒頭に登場するのだが、地名と會話の內容は全く關連性がない。例えば、神保町で靑年二人は馬が鞭を打たれるのを見るが、會話內容はその場面や馬と何ら關連性がなく、また神保町の描寫も無い。よって小說の舞台が神保町である必然性は無く、舞台を「A街」や「台北」等の地名に替えることも可能であろう。つまり、台湾最初の新文學小說に現れた「東京」は、事件や物語を産出する要素としての小說背景という機能を持たない空白の場にすぎないと言えよう。作者の鷗の素性は明かではないが、1922年時点の台湾において「國語」(日本語)ではなく中國白話文を用いていることから、日本ではなく中國留學の経驗があることが推察できる。

Ⅲ 希望の地としての東京

1. 追風『彼女は何處へ』

追風の作品「彼女は何處へ」[3]は、台湾文學史において、掲載時期、使用言語、物語形式の全てにおいて畫期的な作品である。作者の追風は、本名·謝春木という、台湾植民地教育制度を受けた第一世代のエリートである。1921年、彼は台北師範學校卒業後、

---

3) 『台湾』第三年第四号-第七号·1922年7月10日-10月6日

東京高等師範學校へ留學し、東京で4年間を過ごした。彼は民族思想に關して東京留學生に大きな影響を与えた人物である。謝春木の生涯はジャーナリスト、民族社會運動家としての活動が中心で、文學の分野で殘した成果は小說「彼女は何處へ」一篇[4]のみであり、民族社會運動の傍らに文芸/文學運動を行なったと言えよう。小說「彼女は何處へ」のテーマは、女性と戀愛、結婚制度である。注目すべきは、この小說において、東京は封建制度に苦しむ台湾青年の悩みを解決する〈自由戀愛〉實踐の聖地として描かれていることである。發表当時、謝春木は東京で活動し、掲載雑誌『台湾』も東京を中心とする雑誌であったことを考えると、この小說は在日知識人から台湾靑年に向けたメッセージであるといえよう。雑誌『台湾』は、当時の台湾島民の文明化と啓蒙のために1922年に創刊され、途中、誌名と出版形式を変更したものの、日本統治期を通じ、台湾人資本による唯一の新聞として台湾人の立場を代弁した雑誌である。「彼女は何處へ」では、物語の視点はヒロイン桂花に置かれ、プロットは彼女の心境の変化を中心に展開する。桂花には家族が決めた東京留學中の許婚・清風がいたが、清風には日本で相思相愛の戀人がいた。このことは清風と同じ東京留學生である桂花の從兄・草池から桂花の母親へ、母親から桂花へと伝わる。やがて桂花が清風に婚約破棄を要求されると、初めは世間体を慮って破棄を拒んだが、清風からの手紙を讀み、また草池や開明的な母親の說得に心を動かさ

---

4) このほかに「詩の眞似する」という一編の詩がある（『台湾』第5年1号、1924年4月）

れ、婚約破棄を承諾する。そして桂花は台湾女性の將來を切り開くため、また自分の道を求めて東京への留學を決意するのであった。

この小説は一見、ヒロイン桂花の獨立心の目覺めを贊美しているように見えるが、その〈目覺め〉の過程を檢討すると、女性の獨立心とはかけ離れた實体が明らかになる。まず、作品の冒頭で淸風が婚約を破棄したいと思っていることが暗示されることにより、讀者は必然的に淸風と共犯的な視点を共有させられ、桂花を觀察する側に立たされる。また、淸風が戀愛結婚のために婚約を破棄する「正当性」は、彼の自己弁護のみならず、本來なら桂花の側に立つべき從兄の草池や母親の弁護によっても与えられている。つまりここには〈彷徨う桂花〉と〈正しい決斷を迫る〉淸風・草池・母・讀者の共同体という對立構造があると言えよう。よって、婚約破棄の正当性を認めて「目覺める」桂花の言動は、彼女自身が下した決斷というより、彼女を「正しい」彼岸にいざなう淸風・草池・母・讀者の共同体による「期待」のなせる業と言えよう。娘の婚約が一方的に破棄されたにもかかわらず、「淸風に對して恨むやうな心が起こらな」い母親の反応は非現實的ですらある。さらに、桂花には父親がおらず、周囲には從兄の草池、母親だけという父親の不在によって、作品から「封建性」の權威が注意深く排除されていることに留意すべきだろう。

つまり、小説「彼女は何處へ」には、自由戀愛で結ばれた戀人達や、時勢に順応する開明的な家長(母親)、學問によって將來を切り

開く台湾女性が描かれているが、あまりに整然としたその構成に
よって小説は露骨なイデオロギー伝達の手段になりさがっていると
言えよう。淸風は「私は桂花を愛してゐる、その愛と此の愛(注：自
由戀愛)とは意味が違ふ」と弁解しつつ婚約を破棄するが、婚約破棄
の正当性は、彼自身が婚約に承諾したのではなく親の決定だからと
いうものであった。つまり〈戀愛〉が包弁結婚(婚約)に勝る根拠は、
戀愛の当事者(淸風)の〈個人意志〉に置かれているのである。家父長
制から〈個人意志〉を奪還して近代的自我を確立することは、20年
代の新しい知識人の目標であったろう。ここに「自由戀愛」が個人意
志の尊重という近代的な価値觀を伝達する媒介として機能している
ことが分かる。

　このような小説構成において、桂花という〈女性〉の實体は空洞化
された、作者の思惑を充塡するための容器であるに過ぎない。實
際、桂花のセリフは殆ど淸風や草池、母親の言葉をなぞったものに
過ぎず、彼女自身の言葉は存在しない。では、「自由戀愛」「自己解
放」を至上の価値とするこの作品は、その価値をいかに讀者に提示
するのか。娘の婚約破棄を心配する叔母を前に、草池は「勉强さへ
させてやれば」という突飛な提案をするのだが、桂花もまた泣きや
み、唐突に「內地留學」を決意し、「東京へいつて勉强します」と言
い出すのである。このような展開は、讀者を內包するような作品の
共犯構造から考えると、作者は〈彼女は何處へ？〉と問いを發する前
から既に模範解答を用意しており、重要なのは「彼女」ではなく「何
處」へという問いと答えであったことが見て取れる。桂花という女性

は讀者を「正しい」解答——「東京留學」に導くようなメディアに過ぎな
かったと言えよう。

　作品に現れる「東京」は、實に全篇を通して、「自由」「解放」とい
うバイアスがかかっている。作品では具体的に描かれていないが、
淸風とその戀人の馴れ初めの場所も、婚約を破棄された桂花が行く
先も「東京」である。東京に行く前の桂花は、淸風を一途に慕い、
刺繡に沒頭する旧式の女性として描かれるが、淸風の戀人である東
京歸りの阿蓮は日傘を挿したハイカラな女學生として描かれている
ように、對極のイメージを与えられている。淸風たちの東京生活は
若者同士の交際が盛んで、自由戀愛を實現できるものとされてい
る。そして桂花は、東京に向かう船の甲板の上で「私達は台湾の婦
人社會否一般社會に革命の烽火を放たなければならぬ」として「革命
マドンナ」に変身し、東京に行った後は昔の戀愛を忘れ、「もつと大
きい問題」の解決に着手すると決意するである。このように作品の「東
京」は、「東京」に繋がりを持つ全てが將來性に滿ち溢れ、それゆえ
主人公の「現在」の後進性を照らし出し、主人公を前進させる希望
の地として描かれている。つまり作品の「東京語り」は、「彼女は何
處へ」の主人公・桂花と讀者を「自由」「解放」の地へ牽引する機能を
持っていると言えよう。

2. 張文環『落蕾』

　張文環の處女作とされるこの作品は[5]、勉強の熱意に燃える貧し

い農村青年・義山と公學校同窓の戀人・秀英との悲戀物語である。義山は貧乏に苦しみながらも進學に對する熱意が冷めず、東京留學から一時歸省中の親友・明仲を訪ね、お互いの悩みを打ち明け、勉强に勵みあうようになる。一方、秀英は戀愛と學問が兩立しない現實を見て、義山の將來を妨げないよう、妊娠の事實を隱して富豪の息子との縁談を受ける。秀英に捨てられたと思った義山は、明仲の援助を得て東京へ向かった。だが秀英は妊娠が發覺したために婚約を破棄され、自殺を図る。

　小説「落蕾」は、明仲と義山の次のような會話で始まる。

　　　「だつて、僕はもう生きる力も望みも皆失つて仕末つた…」「義山君！君はさう思ふから駄目だよ。僕は何時も君に言ふ通り、僕だつて台湾へ歸へつてくる時、何遍もあの美しい瀨戸內海に飛び込まうかと思つた。(以下略)」

　この會話で興味深いのは、明仲と義山は環境が對極でありながら、同じ悩みを共有しようとすることである。實は明仲は「小金持の一人息子」である一方、義山は父親を亡くし、農業に從事しないと生きられない貧乏な青年であった。それにも關わらず明仲は義山の「生きる力も望みも皆失つて仕末つた」というような苦悩を共有しようとする。この苦悩の共有は、二人とも進路が決められず、出世できない困難に直面したゆえとも考えられるが、明仲の悩みは義山

─────────────

5) 『フオルモサ』創刊号・1933年7月

の現實的な苦惱と異なり、「もし、明日でも破産したら」という妄想
的、非現實的なものであった。明仲は「生きる」ことに懸命の義山に
對して、「君は生活して行く苦鬪をきたへられてゐる。僕は小金持
故、さう云ふ苦痛はなめてゐなかつた爲に、肉体的にも精神的にも
生活力をきたへられてゐなかつた。……如何にも僕は留學生だ、君
は百姓と勞働をやらされてゐる、世の中では君と僕と階級が違ふ、
だが社會に對する君と僕の役割は同じだ」と、自己批判しつつ、自
分の立場を訴えるのである。だが明仲は、「瀬戸內海へ飛び込」む寸
前、「死に對する最後の結論を求め」る意志が湧き、心機一轉して
再び東京でやり直すといい、戀愛と進路の板挾みに苦しむ義山に對
して、最初は「田舍でみつちり勉強してくれ…讀みたい書物があれ
ば…送つてやる」と勵ます。そして最後には一緒に東京に行こうと
誘うのである。

　ここに、「東京留學」が、二人の台湾知識人にとって目前の苦惱
から脱出する先として描かれていることが見出されよう。反面、こ
の作品において、靑年たちの目に映る農村は「何時も變はらない…
單調な風景」という、脱出すべき場所として描かれている。

　以上、『彼女は何處へ』及び『落蕾』に描かれた「東京」は具体的な
都市像が与えられていないが、主人公が置かれた「現在」の閉鎖性や
後進性を照らし出すと同時に、輝かしい將來が待つ理想鄕的なイ
メージを与えられた記号として提示されていることが見て取れる。
いや、むしろこの「東京」には具体的なイメージが欠如しているから
こそ、讀者は作品の背後に見え隱れする「東京」に對する想像力を逞

しくし、憧憬を募らせることができたとも言えよう。これが、『彼女は何處へ』や『落蕾』のような新しいタイプの知識人を描いた作品が讀者に与えた「東京語り」の意味であった。

Ⅳ 心象風景としての「東京」

1. 巫永福『首と体』

巫永福『首と体』は張文環『落蕾』と同様、東京留學生が創刊した台湾最初の日本語文芸誌『フオルモサ』創刊号に掲載された小説である。巫は、医學部入學を望む父の願いに逆らって、明治大學文芸科に入學するような文學者志望の青年であり、「小説や詩を書き初め」「文芸誌創刊を夢見」るために『フオルモサ』同人と接触し、文學活動を開始した[6]。但し、当時張文環をはじめ、『フオルモサ』の同人の多くはプロレタリア文學運動の流れを汲むものだったが、巫永福は左翼運動とは關係がなく、また謝春木とも異なり、民族社會運動とは關係ない地点から創作活動を始めたのであった。このような巫永福の作品 「首と体」は二人の留學生の東京生活を描いたもので、「私」が友人「S」と過した二日間のことを語った短編である。「私」と「S」は「中學以來の友」で、東京に來てからも「毎日の如く會つて居

---

6) 「下村作次郎宛て1998年4月3日付け巫永福氏の書簡」(下村作次郎「台湾芸術研究會の結成」『左連研究』1999付録)

る」關係である。「私」も「S」もよく授業をさぼり、文學を愛する留學生であった。だが「S」は故郷の兩親から歸郷して結婚しろと命じられ、苦惱していた。ここにこの小說の主題、「首」と「体」の分裂が現れている。つまり、「首」＝個人意志では東京に居たいが、「体」＝故郷の家族に對する責任感から東京を離れざるをえないという、身体の分裂である。この題名は横光利一の名作「頭ならびに腹」[7]を想起させるが、そもそも横光利一は明治大學で巫永福に小說の創作を教えた教師であった。また、「凍えた濠の小波よりも雪空を突き刺して居るやうに見える枝の尖が一入冷感を体に注入する」、「凍えた体へ足から溫ウズウズした汗ぽい一種のかゆさが流れて來た」、「暖かいスチームが先づ肌へ來た顔面に感ずるこの暖かさは金屬類も置ける熱の伝道のやうに瞬間的な速力を以て体の內部へ走り入る」という身体感覺、及び瞬間的な情緒の変化を精密に描く手法も、新感覺派の創作手法を彷彿とさせよう。

　注目すべきは、二人の靑年の性格や「S」の悩みといったものが、會話のセリフによって浮かび上がるのではなく、「私」と「S」が東京を散步する中で、「私」が見た東京の風景を通して語り出されていくことである。この日、「私」と「S」は、九段下 → 駿河台 → 日比谷 → 內幸町 → 東京座觀劇 → 駿河台 → 神保町というコースを辿った。

　　私が美松を出ると彼は車道を橫斷して公園の入口に立つてゐた。彼は私を見るより美松の屋上の方を見上げてゐた否屋上の空を見上げて

7) 初出：「文藝時第1巻第11924(大正13)年10月1日發

ゐた。・・・(中略)けれども私は強いてどうしたのかと聞かうとは思
はない。突飛な彼のこの振舞は時々起こることだから――。その上後
で分かるだらうと思つてゐたから。私は黙つたまま彼と肩を並べた。
そして歩き出した。内幸町の方へ――(下線：筆者。美松－レストラン
名、後述。)

　引用文が示すように、「私」自身の感覺や「S」に對する「私」の觀察
は、二つの場所を移動する間におこる非連續的なものとして語られ
ている。このように登場人物の感情や事件が分斷され、非連續的に
語られているのに對し、散歩によって連續していく東京の地名は作
品に一貫性を与える効果を持っていると思われる。つまり、この散
歩は小說の軸として、小說の構成を支えているともいえよう。小說
において、主人公たちが歩く東京の街は、登場人物の性格を投影す
る表現手段であり、心象風景の地図でもある。一方、この二人が
足を運んだ場所：偕行社、帝國ホテル、東京座、及び「美松」や「ホー
リ」というレストランや東京の場所名は、何の解説もなく作品に現
れる。二人は「無意識に近い」「お互いの意志が交感され」たような結
果、「美松」も入り、「ホーリ」に入っては「ウナハン」と「デンハン」を
注文するのである。このように、東京の地名や場所名を当然のごと
く頻繁に使用することは、二人の仲を暗示する以外、主人公たちが
東京で生きており、作品の舞台が東京であることを誇示する効果を
もたらしている。作者が、具体的な東京の地名や街道名を当然のよ
うに、かつ大量に登場させることによって、作中人物の二人が東京
留學生であり、文學活動を樂しみ思考にふけりがちな文學青年であ

ることを示唆しているといえよう。また、ここでの「東京語り」では、帝國ホテル、東京座、日比谷公園など東京の近代的な名所が選ばれていることにより、場所が有するモダニティを人物に与える一方、書き手の近代的な東京体験を誇示するような働きさえ見てとれるといえよう。

2. 張文環『父の要求』

『台湾文芸』2巻2号には、「お知せ1935年劈頭に於けるうれしい消息」として、張文環の「父の顔」が『中央公論』懸賞の選外佳作に入選したとの特報が掲載された。同誌はまた、「中央公論応募小説千二百十篇の内我が張文環氏の『父の顔』が第四位と云ふ好成績で佳作に入つた」[8]と紹介している。台湾島内の文學關係者にとって、張文環が東京で長いこと文學活動に従事した結果、日本文壇でも權威ある文芸誌に入選したことは快挙であったろう。たとえそれが「選外佳作」であったとしても、「文壇の檜舞台」と称される『中央公論』の懸賞小説で「佳作」と認められたことは、文學に従事する人間にとって大きな意味を持っていた。30年代に活躍した文學評論家・劉捷は、朝鮮の張赫宙が『改造』懸賞小説に選ばれたように、台湾作家の中からも中央文壇に認められる人材が現れると述べていたが[9]、張文環の入選は台湾人が中央文壇において勝ち取った成果と

---

8) 「編輯後記」『台湾文芸』2巻2号・1935年2月
9) 劉捷「台湾文學の鳥瞰」『台湾文芸』創刊号・1934年11月

して、それを裏付けたのだった。

　張文環『父の要求』(1935年9月24日、『台湾文芸』2巻10号掲載)
は、この入選作品『父の顔』の改作である。主人公の陳有義は、台
湾農村出身の優秀な青年で、両親の望みに従って自分の志望では
ない東京の大學の法科を卒業した。更に、合格しても進路の保証が
ないことを承知の上で高等文官試験を受け、不合格となる。陳有義
は「金モールのきらきらする制服を着てかへる」という両親の夢を叶
えられなかったため鬱々とし、氣分轉換のため中野にある母娘二人
の日本人キリスト敎徒の家庭へ引っ越す。陳はそこの下宿の娘・賀
津子に戀心を抱くものの、賀津子にはすでに婚約者がいた。陳有義
は實らぬ戀に悩み、同郷の友人・阿貴の誘いで共産主義運動に参
加し、逮捕されるが、留置中も拷問に屈せず「轉向」を拒んだ。一
方、阿貴は轉向して出獄し、陳有義に置手紙を殘して一足先に故
郷へ歸ってしまう。陳有義は出獄後、父親の手紙を讀んで台湾に歸
るが、故郷で目にしたのは發狂した阿貴の姿であった。小説は陳有
義から賀津子への手紙で終わっている。

　先述の作品「落蕾」において、田舎は知識青年にとって脱出すべき
場所として描かれていたように、陳有義にとっても田舎は退屈な場
所であった。陳有義は東京で、南京虫や不眠症に悩まされつつも
「田舎にゐるより東京にゐた方が健康のためにはるかにいい」と思っ
ていた。果たして田舎に戻った陳有義は「二、三年しか見なかつた
故郷はこんなに迄も変わつてしまつた。田舎の癖に隨分神経質に見
え…子供まで駄しやれを云ふからおどろいた」と、自分の記憶とは

異なる故郷に深く違和感を覺え、都市生活の同伴者である賀津子に手紙で不滿を訴える。田舍では「書物を讀む以外に何もする事がない。…毎日手持無沙汰ばかりしてゐる。…人間は靜寂と單調に迫められると却つて騷々しい處よりも落付かず…毎日こんな靜かな田舍でそはそはしてゐるのが學生の仕事かと思ふと情けなくな」る。都市で活躍したインテリは田舍では無用な人間になってしまうのだ、田舍はもはや都市の洗礼を浴びた自分のような知識人のいるべき場所ではないと陳有義は感じている。

　一方、東京での陳有義は、入獄時期を除けば、花見や紅葉狩りなど日本の季節行事を樂しみ、図書館に通ったりデパートに行ったりするなど自由な日々を謳歌したことが描かれている。陳有義は最初、本郷界隈の「南京虫さへゐなければひと月十円」では借りられない風通しのいい部屋に下宿していた。下宿は「本郷のやうな便利な所に」あるものの、終電に後れた友人すら南京虫を恐れて泊まりに來ないが、逆に陳有義は友人に邪魔されない孤獨な境遇を好んでいた。のちに高文試驗に落ちると、氣分轉換のために中野の沼袋へ轉居する。このような東京という都會における引きこもりや引越の描寫によって、主人公・陳有義の孤獨な性格が描き出されている。つまり「東京」は、陳有義のように思考にふけりがちで、寂しさを好む近代的な知識人の性格を作り出す場所として描かれているのである。ちなみに小說に現れる親切な下宿屋の家主や、本郷や沼袋という場所は、張文環自身の経歴と重なるものであった。

　また、陳有義の片思い相手である賀津子もモダンな女性として、

東京の風景の一部として作品に登場する。賀津子は台湾人作家が
描いた最初の日本女性であると考えられる[10]。賀津子は「日本音樂
學校の高師部を出てから何處へも職に出」ず、家でピアノを彈く娘
であった。当時、ピアノは文明開化や西洋風俗の流行にともない、
日本の上流家庭に普及し始めていた。ピアノは西洋文明への憧れの
象徵であり、上流社會のステータスでもあった。「当時の日本にお
いてはピアノは家具としてはあまりにエキゾティックであり、いやま
しにハイソサエティーのイメージを強くした」[11]との指摘もある。陳
有義にとって、ピアノを所有する賀津子はさぞかしハイカラな女性
であったろう。賀津子が戦前の日本では普及率の低いピアノ[12]の持
ち主であったことや、西洋文明受容の最先端の一典型であるクリス
チャンであったことを考えると、陳有義の賀津子に對する思いは、
モダンで快適な東京の生活の延長上にあったと言えるのではない
か。つまり、戀愛もまた台湾留學生による西洋－近代文明の追及
であったと言えよう。

　以上、『首と体』『父の要求』二作品における「東京語り」の特徴と
は、一つに、留學経験を持つ作家によって描かれた近代的な東京の

---

10) 中島利郎「作品解説」『日本統治期台湾文學台湾人作家作品集—張文環』
　　・緑蔭書房・1999
11) 同上
12) 全般的な統計資料は入手できなかったが、1935年まで大阪市一帯のピアノ
　　台數はわずか約6000台(學校と個人所收を含む)であり、戦後の1959年に
　　至っても國産ピアノの全國普及率は1.8％に過ぎなかった。ピアノの値段
　　は國産品の千円台から最高級品のスタインウェイの五千円まで幅廣かった
　　が、いずれも限られた人々しか購入できない贅澤品であったと思われる。

風景が、作中人物の心象風景として語り出されていること、二つ
に、それによって作中人物を近代的な人物として「保証」する機能を
持つことだと言えよう。近代性を至上の価値とする新知識人である
がゆえに、彼らの「東京語り」において、作者も作中人物も東京にい
ることが誇示されるが、それに共感を持つ讀者も存在したと思われ
る。つまり彼らにとって「東京語り」とは、文字化された輝かしい記
憶という記号であり、それによって作者と讀者は東京体験や心情を
共有する暗黙の共同体を形成したと言えよう。だが反面、東京を知
らない讀者にとって、このような「東京語り」は東京をイメージする
媒介となったものの、東京体験を持つ讀者と作者の感情の共同体か
ら排除されたのだった。

Ⅴ 自己表出としての東京－張文環『可愛的仇人』

『可愛的仇人』は1935年、『台湾新民報』に160回にわたって連載さ
れ、1936年2月24日に台湾新民報社から單行本として出版され
た[13]。連載時からの人氣を引き継いで3ヶ月のうちに3版を重ね、原
作と日本語譯を合わせると1万部以上の販賣部數を誇る戦前のベス
トセラーとなった。原作者の徐坤泉(1907-1954)は台湾西部の澎湖島に
生まれ、幼少の頃高雄に轉居し、漢學、詩文を長年にわたって學

---

13) 本稿では『台湾大衆文學系列(一)可愛的仇人(上)(下)』(下村作次郎・黄英
哲企畫、前衛出版社、1998年)を使用

んだ。その後、廈門の英華書院、香港の拔粹書院、上海のセント・ジョンズ大學などで學んでいる。『台湾新民報』學芸欄、雜誌『風月報』の編集などに關わったジャーナリストであり、一方では會社経營も行うなど、多方面で活躍した人物である。

大成映畫公司は、『可愛的仇人』の人氣に便乗して小說の映畫化を企畫し、それに先立って翻譯版を出版した。その時、日本語への翻譯を依頼されたのが「內地」から歸台したばかりの新鋭作家、張文環であった。

1938年の春、張文環は11年間(1927 1938)の日本留學に終止符を打ち、日本人の妻を伴って台湾に戻ってきた。当時29歳の張文環は、すでに東京で「東京台湾文化サークル」、「台湾芸術研究會」を組織し、雜誌『フオルモサ』を創刊し、『中央公論』の懸賞小說第四席に入選するなどの豊かな経歴を持ち、「台湾文芸聯盟」メンバーでもあった。そのため台湾文壇における日本語世代の新人作家として注目されていた。張文環はいったん故郷の梅山に歸るが、「目の前に生活の問題が横たわつてゐる」ため「ふたたび兩親と故郷を出る相談をし」、故郷で「都會の生活にもまれた疲れ」14)を癒す間もなく、職を求めて一人で台北に赴く。その彼に『可愛的仇人』翻譯の仕事を紹介したのは『フオルモサ』時代からの親友、劉捷であった。急な依頼であったが、張文環は數ヶ月という極めて短い期間で翻譯を完成させた15)。さらに張自身がその「譯者序」で、「第六章では、原作

14) 張文環「私の姿」(『台湾芸術』第2号、1940年4月)
15) 張文環の歸台時期及び『可愛的仇人』の翻譯の作業時間については、野間

者はいろいろな意味で譯者の意見を入れて筋や場面の変更」[16]したと述べているように、『可愛的仇人』は張文環の手によって新たな息吹を吹き込まれたのである。

　まず『可愛的仇人』の內容を紹介したい。主人公は秋琴と志中である。二人は學校の同窓であり、幼い頃から相思相愛の仲だったが、家庭環境が異なるために結ばれなかった。秋琴は兩親の命令により、裕福だがプレイボーイの建華に嫁がされる。しかし建華は無節制な生活が原因で破産し、幼い子供三人を殘して死んでしまう。一方、やはり同窓の淑華と結婚した志中は夢中で仕事をして一財産を築くが、淑華は一人息子の萍兒を殘して死んでしまう。物語の冒頭では、志中が妻の訃報を受けて急遽歸台する一方、極貧狀態の秋琴が阿國、麗茹、阿生の子供三人の養育費に苦しむ情景が語られる。秋琴の窮狀を知った志中は、キリスト教會の修道女を通じて、あるいは「夜行人」に扮するなど樣々な手を盡くして秋琴を援助する。その結果、三人の子供も進學することができ、志中の一人息子である萍兒は阿國と親友になり、そして麗茹と戀人になる。秋琴と志中はそれぞれ別の人と結婚した後もお互いに相手を想っていたが、秋琴は亡くなった夫に對する貞操を守るために志中とは一言も交わすこともなく生涯を閉じる。一方、萍兒は東京留學中に一時期、君子という女性との戀愛に溺れるが、やがて麗茹のもとに戻

信幸「『可愛的仇人』解說」(阿Q之弟著、張文環譯『日本植民地文學精選集台湾編11可愛的仇人』、ゆまに書房、2001年)による。なお本稿の完成には野間氏によるご敎示が大きい。ここに感謝を申し上げたい。

16) 張文環「譯者序」(前揭『日本植民地文學精選集台湾編11可愛的仇人』)2

り、二人は結ばれて夫婦となる。親の世代には叶わなかった戀が子の世代で實るというハッピーエンドの物語だと言えよう。

　張文環が『可愛的仇人』を翻譯した際、「抄譯」の方法が用いられことは指摘されている。特に第六章は、張文環によって大幅に変更された。「單純化、簡素化する方向で筆を入れている」結果として「逆に第5章までが、いっそう際立つことになった」とされ、改編によって作品全体の構成が整えられたと先行研究により指摘されている。[17]だが、第六章に對する改変はまだ検討の余地があると考えられる。以下、「東京語り」を中心に論じたい。

1.　東京描寫の加筆

『可愛的仇人』の舞台は、その殆どが徐坤泉の慣れ親しんだ台湾南部の港・高雄である。西子湾、壽山、高雄神社などの名所が登場することで、高雄の風景が生き生きと再現されている。それとは對照的に、萍兒と麗茹が留學した東京は「資本家の世界」「戰爭前夜」など大雑把な印象しか描かれていない。つまり『原作』で徐坤泉が描いたのは「國家主義」的な戰爭前夜の東京であった。但し、このような雰囲氣は東京以外の日本の占領地や植民地でも漂っており、徐坤泉は新聞報道等で知った東京を描いたと思われる。なぜなら『原作』に現れた帝都・東京にはリアリティーが欠如しており、作品の

---

17) 野間信幸「張文環の翻譯『可愛的仇人』について」『關西大學中國文學會紀要』17号、1996年3月

重点は主人公たちの戀愛や、通俗小説にありがちなモラルの敎訓に
置かれているからである。

　このような表面的な雰囲氣を描く「原作」に對し、「翻譯版」で
は、東京の具体的な樣子がつぶさに描き出される。例えば湯島や小
石川での萍兒や、麗茹の下宿など、周辺の樣子が詳細に描かれてい
る。物語が展開する場である本鄕は、張文環が東京時代に下宿し
た場所であり、彼は萍兒の通う上野図書館にも毎日のように通って
いた。つまり張文環は自身の記憶をそのまま、萍兒たちの過ごす東
京の描寫の上に再現したと考えられる。注目すべきは、『原作』が中
國白話文で書かれたのに對し、單行本「翻譯版」は日本語譯とし
て、讀者層は1930年代に台頭しつつあった日本語世代であったと想
定されることである。彼らは公學校以上の敎育を受けており、中に
は日本留學の体験を持つ者も少なくない。このような新知識人に
とって、徐坤泉の描く「贅澤」で「人を誘惑する」[18]という淫靡な資本
主義社會、もしくは「國家主義」的な帝國首都という皮相的な東京
像は滿足できないものであったろう。つまり、歸台したばかりの張
文環によって描き直された東京風景は、「翻譯版」讀者にとって、東
京を回想・想像する際の貴重な手がかりであったのではないだろう
か。但し、張文環にとって「東京語り」という行爲は讀者サービスと
いうだけではなく、自身の記憶を再確認する手段であったと考えら
れる。「台湾の冬は、丁度內地の晩秋に似てゐる。空氣のなかには

---

18) 前揭『台湾大衆文學系列(一) 可愛的仇人(下)』280

陰影を帯びて、いつまでも懐かしい思ひ出に追はれてゐるやうで、人の跫音まで物靜かなうごきに感じさせる」[19]と切ない思いを語る張文環は、遠ざかる東京の面影を書き記すことで、自らの記憶が褪せるのを防ごうとしていたと考えられるのである。

2. 君子の人物像

　萍兒の浮氣相手である君子の描寫は、翻譯者としてではなく作家としての張文環の個性が發揮された部分といえる。なぜなら、この箇所に關する改作は作品全体の構成に何ら変化をもたらさないため、讀者を意識したり、作品の調子を整えたりするための加筆とは言えないからである。「原作」の君子は、資産家の娘であり高等女學校の卒業生であったが、父親が破産したため、女給を経てダンサーになった女性である。君子は裕福な大學生という萍兒の身分を考え、金錢的な打算から積極的に誘惑する。そして萍兒は君子との肉体關係に溺れ、麗茹の存在を暫く忘れるのである。

　しかし張文環は「翻譯版」において、君子を築地小劇場に出演したこともある朝鮮人ダンサーとして描いている。君子は「中々一見識をもつてゐる女性」であり、さらに「植民地から流れてきた女」であるため、「萍兒はずるずると心引かれて行くの」[20]である。張文環が君子を內地人から朝鮮人に変身させた点は興味深い。ところで朝鮮の

---

19) 張文環「大稻程雜感(上)」(『台湾日々新報』、1938年12月25日)
20) 前掲『日本植民地文學精選集 台湾編11 可愛的仇人』356

女性舞踏家といえば、最初に想起されるのは「半島の舞姫」と称され
た崔承喜(1911~?)であろう。ちなみに崔承喜は台湾を二度訪問して
いる。一度目は昭和4年ごろの石井漠一行との訪台であり、二度目
は1936年7月「台湾文芸聯盟」の招聘により單獨で訪台し、舞踊を披
露している。二度目の訪台時、東京での連絡を担当したのは「台湾
文芸聯盟東京支部」の主力メンバーである張文環とその親友の吳坤
煌であった。

張文環と崔承喜との交流に關する資料が存在しないため、二人の
交遊關係について斷定できない。しかし訪台直前、東京支部主催
の歡迎會で「同じ立場にある台湾人に就いて同情ある批判」[21]を惜し
まずに語った崔承喜に對し、張文環が好意を抱き、彼女のイメージ
を君子に投影させ、萍兒の戀心をかき立てる存在とした可能性は皆
無とはいえないであろう。また崔承喜の夫の安漠は左翼運動家であ
り、朝鮮人プロレタリア文化団体とともに活動した経歴を持つ吳坤
煌と何らかの接点を持っていた可能性も否定できない。張文環が「翻
譯版」で意図的に朝鮮人を登場させたのは、帝都・東京において、
被植民者同士の台湾人と朝鮮人との間に何らかの交流が存在してい
たことを描きたかったからではなかろうか。さらに、当時は「原作」
の君子のように、高等女學校を卒業しながらも、生活難からカフェ
の女給となった女性が、內地・台湾を問わず多く存在していた[22]。

---

21)「舞姫崔承喜を囲み東京支部で歡迎會」(『台湾文芸』3巻4、5合併号、1936
　　年4月)
22) 竹中信子『植民地台湾の日本女性生活史 昭和篇(上)』(田畑書店、2001
　　年)148-149頁

その意味において、徐坤泉の描く君子は、高學歴女給に對する台湾の男性讀者の妄想や欲求を滿たす存在にすぎないが、張文環はおそらくこのような社會現象を知りながら、君子を左翼と關わりをもつ、同じ被植民者の朝鮮人に変えた点は興味深い。当時のプロレタリア文學運動と東京のカフェや女給との關連もすでに指摘されている[23]。張文環が東京留學中に左翼運動に關係していたことを考慮すると、君子の人物造形には、左翼の女性運動家やシンパに對する、張文環の東京時代の憧れと心情が投影されているのではないだろうか。

3. 張文環と朝鮮人プロレタリア作家

張文環は自分の讀書歴をほとんど語ったことがないが、戰時中の1943年、雜誌『台湾文學』の盟友である藤野雄士に、朝鮮人作家韓植の日本語詩集『高麗村』を勸めている[24]。藤野雄士は左翼運動に從事し、逮捕歴を持つ、当時の在台日本人としては異色の存在であった。韓植は張文環と同じ1907年の生まれで、1925年に來日し、『プロレタリア芸術』に小說を發表するなどプロレタリア作家として活躍した人物である。『高麗村』は1942年12月汎東洋社から出版さ

---

23) Chie TarumTokyo and Taipei : The Proletarian Cultural Movement and the Caf Presented at the Annual Meeting of the AssociatiofoAsian Studies, New York City, 2003年3月27〜30日 を参照
24) 藤野雄士「詩集『高麗村』を讀んで」(『台湾文學』3卷3号、1943年7月)。藤野によると、張文環が『高麗村』を勸めたのは「三箇月も前のこと」である。

れた[25]。同書に收錄されたのは韓植の「二十代から三十代もの間に殘された詩作の全部」であるが、その「あとがき」[26]に示されているように、張文環の日本留學と同時期の作品も入っている。張文環と朝鮮作家との關係を語る資料は現段階ではこれ以上存在しないが、韓植の『高麗村』出版後すぐに閱讀し、藤野雄士に「ぜひ讀んでくれ給へ」と强く推薦した張文環の胸中には、東京滯在期のプロレタリア文學運動とそれを通じての朝鮮人同志との交流の記憶が甦ったのかもしれない。話を『可愛的仇人』に戻したい。張文環の描く君子は單なる金錢目當ての賣春婦ではなく、現代的な知的女性であり、從順な麗茹と比べ、その個性は一層際立っているように見える。つまり張文環は君子を、高等教育を受けた萍兒にとって格好の戀の相手に仕上げたといえよう。

　また、「原作」では、萍兒は君子の肉体に溺れつづけた後、やがて目を覺まし麗茹のもとに歸ってハッピーエンドを迎える一方、君子は獨り萍兒の息子を産むが、出産が原因で死亡する。だが「翻譯版」では、このような勸善懲惡的な図式とは對照的に、萍兒は最終的には麗茹と結ばれるものの、君子との戀愛も精神的に惹かれあったためだと述べられている。その上、麗茹は君子に對し、「何だか好感のもてる女性に見えた。所詮二人とも女である。虐げられるものも虐げるものも(原文ママ)男ではないか」という複雑な氣持ちを抱き、

---

25) 「解說」(大村益雄、布袋敏博編『近代朝鮮文學日本語作品集(1939~1945)創作篇6』、綠蔭書房、2001年)による。
26) 前揭藤野雄士「詩集『高麗村』を讀んで」

最後に「神よ、憐れな女性に恵みを与へ給へ」と君子のために祈るので
ある。こうして「翻譯版」は、「原作」の單純な善惡二極構図から
脱却し、現實の社會にある多様な生き方を示し、被壓迫者としての
植民地女性の連帯をも描いたといえよう。このように張文環は『可
愛的仇人』を自らのテーマに従って改編したのであるが、「翻譯版」
において、街道名や戀愛關係において現れた東京イメージは「原作」
よりはるかにリアルであるばかりでなく、張文環自らの心象風景と
重ねられていく様さえ見て取れる。つまり張文環において、改編と
いう行爲は自己存在の確認の手段であり、「東京語り」は自らの東京
体験を内在化する過程であったと言えよう。

VI むすびにかえて

　以上、東京留學の経験を持つ作家・張文環の作品を軸に、1920
年代から30年代の台湾新文學における「東京語り」の諸相を檢討し
た。当時、台湾知識人は植民地統治体制の下、高等かつ公平な教
育を求めて内地へ留學することを否応なしに選択せざるを得なかっ
た。その過程において習得した日本語のリテラシーによって、彼ら
は、新文學が要求する近代的な感情を表出するための言語を獲得
し、東京体験を語るという表現方法を獲得したが、それによって自
己を確立せざるを得ないというシニカルな結果をも引き受けざるを
えなかった。東京体験のない作家—たとえば鷗や徐坤泉—が描いた

東京像はリアリティーに欠け、また作者自身も東京を語ることに限界を感じていたのであろう、いきおい「東京語り」は東京留學生の獨擅場となった。その語りには、理念の宣言や自己誇示、自己確認など作家の個性によって様々な諸相を見せたが、「東京語り」は1920～30年代の台湾人作家にとって、台湾島内の被植民体験を語るほどに苦痛ではなく、むしろ彼らにとっては望ましいことであったと思われる。例えば、張文環が『可愛的仇人』の日本語翻譯にあたり、原作の作品構成や原作者の意図を無視してまで東京の風景を書き込んだように、彼らは望んで地名や街道名を具体的に描いた。その描寫が具体的であれば具体的であるほど、「東京」の持つ近代性が、作者から作品の隅々まで浸透する効果があった。つまり、彼らが語ったのは植民宗主國の首都である「帝都」東京ではなく、「モダン都市」東京であったと言えよう。

參考文獻

藤井省三『台湾文學この百年』東方書店、1998

『日本統治期台湾文學 台湾人作家作品集─張文環』綠蔭書房、1999

『台湾大衆文學系列(一) 可愛的仇人(上)(下)』下村作次郎・黃英哲企畵、前衛出版
　　　　社、1998

阿Q之弟著、張文環譯『日本植民地文學精選集台湾編11可愛的仇人』ゆまに書房、
　　　　2001

竹中信子『植民地台湾の日本女性生活史 昭和篇(上)』田畑書店、2001

大村益雄、布袋敏博編『近代朝鮮文學日本語作品集(1939～1945)創作篇6』綠蔭書
　　　　房、2001

일본문학 속
에도·도쿄
표상연구

【초출일람(初出一覽)】

본 학술연구총서는 2006년도 학술진흥재단의 기초학문육성사업(KRF-2006-321-A00121)의 지원을 받아 연구 수행한 결과물과 국제학술심포지엄을 통해 발표된 논문으로 구성되어 있다. 이하, 그 초출을 밝혀둔다.

제1부
제1장
정　형: 「'에도(江戶)'의 표상을 통해 본 일본인의 심상(心象)지리적 문화기층연구」 『일본학연구』제25집, 단국대일본연구소, 2008년 9월

제2장
長島弘明: 「근세문학에 나타난 '에도(江戶)'상ー 가미가타(上方)에서 본 '에도'·에도에서 본 '에도'」(원제「近世文学における「江戶像」ー上方からみた「江戶」·江戶からみた「江戶」ー」) 『일본학연구』제22집, 단국대일본연구소, 2007년 9월

제3장
한경자: 「일본근세희곡에 그려진 에도(江戶)」(원제「일본근세희곡의 에도(江戶)표상연구」) 『일본사상』15호, 한국일본사상사학회, 2008년 12월

제2부
제4장
정　형: 「근·현대 문학텍스트를 통해 본 일본인의 심상지리」『일본사상』15호, 한국일본사상사학회, 2008년 12월

제5장
김필동: 「근대일본의 '東京표상' 연구」(원제 近代日本의「東京表象」硏究ー明治期를 中心으로」)『일본학연구』제22집, 단국대일본연구소, 2007년 9월

제6장

정 형·이권희·한경자·손지연: 「전환기 메이지문학의 도쿄표상과 일본인의 심상지리」『일본학연구』제22집, 단국대일본연구소, 2007년 9월

제3부
제7장

이권희: 「대중도시(大衆都市)도쿄와 일본인의 심상지리」(원제「다이쇼(大正)시대의 도쿄 표상과 심상지리」)『일본학연구』제25집, 단국대일본연구소, 2008년 9월

제8장

張文薫: 「전전기 타이완인 작가의 도쿄체험과 이미지－1930년대 장문환(張文環)작품을 중심으로」(원제「戰前期台湾人作家の東京体験とイメージ-1930年代張文環作品を中心に-」)『일본학연구』제22집, 단국대일본연구소, 2007년 9월

제9장

손지연: 「표상과 심상의 공간으로서의 쇼와 도쿄」(원제「쇼와 초기 문학에 나타난 도쿄 표상과 일본인의 심상지리」)『일본학연구』제26집, 단국대일본연구소, 2009년 1월

【색 인】

저자약력

정 형(鄭灐)

한국외국어대학교 일본어과를 졸업하고 일본 쓰쿠바(筑波) 대학 대학원에서 일본 근세문학 전공으로 석사, 박사과정을 수료하고 다시 한국외국어대학교 대학원에서 박사과정을 수료했다. 『西鶴浮世草子硏究』라는 제목으로 박사학위를 취득했으며 현재 단국대학교 일어일문학과 교수로 재직 중이며, 동 대학의 일본연구소 소장을 겸임하고 있다. 학회활동으로는 한국일어일문학회 부회장, 편집위원장을 역임했고, 현재 일본사상사학회 회장으로 있다. 전공은 일본 근세문학, 일본사상, 일본문화론이다. 저서로는 『일본사회문화의 이해』(2003), 『모노가타리에서 하이쿠까지』(공저, 2003), 『西鶴浮世草子硏究』(2004), 『일본근세소설과 신불』(2007), 『개정판 일본일본인일본문화』(2009) 등이 있으며, 역서로서는 『일본인의 논리구조』(1996), 『일본인은 왜 종교가 없다고 말하는가』(2001), 『일본인의 사랑과 성』(2001), 『논쟁을 통해 본 일본사상』(공역, 2001), 『천황제국가비판-일본국가주의와 유사종교의 함정』(2007), 『일본영대장』(2009) 등이 있고, 30여 편이 넘는 학술논문이 있다.

나가시마 히로아키(長島弘明)

도쿄대학 인문사회계연구과 교수(東京大学 人文社会系研究科 教授). 일본 근세, 특히 18세기 우에다 아키나리(上田秋成), 요사 부손(与謝蕪村), 히라가 겐나이(平賀源内), 다케베 아야타리(建部綾足) 등의 문인과 그 작품들을 중심으로 연구를 하고 있다. 저편서에 『上田秋成』(新潮古典アルバム, 新潮社, 1991), 『雨月物語の世界』(ちくま学芸文庫, 1998), 『秋成硏究』(東京大学出版会, 2000), 『本居宣長の世界─和歌・注釈・思想』(森話社, 2005), 『江戸の広場』(東京大学出版会, 2005), 『上田秋成全集』(中央公論新社, 1990-1995), 『建部綾足全集』(国書刊行会, 1986-1990) 등이 있다.

한경자(韓京子)

일본 도쿄대학에서 〈지카마쓰 시대 조루리 연구〉로 박사학위를 받고 현재 단국대 일본연구소 학술연구교수로 재직중이다. 일본 에도 시대의 문학과 가부키, 닌교조루리를 비롯한 전통예능에 관심을 가지고 있으며, 닌교조루리에 있어서의 노·교겐·가요 등의 수용과 변용 양상에 대한 논문을 비롯하여, 지카마쓰 몬자에몬의 작극술과 근세희곡에 나타난 천황관, 내셔널리즘, 역사인식에 대한 연구를 계속하고 있다. 「시대조루리에 그려진 집착·집념」「일본근세희곡의 에도 표상 연구」「지카마쓰의 조루리에 나타난 내셔널리즘」 등의 논문, 저서에 『그로테스크로 읽는 일본문화』 등이 있다.

김필동(金弼東)

일본 히토츠바시(一橋)대학 석박사과정 및 히로시마(廣島) 대학 박사과정 졸업. 근대일본의 민중운동/사상연구로 박사학위 취득. 일본사상·문화전공. 일본국제교류기금 펠로우(2000), 국제일본문화연구센터(日文研)객원연구원(2008). 현재 세명대학교 일본어학과 교수. 한국일본학회부회장. 주요저서로는 『일본 일본인론의 재발견』『일본적 가치로 본 현대일본』『일본의 정체성』『근대일본의 민중운동과 사상』 등이 있다.

이권희(李権熙)

일본 상대문학 및 일본문화론 전공. 일본 도쿄대학 총합문화대학원 비교문학비교문화 전공과정에서 석·박사과정을 수료했으며 다시 단국대학교 대학원에서 박사과정을 수료하였다. 『歌謠物語研究』(2006)로 박사학위를 취득. 경희대학교 관광일어통역학과 객원교수를 거쳐, 현재 단국대학교 일본연구소 연구교수로 재직 중이다. 『古事記』의 구조론과 네러티브를 중심으로 하는 고대 가요전승에 관한 연구와 일본 근대기의 소리문화(창가와 대중가요)를 중심으로 하는 문화정책에 관한 연구에 관심을 갖고 있다. 주요 논문으로 「가타리로서의 歌謠物語에 대해서」「『古事記』王權의 이야기와 歌謠의 利用」「「思國歌」小考－歌謠의 轉用을 중심으로－」「고전승(古傳承)의 다원성(多元性)에 대해서」 등이 있다.

장원쉰(張文薰, Wen-Hsun Chang)

국립대만대학 대만문학연구소 조리교수(國立臺灣大學臺灣文學研究所助理教授), 일본도쿄 대학교에서 석사 박사 학위를 취득하였으며, 일본통치기의 대만문학, 일본근대문학과 대만과의 관계에 관심을 가지며 연구를 하고 있다. 「日本統治期台湾文学における「女性」イメージの機能性」(『日本台湾学会報』第7号, 日本台湾学会, 2005年6月), 「1930年代台灣文藝界發言權的爭奪『福爾摩沙』再定位」(『台湾文學研究集刊』創刊号, 国立台湾大学台湾文学研究所, 2006年2月), 「由『現代』觀想『故鄉』張文環≪山茶花≫作為文本的可能」(『台灣文學研究學報』第二号, 国家台湾文学館, 2006年4月), 「「故鄉」：記往與想像的敘事學―論張文環文學之梅山地區書寫」(『第四屆嘉義研究學術研討會論文集』國立嘉義大學台灣文化研究中心, 2009年3月) 등의 논문이 있다.

손지연(孫知延)

경희대학교 일어일문학과, 동 대학 대학원 및 가나자와대학 문학연구과에서 석사학위를, 나고야대학 인간정보학연구과에서 박사학위를 취득했다. 현재 경희대학교 비교문화연구소 연구교수로 재직 중이며, 저서와 논문으로는 『靑鞜という場』(공저), 『폭력의 예감』(공역), 『박물관의 정치학』(공역), 「민족과 여성, 흔들리는 신여성」, 「식민지 여성과 민족공동체의 상상」, 「식민지 조선에서의 검열의 사상과 방법」, 「쇼와 초기 문학에 나타난 도쿄 표상과 일본인의 심상지리」 등이 있다.

단국대학교 일본연구소 학술총서 01

일본문학 속 에도·도쿄 표상연구

초판인쇄 2009년 12월 17일
초판발행 2009년 12월 26일

공저 정형 외
발행 제이앤씨
등록번호 제7-220

주소 서울시 도봉구 창동 624-1 현대홈시티 102-1206
전화 (02) 992 / 3253
팩스 (02) 991 / 1285
홈페이지 http://www.jncbook.co.kr / 제이앤씨북
전자우편 jncbook@hanmail.net
책임편집 조성희

ISBN 978-89-5668-753-7 93830   정가 23,000원